河山重晚晴

杨闻宇 著

光明日报出版社

图书在版编目（CIP）数据

河山重晚晴 / 杨闻宇著. -- 北京：光明日报出版社, 2023.8

ISBN 978-7-5194-7429-4

Ⅰ.①河… Ⅱ.①杨… Ⅲ.①散文集 – 中国 – 当代 Ⅳ.①I267

中国国家版本馆CIP数据核字(2023)第159237号

河山重晚晴
HESHAN ZHONG WAN QING

著　　者：杨闻宇	
责任编辑：郭玫君	责任校对：房　蓉
装帧设计：谭　锴	责任印制：曹　净

出版发行：光明日报出版社

地　　址：北京市西城区永安路106号，100050

电　　话：010-63169890（咨询），010-63131930（邮购）

传　　真：010-63131930

网　　址：http://book.gmw.cn

E - m a i l：gmrbcbs@gmw.cn

法律顾问：北京市兰台律师事务所龚柳方律师

印　　刷：三河市华东印刷有限公司

装　　订：三河市华东印刷有限公司

本书如有破损、缺页、装订错误，请与本社联系调换，电话：010-63131930

开　　本：170mm×240mm	
字　　数：350千字	印　张：22.5
版　　次：2023年8月第1版	印　次：2023年8月第1次印刷
书　　号：ISBN 978-7-5194-7429-4	
定　　价：85.00元	

前言

　　闻宇与我大学同窗。毕业后入伍，退休后移居青岛。文学作品体裁多样，着意于散文。有百余篇散文被各类文库、大系、选本收录。一位论者曰："闻宇散文，老成精了！"

　　去年端午节前，他在给我的一则微信中喟叹："世界上许多事情，一下说不清楚。我在《光明日报》40年发表了70余篇散文，现在翻阅剪报，自己也感到诧异。当年在校时，这事想也不敢想。大报的编辑、领导，一直在换，而每一篇拟用的文稿，必经三审。我纵有天大的本事，这个后门也没法走。"

　　对他的面壁式喟叹，我忖度良久。

　　闻宇出身农家寒门，平民意识深入骨髓，自小塑就其温厚、恭谦、低调的品格。数十年勤奋艰辛，兼灵悟之性，早显名于散文界。但温厚恭谦低调品格依然，已届耄年，仍常以平民思维检点自身。其实，人生名绩，虚浪不来。以散文刊于《光明日报》论，该报资质久而洁，绝非靠旁门左道所能入，若无出彩亮点，严格的编审关口绝难通过。然文愈写愈精，愈老愈辣。特别是近十数年来，新作未倾听师友点评几经修改之前，绝不肯轻易外投。故编审者常得而喜之。

　　老且成名后，仍是温厚、恭谦、低调，足征童心不泯！

　　尤令我惊诧叹惋的是，闻宇将20年来众师友不经意间的点评视若珍宝，一一存录，去年精心编辑示我曰：摆脱名利牵绊，读书，写作，特别是按照师友点评修改拙文，简直是一种最高级的享受，这等享受人间罕有。我读后亦多感慨，遂问：你这样编辑起来是要出书吗？他答：现在出书很难。师友点评，明心见性，直抒胸臆，这样的友情，没有天赐的缘分是怎么也得不到的。我自印保存，仅用于自己翻检、品味。

今年端午节前，闻宇又给我微信：师友对拙文的点评与提示，于我是重要精神食粮。我把退休以来得到的点评梳理了一下，列于拙文之后，集成一册，约20万字。有几位朋友鼓励我设法正式出版，我有点心动，你斟酌有无必要？我即答：于社会效果看，我支持正式出版。理由有三：

一是选文皆你散文中之上乘。

二是与你推心置腹交流的师友中多专家、学者，其他虽未业从文学，却基础功力过人，阅读储存丰厚，直观感觉敏锐。前者理性精思，后者直抒胸臆，皆真情实感，且多有外延溢出效应。

三是书之形式别致，集腋成裘，或令人耳目一新，边阅读原文边看点评，可助读者品赏，或给习作者以启迪。一箭数雕，自然是一件有益的事。

《河山重晚晴》准备出版之际，闻宇要我写几句话，谨以上述感言作答。

王允毅　2022年6月20日

编后缀语

　　从业十年，难得遇到这般文笔浑厚的好作品，这着实是我的荣幸。杨闻宇老先生再三发来微信，希望我为此著作写一个编辑缀语，可我迟迟不敢答应。其一，在杨老先生面前，自感才疏学浅，不敢妄自评价。其二，在如此文笔斐然的作品里，害怕自己文辞粗浅，表达不够准确。但思前想后，觉得总是推脱杨老先生的一番好意，倒略显矫情了，不如大方实在地表达一下自己的读后感。为何说是读后感呢，因为编辑稿件的过程中我并未对书稿做太多的修改。老先生的很多作品已经在《光明日报》《文汇报》《解放军报》《解放军文艺》等诸多权威媒体上发表过，其笔墨简练，意境独特；气势雄浑，别有洞天。

　　此次，将杨老先生的部分散文汇集一起，希望读者可以切身感受先生长期坚守的对文学和生活的挚爱，更有对国家、对未来的情怀。我诚恳地向读者推荐这本《河山重晚晴》，希望我们在不十分闲暇的生活中，能忙里偷闲拜读大作，从中领悟杨老先生的刻苦奋斗，以及做人做事的温厚、恭谦、低调、诚恳的品格。

　　在本书中，除了杨闻宇老先生的作品，还有他的诸多挚友对文章的点评。初始，觉得点评略多，本想删去一些。而认真读罢，竟然一篇都不忍删去。诸多点评，推心置腹，让我颇有感慨：

　　一、天下好文章是修改出来的，然而，坐井观天、闭门造车式的修改，客观限制性是绝难突破的。作者虚怀若谷，广引活水，逐日积淀，善取人长地反复修改，效果则会益发显著。

二、这里的各位师友职业不同，因为爱好共通，形成的是一个别致的老年文圈。其形成过程源远根长，微妙清雅，"曲径通幽处，禅房花木深"，决非寻常交往可拟。人间好友难逢，围绕文字切磋不已的益师良友，就更难得了。

三、好文字要反复阅读，才可能领悟真谛。杨先生反复品味师友的点评，获益匪浅，师友们翻检杨作，也是多有反复，时或泪目。彼此互动，相濡以沫，这等现象在文界是不常见的。当然，这样读书为文，虽属老生常谈，却与当前快节奏的社会风习是不合时宜的了。此书之成，或有似于天赐。祝愿《河山重晚晴》一书有自己的读者，有更多人喜爱。

郭玫君

2023 年 8 月 4 日

目录

第一辑　野旷天低树

野旷天低树 · 002

日月行色（外一章）· 006

春水一畦 · 015

故乡板桥 · 020

土 炕 · 024

杏荫井台 · 028

雁 阵 · 032

饥馁的乌云 · 035

耕织的印痕 · 040

四季轮回图 · 044

第二辑　皎魄临九州

六骏踪迹 · 056

且看他山之石 · 063

王维的境界 · 084

重读李清照 · 095

伏虎的少女 · 110

渐行渐远的一簇圣火 · 118

风云万里兮爱河九曲 · 135

沉浮于爱河恨海 · 152

陈赓的婚事 · 159

第三辑　天意高难问

黄河吟 · 172

青山有幸（外一章） · 180

梁山好汉四题 · 187

丈夫襟怀 · 205

沉吟项王祠 · 210

从宇文士及谈起 · 226

相位上的博弈 · 230

忠与奸的拼搏 · 236

战云里的叹息声 · 239

夜色深邃 · 247

风刀霜剑逼严蕊 · 252

精卫鸟乃女儿魂 · 257

闲话百宝箱 · 261

《三滴血》探源 · 264

女性与名联 · 268

第四辑　有暗香盈袖

山河二题 · 278

祁连雪色 · 286

争议之作不可轻忽 · 290

水何澹澹 · 295

珍惜平淡 · 299

记忆里的铜铡 · 302

金钱二喻 · 306

细节的推敲 · 310

积累于无形 · 314

露珠与珍珠 · 317

月升与月沉 · 320

明月兮诗魂 · 325

清气长留天地间 · 329

有暗香浮动 · 332

书剑钩沉 · 339

跋　语

附　录

第一辑　野旷天低树

野旷天低树

　　中年人在烦恼中常常怀念儿时，久住现代化的闹市很容易回忆起田野上的风景。西行入陇，身住兰州，我忘不了我儿时的故土在关中，那是原野上到处分布着云团一样的绮丽大树的关中……

　　杏树，早春里最先着花。仿佛是隐形的春神跨着来自日边的娇艳轻捷的一骑骑"骏马"，当先闯进了旷野，通体的云霞之色与蹄下刚刚立起的麦苗儿同降同生，粉红嫩绿，洁净如洗。杏花展绽得疾速繁盛，褪落得也齐促彻底。待那小麦泛黄时，叶儿里时时亮开的杏儿也黄澄澄的，丰腴润泽，十分诱人。杏树以粉红、翠绿、澄黄之色彩将花叶果实铺排在一个紧凑、简练的序列里，以悄无声息的方式显示着春之多情，春之浩茫。麦收之后，使命已毕的杏树仅余青叶，静下来了，一直平静到落叶之秋。

　　洋槐，万花凋谢它才开。在刚刚波荡开来的绿色里，槐花一嘟噜一嘟噜素白似雪，雅秀高洁，清芬阵阵，鲜洌的气氛在夜静时尤其袭人。这正是青黄不接、许多人家揭不开锅的时候。有那盈盈新妇，捏一长钩挎一竹篮，拽弯带刺的青枝，小心翼翼地采撷槐花，花串儿嗅之幽香，生啖之则微甜。回家去洒以井水，一笸箩白花撒上三五把麦面，敷霜敷粉，两手和匀，而后入笼焐蒸，熟时趁热拌以少许油盐，油香淡淡，花香微暖，筋实而耐嚼，妙不可言，村人便称之为"麦饭"。陆游的"新炊麦饭满村香"，很切合关中的这一景况。鲜花白面，调料不宜重，火候不宜猛。新过门的小媳妇外表俊样，是不是兼有内秀？这春日里第一课就考个八九不离十了。槐从鬼，有鬼气，其考试新妇之手段也相当诡秘。

柿树，无疑是色调至为沉着的一种果树。春深时节，它才将指甲盖似的蜡黄花儿隐蔽在密叶里，不露色相，什么异味也没有。有的顽童长成棒小伙了，仍以为柿树十年二十年不作花哩。经夏而入秋，雁唳长空，寒霄里杀下了严霜，碧绿的柿树这才着火一样旺烘起来，蜡黄花儿偷偷结下的拳样的青柿子先红，红灯笼一样惹眼，接着是巴掌大的叶儿突然间洇染而红透，整个硕大树冠像是坠接西海的残阳，泼血一样焚烧，泼血一样红。火炬在黑夜里最热烈，柿树在秋野上最壮观。它是自然界的最后一抹成熟，是天地间所有绿色卷旗回营的号令。

杏树掀开了春之裙裾，柿树则收揽了缤纷的秋意，以杏花之粉红为始，以柿叶之绛红终局，既关乎人事，也正属于造化的安排。

更有花色雅淡者，是柳树。在村外贴河近渠的野地里，鹅黄初上，茸如小茧，谁晓得是叶芽呢还是花苞？丝绦如帘，叶儿秀媚，荫凉浓淡相宜，正好隐蔽住人身，也均匀地泄漏下月辉，这正是男儿的勃勃青春与女儿纯真的情愫迸射出生命的第一朵火花的所在，这"火花"便是柳树所独有的花朵了——论绚丽，论神奇，大千世界里难得其俦。

柳树是天地造化差遣于月地里的爱的信使，由它牵系成的姻缘是最美满的。村巷媒婆们捏弄下的婚姻，远不及柳下之盟来得如意。

兰州市区里，我住六层楼，在最高层。东过马路是"宁卧庄"宾馆，宾馆外围林木郁郁，内部设施是相当出色，自北京来的中央领导，俱安排在那里。"宁卧庄"，好温馨精致的名儿，和平安恬，高枕无忧，有出尘脱世之仙家意味。

有一天，我与一进城的菜农闲扯。他告诉我："这地方因为在黄河边上，开初是烂泥滩，小村子名叫'泥窝庄'；后来烂泥滩变成了庄稼地，牛马鸡犬多了，改名儿时动了两个字，叫'牛卧庄'。现在不知怎的，叫着叫着叫转音了，成什么'宁卧庄'了。"这个菜农，大概不懂得这里是个高级宾馆。一字之同音移易，沧海桑田，截然形成的是变化迅疾的三重境界。更何况我是远走他乡，从戎西上千余里呢！回得家来，俯倚阳台，我又一次眺望那个宾馆，自"宁卧庄"朝东，在那黄河投奔而去的远方，便是生我养我的关中故乡，思绪如云，我又想起了秦川原野上那一株株的大树……

——这几样树，花果枝叶动不动被人攀折，立身多艰，躯干是怎么也射不高长不直的，形貌不扬，绳墨成性的木匠们也便不屑为顾；匠人不屑，反而能长命高寿。田垄、井台、河道旁边，一株株龙干虬姿，偃蹇、倔强，默默然伫立于野。乍然看去，偻腰俯首，又一如阅世颇深的老人。老人自有老人的信念：饥馑岁月兮新树繁花，风骨弥刚；接济人世兮不拘一格，丑又何妨！

我的儿女们自小在城市里长大，日后不论社会有多大的变迁，他们也不可能有这样一页寥廓而富于野性的回忆了。失却此忆，于他们是有幸呢，还是不幸？

2017 年成都中考语文经典现代文阅读

点评：

这是一篇富有诗情画意的散文，一篇深情赞美关中树木和故土风情的散文诗。

作者把关中人司空见惯的杏树、洋槐、柿树、柳树，观察得那么细致入微，写得那么绵密有致，如诗，如画。看那碧绿的柿树，在下了严霜后，"这才着火一样旺烘起来，蜡黄花儿偷偷结下的拳样的青柿子先红，红灯笼一样惹眼，接着是巴掌大的叶儿突然间洇染而红透，整个硕大树冠像是坠接西海的残阳，泼血一样焚烧，泼血一样红。火炬在黑夜最热烈，柿树在秋野上最壮观"。我们会不知不觉地跟着走进这充满浓郁诗情的关中风景中，被这大自然的美所感染、所陶醉。

　　而且这大自然的美，与人们的生活是紧紧地连在一起的，那"新炊麦饭满村香"的景况，那柳树下第一朵火花的情愫，都沁透了作者对大自然、对现实生活的心绪、思想和至爱。透过作者诗意的描述，我们会打心底油然生起一种热爱家园、热爱大自然的感情。这大概就是作者"寥廓而富于野性的回忆"的忧思和魅力吧？

郭在精

　　泥窝庄→牛卧庄→宁卧庄，庄名的三度移易，沧海桑田。由此想起了儿时，对故乡怀念的深情直戳人心！紧接着再次读《四季轮回图》，大爱之情炽烈、盈泪，字字敲心入骨。

张健　2022 年 6 月

日月行色（外一章）

我们村西有一条河，流水清澈，平平的河滩廓大宽展，自远处眺望，浅亮亮的河水仿佛是铺晾在沙滩上的一派银箔，轻轻闪烁。

农村兴订婚，"订"者"定"也，仪式就既简单又庄重。记得订了婚的第二天，她随我涉水过河以后，有意地、稍稍拉开些距离，不即不离，不紧不慢地行走在匀净暄软的沙滩上。夕阳衔山，晚烟萦树，河那边农家矮矮的房屋半掩在烟霭里，上下远近静极了。她不上20岁，刚刚撞破乡下小女儿的"壳"儿，正要步入农家姑娘的行列。我斗胆拧过头去，想仔细瞧瞧她。她那儿仿佛早就防我呢，倏地摆过脸去，避开了我，故意注视那落日。顺着她的眼光瞄过去，西方天际遥远的地平线上起伏着矮矮的黛青色山峦，那就地绵延着的黛青色与她那披下的洁亮浓密的乌发是同一个色调。半边脸颊红红的，与衔山半隐的落日遥相映衬，弥散如火的晚霞从侧面铺张开来，勾画出秀婉窈窕的一尊倩影。

她没有回头，却轻轻放过一句话来："村里那么多赢人、出众的女子，你咋就……"

"村里人说你聪敏、灵性。"我回答。

"谁说的？"

"老人都这么说。老人经的事稠，我信老人的话。"

她顺下睫毛，不吭声了。我反问了一声："你……你对我的印象呢？"

滩上晚风习习，清畅、爽凉。她翘起指尖将将被晚风扰散的鬓角，不打算回答。这怎么成！你能问我，我就问不得你吗？我暗暗用目光逼住她。她见躲不过去，微微咬咬唇儿，有点不怀好意地瞟了我一眼：

"你一定要我说，不说不行吗？"

我郑重地点点头。

"你是个鳖熊！"声不高，字咬得很重。

鳖者王八，水底青腥烂泥里的硬壳软体爬行动物；熊者狗熊，天下蠢笨无二的"黑瞎子"。在我们那个地方，这是个恶狠狠的、咬牙切齿的比喻。

"谁说的？这是谁说的？"我止住脚步，脚底猛地腾起一股无名火，屏住呼吸，胸脯一起一伏。

她那细密的牙儿咬住唇儿，眯缝起细长的眸子，平静地、神秘地斜睨住我："也是村里老人说的！"说这话时，眼波活似乌油油一眨闪电，那一瞬间，致使她的全身在收束将尽的晚霞里显得益发俏丽、撩人。我"咕咚"咽下一口唾沫，像是咽下了一坨秤锤。

"这么说，你……你信那些老不死的嚼舌头了？！"

她垂低头，没有了任何声息。伸动一只脚在软沙上划过去、划过来，金黄色的细沙净净亮亮的，宛若凝结在地的晚霞，纯洁无比。我俩刚刚涉过河，她的一双薄薄的新布鞋提捏在手里，脚趾反反复复，画了个半圆形的弧圈。落日隐灭了，这弧圈像是东天刚刚出山的半轮新月——新月美极了！

"有话早说，回头还来得及。往后再后悔就迟啦。"我正告她，催她重新表态。订婚仅仅是个形式，这"订婚"与"结婚"之间，才横亘着爱河里真正的关口。

她抬起美丽的、细长的眼睛，瞅了瞅东方那刚刚托起新月而呈现暗紫色的山垭，脚趾依然下意识地划着弧圈，划着、划着，长长地舒一口气，接着是一声无可奈何的、深深的叹息：

"唉！老人还说来，灵性人是鳖熊的奴。"

马齿苋

野生的马齿苋，庄稼地里不多见，可在菜地垄畦间，生殖力特强，三五天之内，就能匍匐成筛子大的一摊，茎秆紫红如蚯蚓，对生的叶片肥厚似马齿，除了冬天，春、夏、秋三季绵延不断，即使开花结子，枝叶仍脆嫩如初，从不见其衰老的败象。

关中土地肥沃，一年两季收种，主要是小麦、苞谷。小麦大部分交了公粮，家里留用的主粮是苞谷。少量的麦子磨成白面，除了苦累的大忙天，轻易是舍不得动用的。苞谷面打搅团配酸菜是家常便饭，倘是抓几把白面，则是和成稀溜溜的拌汤，就着窝头、萝卜，就算是一顿饭了；倘是将些许白面擀成细薄的面条，下在拌有青菜的小米锅里，就算是改善伙食；家里只有来了稀客，才烙白面饼子款待。所谓的"一烙二擀三拌汤"，就是这样形成的。也只有这样节俭着过活，日子才能够细水长流。

当家的女人在为地里劳作的丈夫送午饭时，如果叨空儿能拔得一兜儿马齿苋回家，择洗干净，与少许白面拌匀糅合，蒸出一锅马齿苋馍馍，与新熬的苞谷粥组合成一顿绿黄相间的饭食，热和、新鲜、喷香，可就是少见的美味了，对村野人家来说，可是不亚于阔人家的一席盛宴的，孩子们边吃边连声叫好："香啊！香死人了！"至于医道上传说的马齿苋可以入药，有清火、消肿、败毒的功用，肚子里缺油水的庄稼人整天干活，病少，倒也不以为意。

春天里，槐花有一度开得雪白，一嘟噜、一嘟噜地悬于树梢，钩下来可以蒸成村巷里到处飘香的麦饭，而掠地生长的马齿苋蒸成馍馍，其香美足可与槐花麦饭并驾齐驱。槐花花期短暂，伏地的马齿苋却是长远。天地之厚爱于清贫之家，就是这样悄无声息、搭配有序的。

我在关中故乡生活了近30年，学校毕业后从戎于陇地，接着，妻子携着儿女也随军西上兰州。我们所住的营区离黄河不远。有一年秋天发洪水，汹涌的洪水从河道里退落之后，妻子在岸边水退之处发现一大窝铺垂而下的马齿苋。她小心翼翼地下到岸边，费大劲摘了下来，整个儿也就是完整的一株。带回小家蒸了一锅马齿苋馍馍，全家四口结结实实美餐了一顿……老伴而今近八旬了，我们家早就东迁青岛，有时一提起兰州的黄河，她就念叨起那一蓬铺垂于岸、面对着滚滚浪涛的马齿苋：碧叶嫩翠如帘，小黄花灿亮耀眼，她认为那是她见过的最葳蕤、最茂盛的马齿苋……

我在兰州待了 30 多年，关中故乡，西距兰州两千里地，而青岛在故乡之东 3000 里外，怎么也想不到的是，滨海之城青岛，市场地摊上偶尔也能看到一簇簇新鲜的马齿苋。老伴一见此物，眼里发亮，要将摆售着的马齿苋"连锅端"——一堆子全数买回。我们来青岛 20 年了，马齿苋开初是一元一斤，现在是四元一斤（槐花已涨到一斤 10 多元），老伴不问贵贱，非买下不可。她这样做，弄得卖菜的老农一下子目瞪口呆，可很快又眉开眼笑地发问："听口音你是外地人，一下要这么多，回家去怎么个吃法呀？"

每当这个时候，我便被冷落在一旁，默默无言，因为我想到了我的父亲：我家祖辈务农。父亲"日出而作，日落而息"，在田野上劳碌了一辈子，晚年中风卧床，口不能言，生活无法自理，他是在 71 岁那年辞世的。弥留之际，他斜倚在母亲怀里，吃的是苞谷粥和新蒸的马齿苋馍，稀粥粘在了花白凌乱的髭须上，他顾不得揩，只顾贪婪地、费劲地吞食那马齿苋馍。边上的我泪如泉涌，急忙背转身去……

马齿苋是一年生的肉质野草，可在我心目中，也是与庄稼人相依为命的上等蔬菜。

南京的老画家吴国亭告诉我："小时候，我们这边马齿苋也很多，常包饺子吃，现在基本很少见到了。"

我这样回复："世道奢靡，马齿苋在悄悄退隐。"

点评：

在当代散文家中，杨闻宇是我熟悉和喜爱的，他有一篇不到千字的短章《日月行色》，写的是自己与情人约会的情形。以片刻神情，只言片语，曲尽其妙。读之让人刻骨铭心。

作者要写对爱人的印象，一定有无数的素材涌出。他选取最新鲜最有冲击力的一刻："定情"后的一次心灵倾诉。

人约黄昏后。文章先把人置于景中。

不能不先注意到爱人的外部风神，因为此刻最是"情人眼里出西施"的时候。因为有了情人的出现，一切都是美好的，甚至是美妙的。

先是自然景物变得分外美了。黄昏的河滩，安静、神秘、温馨，大自然的色彩灿烂又温和。晚霞创作出爱人的剪影，霞光"勾画出秀婉窈窕的一尊倩影"。大写意，印象派。由于融进了作者强烈充沛的主观情绪，对象的美被强调被凸显出来了。

爱人的"乌发"与"黛青色山峦"成为"同一个色调"；"半边脸颊"与"如火的晚霞"相映衬。如画，如诗。

文章最妙处还不在此。要是仅仅这样，很多这类作品早就写得很精彩了。写出爱人的秀色可餐，只是为了铺垫；紧要处在爱人的几句撼人心魂的情话。是的，只有几句对话。其实，关键是爱人的一句答问。这一句话太不寻常了，所以文章在盘桓铺垫之后才托出。

先是爱人追问我为何爱她，引出我说她"聪敏、灵性"的评价；然后有我来反问她同样的问题。于是，"文章"出来了。

她先不愿回答。在逼问下，她"恶毒"地答道：

"你是个鳖熊！"

这话实在出人意料。不仅是一句"骂人"话，如文章所说，这是一个"恶狠狠的、咬牙切齿的比喻"。

怎么会这样回答呢?

怎么能够这样回答!

在愤怒的追问和极富诗意的停顿以后,爱人回答了:

"灵性人是鳖熊的奴!"

答词真是妙不可言。

从回答者的情感上来说,这是掏心窝的话,是灵魂的剖白。这是经过数不清的思索和掂量后"炼"出来的"结论"。从逻辑上来说,两句话前后呼应,后释前嫌。尤其是后一句话,包含着对对方的深刻理解,表达了心甘情愿奉献对方的自觉许诺。情真意切,情理交融。实在是对爱情深刻、充分,又是极端简洁的表达。

这种"披肝沥胆"却又陡生波澜的表达,先抑而后扬,使对方由狂怒到狂喜,被爱情之箭一下子击中。当然也会给读者以强烈的冲击。

就是这样,只选取了两句话,而且是反话。鲜亮亮的一颗心剖白在爱人面前。够你刻骨铭心一辈子的了。

作者对爱人的一片深情,尽在这字里行间了。

孙荪 1996 年 8 月

回复:

此文发表于 1992 年《雨花》杂志,2007 年成为湖北省高考试题之一,其间若无孙荪先生的短评,可能也就大浪淘沙了。

2021 年 9 月 27 日

透彻的分析篇幅超过原文。这篇精短散文的高妙之处在于选材的超常眼光，匠心独具，对话本色，真实，传神，一瞬间的描写，几句短语表明心迹，胜过千言万语，回味无穷。

王宗义　2021年9月23日

我又认真品读了《日月行色》，那优美的故乡画面，优秀的故乡少男少女，那充满乡土气息的人物对话，的确感人至深，而两位文界大家的评点，是再精当不过的了。孙荪："以片刻神情，只言片语，曲尽其妙。读之让人刻骨铭心。"说得多好啊！而刘博苍的评语，更显周全。他从选材、取景、描述、陈情等几个方面总结出此文的文学意义，这是文艺理论家的独到眼光：作者"截取了一对年轻人的对话场景，以细腻的感受和生动的刻画，展现出寻常生活片段中诗意的美，其景如画，其言真切，生动地刻画出刚与我订婚的她的俏丽羞怯、可爱聪慧的性格，描绘出了诗意醇厚的艺术情境，呈现出具有浓郁乡土气息的意趣和韵致"。的确如刘先生所言，你用你那"轻灵欢快、流畅活泼"的笔调，描绘出我们家乡的素朴纯净，歌颂了我们家乡的女儿：她那"深曲微妙"的心思，"机智巧妙"的言谈，"情思脉脉"的神态，"秀婉窈窕"的体貌，真让人心动啊！家乡人的纯朴、厚实、深沉、巧慧，就连情侣黄昏约会也非同一般啊！

你的文字功底是了得的。我佩服你对西安方言的提炼和运用，你撷取西安方言的精华，把它运用到自己文章中，用得恰当而传神：我们熟悉的河滩"宽展、匀净、暄软"，西安女子"聪敏、灵性"，优秀得"赢人、出众"，美得"俏丽、撩人"，而"灵性人"和"鳖熊"更是家乡人评价人的常用语。你把这些方言词用在文章中，用得那么得体，更显出文章的灵动和浪漫，给人以轻松、畅快的感觉。

陈巧梅　2021 年 9 月 26 日

农耕文明时期的乡村傍晚，夕阳晚霞，烟霭村屋，明河净沙，黛青远山，一对初恋情人，似诗如画。日月如梭，行色匆匆，不知不觉，已届中年。老夫老妻，爱河久浴，甜蜜自知。偶为身边儿女宴尔私情所染，蓦然回首"自己"的初恋，笨拙十足，被"聪敏、灵性"的未婚妻尽情所戏，润心之蜜无与伦比！

"自己"出身农家，生性憨厚，学有所成从业在外，然书生气未脱。婚事初订，急于飞越横亘在心里的"爱河里真正的关口"，遂有了散文主体——初恋者堪称经典的问答描述。一对恋人，一憨一灵，一急一缓，一真一戏，对比浓烈，精彩尽出，皆透出实意真情！

关中农村，"鳖熊"一词有贬有褒，"实在憨厚"为其褒义。实在憨厚而又学有所成，这不正是情窦初开、聪敏灵性的农村女孩所心仪的梦中人吗？青梅竹马，知根知底。托语"老人"，实为自知。一句"灵性人是鳖熊的奴"，决胜当代万枝红玫瑰！

王允毅　2021 年 9 月 27 日

你写的马齿苋，我不陌生，读来亲切。处处留心皆学问，常见野菜在你笔下生辉。三个地方：西安，兰州，青岛。三个人物：父亲，妻子，自己。都带入了，妙哉！

董丁诚　2022 年 9 月 9 日

春水一畦

山里人靠泉水生活，我们平原上的人靠井。

半个世纪前，八水仍绕着长安，井水水面离地表才五六尺，秋雨时上升三四尺，有的人家浣衣洗菜，伏在自家井沿伸长手臂，就能拎一桶清水上来。

无垠的田野上，绿树井台合，哪儿若是耸起一团绿云似的高树，其下必有一口椭圆形水井。青草茸茸的井台位于地亩中央，远看是处于一马平川之内，实际微微上凸，是四周田亩无形的一个制高点。

我家在村东有一口井，井台周围植有七棵杏树，最粗的一抱合不拢，更粗些的槐树、柳树，间杂于杏树之间。暑天旱季是井台上最红火的时日。平常人家，是用临时撑架起来的辘轳绞水浇地，牛皮绳在直径九寸的辘轴上缠绕十余匝紧相排列的圈儿，空桶"哧溜溜"下放，吃满水时"吱扭扭"上绞，每桶水百余斤重，"哗"的一声倒进箍好的水池，任它由渠口冲入渠道，趱进高可没人的青纱帐里。青纱帐里有老者持锨看水，一畦一畦逐次灌溉。绿禾似海，密不透风，暑气蒸腾，看水之人大汗淋淋。

在我成家半年时，曾与20来岁的妻子在水井两端各守一架辘轳，面对面绞水，她那水桶比我的略小一圈，我这桶水翻倒进池时，她那空桶正好放至井底汲水。两只桶一起一落，需搭配有序，速度恒稳，长长的渠道里才不会断流，畦垄之水也才能缓缓漫进，让禾苗润透饮足。偌大井台上只有我和她，她着一袭淡红碎花薄衫，我则赤膊上阵，一边绞水一边随意说笑，配合默契，两只水桶交替均匀，上下若飞，桶粗水满，我俩额头、鬓角淌着汗水，裤管高挽，两双赤脚浸在沁凉的水池中。头顶有荫凉遮蔽，微风轻轻拂动着树梢，池里湃着祖母从园子里摘来的西瓜、黄瓜、甜瓜与蟠桃。池里每进一桶水，瓜果们便要欢舞庆贺似的忽上忽下，翻转沉浮一通，天宫王母娘娘宴会上的仙苑珍品，也比不上这些池中物碧脆鲜美。"哗"然而有节奏的水声里，笑语阵阵，高蝉鸣于树，小鸟饮于渠，不知不觉便浇过一二亩庄稼。劳动可以为人生编织出最美的花环，辛勤劳作本身就是尘世间最生动的画图，不似七夕又胜于七夕……

岁岁年年，转动不已的辘轳显示着人们的意志和力量，人越是勤快，足下这滋养万类的水井越是不会干涸，反而愈淘愈旺——只因连续取水，水位下降，井内水压减弱，底部那泉腺会受到四方地下水勒逼之威，冲压而后畅达，暗泉自动疏通。这样的水井酷肖于人的生命，有志者愈勤奋、愈努力，愈是探测不来自身蕴有何等厚重的能量、多么雄浑的潜力。

我家院落里的小圆井与田野水井是相通的。小圆井旁供有尺许高的龙王爷拓像，每逢春节，祖父、父亲都要点烛进香，叩首礼拜，那一缕细细香烟袅袅起升，逸过房檐，飘往田野那井台方向去了。老辈人认为井底的水眼水脉与大海龙宫相通着哩。

地下水脉辽远，流动而鲜活，井台之花早绽于东风，别处花树才孕春蕾，这里的杏花已经粉丢丢、湿润润的像一团从天际卷过来的水红色的烟雾。同时栽于别处的同一种树，三年以后，井台就近的明显生机勃勃，茁壮许多。秋风落叶，别处已落净了，井台之树仍迟迟地挑着几串黄叶儿……庞大的根系纠结盘错在井台地底，广摄养分，先汲活力，新陈代谢中与众不同，春秋换季时也便自树一帜。树犹如此，长饮井水之村野人家岂能例外呢？

半个世纪过去，关中地下水位降落得厉害。绕长安之八水中曾有灞水，我们家就居住在灞水边上。麦收天的傍晚，辛苦一天的人们经常下河洗澡，洗去风尘，也洗去疲乏与劳累。后来是洗不成了。先是上游有了工厂、电厂，水面上漂动着颜色怪异的一绺绺油腻，而今索性萎缩成臭不可闻的一股马尿……河已不成其为河，长安八景之一的"灞桥烟柳"早已烟消云散，两厢那绿云掩映的水井还能设想吗？人们吃用的已经是自来水了，名曰"自来"，实际是从地下数百米处钻出来的，是从龙王爷的血管里强行抽取的；至于水质，只恐怕也不能与当年的乡井之水相提并论了。

我在异乡工作几十年，年逾花甲，落叶应当归根，而故乡水位跌落，好景流散，人口剧增，我还能回归到那儿去吗？

《人民日报》2004年6月3日

点评：

《日月行色》，那是一篇文质兼美的好文章，语言拙朴而又充满情趣，情感浓烈而又含蓄。但许多同学是初次接触这位作家，笔者在这里推荐他的另一篇散文《春水一畦》。此文首先花了大量的笔墨为我们勾画了两幅农家汲水浇灌图。

一幅简图。暑天旱季，万里平川上，绿云高树下，辘轳吱吱，水声哗哗，青纱帐里老者引水灌溉。虽然暑气蒸腾，但是，劳作的人只有对劳动之美的享受和对丰收的期盼，全无暑天劳作的辛苦和厌倦。

一幅详图。作者细笔描摹了夫妻汲水灌溉图，把劳动之乐、辛勤之美体现得淋漓尽致。在劳作的场景里，我们可以看到四大欢乐：男女搭配，干活不累，何况新婚宴尔，夫妻二人手中辘轳绞起的不单是清凉的井水，简直是滋润心田的甘露琼浆，此一乐也；头顶树荫，脚浸井水，微风拂动，无暑气煎熬，二乐也；水声哗哗，蝉鸣阵阵，鸟语声声，天籁盈耳，此三乐也；渴有纯甜井水，饥有鲜美瓜果，此四乐也。这样的劳作，尘世罕逢，实可谓"宁作农人不羡仙"之境界。

井水滋养万物。你看，井台周围的花草树木，总是早荣而后凋，生长时蓬蓬勃勃，枯寂时"仍迟迟地挑着几串黄叶儿"，这是因为"庞大的根系纠结盘错在井台地底，广摄养分，先汲活力，新陈代谢中与众不同，春秋换季时也自树一帜"。

作者还将景物描写上升到哲理的高度，认为人生应如淘井，越是勤快者，人生之井也越淘越旺。"有志者愈勤奋、愈努力，愈是探测不来自身蕴有何等厚重的能量、多么雄浑的潜力。"

这种亲近泥土、亲近自然的生活方式都是半个世纪前的事，而今天，河已不是那条河，山已不是那座山。河枯，井不存，水质无味，农家乐不再，"好景流散，人口剧增"。读到这里，我们才了解作者的全部心思——前文对汲井浇灌的劳动美津津乐道，是为后文失去家园的感伤哀叹张本。越是对田园生活赞赏、眷恋不已，越是反衬出失去乐园的深深感伤。欲抑先扬，倍增哀戚。

随着时代的发展，世界各个角落早已是无处不商，那些古老的农耕之地也已喧哗一片，与自然相依相偎的古朴宁静的生活方式被打破，取而代之的是对乡村自然的粗暴甚至是失去理性的开发掠夺。这个时候，有人想再回到从前花果飘香、鸣禽满园的乡村农舍，去体验汲井水而浇园、握锄头以耕耘的生活多半是白日做梦。所以，作者才有文末的担忧："我在异乡工作几十年，年逾花甲，落叶应当归根，而故乡水位跌落，好景流散，人口剧增，我还能回归到那儿去吗？"

从写作特点上看，细腻生动的景物描摹、欲抑先扬的结构安排、浓烈炽热的情感抒发，正是文章的三大特色。

另外，关于落叶归根，我们还可以做如下解读：异乡可以有两种理解，一为实一为虚，实指为生计需要而客居他乡，虚指为了虚名浮利而抛弃自我，灵与肉离异。

几乎是所有的人，青壮年时投身到滚滚红尘中打拼，进入人生暮年，才逐渐醒悟"今是而昨非"，那种本真的、赤子式的生活才是自己最想要的。待明白过来时，却又怎么也回不去了！

梅其涛　选自《中学语文园地》

故乡板桥

绕长安之"八水"里含有灞水，我家就在灞河边上。

解放初年，河上的板桥冬至前架设，春分时拆卸，搭拆的时序，与河水的季节性变化相关。河水柔畅地流淌在平原上，虽不很深，河道却宽展，这是雨天河水暴涨，满河激浪左右开弓恣意打滚，把河道给淌宽了。冬九天，远方山寒，河水瘦削成一抹清流，斑斓卵石小花似的闪烁于水底，这时节才有了架桥的条件。

桥是二三十块丈把长的木板衔接而成的，板与板相衔处支着四条腿的丈许高的木码子，下半截陷入流沙，上半截擎出水面三尺余，肩扛两块板头的码子们等距离排成一线，横亘于清凌凌的水面上空，远看是小巧玲珑，骨骼坚挺，如诗如画。

"紧过列石慢过桥。"过桥人脚要放平，身要拿稳，心思须高度集中。百多斤的人步起步落，寸许厚、尺把宽的桥板微微颤动、忽悠，过桥人稍有疏忽，后果都不妙。按说，人置身于板桥之上，视野辽阔，淡山古柳被流水牵挽，是一幅绝巧的好画；而此时的过桥人心弦紧绷，大气不敢出，甚至眼珠儿也不敢转动，更别提赏景了——板桥上这如履薄冰的谦恭神态，反将人身化为自然构图里的一部分了。

过桥最艰难的是老太太。小脚儿本就欠稳，寒天又穿戴厚实。簸箕大的流凌撞在码子腿上"咔嚓嚓"地炸裂，老太太不晕者少。晕桥时，长桥似乎整个儿朝着上游飞快移动，两岸古柳旋转，人会控制不住身体而落水。每逢这等险象，老太太得赶忙趴伏在桥板上，双目紧闭，直等到晕象从感觉中彻底消退，才敢慢慢地睁开眼皮……一旦晕桥，同路者爱莫能助。后面另一块板上倘是儿子，只能挥手呐喊："娘！快趴下，眼睛闭实，抓紧桥板，别动弹！"后边的老伴儿倘是"学究"，会捏着拐杖（替她所拿）在桥板上墩得"笃笃"直响："哎呀！别老盯着水面嘛！'注视则静物若动'，何况河水在流嘛！"趴着的老太太这时最听话了，一声不吭，身后怎么吆喝她都照办，比木偶还顺从。

过桥有个不成文的讲究，眼见对岸有人上桥，这一岸就不能再上，桥板窄，彼此错让不开。老太太在桥上寸步难移，聚集在对面桥头的男女老少也替她捏把汗哩。有人两手拢个筒儿喊着给老太太出主意，鼓励她胆儿放正，千万别急；有人嘟囔着责备老太太身后的老伴或儿子是穷咋呼、瞎指挥；也有人不满身旁的嘟囔者，愤愤地挖他一眼……千难万难，老太太终于要过来了，即将下最后一块板时，身子就散了架似的朝人们的怀抱里扑倒，桥头上早就伸出了十几双接她、搂她的手掌。在盛大热烈的拥抱中，女人们忙擦她脖子里的汗，整理被风扰乱了的头帕，年轻的替她拍尘土、整衣襟、蹲下系腿带，忙作一团也乱作一团，这些不知从何而来又不知向何处去的陌路相逢的人，亲如骨肉，竟是那样真诚、热烈……

年少时节，我也是过桥的常客。满月之夜过桥，水里浸润着的月儿分外皎洁。我行桥上，水底的月儿时快时缓，总是紧紧依偎在身旁。水月成镜，乃造化之寓意，最初为天下少女磨洗出第一面明镜者，我真怀疑是一位逗留过月下板桥的巧匠。水中月匀静莹澈，水经浅滩，水纹网皱如织，月儿就无声地笑了、醉了，泼洒开一派碎银似的晶华，连周围的星儿也激动得晃摇乱溅；一旦归入深缓之处，碎银倏地敛住笑影，又重新凝聚成一轮皎月……一旦走下板桥迈上滩头，步步随人的月儿便倏地收回于空中，"月下飞天镜"，湛碧如洗。

天上人间，倏忽上下——散碎于水，散碎得那么彻底；飞镜重磨，在空中又复归得那样圆满者，全宇宙是唯有这水中之月了。自沙滩上回过头细看，板桥一线凌波，空蒙若梦，桥板上宛如敷了一层霜，或许，是淡淡然地施了薄粉……

清流、皎月、古柳，万籁俱寂，让我记起架桥的场景了。

寒气逼人，旷漠的河滩上除了一伙凑热闹的顽童，尽都是壮汉。近水处，苞谷秆燃起一堆炎腾腾的大火，映红了河面，火堆旁搁着拧开了瓶盖儿的烧酒。汉子们头戴棉帽，厚棉袄的下摆用布腰带裹扎得紧紧的，下半身则赤条条的。人多势众，仰脖子灌进几口辣心的烧酒，吆喝声中有的抬板，有的扛码子，乐呵呵地下水了。冰水狠毒，猫咬似的疼，右脚仙鹤似的抽出水面，正在空中难受呢，水里的左脚更是油煎样的熬不住了，于是，两条腿蹦跶着，一跳一跳地跑向前去，水花哗哗直响，踢溅得老高。下码子的人，将半尺长的木楔打入板头眼进行固定。扛抬的汉子搁下桥板，忙又蹦跶上岸，上岸后又不能直接近火烘烤，便一屁股坐在火堆旁的棉裤上，抱住腿脚使劲儿搓动。炽烈的火焰在风地里燎来燎去，摆动如大旗，汉子们是一面搓腿一面骂，骂风、骂沙滩、骂娘，又骂桥板，惹得孩童们"嘻嘻嘻"笑，熬苦者最见不得"幸灾乐祸"，瞪圆眼珠子骂道："笑你妈个蛋！"顺手抓一把沙子"唰"地扬过去，孩童们跳着脚哗然四散。

架桥完毕，返回到村庄。村里早就选定一户宽敞大院搭棚支锅，在河边不闪面的女人们已经忙活了大半天，备妥了一顿丰盛的黄花、木耳、菠菜、肉丁儿臊子面，细长、热乎、柔韧、喷香，非常劲道。受犒劳的汉子们大口大口朝肚里吸溜，满院子回旋着一派狂风似的吸溜声，声儿好响啊，似乎是群鸽凌风飞翔时的"哨"音——停箸仰首，天空恰恰有雪白、矫捷的一群鸽子翩然旋过，像一束束雪白的信笺，是月宫里深情的慰问……

奔波异乡，我是长期没有回故乡了。灞河冬日那座雅致、精巧、绝妙的板桥，从前是逢年必现，而今还能看到吗？

《文汇报》 2017 年 9 月 20 日

点评：

　　我至今还记得，板桥的板头刻着个老碗大的"善"字，搭桥的人们返回村里吃臊子面时，也在董家西侧的大柴园子里。搭桥之前，桥板、码子，都是从这个园子里扛出来的。后来，董家成了地主，桥板之类也就消失了，那所大园子住进了新搬进来的贫雇农人家。

　　每到冬天，河里没有了板桥，冷飕飕的水里却有了零散的背河人，凭着在冰河里下苦力，挣几个钱糊口。

　　现在呢？灞河几乎断流，已经标示为湿地公园。

杨闻宇　2021 年 12 月 31 日

土 炕

"日出而作，日落而息"，庄稼人晚归后的休憩之所，就是土炕。

土炕大小高矮的格式是固定的，周遭用百多块土坯齐整地栽垒成长方形底座，面上平撑六大块四方四正的麦草泥坯。三面贴着围墙，敞着的一面供人上下。靠墙处凿嵌窗棂，远可以眺原野阡陌，数远天雁行，近可以唤鸡鹅、呼邻舍，逗儿童玩耍。

仲夏，炕心平铺一领光洁的苇席，肚皮上遮一条家织的蓝格儿布单，悠悠晚风自窗扉徐徐拂来，荡进一缕缕泥土与庄稼掺和着的气味。小巷犬不吠，屋里蚊不叮，寂静，清爽，惬意。冬夜，土炕烧得热腾腾的，满屋暖意融融，谓之火炕，纷纷扬扬的雪花在街巷、庭院、屋顶簌簌飘落，窸窣之声响动在有无之间，编织成的浩茫意境是若明若暗，扑朔迷离。全家三四代人厚被长枕头，鼾音雷动，此起彼伏，不用问，酿成的梦境是温暖的、馨香的。

平托着人体的泥坯一寸多厚，平排于土坯上方，面上承得起数百斤重的压力，背面长年间经受烟熏火燎，为什么不折裂、不陷塌呢？这坯是胶泥与麦秸合制的，麦秸铡成一拃长，与泥巴搅拌得愈黏愈好。伏天正午，光光的场地上，打坯人只穿一条短裤，将麦秸大把大把撒进泥窝，两只大脚板踩得"扑腾扑腾"响，烂泥深至膝头，拔出踩进，每一动作极端费劲，踩不了几脚，一个壮汉便累得浑身精湿，汗珠雨似的滴进泥里。和妥的草泥摔进旁边摆置停当的方形木框里，塞实抹平，隔上两袋烟工夫，泥皮收拢住了，捏一块青砖"乒乒乓乓"狠狠地砸瓷实，就地晾晒。烈日上烤，暑气下蒸，少则两天，多则三天，泥坯就能掀立抬动了。柔韧的麦秸均匀地锁进泥里，像水泥预制板中浇铸了拧丝钢筋。倘不是三伏天，泥坯半个月恐怕也干不透；"夏云多奇峰"，晾晒时若还袭来一场暴雨，坯也难保。

砌炕又叫盘炕。老把式盘的，外观棱正，泥面若鉴，炕洞也通畅，几把干柴进去，旮旯拐角都烘热了。否则，炕就不灵，烧去一大堆柴火，中央筛子大一块烫巴掌，别处却凉冰冰的。这类炕，主人家是很烦恼的："唉，闷死了！"关中土话，闷者笨也。炕闷，言下之意是盘炕之人没有本事。

炕洞里冬天烧的，尽是柴屑、草末子、树叶儿。冬夜漫长，这些散碎之物可以缓缓悠悠漫燃上一宵，满炕持续住恒温。倘是硬木柴或干茅草，一呼啦起猛焰，炕上烫烙，弄不好被窝里也会冒烟哩。这等柴屑草末，是秋凉时分萎落在坟边、渠沿的，除了腐烂化土，也别无用场。于是村翁老妇携帚挎篮，一掬一捧，积攒为烧炕的燃料。细水长流，勤俭持家，偌大的关中乡间，倒不大听说有多少被腰腿寒、关节炎缠住撂倒的，十有九恐怕是得益于热炕了。冬日昏暮，"一去二三里，烟村四五家"，平原上一座座村墟烟斜雾横，漠漠平织，薄于淡纱，轻若罗带，有晚炊之烟，更有炕洞里逸出的烟。乡景雅致似梦，浓淡得宜，如诗又如画，显示着农家生活勤恳、精巧的一面。

天地万物形成于土，最终又回归于大地。土炕通常是三年一换，拆旧盘新，时机总择定在玉米秧拔节且刚刚拔高到齐人腰部的当儿。

要拆的炕经历了百余场的烟火烤燎，体温之浸润，土坯、泥坯被熏染得油黑泛亮，仿佛涂了厚厚的一层乌漆，凝化了的烟土味儿浓烈呛鼻，蕴一股看不见的烟气火色。

一页页揭下之后，由赤着上身的汉子虎钳似的张开两膀，"哗"地提摔于大门之外，儿女们抢上前挥镢抡锤，"咚咚砰砰"，转瞬间砸得枣核儿般大小。砸碎后立即担进地里，用盛饭用的大碗（裂缝儿报废了的）抠出尖溜溜一碗，倒扣在绿秧根部，逢株一大碗，一株也不错过。从里屋扔到门外，自门外提进田垄，打仗拼杀似的忙活上大半天，合家大小的眼圈儿、嘴唇儿、鼻梁窝儿，尽被砸飞扬起的尘灰扑染得黑乎乎的，壮男少女，仿佛都生出了黑茸茸的髭须，男人像铁面包公，女人像烧火丫头，你瞧着我笑，我瞧着你乐，彼此哂笑时，露出的牙齿又雪白莹亮，珍珠儿似的……

　　炕土肥融散入土，渐渐被苞谷那龙爪样的根系所吸收，其发挥效力的时机，恰巧是红缨儿干蜕、嫩粒儿在绿皮包里孕育的当口，在炕肥滋养下，掰开的棒子长，起爆的粒儿圆，成熟之日，枣木棒槌般粗硬，熬稀饭是喷喷香的。不仅如此，在吐缨之际，又促使玉米株茎粗根稳，亭亭玉立，不易为风雨摧折或者倒伏。庄户人家几代人数年间的躯体之温、筋骨之气，就自自然然地滋润到田禾那青碧凝翠的躯体上了。田禾者，庄稼也，庄稼二字，实在耐人寻味。炕土肥倘是错过这个特定的时机，就不妙了。施早了，秆儿疯长，待到孕穗时反而泄气了，就像月子里的馋嘴少妇，营养了自身，生下孩子，奶水儿却下不来；施晚了，苞谷现老，肥劲旁落，反而转移到那私相繁殖、偷偷结籽的秋草上去了，为下一茬庄稼遗下祸胎。由此可以领悟，人对土地要的是踏踏实实，一丝不苟，要的是精确万般的节令与时机，要的是贴心忠诚的力量与汗水。

　　幸福不会从天降，而汗水从土地里浇出的幸福，却是最难得的幸福。待四野秋收之后，天气也渐渐地冷了。苞米稀饭，小米黄粱，伴以新掘的红薯，经霜的青头萝卜……色调齐备，新润莹洁；合家老幼团聚在热炕上，由那刚过门的新媳妇站在锅台前，从腾腾的热气中一碟一碗地递端上来，野味家风，其乐也何如！乡下人家，一年到头很少动荤，可靠这一茬茬鲜嫩丰美的大自然的精元之气，也是获取了养怡之福——"十亩地，一头牛，老婆娃娃热炕头"，这算不算是小康人家最原始的真实写照呢？

点评：

　　冬天里，热炕是个幸福、温暖的地方。童年，放学了，一双冻红的小手先伸进暖烘烘的热炕被窝里，龇牙咧嘴一下变得笑嘻嘻的。晚饭后，合家老小坐在炕头，老人缓解了腰腿疼，小孩子钻被窝闹着玩。

　　盘土炕，技术要求很严格。完成后，要结实耐用不塌陷，还要透气散烟，温度均匀，不烫也不凉……庄稼人的苦乐交融，是人世间幸福的极致，是小康生活的精髓所在……

张健　2022 年 2 月 27 日

杏荫井台

解放初年，村东，我家田地正中有一眼井，井台四周长着七株半搂粗的杏树。

杏花破蕾，窝了一冬的麦子才起身；起身的麦苗拔节很快。待麦梢孕穗时，杏树便裹着密匝匝的绿叶，风儿俏皮地拨开叶子，会露出毛茸茸的、一咬能酸掉牙的青杏。麦黄时节，杏儿也黄了；黄杏还掩映在绿叶里，麦浪却千顷万顷，将金色的波浪绵延不断地推向远方的地平线上。村庄里上下翻飞的布谷鸟焦急地鸣唱着"算黄算割"，父兄们便提捏着镰把，投入了一年一度最紧张的"龙口夺食"的夏收季节。因为太忙，父母对我们这班七八岁的孩童的吃、穿、玩、睡，是顾不得关照了。村巷里，我们捏着弹弓子乱窜，鸡狗都不喜欢；到田地里捡拾遗落的麦穗儿去吧，身边没个伴，寂寞难熬，捡不了几穗，便在烈日下掣懒腰，打哈欠，瞌睡就漫上来了。我的偷懒之地，就是那井台上凉幽幽的杏荫之下。

水一样的荫凉下，绽开一领破草席，脱下已露大脚趾的布鞋一扣当枕头，仰面朝天就躺下了。南风习习，绿叶筛动散碎的光影，入梦是极容易的，想不到的是那些顾不上收摘的黄杏，动不动就"啪"地摔一个下来，大概要证明自己熟透了吧，一摔地就从棱界上裂开个娃嘴似的缝儿，半露出衔着的紫褐色的杏核（这类离核儿的黄瓤杏是又脆又甜的）。我肚皮朝天，睡姿不变，只需缓缓地伸开手去，就能从草席边捏一个搁进嘴里，美滋滋的味儿哟，简直没法形容。当然也偶有扫兴之时，倘是鼾声正匀，有某一个软杏"啪"地砸在脸颊上，那又当别论。总之，一觉醒来，周围三三两两，会跌落许多黄杏儿，小小的、黝黑的蚂蚁知道我也吃不进去了，于是就排成长队，以杏上的裂缝儿为大门，到那金黄色的宝库里尽兴地咂取享受……

"腊炙羊肉嘞！羊肉腊炙的！"地头南边尘土飞扬的土路上，走着一个右臂携着平底筐的汉子，走几步就喊一声，唱歌一样好听。

乡下，长年间难得见荤。我咽了口唾沫，倏地站起身来；可爸爸正在北垄上光着膀子割麦，寻上去也没有钱。我麻利地脱下小褂儿，铺在地上，失急慌忙地捡了十多个染有红点儿的黄杏，斜插过麦茬地，朝土路上截了过去……

腊汁肉，摆在筐里的平底木盘上，白纱布苫遮住多半边，露出的几块红光闪闪。卖肉的人瘦高个，五十大几年纪，唇上两撇八字形的细细的黄胡子，短衫儿敞开着前襟，胸部肋骨一条一条的，深凹的两眼格外有神。见我摊开杏儿，便问道："换肉吃吗？"我点点头。他迟疑了一下，在路畔青草上放下提篮，抽出尺把长明锃锃的刀子，割豆腐那样切下了鸡蛋大小的一块肉，我并拢双手，肉轻轻地搁在了我的掌上。他揩揩手收拾杏儿时，才发现杏子全裂开了半边，缝里又爬满了黑蚂蚁，照着缝儿使劲吹了几下，蚂蚁也吹不掉。他咽了一口唾沫，无可奈何地摇摇头："小兄弟，我不要你这杏儿了。"他拍拍双手，提起我的小衫儿抖了抖尘土，替我搭在肩膀上，我盯着捧在手上的腊肉："那？那咋办呢？"我回望了井台一眼，"我会上树，上去给你摇好的吧！"他携起路畔的筐篮，摇了摇头："算啦。咱俩交个朋友吧，这块肉送给你啦。"说罢，便起身赶路了。道上尘埃厚厚，一脚踩下去，扑起一团烟尘，他的鞋和下半截裤筒染成了浑黄色……

我已经要走近井台了，卖肉的忽然又回头喊道："喂！小家伙！"我的心猛儿一跳：莫非后悔了，想要回他的肉！

"静静地在树荫下玩儿，别到井沿边去。大人离井台子远，你可别掉进井里啊！"天热，他那声音已有些沙哑。

"好——的！"我踮起脚大声回应他。

四野茫茫，烈日炎炎，他那细瘦的身影渐渐地远了，远了……

"腊炙羊肉嘞！羊肉腊炙的！"地平线上的热风，将那有些沙哑的吆喝声又隐隐约约地传了过来，我鼻子一酸，眼里噙满了泪水。

《文汇报》2015 年 5 月 13 日

点评：

文中着重记叙了"我"小时候在杏荫井台下捡杏换肉，一位卖腊炙羊肉的汉子最终送肉给"我"吃的童年往事。品读文章，感受"我"那段独特而珍贵的童年生活，体会"我"对汉子的感激、怀念之情，是本文的教学目标。

如何让学生在阅读中感受"我"对汉子的感激、怀念之情，可通过抓住一个阅读触发点——"他迟疑了一下"，来把握汉子的形象，体会作者的情感。"哎，这孩子多想吃腊肉，但我这肉是用来卖的啊。算了，就跟他换吧，顶多我今天多跑两个村子叫卖吧。"汉子迟疑了一下，有三个原因：既疼爱孩子，又迫于生计，同时还有天气炎热的因素。恰切地体现了汉子深挚美好的心灵。

文中描写汉子，"卖肉的人瘦高个，五十大几年纪，唇上两撇八字形的细细的黄胡子，短衫儿敞开着前襟，胸部肋骨一条一条的"，可见汉子身体瘦弱，艰辛苦难。加之"道上尘埃厚厚，一脚踩下去，扑起一团烟尘，他的鞋和下半截裤筒染成了浑黄色……"简洁、有力地描绘出了汉子为了生计而艰难奔波的日常生活。

从"迟疑"这一出发点，运用语境想象补白，揣摩汉子心理活动，学生会更细腻地感受汉子疼爱孩子的内心，也更深入地体会汉子艰辛的生活。这位汉子不仅无私地送肉给"我"吃，还给予"我"精神上的关怀，从而衬托出汉子的纯朴、善良、疼爱孩子的美好形象，表达了"我"对汉子的怀念、感激之情。

陈萍

雁 阵

　　我的故乡在关中。儿时，村西河滩的上空，随时可以见到高翔的雁阵，平展展的雁行总是斜斜地排成"一"字或者"人"字，凌空而过。"鸣则相和，行则接武，前不绝贯，后不越序""行如兄弟影连空"，尤其是那硕大、规整的"人"字，仿佛就是我启蒙之际认识的第一个大字。

　　雁落平川，无所谓什么秩序。一旦飞离地面，翅开先作字，风里自成行，便迅即展示出强劲不息、运行不辍的生命真谛。那"人"字造型酷似箭镞，这是用一个个单体生命集中组成的顶风逆上、不畏云冷霜寒、不惧露重雾湿的箭镞，这是能够穿越弥漫的风云，征服重重苦难的箭镞。远征之际，这是生命具有进取性与穿透力的最简洁、最凝重的符号。

　　"清音天地远，塞影月中微。"夜空有月，仅仅是清淡月痕，雁阵也要兼程而进。唯有黑得不见五指的秋夜，我们村西河滩上才落满中途歇息的大雁。滩地润泽，湿软的沙土下草根如织，栖雁有饮有啄。宿雁之周围，有专司警戒的雁奴。"雁奴辛苦候寒更，梦破黄芦雪打声。"世间用兵，兵家学雁，军营四周后来才有了忠诚机警的哨兵。军队昼夜行止倘无哨兵，还能称作军旅吗？

　　雁阵联翩而过。日暮时分河滩满员，后至的雁群就收拢暮色降落在近河的田地里。萌芽的小麦正在土地里窝根，雁阵栖过一宵，那麦根就被拔光啄尽了。翌日清晨，雁去地空，遍地是横七竖八的绿萋萋的雁屎。在一个不见星月的夜里,父亲与临巷一位叔叔边扯闲话,边携着我往河滩方向转悠,到了麦地垄畔,他俩不出声了,父亲轻轻从兜里摸出去年春节时剩下的一根一拃长的鞭炮,用叔叔的烟锅儿点燃捻儿,倏地抛向空中,"砰"的一声炸响,火花迸溅,地动天摇,"嘎嘎嘎、嘎嘎嘎",失魂落魄的雁唳声拔地而起,凉意如泼水,似乎有逸散的鸿毛忽地扑上了我的脸颊。我仰起头,什么也看不见,只觉得大羽扑闪的风声驮着众多大雁惊炸的嘹唳声簸荡了几下,仿佛有什么巨物升空四散,散开了,也消失了,瞬息之间,一切复归于平静。

远征的雁阵联袂而进,不惧风雨雷电,可最惊悸的恐怕莫过于地上隐蔽处射出的弓箭,"望月惊弦影",尘世间潜伏的凶险致使它们对天际眉月也形成杯弓蛇影式的幻象了。父亲扔起的旧年鞭炮,虽是声威迸火,却不属于弓箭之列——庄稼人过日子,也实在不容易。可那个漆黑的夜间,被轰散的惊慌失措的大雁,后来又如何着落呢?

大雁,年年岁岁,春分后北翔,秋分后南返,南下不过衡阳,北出雁门山止栖于朔漠。空中的直线距离,绝不下于3000里。近些年,大雁的踪迹渐渐少见了。那一年去衡阳,我也只见到雁的石雕与焊接在低矮栏杆上的铁皮剪影,排列成阵,双翅一一上举,却是怎么也飞不起身了。

人的尊严是高贵的,超尘的。每当仰视天空,即使仰得脖颈作痛,眸子发酸,倘使能望见人字形的雁阵缓缓地掠过长天,或多或少总能悟出些生命的底蕴,又自然地感到自己的渺小。谁能想到,这才过去三四十年,不知延续了几千几万年的"落日天风雁字斜"的绝妙景象,在我的视野里就悄无声息地抽离了,销毁了,再也无缘相会了。五湖四海,空中从今往后没有了雁阵雁影的,又何止是关中的天空呢?

长天人字少,斯世正颓波。不时仰首望月而终于不见雁影,我这心头是有些空落。世上最可宝贵的是它们身上的凝聚力:雁影排列成阵,可为凌空远征;军人组织成阵,方能御敌戍国。我从戎36载,生命基本上是在军旅中度过的。或许是出于怀旧吧,而今沉入晚年,也依然怀恋着悄然消逝了的雁阵。

《光明日报》2013 年 11 月 29 日

点评：

　　作者的军旅生活，让他联想到雁阵与军旅有许多相似之处。头雁是雁群的开路者，飞行在雁阵人字头的最顶端，强有力的羽翼扇动，克服了前方的空气阻力，为后继者减轻了气流压力……"恨人间、情是何物？直教生死相许。"是元好问《雁丘词》里的语句。讲的是比翼双飞的一对大雁，一只为了另一只殉情而死的故事，壮烈而凄美。

　　文中的描述极为传神，看到精彩处，我喜极而泣，把书捂在脸上，我怎么有这样一位能写的同学——用文字永久地记录下爱军旅、爱家乡的一片深情。

张健　2022 年 2 月 28 日

饥馋的乌云

夏日忙天，关中农村忙于收割，谓之龙口夺食。粮食入户，颗粒归囤，才算是"夺食"成功。

遮掩村庄的树梢间，穿梭的布谷鸟焦急地鸣啭着："算黄算割！算黄算割！"田野里，半拃长的沉甸甸的麦穗儿在南风里悠悠摆荡，一层推一层地轻轻摇曳。光着脊梁挥镰的汉子俯身在滔滔的麦浪里，面对着殷实而馨香的土地，向麦海深处奋勇地埋头挺进，挺进时很少直起腰来。此时，倘若有人在那淌汗的紫红背上平搁一叶瓦片，汉子定能在半里长的田垄间走割一个来回，瓦片也纹丝不动——行大事不顾细微，挥汗如雨，也就顾不得身后所遗落的麦穗了。

连带着秆儿的遗穗，如金色的羽箭似的，胡乱散落在麦茬地里。这时节，所谓的"屋里人"便成为割麦汉子天然的"后备队"——田野遗穗，自然是留给女人的了。这也算是造化的安排吧。

晨光熹微，只要能依稀瞅得清穗儿，女人们就赶忙下地，逐垄逐畦地捡拾。想要拾满一篮穗儿，少说也得一起一伏地磬折上千次腰肢。实在是累得腰酸腿疼，撑持不住时，就抹抹汗水，歇坐在地中央的水井旁，将拾得的穗儿揉揉搓搓，一把一把吹去糠芒……

当她们在苍茫暮色里拖着疲惫的身子回村时，肘挎篮儿之外，襟儿里裹的、帕子里提的，便都是纯净的麦粒。人虽尘垢满面，风鬟雾鬓，渴累憔悴，可善良的眸子深处，却隐隐闪动着喜色。这样勤苦上八九天，篓子里会攒出亮莹莹的新麦，从中匀出一些粜于集镇，为小儿女和丈夫缝制一身素净衣衫，换下旧年敝衣，苦涩中便沁出淡淡的清甜，这是怎样难得的一种幸福哟！

女人珍惜散落于地的穗儿，挥镰的汉子，也盼望自家女人能多捡些遗穗。为生产队刈麦时，有时便下意识地疏手拐镰，多些遗落。夜深人静时，从枕头上悄悄向"屋里人"透露点小风。翌日大早，媳妇便以急促急紧的声气将小儿女从梦中拽起，脸也顾不上擦洗，随便绾绾来不及梳理的乱发，匆匆忙忙就出村了。鸡犬醒着，老狗知趣，影儿似的将主人送出门，不声不响，就悄悄折回窝了。有的人家为了拾麦，连那常年蛰居的老母亲也跌跌撞撞地加入黎明的麦茬地里来了。

家家户户，未曾相约而脚步同响，田野里刹那间人影散乱，脚手丛杂，亲近和睦的邻里们，晓色中彼此瞟上一眼，心照不宣，忙低下头，遍地立时卷起一片抢拾麦穗的飒飒声，像风在掠动，像鸡在争啄。偶尔有锐利的麦茬扎破了小女儿的手指，轻轻地啜泣，马上就引起身旁母亲压紧嗓门的训斥声："悄着！快拾！"

八百里秦川风水好，脉气润，女人们模样儿俊气，可那一双手却麻利得像刀刃似的。在前一度青黄不接的日子里，屋里动不动揭不开锅，邻里间就暗相串联，常在半夜里爬出被窝，结伴到略远的外乡去采苜蓿。苜蓿，本是张骞出使西域时从大宛国引进的饲马之草，可那嫩芽儿拌在锅里，不析水，又粘饭，在充饥的春芽里实属上品。月暗风紧，黑地里行事，白日一朵一朵掐苜蓿突变成连把猛撅，沾露和泥，连根挟草，一副急促生风的架势。

"饥寒生盗贼"，冥冥间似乎真的有主宰命运的幽灵，将天生的纤纤素手畸形化了。用这样的染绿未褪的手指来捡拾麦穗，"越轨"形迹便在所难免——趁旁人不留神，就闪电般旋开手去，从邻垄"唰"地撸一把尚待收割的穗儿，裹进自己的篮底。那时的生产队长也机警得很，只要是从田埂分界处逮住一个撸穗的女子，不管她平日管自己叫伯还是叔，当即撕破脸皮，扯高喉咙，连声斥骂，以此警告、敲打那俯首拾麦的一大片身影。倘若遭骂的是一位冬剪窗花、春绣小鸟的待嫁姑娘，脸皮儿薄，低低俯首，一串晶莹的泪珠便洒向脚下熟悉的土地……

渐亮的晨光，依旧恬静，路畔青草梢头的露珠闪闪烁烁，如龙宫珠玑之出海曙。饥馑冲淡了人情。众人推选出来的生产队长，维护着集体的利益，表面厉声斥骂，心底却是五味杂陈。

困难的日子如浮云一样，总会过去。生活纳入正轨之后，忙天照旧是一派旺火景象：镰刀银光熠熠，在麦浪里像鲤鱼跌朦似的上下翻飞，"叭叭"脆响的红缨鞭在大路上空挽动鞭花，马牛驮着座座相连的金山，绵延流动。

为了抢时光、多出活，午饭便由女人们送到井台上来了。这时候你会发现，男人们蹲在地上狼吞虎咽时，送饭的女人，无论是年轻媳妇还是年迈的母亲，摆妥饭食之后，头顶一方遮阳的帕儿，很快就进了麦茬地，一穗一穗地捡拾，神情是那样专注、入神……

《诗经·小雅·大田》记载："雨我公田，遂及我私。彼有不获稚，此有不敛穧。彼有遗秉，此有滞穗，伊寡妇之利。"周代基层的村社中，妇女、儿童，在成熟的原野上静静地拾麦捡穗，清旷、和平、恬静，这是尚勤尚俭的乡里美风，形成的是简约迷人的圣洁画卷。古老而遥远的画卷，让我联想到《圣经》里上帝创造万物，最后才造就女人的记载，这最后的造就，该如何去理解呢？天若有情天亦老，有谁能解得开这个谜语呢？

拾麦之事，作为一条约定俗成、流传既久的生活小溪，数千年来是怎么周折变迁的，无从细考了。年年岁岁，不管收成是否顺景，颗粒归仓是铁定不移的。歉岁拾麦，谨度饥荒，捡取的是延续庄稼人生命的微粒，体现的也是怜悯寡稚的人性之美；丰稔岁月，珍惜的是苦涩汗珠入土后的结晶，人们始终虔诚敬重着的，是哺育一切生命的高天厚土。

现在，家乡城市化了，上述情景已然远去，可当年那熟悉的画面，我能忘却吗？10多岁时，若是浪费一粒粮食，立马就会遭到父母的严厉责骂。现在进入老境，看到有的年轻人把粮食不当粮食，余餐剩饭随便扔弃，痛惜之际，我还能上前去责问、规劝吗？

当前，世界不少地区已开始闹粮荒了。粮食已成为国与国之间较量的潜在武器——在这个世界上，谁敢排除饥饿乌云重新袭来的可能性呢？

《中国财经报》2021年9月4日

点评：

有生活，味道浓，文字精，百读不厌。

其中生动表述的走镰子割麦、捡遗穗、撅苜蓿等场景，我曾亲见亲为，深有体会。

高思正　2021年9月6日

《饥馁的乌云》，读来韵味十足、天趣盎然。

文字凝练，功力老辣，完全是教材范文的笔体，令人称叹。

读着文章，一幅幅国画风韵的关中美景，立时浮现眼前，萦绕心头，久久难以释怀。

我当兵在关中、陇东近20年，后天性地生活在农村包围的环境里，从而被深深感染和改造。

从西府的宝鸡，到东府的华阴，又到甘肃的天水、北道，连年参加的冬小麦播种、虎口夺食的麦收、秋播，及至在各个村庄舞台观赏秦腔、放电影，更有不少时段驻训在农村老乡家中，对《四季轮回图》里的麦性、秋象，都有着非同一般的从陌生到熟悉和喜爱。

那时节农村的乡土，空气中飘散着庄稼的芳香和袅袅炊烟，每到收获季节，公路上晒满了各种果实和秸秆。我最迷恋的，是傍晚收工的农民们，三两成行，牵着牲口，背着农具，夕阳中说说笑笑，缓缓而归，我常常不由自主地迷恋地观望很久、很久……

后来到了甘肃，依然经常往返于秦陇。

临到关中夏收季节，在火车上结识了不少甘肃"麦客"。

甘肃的麦客，话极少，仅凭一把镰刀，到陕西没日没夜地抢收小麦，用赚取的工钱换成粮食，背回贫瘠的陇地家乡。他们背粮的那种能力，绝对令人惊叹，常常把列车车厢地面都垫起半人多高。有几次，遭遇乘警检查，乘警硬是拉开车窗，把粮食一袋一袋地往行进中的车外掷扔。憨厚的甘肃麦客们，憋得满脸通红，却吐不出半个字的抗议……看到眼前这一幕，我忍无可忍，站出来厉声阻止乘警的野蛮行径，那时节，当兵的说话还算有点威力，乘警辩驳几句，自觉无趣，只得悻悻离去。满车上弥漫着陕西小麦的香气，瞬间，我仿佛又回到了关中的大地。

无论陕甘，天下农民都是一家人。我们当兵的吃军粮，更离不开农民的辛苦劳作。是他们用终年的辛勤铲除了饥饿，怎么能容忍让他们反倒沦为饥饿的人群呢？

我为自己成为他们的朋友，为他们尽一点微薄之力，多少有几分自豪！

刘大卫　2022年4月14日

耕织的印痕

少小离家，老大难回，是因为离乡 50 多年，那些熟悉的日常风景彻底城市化了，我这老荒的记忆里，只留下印象的一些碎片。

男子汉是日出而作，日落而息，耕耘于野。

犁地之牛，颈上套着两端穿绳的轭头。臂弯形的轭头坚固结实，它是自然生长于高巍的槐树、榆树或者柳树身上再由匠人截取加工而制作的，长绳的后端牵挽着揭地翻土的犁头。轭头与牛体接触的着力部位，锃光明亮，光洁度与手扶的犁把不相上下，也与其他惯常使用的锹、锄、镢、耙、镰、推车、辘轳的把柄是一样的色调。

长年运作不已的农具，把柄上的色泽，统统得之于手掌紧握时的浸润功夫。木质把柄与其底部的钢铁锋刃一体配合，耕耘灌溉，刈禾割草，打麦扬场，往来运输，赋予五谷、瓜果洋溢于野的斑斓色彩，而最终渗透于把柄的，则是金属般纯正的一种光晕：近于琥珀而透明有痕，光似鉴人又不显人影。乍然看去，贴近于枣红色，细加审视，晶莹度为枣红色所不及。我从书本上听说过汗血马，劲大、耐力强，汉武帝赞其"沾赤汗兮沫流赭"。"汗血"之色晕，或许就是这样的枣红色吧。

男人经营田地，女人则当家，被称作"屋里人"，烧火做饭，纺织缝纫，生儿育女，打理大大小小的所有家务。

当年，我们家也有一台踏盘式的织布机。女人端坐在半人高的横板上，两脚交错上下踏动木盘，一手投梭，一手扳动经停板，四肢上下前后交互有序，左右投送的木梭如春燕掠地那样交递如飞……老半天过去，才织出拇指宽的一绺平布。地球仪讲究经度、纬度，我对经纬二字的认知，启蒙于织布机：耐心韧性为经，灵动技巧是纬。朝朝暮暮，月底灯下，当机杼声息，新洁规整的布卷从机轴上卸下来时，人们才发现那暂且歇息的木梭、经停板，与那从田野上扛回来的农具把柄同样地澄澈睐亮，也是汗血样的枣红色。

平常的农户人家都有着自己绵长、单调的音乐："唧唧复唧唧"，绝少间断的机杼声，是从织布机上谱成的节拍沉稳的旋律，鸡叫、狗咬、娃娃吵的"农舍三声"，是其间欢快、舒畅的音符。我在外地当兵时，居家的妻子就是个心灵手巧、邻里羡慕的织布能手。因为久坐织机，臀部也磨出了厚厚的茧子；后来随军离开故园，不再纺织，这茧子，却是多年里也没能消退。寒暑变易，千门万户都能感受到衣被鞋帽的暖柔舒适、温馨可亲，然而，"织女机丝虚夜月"，又有几人理解，普普通通的"织女"二字，是由多少个日日夜夜苦出来、熬出来的。

家里灶台前的木墩（烧火时坐下稳当）、右侧掣动风箱的把手、檐前水井口上圆洞形的井台石，或淡黄，或乳白，从来不见擦拭，总是光洁明亮，一如新制。家什上所有日渐鲜亮的光泽，悄悄静静，似乎又默默地漾动着"淡定勤勉"的字样，这汗水心血结晶出来的字样，绝非一日之功所致。

我家门口右侧的门墩石是一块菱形青石。劳作间隙随意打坐，擦汗，抽烟，小憩提神，光溜溜的人见人爱。我考上中学行将住校，第一次出离家门，母亲坐在门墩石上，一边为我的新织布衫缝扣子，一边一把把地抹眼泪，泪水打湿了颤抖不已的针线……

我从学校毕业后从戎于西北，妻子是在我即将40岁的那年随军的。告别老屋时的简便行装里，她只选取了那根几乎天天使用着的擀面杖，三尺来长，沉甸甸的，枣木制作（是我家后院枣树上截取的一段），通体润泽，至少浸渍过祖母、母亲、妻子三代人的汗水。其实，随军以后，擀面杖并不常用，妻子选中它，纯粹是出于对家园的依恋。

部队大院里，我们搬过几次家。可惜，在一次搬进新楼时，单单就不见了这根擀杖。为此，妻子惋惜了好几天。我们的住地处于黄河之滨。夜里躺在床上，或许是那擀杖的光晕太迷人了，望着窗外斜挂的眉月，我疑心它是化成了一条蛟龙，悄悄地潜入奔涌的黄河浪里去了——热土难离哟，黄河流向的东方，正是我们的故园热土之所在。

"耕夫""织女"，这是造化之神所编织的质朴、素雅的两大花环。当花环被赐予天下男女之际，也适逢他们生命里上好的年华、盛壮的岁月。家什色调其所以珍贵，正是因为其间凝结着数不清的苦焦、劳倦和辛酸。此等特殊的光泽，既然是披星戴月、久久劳作的沉淀，是烙印于大地的至为深挚的血汗印痕，那么视之为沧海桑田所回敬于上苍日月之光晕，也未为不可——因为天际星辰里有牛郎，也有织女。

泰戈尔说过："你今天受的苦，吃的亏，担的责，扛的罪，忍的痛，到最后都能变成光，照亮你的路。"老辈亲人相继离世，劬劳之躯长已矣，身亡却不等于灯灭——我与老伴幸存于世的生命走得再远，也难以忘却先辈传递着的生命光泽，这弥足珍贵的光泽如同他们在世时风雨兼程的明眸，注视着，也照拂着我们前行的路径，教我们的脚步不敢轻忽、懈怠。

点评：

文章题目，暗含文章主旨。"男耕女织"是我国古代社会家庭的自然分工方式，是世世代代农村家庭赖以生存的基石。那些农耕的日常风景已经渐渐地城市化了，唯有记忆中存留着一些有关印象。

作者巧妙地在印象碎片中拈出"印痕"一词，极其细腻地刻画归纳，把它写得晶莹剔透，美丽动人。这独特的光泽，是汗水沁润的结晶，是耕织生活的象征，是千千万万农村家庭的投影。它既是先辈们传递给我们的生命的光泽，又强烈地照亮了我们前行的道路。于是，历史与未来通过耕织的印痕巧妙地融为一体了。

　　文章文字细腻，场景生动，感情深沉，经得起咀嚼。

《中文自修》 2019 年 8 月期

四季轮回图

踏雪探春

乡下孩子，总盼着过年。过年可以放鞭炮，绿炮、红炮"砰砰咚咚"腾上半空，绽开一朵朵绚丽的鲜花，幽微的火药香中，炮仗皮儿旋落下细碎的花瓣儿，扑撒得满头满身……

"春打六九头"，冬与春吻别，是天地节候最隆重的一场聚首吧，所以春节降临，常有飞雪相迎。粉妆玉琢的素白世界里，千门万户，男女老少突然在一夜之间换上了新装，从贴身的衬衣到外边的棉袄，从头上的帽子、围巾到下边的鞋袜、腿带，里里外外尽是新的。男子汉非青即蓝，女儿家、孩童们披红挂绿，一个个漂亮、帅气，邻里们街上相逢，眼角眉梢那禁不住的喜洋洋的神采，感染得寒冽的空气也一下子清新、温润了许多。

除夕守岁；初一，邻里互相拜年；初二，走亲戚便掀开大幕。

男男女女相继出村时，无不拎着细竹篾编织的金黄色提篮。篮上苫遮着首次启用的白羊肚子毛巾，巾上的印花朵儿在轻旋漫舞的雪花里忽悠、摆荡；轻轻揭开毛巾，篮里摆放着十个暄软胖大的白蒸馍，一般儿大小，同样的圆实，正中顶儿上拓印一朵鲜艳的梅花。富态的白馍标志着去岁的收成实足地好，展瓣的梅花则预示了又一度明媚的春光。麦子是自家地里的出产，馒头是自己媳妇巧慧的手艺，不辞路遥，挎携到亲戚家里来报喜，来庆祝。

客人心意隆重，主家情怀殷殷。男主人在大门外接过提篮，郑重地搁进里屋，女的当即捏起柔软的小笤帚，扫住亲家弹扫襟帽上的雪花。寒暄声中，推让到暖烘烘的火炕上，人刚坐稳，花被窝才笼住脚，热乎乎的一大碗面条儿就递到手上来了，烫金的朱红筷子尽量挑起，也挑不出尽头。天增岁月人添寿，这是祝福"太平与长寿"的隐语。菜盘摆在小炕桌上，鸡蛋、豆腐、粉条、菠菜，中间是满溜溜的一碗肉，肉被切成薄薄的长方片儿，齐崭崭排了一层，肉片底下垫着菱形的红薯块儿。小酒盅斟得满当当的，自家酿制的烧酒，抿一口辣死人，却暖心窝。馒头刚出笼屉，浓郁的香味弥漫了一屋……茧手、白馍、烧酒、热菜，客人的脸膛红晕了，主家还擎着酒壶一个劲督阵："再满一盅，喝好！"臻至、和悦的气氛里，不闻吆五喝六，情意却虔诚、真挚、隽永。

杯盘撤下之后，抽烟，吃茶。妇女们聚拢于灶下，一面亲热地絮语话旧，一面铺排着下一顿的饭食，欢快、轻捷的刀杖之声不绝于耳。男子们蹲踞在热炕头上，说雨水，话桑麻，谈瓜果，论丰歉，汗滴风雨中的甘苦心得，犁耙镬锄下的深浅体会，你一言，我一语，尽都和盘托出了，有意无意间交流着田园里的讯息。话到会心处，彼此拊掌大笑，粗犷清爽的笑声中，铜烟锅儿磕得炕沿板儿乒乓直响；接着是不约而同地凑近窗台，透过窗棂，望一眼远近原野上浩茫的雪景：飘拂的雪花白蝴蝶似的铺天盖地，纷纷扬扬，装扮得山河一色，房矮了，树低了，水井缩成黑窟窿了……孩童们新袄在身，热饭下肚，不感觉冻，聚在大门口，点放除夕夜没有放完的花炮。

九寒天短，时不待人，晚饭搁下碗，就赶着回家了，雪落得紧，暮色漫上来就不好认路。回家，是不兴空着篮儿的，红枣、核桃、花生、柿饼之类的干果，样样抓上几把，一搅和就是多半篮子。

庄稼行活路紧，亲戚间平时难得走动，唯有春节，吆牛种地的汉子才成批出动，形成走亲戚的主力。路上，妻子领着儿女，簇拥着丈夫；丈夫的短髭上、眉梢上沾着几绺儿雪粉，妻女们丽妆素裹，刘海上、发辫上点缀着晶莹的雪花。原野空旷，移动的步态是优雅的，雪落无声，扑朔迷离的雪幕里仿佛行进着一队队春之神君临大地的影姿。

就像早晨出门时从阡陌纵横的大路小路上散入四乡八里一样，风雪暮归，又不约而同地遇合于村口。各人酒力在身，篮轻衣暖，说笑打趣的声调也格外爽朗格外热和。瑞雪在醉意的欢笑声中，很快就抹平了一溜一串遗在村口的、大大小小的脚窝……好一场正月飞雪，就这样来孕育第一抹春色吗？！

这年节来得浩大而朴实，它是以360天的寒暑辛苦挣得的，来之不易。作为现实乐谱中一个愉快的音符，其间韵致迥异于富豪门第的灯红酒绿，有别于繁华世界中的纸醉金迷，是以既定的步调来到人间，将幸福缜密地蕴蓄于俭朴、敦厚之中……

井台之眠

关中的夏天，烈日炎炎，地面热浪滚滚，田间的农活却是格外吃紧。庄稼人想歇会儿，摸一下路边的石头，烫手！

天长，夜短，那时节没有风扇、空调，靠手摇扇子取凉，夜里也睡不了多大工夫，天就亮了。日间酷热，活路又重，一个夏天过去，一条壮汉总也要瘦减十几二十斤的。

关中田野上，凡是高耸起一堆锦绣的地方，便是六七株簇拥的大树，大树中央必有一方细草茸茸的井台，井台正中是一眼浇地的水井。非劳作无以享受吧——野外干活的汉子大汗淋漓，乏累困倦，午间倘能在井台树荫下"抽上一觉"，大概就是最惬意、最难得的享受了。

那个井台四围，比人高的青纱帐齐崭崭的，新绿鲜翠，在风里微微摆动。清湛的蓝天，飘几缕悠悠的白云，在这如诗如画的意境里仰面朝天躺下去，上方是通风透气的树冠，遮翳着阳光，融融洒落的是春雨似的凉快与爽意，富丽堂皇的帝王伞不及其阔展大度，精巧雅致的小洋伞不具其悠然洒脱。没有个枕头不打紧，随便踢下两只已露脚趾的大布鞋，逮蛐蛐儿那样地将鞋口扣住，合二为一，鞋帮软和，鞋底是妈妈纳的千层底，略为硬实（乡下是绵软的土路，谁也不钉什么鞋钉），枕之于后脑是软硬适度、不高也不低，这"枕头"实惠、美气，太舒服了，后脑勺一放下去，人就醉酒似的迷糊了。蝉在鸣唱，清风抚着树叶儿，四周人高的田禾在轻风里提袖顿足而舞，吟唱与舞姿俱以不惊动酣眠为限。若是居高俯视，这不就是别致天然的大摇篮吗？婴儿的摇篮，是人为编制的，要母亲悉心守护，这井台属于田野耕耘者的巨型摇篮，因地制宜，大爱无际，胜过天下第一流的眠卧之榻。

人间的一切享受，从来都是短暂的。地球在转，太阳在动。日既西向，那树荫也就云影似的悄悄然东移。开初在井台上端详躺卧之处时，你如果准备在身底下平铺一条六尺长、五尺宽的家织布口袋（装粮食用的），阔大的荫凉之下，你可得仔细地算计好位置，尽量铺设在最东畔才行。睡着睡着，倘是有乱梦袭来，梦见水鸭子与涝水池，梦见黄牛瀑布一样地撒尿，那可就不妙了，肯定是太阳缓缓地把荫凉推移出井台了，烤炙得你怪梦连绵。这般时候，汗津津地爬起来，身底那口袋上就溻下了一个湿漉漉的人形水印，这是你方才酣梦时的一个剪影，以汗水为印泥，以后背、后脑为印章，简洁明朗，别含意味。

陶渊明在《与子俨等疏》里写道："常言五六月中，北窗下卧，遇凉风暂至，自谓是羲皇上人。"太古之人闲适有福，陶渊明也善为比拟，可憾的是，这个开古今田园诗人之宗派的祖师，却没有到井台荫凉下去过一把瘾，足见这位东篱采菊者，在种庄稼上还算不上个行家里手。

天地有大美，这大美仅赐予勤快之人。懒虫、二流子，是没有资格到井台树荫下去眯会儿的。这号人即使腋下夹个裹着枕头的小凉席去了，只怕也睡不踏实，纵然是阴凉不移，噩梦也自来。

在家里忙活的女人，时时惦念着田里劳作的男人，男人归来，她会迅捷地端上饭菜，心疼地叹息一声："六月的石头——瘦三分！"

井台之眠，是辽阔乡野里愈行愈远的一帧插图，珍贵的一帧插图。

立秋之晨

夏与秋初始交接，气候、景物上一下子尚分辨不出是秋还是夏。

半清早，几大朵镶着锃亮边儿的乌云，像刚刚炸裂开却又不甘心各自散去的大型冰块，集拢在朝阳周围。有一块终于捂火盆似的一下捂住了太阳。顷刻间，密麻麻的吊线雨幕从黑云底部垂搭而下，滂沱雨点儿齐崭崭泼下来了。

只是暗了东方，天宇并不晦暗，云隙缝儿间透射出的一束束烂银般的光芒，将连天接地的雨幕照射得闪闪烁烁。那珍珠似的雨滴一下子将地表万物泼打得迷迷茫茫，碧翠晶莹的棉花叶、苞谷叶颤颤巍巍，噼啪乱响，亭亭株影在雨丝长弦下似笑似舞，半痴半醉。雨星砸在地上，闪溅开一片片薄绡似的雨沫，雨沫泛亮，仿佛白雾掠地，于是，人们称这雨为"白雨"。

"白雨不过牛背"，黄牛的一峰脊背可以秦岭亘天似的分划开晴阴两界。黄牛在拉犁，犁沟那边刚刚耕耘翻掀起来的土地上是白花花的一派雨雾，这一边尚待翻耕的生茬地上，阳光依旧灿然，一星儿雨也没有，但氤氲着从对面浸淫过来的潮润润的湿气，一股鲜冽袭人的馨香气味……

方才还在那一边啄蟋蟀、叼蚯蚓的乌鸦、喜鹊，忽地撑开翅膀，贴住地皮飞掠到犁沟这一边来了，齐愣愣抬头往那一边瞅。那正犁地的老农也呆了，收住鞭，插住犁，伸出一只脚踏在犁床上，与老黄牛一齐歪头朝那边雨窝里瞧。趁早凉钻进青纱帐里寻挖猪草的村童们，急惶惶扔了短镰，倒翻了竹笼胡乱扣在小脑瓜上，朝没有雨的这一边狼狈逃窜，大呼小叫，连滚带爬，跌跌撞撞，像风雨里覆了巢的小鸟，像荒火里乱了营的蚂蚱……

收鞭插犁的老农自言自语："噢，今天是立秋!"丰硕而富饶的秋天，就这样大咧咧地降临到八百里秦川上来了。

此番云雨，来去倏忽。像一幅自天而降的神妙画卷，绽得快也收得疾；像那拂晓时已悄然隐去的月殿里突然亮相的一位天仙，朝着大地拂动长袖的天仙情深义重，耕云播雨，容不得下界的凡夫俗子们拭目细看。

村野戏台

关中妇女擀面条、蒸馒头，双手欢快地揉着面，同时啧啧赞叹："这麦面真有性!"性者，个性，是说这面粉和成之后柔韧、筋道，不单案板上搓擀起来拿手顺心，一经蒸煮，喷香醉人，也上口耐嚼，别的谷米杂粮，是无法与之比肩的。

原因是小麦生长期是八个月，却是涉足四季。秋风秋雨里播种、生芽、泛绿，经一个白雪纷然的冬季，在柳青桃红的春日里起身成簇，连簇为浪，绿浪在骀荡的春风里摇出穗儿，灌浆、转黄之后，龙口夺食的收获期便来临了。小麦的生长比别的田禾漫长、复杂，个性也分外鲜明。

嫩生生的冬麦细苗不怕牛嚼羊啃，无所谓车碾人踏，不但不怯，反而是愈踏愈旺实。五九尾，六九头，乡村因为过年节而演戏娱乐，那简单结实的戏台就在村口一块平整的麦地里搭了起来，村庄是戏台的天然背景，台口对着平旷的田野，开阔无限。夜里开演时，从四邻八乡汇聚而至的男女老少人山人海，厚实的鞋底儿挤出来挤进去，蹲下去又站起来，千层万层地研磨践踏，一折腾就是几个时辰，直到后半夜才散场。翌日早晨你去看看吧，这块麦地就像小学校的大操场一样瓷实光硬，怎么也看不出麦苗儿的痕迹了。

可待到五黄六月天，你会大为惊异：这块地里齐整的麦秆儿极为壮实，密不透风。开镰之前，从垄头掀一巴掌，一拃长的金黄穗儿挤挤攘攘，后浪推着前浪，能荡漾开丈把远。此情此景，让你不由得联想到年节夜戏时万头攒动的庄稼汉的脑袋，嗅到了那掺杂不清的汗气味儿……

是四面八方蜂拥赶来的鞋底黏滞了许多尘埃、泥土，加之小儿们挤不出人窝而就地屎尿，尘秽之气偎之于根部，进一步壮实了根脉、哺育了根系吗？

是夜冻日消，温寒交递，加之践踏时对细弱之苗压迫过甚，反而激起苏醒、抗争、向上的勇力吗？这麦苗儿也是"压迫过甚，反抗愈烈"吗？或许，是潜伏于浅土的芽儿在那个不平静的夜里，嗅得了人世间扰扰攘攘的热烈气息，向往人间生活，忘却了自身为何物，蓬勃得难以自抑吧。

天地大戏台，戏台小天地。在这个演尽人生悲欢离合的村野戏台前，初始是人潮汹涌于冬夜，接着是绵延的春苗海潮一样推向远方，"龙口夺食"时，硕穗沉沉，金浪熠熠，又一次形成似潮如海的壮观景象……很显然，庄稼与人生有相通之处。这幅天、地、人共同勾画出的奇异景观，庄稼人自己也无法解释……

点评：

村野小景引发了乡愁。随着城镇化用"大跃进"的速度人为推进，乡野在消失，小景无处寻，特别是你居住熟悉的郊区农村，高楼林立，机器轰鸣，杂乱无章。正是从这个意义上，你的乡野小景只能作为历史留在人的记忆深处，成为以小见大的佳作。

孩子们到哪里去寻找乡野小景？就在你的散文里。能记录历史，引发思念才是大手笔。比如我看了村野小景，就想起了坐在汉江河堤上回望村子里袅袅炊烟的情景，从手擀面想到了红苕苞米糊汤，想起在汉水里濯足时小鱼撞在腿上的痒痒的感觉。

王宗义　2019 年 12 月 6 日

绝妙文字，人文俱老；自然生成，只缘功夫深！

阎庆生　12 月 6 日

哇！这么好！成精了！文字洗练极了！李安说，这世上唯一扛得住摧残的就是才华。

苏叶　12 月 6 日

题材源于平民生活，日常惯见；细致观察藏于细腻描绘之中，有全景有特写，读时如信步于生机盎然的关中原野；遣词造句信手拈来，朴实无华欢快明丽，很受用；十分自然地引出了"庄稼与人生有相通之处"的主题，"小题材"道出了人们欲道未道之深刻哲理。必能为最大多数读者接受与喜爱。

好的散文读者仍众，亦能受到各方关注。你与重声、李佩芝均多有创作悟性，且刻苦努力，惜两人早逝，特别是重声病得惨凄，故三人中唯你成就为最。人生若此，不枉矣！

"天黑"前权当消遣，笔触多涉平民生活，传播普世美德，使人开卷获益，无异于高台教化，善莫大焉！

王允毅　12月6日

乡村戏台写尽北方大戏的特点，大不同于鲁迅笔下的社戏台。这是水乡与平川的大不同。麦苗的柔韧、顽强，这愈踏愈强的性格正是北方农民的性格。秋雨的爽快、淋漓，正是我们家乡的特色。

你用笔墨留住了我们家乡之美景。谢谢。

陈巧梅　2019年12月9日

今天复读《村野戏台》，又触动了我对儿时家乡的思念，不禁泪珠涟涟。小时候，正月十五闹元宵的大戏台，是搭在麦地里的；记得母亲说过，今天在这里，你可以尽兴玩，二月十五麦起身，就不能再踩踏麦地了。

《立秋之晨》，这哪里是文字啊，这分明是精美的画卷！

镶金边的乌云，云边闪射线的日头，密密飘洒的雨幕，大雨滴砸地的白雾，白雨不过牛背，再看被大雨震惊了的乌鸦、喜鹊、老黄牛、老农，以及大呼小叫、连滚带爬、活蹦乱跳的村童们——淋漓！痛快！

张健　2021年10月20日

　　大作情境逼真，古风淋漓酣畅，具原生态之美，流淌着旧日田家乐的诗情画意。依记忆开掘，自天趣勾画，造出一独特鲜活之境。难能可贵！用苏联维·什克洛夫斯基的陌生化理论，解读《井台之眠》，针对性与适应性很强。他的《散文理论》，刘宗次译，百花洲文艺出版社 1994 年版。时代物质生活条件的变迁，更突显了文中陌生化的效果。

　　　　　　　　　　　　　　　庆生　　2022 年 7 月 29 日

第二辑　皎魄临九州

六骏踪迹

折戟沉沙铁未销，自将磨洗认前朝

——杜牧

　　秦皇汉武，唐宗宋祖，开国之君常常是厉害的。帝王谱系里，他们是最亮的星辰。

　　6世纪末，延宕千余岁的封建制度在中国孕育成熟。天赐盛世，降其英才，是李世民这位具有"龙凤之姿"的人物将空前繁荣的"黄金时代"推向了富丽堂皇的最高潮。

　　怀着敬慕的心情，我们来到了浑厚坦荡的渭北高原。朝北眺望，青峦环护之中，有一峰孤耸回绝，昂然崛起，泔河流其前，泾水绕其后，山脉水系命意不俗，这便是李世民狩猎时为自己择定的墓地：昭陵。"因山为陵"，方圆30万亩，形成东方最大的王者陵寝。1300多年的风风雨雨掠了过去，仿佛海潮退跌了似的，眼下是斜阳带雁，夕霞如焚，碑残石裂，繁华消歇，只剩下默仰晴空的九嵕山峰峦了。登峰纵目，眼前一亮，我忽然惊异南畔还以扇面形式残留着零零落落的陪葬的功臣坟墓（传说185座）。臣墓矮伏而王陵巍然，尊卑有位，错落分布，仿佛臣僚们仍然罗拜在唐王膝下。

　　草创天下，戎马倥偬，李世民与将佐臣僚们出生入死，勠力共进；下世以后，依然是荣辱与共，不昧初衷。"义深舟楫"的珍重情谊能在一代君臣之间一以贯之，这在漫长、黑暗、以背叛滥杀为常规的封建史上是难能可贵的一页。望着眼前依然保持着仪卫之制的一片墓陵，我正为"庶敦追远之义，以申罔极之怀"的君臣之交暗自叹息，陪游的友人忽然说道："唐王寝宫旁从前镌立过六匹战马的青石浮雕，这就是驰名中外的'昭陵六骏'。"

和平岁月里，马在坦荡田野上是勤奋的化身；跃进战争的烟尘，它则纯然是勇士的形象。"唐家创业扫群雄，马上得之为太宗"，"昭陵六骏"仿佛是隋朝末年黄河流域一连串决定性战役的真实投影，是四方豪俊叱咤啸进中形成的另一幅风云画图。

唐军初取关中，薛仁杲父子迅速进据陇右，觊觎长安。初战，唐军失利。618年冬，双方重新结阵。李世民避其锐气，两月不出，直待其粮草殆尽而狂躁如狼时，才以少许兵卒诱之于浅水原，亲率劲旅从后突袭，薛军崩溃，四散如流。李世民不容这些陇外骁悍之徒做丝毫喘息，不听舅父窦轨的阻拦，催动四蹄蘸雪的"白蹄乌"，衔尾进击，穷追300余里。石刻"白蹄乌"怒目腾空，鬃鬣迎风，空旷的黄土高原上仿佛闪烁着四蹄交递所拉开的一道道雪练，蹄击大地，响动着雨点似的鼓声。李世民题赠的赞语是："倚天长剑，追风骏足，耸辔平陇，回鞍定蜀。"

趁着西线有战争，晋南的刘武周迫胁关中。李世民挥戈东进，趋龙门，渡黄河，在鼠雀谷与刘军连打8场硬仗，脍炙人口的秦琼、敬德大战美良川的故事，就发生在这里。李世民2日不食，3日未解甲，跨着黄里沁白的"特勒骠"，杀得刘军失魂落魄，向北逃窜。

李世民清楚：河南、河北的王世充、窦建德才是最狠最辣的两大敌手。621年，与王世充会战北邙山。彼此刚刚列阵对峙，一道紫色的闪电掣动数十精骑直透敌营，王世充愣怔过来，才发觉一匹纯紫色的马背上伏的正是李世民。满营惊骇，戈矛四合，慌忙围追堵截。李世民神威抖擞，挥刃酣战，坐骑突然中箭，哀嘶晃摇，危急万状；大将军丘行恭飞骑冲阵，把自己的坐骑让给李世民，他一手挽住紫马，一手挥刃和李世民一起巨跃大呼，砍开一条血路，突阵而出。这紫马就是"飒露紫"。李世民赞它是"紫燕超跃，骨腾神骏，气詟三川，威凌八阵"。六骏雕刻里唯附一人，仿丘行恭拔箭状，颤抖的紫马以头相偎，湿眸沉沉。箭镞拔出，马也就"噗"地跌倒在尘埃之中。

麈兵8个月，王世充不支，窦建德忙率10万大军奔赴救援。李世民临机转戈，围洛打援，派骁将抢占虎牢关，生擒了窦建德。王世充无望，只好投降。一战而克二敌，胜则胜矣，不幸又倒下"青骓""什伐赤"两匹坐骑，青骓是前体一箭后体四箭，什伐赤是臀插五箭，马往前突，迎飞的利镞斜扎体后，显示着马驰的神速与争斗的惨烈。

末后对窦建德之故将刘黑闼的战事，使李世民十分棘手。这次战争中丧失了黄皮黑嘴、身布连环旋毛的"拳毛䯄"，一马身带九箭，其筋力的坚韧不言自明。"月精按辔，天马行空，弧矢载戢，氛埃廓清。"李世民盛赞骏马以它的生命集拢住飞蝗式的箭镞，天地间自然就清平了，安宁了。

马的力气在所有动物中属于上乘。一进入血火并作的厮杀氛围，一听到诸般兵器铿锵搏击的金属声响，它立即化成了慷慨以赴的英物，熔龙虎雄姿、壮夫意气于一躯，不桀骜，不凶悍，不声张，所有动作同时凝成了勇敢与豪迈、狂野与轻捷，以敏锐、准确的纵跃起伏执行着主人萌动在心里的每一闪念，每一意图。此时此景，让人想到暴风雨里翻飞于汪洋巨浪间的翩然海燕，想到纵舒于万仞陡崖间的自由阔大的瀑布……古代战争里倘是没有最富于创造性的、最擅长默契的骏马，一切孔武剽悍的魂魄和膂力将无所凭依，无从施展，那该是多么笨拙、多么枯燥无聊的一种战争。

李世民是当之无愧的一代天骄。马背上唯有驮起了他，也才是鲜花着锦，相映生色，无上俊逸。六匹骏马彼此递进着将李世民送上了帝王交椅，它们也很自然地化作了古朴雄浑的浮雕，以各自的神态被供奉于昭陵，与主人共享尊荣，同受儿孙辈的香火。

好马逢英主，这才真正是良骥遇伯乐。历史上有过那么多重大的朝代更迭，其间夹杂着多少霜浓马滑、策马破阵、马革裹尸的生动场面呢？唯有李世民，自战争中提炼出了六匹神骏，镌于昭陵，拟传千古。明主襟怀如镜，眼角含情，由此可见一斑。

浮雕多矣，这不是寻常的浮雕！"森然风云姿，飒爽毛骨开"，即使负伤带箭，仍然是通体洋溢着从万里阵云里提摄出来的向着盛唐迈进的煌煌气象。战争先行，艺术后进，善于将气冲斗牛的征战之风化作继往开来的精神意象，这只有当时的大画家阎立本足以胜任。那样一个时代，必然有那样的骏马，也势必出现那样的艺术家，也才足以与慎终追远、不弃本基的王者风范和谐统一。

文武重臣六骏骑，魂兮魄兮长相依——作为王朝创业史上别开生面的一笔，李世民这个美丽的心愿能保持多久呢？下世前，这个聪明过人的帝王便似乎察觉出了什么：贞观十年下诏建造石宫时，特别指明日后的殉葬品不需金珠宝玉，仅以陶人木棺为之，此等明器"不为世用"，可使"奸盗息心"。可他无论如何也料想不到，石雕六骏在漫长的岁月里会渐渐升级为艺术品，而且是足以压倒金珠宝玉的稀世罕有的艺术珍品。既为珍品，奸盗必窥。1914 年，"飒露紫""拳毛䯄"被洋人窃去（今存费城宾夕法尼亚大学博物馆）；又隔 4 年，其余四个也被破成数块，窃运至西安附近，好在被老百姓拦截住了（现存陕西博物馆）。如今的昭陵，你只能看到宋代的一尊"昭陵六骏碑"，碑体略矮于人，素画青底，以线刻刀法缩小了六骏的形象。"擒充戮窦西复东，飞镞溅血鬃毛红"，手抚凉凉的碑刻，益发让人生慨。

也许是不甘心吧，下了昭陵，我又去寻访茂陵南坡下的一眼"马刨泉"。20 多年前，那儿泉水汩汩，清流依依，传说黄巢与唐军角逐时，喉咙渴得冒火，可附近却无井无水，胯下的战马忽然直立咆哮，前蹄落下时就地乱刨，所刨处遂涌出一眼清泉。重寻故泉，什么也没有了，一位整菜畦的老农对我说："垫了，早就垫了。"关中土语，"垫"就是埋得不露痕迹的意思。旁边的公路上是来去生风的小轿车，老农哂笑我："你这人也怪，啥年月了，连马也不多啦，你还寻什么'马刨泉'哩。"

是啊是啊，马的时代是过去了，"足轻电影，神发天机"，它们是无可挽留地过去了。毛泽东当年草创天下，整天还骑马哩——自马上得了天下，得天下之人也骑着马似的很快就过去了。无论多么轰轰烈烈的时代，无论什么品种的天赐神骏，联辔齐步，不能不迅速地走过去。在历史的屏幕上，巨人们是一个接一个地走过去，而马是成群结队地奔过去，是排山倒海地压过去。今岁恰是"马"年，到了下一个马年，尘世间还能看到几匹真马、活马呢?!

西欧一位史学家说得好：考察中国封建社会的历史，不进潼关算没入门，不到昭陵不算登堂入室。现在的昭陵呢?"众山忽破碎，突兀一峰青"，就连那些石雕也是"秋风石动昭陵马"了——六骏那翻动的24蹄似乎组成了不以任何人意志为转移的历史车轮，生生驮走了一个个辉煌的、壮丽的时代。

在这块岑寂冷落的土地上，眼前是麦浪一层层地起伏着，后浪推前浪，渐渐地远了，远了，低下去了……

《中华散文百年精华》人民文学出版社 1999年3月2日

点评：

威仪之下的沉思

在泛兵器时代，"坐骑"对于阵前厮杀的胜负至关重要。中国历史上，有许多关于马的奇妙故事。比如，我们一提起关云长，往往就会联想到他的"赤兔马"；刘备乘坐了别人认为能妨主的"的卢马"，在危急情势下飞跨檀溪；辛稼轩也有"马作的卢飞快"的词句，可见良马之于主将的关系是何等重要。至于良马遇英主，则更能彪炳于史册。最有名的当数唐太宗李世民的"飒露紫""拳毛䯄"等六骏，直至李世民死后，还石雕马像侍于昭陵，以期相伴于永久。杨闻宇这篇《六骏踪迹》，就是以此故事而浮想联翩、挥洒成文的。

写马，不写其主，马之功绩不存。所以，本文以六骏入笔，实在状秦王李世民之英姿，抒其赫赫功业。驰驱三百里于陇右，回师踹踏骁敌王世充、窦建德，充分展现了作为一位马上帝王的威仪。但主再英明，将再勇武，仍然离不开负载他纵横六合的良骏。本文以较为细致的笔墨辩证地写出了马与人的默契。这种默契当然来自方法得当的训练，也与马这种动物颇通灵性不无关系吧？

我觉得这种默契是文章的黏合点与焊接点，如果没有这种默契，人与马之间必将是游离的，或者马仅是人的一种被动附属物，那六骏之神安在？甚至连这篇文章的命题也顿减其重。事实上，这种默契不仅在于人与马之间，推而广之，人与人之间、人与生存环境之间，欲得顺和，欲能谐调相处，无不需要这种默契。作者触到了这一焦点所在，但我觉得，如写得更充分些，题旨将会开掘得更深，文章的启示意义将会更大。

作者的视野不仅限于马嘶人吼的战场，也着笔于肃穆静谧的陵寝。在唐太宗的昭陵山坡上，有陪葬功臣坟墓 185 座，而且还有他生前心爱的坐骑雕像。作者赞叹这位皇帝下世后，依然与臣马"荣辱与头，不昧初衷"，在封建史上是难能可贵的一页。的确，这比起那些在得天下之后戮尽功臣、"驾崩"之后殉其爱姬的君王，确实开明、进步了些；但从另一方面去看，君王毕竟还是君王，置功臣将相于足下，设良骏石雕于目前，不是仍有固基业传万世、死后亦当为我所用的至尊心态吗？如此，也就不难理解李世民为什么要将王羲之的《兰亭序》真迹带进墓中 1300 年而不能面世了。

《六骏踪迹》一文不仅有澎湃的激情、赞咏的抒写，也有沉郁之思、愤慨之声。作为生马的六骏或役于战争，或老于·

寿终；而作为石雕的六骏，也不如太宗皇帝所愿，至今也不尽完存。其中"飒露紫""拳毛䯄"80年前即被洋人窃走，现存于美国费城宾夕法尼亚大学博物馆；而另外四个亦不完整。如今在昭陵，只有宋代的一尊"昭陵六骏碑"尚能使人约略见到六骏的形态，却也不胜感慨。尽管当年墓主人如何神武，如何威仪，而后世倘是不济，也难免横遭劫难，且又默然无声。个中意味，难道不足以发人深思！

本篇固然有较浓的文化品位，但更有深重的历史沧桑感。行文于奔放中有跌宕，于坚实中现奇谲，这是杨闻宇的文体风格。此篇尚有另外一个特点：它表面上在写六骏之雄，唐初之盛，实则隐透鼎盛之后的岑寂以至凄清。"得天下之人也骑着马似的很快就过去了。无论多么轰轰烈烈的时代，无论什么品种的天赐神骏，联辔齐步，也不能不迅速地走过去。在历史的屏幕上，巨人们是一个接一个地走过去……"这是一种规律，不管你愿不愿意，规律总是以它自己的演进方式运行着。

这篇散文读起来似乎信马由缰，不过分刻意追求严谨的篇章结构，可我觉得，这恰好表现了在骏马追奔后的散漫，热闹之后的阑珊，不也跟作者感情的起伏合拍吗！如果一味急骤，弦绷始终，不给读者留下沉思余地，反而会觉得节奏单调了些。也就是说，这篇作品的行文节奏、艺术风格，与作者所表达的思想是协调一致的。然否？

石英　1996年10月

且看他山之石

可汗，原为古代西北各族君主的称呼。贞观四年，
唐平突厥，回纥等族首领望风归顺，拥戴李世民为各
族共主，尊称"天可汗"。季羡林先生96岁时这样写
道："不是我们自吹，当时西方的好多小国，还有罗
马，都称唐太宗为天可汗，就是统治宇宙的可汗。"

——题解

中国历史的长河中驶过了一连串的封建行舟，贞观之舟（627—
649），是最值得称誉的一艘。

舟上的一班骨干楫手是凌烟阁上的24位功臣，这是由唐太宗集结、
组织起来的，舟上楫手最得力者，还是史学家洪亮吉总结得好："论用
兵制敌，没有谁能超过李靖；论辨析是非，没有人能强于魏征；论解
危救难，首推敬德。"可这三位，俱为他山之石，且是从唐王朝刀口下
存活下来的侥幸者。

敬 德

敬德，名尉迟恭，原是刘武周之属将，与寻相同守介休，在李世
民招谕下降唐。不久，寻相一伙又叛唐离去，唐军诸将也担心敬德叛

离，将其囚禁，并向李世民进言："敬德勇悍绝伦，现被囚禁，内心必生怨恨，留着恐为后患，不如杀掉算了。"李世民摇头："寡人所见，有异于此：敬德若怀翻背之计，岂能在寻相之后呢？"遂命释放，并引入卧内，赐以金宝："丈夫以意气相期，勿以小疑介意。寡人终不听谗言以害忠良，公宜体之。必应欲去，今以此物相资，表一时共事之情也。"刚过去几天，李世民带500骑巡视地形，登上魏宣武帝陵，王世充率万余步骑突然包围了他们，悍将单雄信挺起长枪直扑李世民，敬德跳上马大喊一声，从斜侧挑单雄信于马下，护卫李世民杀出重围。

义宁元年（617），李渊进封唐王，以长子建成为皇太子，次子世民为秦王，四子元吉为齐王。由太原南下西渡黄河，在攻打长安的战争中，建成、世民是并肩作战的。嗣后，世民独立指挥了黄河流域一系列的重要战役，功绩日渐烜赫，无形中便逐渐威胁到太子的地位。"力敌十夫"的元吉，眼见东宫与秦王府的水火之争不可避免，而建成是名正言顺的继位者，于是就与建成坐在了一起。在父皇面前，他俩曾谈论到可能发生的政变问题，并建议除掉世民。

建成招募各地勇士2000多人充当东宫卫士，号称长林兵；另外，还偷偷从燕王李艺处调集精锐300骑，安置于东宫之东的各个坊市。建成、元吉知道秦王府多有骁勇将领、智谋之士，对后者（房玄龄、杜如晦）奏明李渊，逐出秦王府，对前者则暗地里进行利诱，分化瓦解，谋图为己所用。对于将领，元吉首先打敬德的主意。

敬德每每冲入敌阵，四周密集的长矛刺不住他，且还能夺得长矛返刺，致敌于死命。元吉颇以使矛自负，对敬德很不服气，便提出各自去掉枪头进行较量，一决高低。敬德说："敬德自当去枪头，您不必去。"而元吉飞马刺杀敬德时，横竖是刺不中。世民问敬德："夺矛与避矛哪个难？"敬德答："夺难。"于是，世民又命他夺下元吉之矛。再次上马，只一会儿，敬德就三次夺下元吉之矛。

元吉暗中将一车金银器物送与敬德，信中写道："希望得到您的屈驾眷顾，以便加深我们之间的布衣之交。"敬德回复："敬德起自幽贱，逢遇隋亡，天下土崩，窜身无所，久沦逆地，罪不容诛。实荷秦王惠以生命，今又隶名藩邸，惟当以身报恩。于殿下无功，不敢谬当重赐。若私许殿下，便是二心。徇利忘忠，殿下亦何所用？"敬德将此事向世民汇报，世民说道："公之素心，郁如山岳，积金至斗，知公情不可移。送来但取，宁须虑也。若不然，恐公身不安。"

元吉目的未遂，反而暴露了挖墙脚的意图，恼羞成怒，暗中指使勇士去刺杀敬德。敬德有所觉察，便敞开层层门户，自己则静卧不动，刺客几次潜入，见此阵势，终于没敢进屋。后人以敬德为门神，或许正取的是这等伟岸的气概。元吉无奈，便谮之于李渊，下诏狱审讯，想杀掉敬德。世民竭尽全力，"固谏得释"，才救下敬德一命。

瓦解的对象，除敬德之外，还有程知节、段志玄。从前期的较量来看，是建成、元吉率先动手打压秦府的，下手狠急，步步紧逼。李世民岂是等闲之辈？他在暗地里收买禁军将领，为在玄武门、宫廷内及对方营垒中安插心腹亲信，也下了一番水磨工夫。然而，世民心底，还是不想启动杀伐之政变，父皇、兄弟，毕竟是自家骨肉。

六月初上，血腥味连连扑向秦王府。建成、元吉设下的"昆明池政变"计划，由内线告密，泄露于世民耳中。即便如此，世民对率先动手仍有顾虑，敬德此时挺身而出："人情谁不爱其死，今众人以死奉王，乃天授也。祸机垂发，而王犹豫，晏然不以为忧，大王纵自轻，如宗庙社稷何？大王不用敬德之言，敬德将窜身草泽，不能留居大王左右，交手受戮也。"妻兄长孙无忌也劝世民动手。敬德又进一步苦劝："王今处事有疑，非智也；临难不决，非勇也。且大王素所蓄养勇士八百余人，在外者今已入宫，擐甲执兵，事势已成，大王安得已乎！"世民也看到是没有退路了，便要占卜，张公瑾抢龟摔扔于地，愤愤地说："卜以决疑，今事在不疑，尚可卜乎？卜而不吉，庸得已乎！"李世民这才拍了桌子，定下最后决心。

为了把心腹集中起来共济大事，世民令敬德去召先已被逐在外的房玄龄、杜如晦，房、杜不了解世民的心思，便推辞道："敕旨不听复事王，今若私谒，必坐死，不敢奉教。"世民一听恼了，将佩刀付与敬德："公往观之，若无来心，可断其首以来！"

武德九年六月三日，世民向李渊密奏建成、元吉"淫乱后宫"，并说："臣于兄弟无丝毫负，今欲杀臣，似为世充、建德报仇。臣今枉死，永违君亲，魂归地下，实耻见诸贼。"李渊一时愕然，答曰："明当鞫问，汝宜早参。"李渊召建成、元吉明早进宫时，后宫的张婕妤已将世民的密奏转告了建成，元吉感到事态严重，提议"推称有病，拒绝入朝，以观望形势"。建成说："我们这不是自认有过吗？为防意外，我已令各处兵马严加防范，有何可惧！当与弟入宫参谒父皇，三对面问个究竟。"建成、元吉与李渊，老谋深算，可哪里能想到李世民所布局的当面"对质"，只是放了个实施"一锅端"的烟幕弹罢了。三个有实力的强者，智力不济，实在是低估了久经战阵而精于出奇用险的老二。

次日一早，建成、元吉只带几名亲随，由玄武门入宫。门内寂静，几名卫士像以往那样守立于大门两侧。二人缓缓前行，建成忽然发现前面的临湖殿两侧有人影闪动，大吃一惊，叫声："不好！"拨转马头欲向宫外驰去，世民一马跃出，高呼："大郎停下！"建成稍事犹豫，而元吉却看到数十骑人马从临湖殿两侧奔突而出，他赶忙扯弓搭箭向世民射去。素来勇猛的元吉，此时心急失慌，弓未拉足就忙忙放手，一连三箭，皆未射中。世民却勒住坐骑，稳稳一箭，建成便应弦落马。眨眼之间，敬德率数十骑赶到，一阵乱射，元吉中箭坠于马下，他趴在地上一抬头，见世民坐骑受惊而奔向路旁树林，被地上枯枝牵绊，世民被狠狠地摔倒在地，元吉乘势扑上前去，夺下世民之弓，用弓弦紧紧地勒住了世民的脖颈，世民正双腿乱蹬地直翻白眼，敬德疾风似的跃马冲至，狂呼"逆贼大胆！"元吉领教过敬德的手段，起身拔腿，直向武德殿飞奔，敬德"嗖"的一箭，元吉倒地。

东宫、齐王府2000精锐，呼啸着杀向玄武门。张公瑾力大如牛，急忙将两扇沉重的大门关上，刚落下门闩，对方的马头便撞到门上。玄武门旁早被世民收买了的卫士，与东宫兵马厮杀成一团……东宫将士见玄武门一时难下，又忽地掉转方向，去攻打西侧的秦王府，幸亏敬德提了建成、元吉的首级，带几骑卫士飞一般赶至，高举人头雷声大吼："太子、齐王谋反，秦王奉诏命平乱！今首恶已诛，与众人无关！"蜂拥的兵马见主人头颅已举在敬德手中，四流溃散。

这天大早，世民是率领长孙无忌、秦叔宝、高士廉、侯君集等10余干将进入玄武门的，而史册上，只见敬德一人随着世民内冲外突，别的将领人在何处？干什么去了？敬德赶往秦王府解围时，世民又在哪里？实际上，世民带敬德射杀建成、元吉，仅是政变的一隅，李渊所居的武德殿及其后宫，才是李世民心目中的主攻点，玄武门开打，皇宫里是同时动手的。世民在指使敬德救急秦王府之后，自己赶忙又去指挥主战场上的交锋。

《旧唐书》载："俄而东宫及齐府精兵二千人结阵驰攻玄武门，守门兵仗拒之，不得入。良久接战，流矢及于内殿。"说明宫殿之内也是刀砍剑刺的。这时候的李渊，仿佛正在风平浪静的海池上划船。血手握矛的敬德径直冲到泛舟之处，他才惊问："今日乱者谁耶？卿来此何为？"敬德答曰："秦王以太子、齐王作乱，举兵诛之，恐惊动陛下，遣臣宿卫。"这些蹩脚的文字，明显是杜撰之言。

实际情况很可能是宫内鏖兵激烈，李渊只带了两个臣子，从角门失急慌忙地逃进了海池船上。敬德出现时，李渊是浑身筛糠，眼前这厮，就是前一度差点被他杀掉的那个"凶神"呀，面对这个黑煞，李渊还敢问他"卿来此何为"乎！可以说，李渊之命此时正蚂蚱似的捏在敬德手里，只能是战战兢兢听命于敬德的。当时，宫内鏖兵正急，敬德轻而易举就从李渊手里讨下了诸军并受秦王处分的敕书，敕书宣布，"众然后定"。敬德里外奔波，显然是李世民急中生智，命敬德闯过去逼宫的。李渊此时如稍有强硬，敬德那杆长矛是会闪电一样戳过来的。敬德此刻说一不二，比皇帝还要皇帝。玄武门之变，李世民"弑兄挟父"的罪名，毕竟太不光彩。贞观后期命房玄龄删略《国史》，主要就是抹掉了勒逼父皇的这一幕。

老二射死老大，老四几乎勒死老二，敬德救出老二，翻转身又射杀老四；接着，又冲入禁地去逼宫，收拾头号战犯李渊。他这样提着脑袋干革命，政变之首功，非他莫属。可在事变之后论功行赏，敬德却排列第四。敬德表面不言，心里当然不服。某日廷宴，他斥问坐于其上席者："你有何功？竟然居我之上！"任城王李道宗（世民之堂弟）恰巧坐在敬德下首，便出面劝解，话刚出口，敬德勃然大怒，一拳挥将过去，几乎将任城王一只眼打瞎（本性率真之拳），而李世民却很不高兴了，将敬德叫到一边，训斥道："朕早年读《汉书》，见汉高祖杀韩信、彭越，颇不以为然。如今，方知彭、韩是咎由自取！"其意为，这座次是我排的，你可别蹈韩、彭的覆辙。登上龙椅的李世民，语含杀机，粗中有细的敬德，能不惊出一身冷汗吗？

有一天，太宗追问敬德："听人说你要谋反，这是怎么回事？"敬德知道是麻烦大了，索性这样回答："我跟你出生入死，幸好还活着，现在身上留下的唯有伤疤。你现在大业已定，就怀疑我吗？"说着解衣摔地，亮出身上的伤疤。对着伤疤，念及往事，李世民流泪了，忙说："快穿上衣服吧。我是不怀疑你，才好意提醒的，怎么反而怨恨我呢。"李世民一下子感觉内疚，又提出要将自己的女儿嫁给敬德，敬德一口回绝："臣虽鄙陋，亦不失为夫妇之道。臣每闻古人云'富不易妻，仁也'，窃慕之，愿停圣恩。"扣头固让，帝嘉之而止。

李世民的追究，是行将施惩的前奏，敬德气愤地脱衣摔地，也是下决心破罐子破摔了。出乎意料的是，李世民看见累累伤疤而良心发现，突然来了个急刹车、急转弯；提出愿将女儿许配于敬德，则是临时应变的掩饰之术。机警权变，李世民何其精明。

帝王家之称孤道寡，拆穿了看，就是情谊、道义之类，在皇室利害之权衡面前，统统轻如鸿毛。李世民的落俗之处是删略正史，超绝之处是并未藏弓烹狗。坐上龙椅后，能将危难之际所结下的血火情谊演化成尚可维系的君臣关系者，已属伟人。"万里山河唐土地，千年魂魄晋英雄"，骁悍无双的猛将敬德，能活到 74 岁，历史上是罕见的。民间以敬德为门神而避邪祈福，也说明敬德实在是令人敬爱的一员福将。

魏 征

谏诤为逆鳞之举。历史上有的是谏诤之臣，其姓名能成为谏诤之代名词者，唯有魏征。

逆鳞，皇上的感觉是不舒服的，甚至是痛苦的，所以，"臣欲进谏，辄惧死亡之祸，与赴鼎镬、冒白刃何异哉？故忠贞之臣，非不欲竭诚，乃是极难"。在李世民的倡导、鼓励之下，贞观年间虽是谏臣盈廷，可臣僚之间的差异还是很明显的：有的在暗暗揣摩圣上的心思；有的在进谏时斟酌分寸，有所保留；有的坚持以歌功颂德为能……独有魏征，前后进谏 200 余事，凡数十万言。

贞观五年（631），侍御史万纪、李仁发由于热衷于告密而多次被圣上召见，动辄令太宗震怒，弄得众臣无以自安。"内外知其不可，而莫能论争。"在这满朝廷屏息敛气的死寂关口，魏征则挺身而出，历数了两个佞臣以诋毁为能的事实之后，断然表白："伏愿陛下留意再思。自驱使二人以来，有一弘益，臣即甘心斧钺，受不忠之罪！"勇哉魏征，独闯绝崖，直捋虎须，这是孤注一掷的拼命行为。幸亏唐太宗高度警觉，为了"弘益"于大唐江山，改弦易辙。

翌年三月的一天，太宗怒冲冲地回到后宫，口里不住地骂道："会须杀却此田舍翁！"长孙皇后问他生谁的气？答曰："魏征每廷侮辱我，使我不得自由。"皇后听后，默然无言，退回内房，过了一会儿，只见她换上皇后的朝服，出来便郑重地向太宗行参拜大礼。李世民问，这是何故？皇后答道："妾闻主圣臣忠，今陛下圣明，故魏征得尽直言。妾备后宫，安敢不贺！"太宗一阵脸红，深感愧疚，对皇后的聪慧由衷感佩——长孙皇后是依据自己的特定身份，沉着、冷静，大度而巧妙地为李世民设置了一个缓冲、思考、转弯的台阶。如果没有长孙皇后，魏征的命运，恐怕就不好说了。

不惧斧钺，敢于逆流而上，与魏征的经历是不可分的。魏征少时孤贫好学，向有大志，也曾为道士。隋末隶瓦岗寨的李密，密败，降唐，又被杜建德所获，任起居舍人。建德败，入唐，为太子建成洗马。眼见世民的功业蒸蒸日上，严重威胁到太子的地位，"每劝建成早为之谋"，也就是说，预感到局势发展的魏征，多次要李建成及早下手，干掉李世民。玄武门政变，杀红了眼的李世民"召征责之曰：'汝离间我兄弟，何也？'众皆为之危惧。征慷慨自若，从容对曰：'皇太子若从臣言，必无今日之祸！'"就这样一个面对刀斧而凛然、从容的文士，反而让李世民为之敛容，"擢拜谏议大夫"。刀兵血火中的李世民对一个顽固老辣的敌手折节擢拜，难道是突然间心血来潮吗？

显然，是魏征的一句"今日之祸"，深深撞击到李世民心底的痛点：前朝的杨广，刚愎拒谏，而李建成步杨广之后尘，也不听魏征之规谏，于是，两个人就是同一个可悲的下场。李世民以谁也料想不到的方式对待魏征，心底显然是掂量过眼前的一系列血的教训，极其看重这个骨鲠老臣的智慧与才能。

这事让人联想到老臣苏威。隋文帝时，苏威任尚书右仆射；隋亡，任宇文化及的光禄大夫，越王杨侗的上柱国，王世充政权的太师。李世民挫平王世充后，他又凭仗老资格请求谒见。李世民斥责道："公隋朝宰辅，乱政不能匡救，遂令品物涂炭，君弑国亡。见李密、王世充，皆拜伏舞蹈。今既老病，无劳相见也。"当时，东征西战的李世民22岁，即便是颇有身份的重臣，对创业若无用处，李世民就视为敝屣。而今行将登基，却重用"死有余辜"的魏征，他这是图什么呢？对此，魏征作为政治高手，心底是比谁都清楚。胆识从来就不是天生的。靠山山倒、靠水水流的魏征，嗣后一直能洒脱地对待危难与死亡，实在是从艰险中磨砺出来的人生姿态。换言之，他将自己的这条老命，早就算在李世民的账下了，还在乎进谏失慎可能招致的祸殃吗？

十多年间，魏征"凡二百余奏，无不剀切当帝心者"。切中时弊，合情入理，是为"善谏"。"善谏"，绝不亚于知难而进的"敢谏"。倘是没有经受大风大浪、熟读经史、见地卓异为底衬而善于谏诤，单凭血气而敢谏，魏征想要在贞观王朝立身17年，注定是不可能的。

魏征之善谏，集中体现在贞观十一年所写的《谏太宗十思疏》和贞观十三年写的《十渐不克终疏》里。前疏，从十个方面提示唐太宗认真思考；后疏，是魏征等待、观察了两年，发现太宗没有什么动静与起色，这才续写的奏疏。将两疏细加比照，其间大有名堂。

创业初始，四敌环伺、百战维艰时，李世民是如履薄冰，宵旰图治，这是难能可贵的一面，但他一登上帝座，局面初成，作为固有的人性，声色犬马、追求享乐的本性就怎么也按捺不住了。从十思到十渐，所涉及的问题是全方位的、总体性的。前后两疏一呼一应，得出的结论是"不克终"。太宗这两年里是如何思考的，不得而知，给魏征的感觉是：他所写的前疏，仅仅是被唐太宗打了个水漂。

写后疏时，魏征着重从十个角度条分缕析，深入解剖太宗在13年里的细微变化。他不嫌重复，每条都有"贞观之初"与"顷年以来"的字样，将前后强烈比照，以显示初衷之难持——初衷是珍贵的萌芽，是强大的发轫。如果进行归纳，后疏有以下格外引人深思之处：

全疏紧扣太宗身份地位的特殊变化："受命之初，皆遵之以成治；稍安之后，多反之而败俗。其故何哉？岂不以居万乘之尊，有四海之富，出言而莫己逆，所为而人必从，公道溺于私情，礼节亏于嗜欲故也？语曰：'非知之难，行之惟难；非行之难，终之斯难。'所言信矣。"魏征是高瞻远瞩，以历史进程所形成的巨大惯性为基点，提纲挈领，由人之本性进行忖度，点明太宗想要改易历史进程的艰巨性、困难性和隐伏着的复杂性。

紧接着，深入太宗的内心世界，明察秋毫，直言不讳，揭露其言与行的抵牾之处。"听言则远超于上圣，论事则未逾于中主"；"虽忧人之言不绝于口，而乐身之事实切于心"；甚至将太宗为自己轻用民力而进行辩护的歪理——"百姓无事则骄逸，劳役则易使"也和盘托出。五脏六腑，私密揭露无遗，直使唐太宗不能不感到脸红。魏征的词旨尽管剀切，不留情面，但又体贴入微，极注意把握分寸。"轻亵小人，礼重君子"；"忽忘卑俭，轻用人力"；"欲有所营，虑人致谏"；"亲狎者阿旨而不肯言，疏远者畏威而莫敢谏"……以这些细微恰切、轻重得宜的文字，为人君准确定位，强调唐太宗在理智上是明白孰轻孰重、孰正孰邪的，这就从本质上与前朝前代的昏暴之君划出了清晰的界限。

此外，太宗居帝王高位，一言一行都牵扯到国家的治乱安危，疏里强调"百姓逸乐""百姓之心""疲于徭役""劳弊尤甚"，所有问题最终的落脚点是"天下疾苦"。前疏500余字，后疏2500余字，十条内容大体依旧，后疏更详尽、更细腻，强烈对比也更为形象逼真。如果可以将前疏喻作手榴弹，后疏简直就是重型导弹了。这等襟怀天下忧乐、隐雄峻之气于背后的奏疏，对唐太宗震撼极大，唐太宗反复研寻时，"深觉词强理直"，便极为重视，索性就写在屏风上，朝夕瞻仰。

魏征的奏疏，是历史性的回顾，更是现实性的审视，罗列的是李世民初衷的悄然移易，挑明的是历史性覆辙极可能重蹈的苗头与迹象。如果把"十渐不克终"说重一些，就是历史的进程无从抗御，想要全面挽回是极其艰难的。

一代英主，终于也属于皇帝。因为魏征在奏疏里有"居安思危，戒奢以俭"的词句，便有现代的某些理论家，认为魏征奏疏里所提供的是帝王家的"统治天下之术"。当今的诸多选本里（含语文教材）也避重就轻，选取前疏而摒弃后疏。这样的皮毛理解、曲意安排，自然也就按不住个轻重了。

以人为鉴、以古为鉴、以史为鉴，鉴就是照镜子的意思。照镜子这一行为（年轻女性更为看重），终究是改变不了事物的妍媸、进退的。所以，在疏的收尾，魏征也只能是仰天长叹："然则社稷安危，国家治乱，在于一人而已。当今太平之基，既崇极天之峻；九仞之积，犹亏一篑之功。千载休期，时难再得，明主可为而不为，微臣所以郁结而长叹者也。"这样的叹息，不失为历史老人至为沉重的叹息。

忠臣，是岁月传递下来的美名。太宗表彰魏征，赐书写道："疾风知劲草，板荡识忠臣。"魏征看罢，摇头说道："谢陛下赐书！不过，臣不愿做忠臣，愿做良臣。"太宗问道："忠、良有何差异？"魏征答："忠臣往往自以为是，身受诛夷，让君陷大恶，他独有其名。良臣进谏，上下协力，君受显号，臣获美名，这才是国家之福。"太宗听罢，立即提笔将"忠"字改为"良"字。

从创业到守成，为了江山，君主能以山海器量克己容人，是为明君；臣子能不拘于功名，不计身家祸福，直言谏诤，便是良臣。明君的求谏、纳谏，良臣的敢谏、善谏，是造化所设定的极其精致的人事格局。对于在中国历史上所出现的这等前无古人、后无来者的一对君臣绝配，人们多知太宗善于纳谏，而忽略其主动求谏之殷；知道魏征之敢谏，而未知其善谏之工。在这些盘根错节、丝毫不敢大意的谏诤条件里，只要是略微失慎，就难以形成贞观王朝这样的历史佳话。

尤为引人注目的是，后疏的题目里的"渐"字。

"渐"者，是浸渍、感染而难以觉察的细微变化，属于天道运行的规律。散文家丰子恺有一篇名作：《渐》，一落笔就这样写道："使人生圆滑进行的微妙的要素，莫如'渐'；造物主骗人的手段，也莫如'渐'。"实际上，早在1300年前，魏征就敏锐地参透了造物主所掩藏着的这一消息。也就是说，"渐"，是历史车轮在进程中不可或缺的润滑油。

丰子恺先生动笔之时，应当是留意过魏征的奏疏的。

李 靖

李靖聪慧过人，从小就怀有"立功立事"的远大抱负。他的舅舅韩擒虎教他习学兵法，与之交谈时，常常兴奋得拍手称绝："可以与之讨论孙、吴之术的人，只有你呀！"

大业末年，李靖在马邑郡（山西相州）当郡丞。此地为对抗突厥的军事要地，李靖常与太原留守李渊配合行动，往来相处，他发现李渊不忠于隋，暗中准备武装暴动，于是，就实名举报。嗣后，李渊进入京师，李靖与滑仪、卫文升他们俱被抓捕。李世民虑囚，滑仪、卫文升相继被杀掉，李靖将要被斩时，他大声呼叫："现在正当用人之际，你们想完成大业，怎么能斩杀壮士呢！"接近于知天命之年的李靖，不甘于这样就戮。李世民"引与语，因请于高祖免之"。保命之后，他随着李世民东征西讨，武德三年（620）挫败了河北之劲敌王世充，接着，又奉命去攻打割据江陵的萧铣集团。死里逃生的李靖，全力以赴，以自己的实际行动洗刷着愚忠于隋时的巨大过失。

统一大业就绪时，功勋卓著的李靖外放灵州（宁夏银川）大都督，掌握着西北的大部兵权。而李渊的几个儿子争夺接班人的斗争，这时节却进入了白热化状态。武德九年（626），李世民下决心发动政变。五月间，暗地里就给李靖打招呼，而且欲向他借兵一用。在这个极度紧要的关口，李靖却一口回绝了李世民；然而，李靖也万般警惕，没有将这个捅天的消息透露于朝廷。顶层权力的角逐太莫测了，面对行将袭来的政坛"龙卷风"，李靖清楚自个儿的命运在其间是纸片样的轻薄，他怎么会忘记8年前差点儿丧命的教训呢。六月四日，玄武门政变，八月九日，李世民登基，为唐太宗。

用兵时审时度势，机敏应变若有神助，为李靖的最大优长。在李世民率李靖他们进击王世充时，盘踞江陵的南梁萧铣集团，就派舟溯江而上，企图攻取唐朝的峡州、巴、蜀。武德四年（621），李渊任命李孝恭为夔州总管，李靖为行军总管，"三军之事，一以委靖"。从黄河流域挥戈南下于长江的李靖，实际上是三军统帅。

八月，重兵集结于夔州，对萧铣集团发起强大的军事攻势。只因秋潦，涛濑涨恶，诸将畏怯，提出等候江平乃下江陵。李靖认为："兵机事，以速为神。今乘铣不备，冒险疾趋，是震雷不及塞耳，可擒也。"

很快，拔下荆门宜都。铣将文士弘将精兵屯之于清江，李孝恭欲进击，李靖劝他暂住南岸，避其锐气，待敌气衰时再动手，孝恭不听，自往开战，败绩。趁着敌方因为获胜而委舟散掠的机会，李靖突然间挥兵奋击，大破之，乘胜直抵江陵，入其外郭，疾攻水城，大获敌方舟舰。李靖此时忽又下令，将所获舟舰丢散于江。诸将无法理解，问道："我们为什么要放弃舟舰，这样丢散，不就是在支援敌人吗？"李靖解释："萧铣之地，南出岭表，东距洞庭，我们是悬军深入，如果攻城不下，敌人援兵四集，我们将表里受敌，会陷于进退两难之境，就是手头有大量舟舰，能有什么用呢？现在丢弃，让这些舟舰蔽江而下，援兵看见了，必认为江陵已破，未敢轻进，往来觇伺，动淹旬月，这样，我们这里拿下江陵就有把握了。"

果然，铣之援兵见舟舰沿江散下，闹不清是怎么回事，迟疑徘徊。江陵的萧铣内外阻绝，呼天不应，呼地不灵，只好投降。李靖入据其城，号令严肃，秋毫无犯。有的将领请示："对那些抗击过我们的铣将，为什么不收取他们的家资来犒赏我们的军队呢？"李靖回复：王者之师，宜使义声先路。城里的那些抵抗者，此前为其主死斗，这怎么能同叛逆之徒同等看待呢？如果现在已降，我们还是不分青红皂白，籍没其家产，我恐怕自荆以南，坚城剧屯，俱驱之死守。我们往后的进军作战，就很艰难了。

正因为王师义旗高举，江、汉列城，望风款附。李靖迅速平定了南方，得郡96，户60余万。捷报传来，李渊便表彰李靖足智多谋、临机果断："古之名将韩、白、卫、霍，岂能及也！"舅舅韩擒虎当年的赞许，为理论上的首肯，而高祖李渊的奖掖，则是从一系列的实战中归纳出的结论。李靖能够外放灵州而掌握西北的大部兵权，完全是凭仗一刀一枪杀出来的。重兵在握，又敢于拒绝恩人李世民的借兵要求，可见其擅长于分析、决断的真本事。

《新唐书》载："唐兴，尝与中国抗衡者有四：突厥、吐蕃、回纥、云南是也。"四夷侵扰，东突厥的颉利可汗最为棘手。李世民刚即帝位，颉利就率军直驱长安，驻兵于渭水便桥，李世民亲率大军迎敌。双方军队后退，李世民出阵，单独与颉利对话。颉利见唐军军容壮盛，心有疑虑，李世民又巧为周旋，答应给颉利以大量金帛，彼此订盟，东突厥撤兵北返。李世民是内虚而不能对敌示弱，谈判时则忍痛让步，但不管怎么说，这对他是一个莫大的耻辱。返回长安，当即调李靖回朝，任刑部尚书。贞观三年，转为兵部尚书，并担任总指挥，发动对东突厥的灭国之战。

630年，李靖率军北征，出马邑（山西朔州朔城区），在定襄（内蒙古和林格尔）击败突厥，颉利北逃铁山，派使者谢罪，要求举国内附（他想待草青马肥时卷土重来）。李靖对此心知肚明，不容其喘息，挥军追袭，犁庭扫穴，直杀得颉利被擒获为止。东突厥灭亡，回纥等族首领大为震骇，只好望风臣服，尊戴唐太宗为"天可汗"。从这时起，中亚大部分地域收入唐朝版图，并以羁縻州的形式进行管理。最西的羁縻州，即波斯都护府，与波斯帝国东界的版图相邻。

国内风调雨顺，国泰民安，州县村落，夜不闭户，行旅不带干粮，取给于道。"贞观之治"的盛誉与"天可汗"的尊号并时降临，这是历史上罕有的双喜临门。

凯旋的李靖，晋升为宰相。《历代名臣传》载："靖每参朝议，恂恂似不能言，以沉厚称。"恂者，谨慎、谦恭、低调。李靖心底清楚，自己的用武之地在刀兵烽火的沙场上，而不在殿阁巍峨的庙堂里。面对外敌巨患，他勇于任事，敢于担当，出将为相，则低调为人，深自韬晦。经历诸多大劫而长于坚守本心的李靖，守身如城，一丝不苟，从容、稳健，从不越轨。然而，李靖其人，骨子里终究是久经沙场的战将，并非什么谨慎守成的缙绅老臣。一旦逢到棘手致命的坎坷、横逆，则会立时亮出机敏、刚毅、毫不迁就的骨相与本色。

后起的凌烟阁里封了 24 位开国功臣。如果将凌烟阁喻之为一帘高悬于崇山峻岭中的巨型瀑布，此瀑由 24 道逶迤汇集的流水联袂组成，其壮观泓浩的景观背后，非常错综复杂。《唐语林》记述：

太宗令卫公教侯君集，君集言于帝曰："李靖将反矣！至微隐之术，辄不以示臣。"帝以让靖，靖曰："此乃君集反耳！今中夏乂安，臣之所教，足以制四夷矣，而求尽臣之术者，将有他心焉。"

太宗心里有数，若论文韬武略，李靖给侯君集当老师是绰然有余的。侯君集却不似敬德那样憨直、磊落，他嫉贤妒能，凭仗自己在玄武门政变中立有大功（其功位仅次于敬德），竟在背后告老师的黑状（致命型的黑状）。机警的李靖见太宗这样追问，横祸袭来，立马反击，形同于击石生火。后来的事实证明，李靖的回击是准而且狠，侯君集终以"谋反伏诛"。

贞观十八年，太宗亲征高丽，李靖因年高有病而不能相从；太宗派人召李靖上殿，李靖仍以有病辞谢。于是，太宗亲临李靖府邸，看望李靖，希望他能扶病从征。李靖见太宗着实恳切，就表示愿意坐在车上随军同行。行至相州，病情益甚，只好停留于相州。

太宗率军行至辽阳西南的马首山，与高丽、靺鞨的军队摆开了决战的架势。见敌方排阵 40 里，军容严整，士气昂扬，太宗微露惧色，江夏王李道宗便从旁建议："高丽倾国以拒王师，平壤之守必弱，请假臣精卒五千，覆其本根，则数十万之众，可不战而降。"太宗看了看他，没有表态。双方交战，数次为敌所胜，如果再对峙下去，对唐军不利。回撤到相州时，太宗特意询问李靖："我这次率大军临敌，为什么却胜不了这个蕞尔之夷？"李靖答："这个吗？李道宗心里明白。"太宗便回过头，看着身旁的李道宗，道宗便重复了他在战前所提出的奇袭平壤的建议。太宗听罢，惆怅地说："我记不清当时的情况了。"

　　年高卧病而"请舆病行"，李靖是摸透了太宗的用意与心思（太宗驾幸府邸而探望，远不同于20年前的私下借兵之举）。当太宗执意用兵而失利，于返回途中向李靖讨教时，李靖便以平和、委婉的方式表达自己的倾向与思路——他说自己认同江夏王在开战前所提出的突袭方案（已经被太宗否决了的方案）。这里，他既没有摆出军师的架势，伤及太宗的尊严，又肯定了太宗堂弟江夏王的用兵才能。藏巧于拙，用晦而明。笔者一直疑心，那个曾经挨过敬德老拳的江夏王，是提出过奇袭的方案，而这一方案之腹稿，最初会不会是酝酿、形成于李靖的襟怀呢（李靖疾笃，便委托江夏王将此谋端上桌面）？

　　一个75岁的病笃老人，韬略与潜能深藏莫测，脑海里的纹路是如此清晰，面对着太宗疑惑深长的询问，既不露己能，又不失时机地彰显人长，言简意赅，分寸拿捏得极为巧妙。太宗此时的懊恼之言，实属于自我开脱，可这个精明的帝王家，难道就真的摸透了李靖微妙、隐曲的心思吗？

　　李靖一生，满怀抱负，浑身功夫，且又逢上了难得的大好机遇，这算不算是"造化"的安排呢？笔者疑惑，这里试提一二。

　　李靖是逢得了罕见的明君。告发李渊异动之事，倘无李世民慧眼识珠而为之求情，或者李渊实在是恼恨，执意要进行处置，还有李世民若还不原谅李靖在筹备政变之前的绝情之举，也就是说，面对超重失常的生死恩怨，如果没有两代君主的襟怀似海，大度宽容，而李靖所遇的是昏佞之君，他纵然有三头六臂，能苟全吗？

　　俗谓，成功的男人背后总有一个非凡的女人，李靖背后就有个红拂（《辞海》里设有"红拂"词条）。所谓慧眼识英雄，通常的理解是红拂识李靖，可在二人私奔之途中，又遇奇人虬髯客，此客与红拂以兄妹相称，《唐语林》载："卫公兵法，半乃虬髯所传。"这个传奇故事里的杨素、李世民、刘文静，史上皆实有其人，至于红拂、虬髯客，能在李靖的征战生涯里埋下如此重要的伏笔，也应当引人慎重思索——因为优秀的传奇作品，彻底的面壁虚构是很困难的。

史上的明君，屈指可数；世间的私奔者，十分稀罕。可这两桩成双结对（李渊、李世民，红拂、虬髯客）的美事，在翻覆波荡的乱世风云里，为什么偏巧就一并青睐于李靖呢？

李靖其人，作为数易其主的一员军事将领，他南征北讨，从水乡到大漠，从中原至边塞，在稳定强悍游牧民族的征战中，对稳固唐王朝版图贡献巨大。与此同时，他始终谦恭自省，不争功，不夺势，不显己，给后人留下深刻的印记。像李靖这样的文武全才，如今几乎已无从寻觅。长期的和平环境，造就了许多和平将军，如赵括、马谡者众，战神李靖，几成神话中人。

小　结

从秦王府的俊杰如林到贞观朝的良臣盈廷，李世民的周围，万机纠葛，他的心底难免两种力量的纠缠与搏斗，难得的是，人性、良知、信义，较量中总能占据上风。因为李世民清楚：兼听则明，任何个人从诤言中所得到的智慧之光，比从自己的理解力、判断力里所取得的智识更干净，也更纯洁。贞观七年，他对魏征这样表述：

玉虽有美质，在于石间，不值良工琢磨，与瓦砾不别。若遇良工，即为万代之宝。朕虽无美质，为公所切磋，劳公约朕以仁义，弘朕以道德，使朕功业至此，公也足为良工耳。

良工与石材之切磋在这里是互为因果的。云本倚龙翔，风亦附虎烈，他山有巨璞，开启待圣哲。敬德、魏征、李靖，始初出山，也难免是粗粝、坚硬的原生态石材，正因为处之于李世民的手底，精雕细刻，巧为使用，他们才以英伟、杰出的形象留名于青史。他山之石，实在是不可小觑，他们对贞观王朝的撑持，贴近于柱石。话说到这里，我们也不妨假设：李世民如果一时疏忽而毁弃这些石材，唐王朝会是怎样个情形呢？所以毛泽东认为：自古能君，无出李世民之右者。

俗谓"兵熊熊一个，将熊熊一窝"。"熊"与"雄"同音而含义相悖。倘是将此言略为调整，盛唐便是"将雄雄一窝，君雄雄一国"：贞观盛世者，众之所积也。是李世民聚合了一大批智者、能臣，群策群力，才在历史长河中画出了一道亮丽灼目的景观。

点评：

　　《李靖》，拜读有三。一读拍案，再读拜服，三读品出了内里冷峻的喟叹，竟不由得心下沧桑，情不自已。英雄大略，盖世豪杰，若生不逢时，若遭遇昏佞，纵能三头六臂，又安得苟全？

　　这般一等文章，得靠一等情怀，一等视野，一等笔力！非一般心、眼、手所能企及！

张宗涛　2020 年 7 月 27 日

　　李靖是唐初开国功臣中战神式的人物，军政全才，出将入相。极为难得的是他战功至伟，但为人低调，不骄不躁，绝不造成功高盖主、危及李唐政权的印象，善始善终，善终善成。李靖的操守和保全自己的智慧有恒久的警示价值。本文用简括的笔墨写了李靖人生风云中的几个节点，故事性强，议论不乏哲理，读之如品香茗，余味绵长。

　　善于用人，是领袖人物的第一要素。李世民过人之处在于，敌对阵营中的人才只要转变立场，为我所用，照样深信不疑。没有李氏父子的识人之明，就没有李靖这样的一代名将和军事家。

　　红拂、虬髯客的传说会增加故事的浪漫神秘色彩，所以，这最后一段并不是多余之笔，说李靖运气好也是事实，运气者，时运也，大势也，李靖善于把握政治军事大势和时运，这是成功的关键。

王宗义　2020 年 8 月 1 日

读中，荡气回肠！卒章，满眼濡湿！

千古一帝，既让人顶礼膜拜，又令人悲怆。直叹沧海一粟，谁挽狂澜？

总体的结情、构架、笔墨走势，无可挑剔，这样的文章，胸无大略，腹无沉淀，是写不出来的。不揣浅陋，就拜读后的几点感受发给您，贻笑大方：

一、题目可否拟为《千古一帝李世民》？

就全文而言，主要材料在讲李世民的帝王气度、超凡襟怀，而非只谈贞观盛世。就立意而言，千古一帝，既是对李世民的倾情颂扬，内里更包含了一份苍凉。

二、能否将如下表述归入其中：

前朝的杨广，刚愎拒谏，曾对虞世南说过："我性不欲人谏，若位望通显而来谏我，以求当世之名者，弥所不耐。"进而声称："有谏我者，当时不杀，后必杀之。"后宫的萧皇后知道后只好叹息："天下事一朝至此，势已然，无可救也。"殷鉴不远，触目惊心。这样，会使"他山之石"包容两个方面的内容：1. 前车之鉴；2. 众臣之能。这两个方面互为因果，更能体现李世民克己为贤的帝王卓识。

张宗涛　2020 年 8 月 20 日

一气读罢，不曾稍停，每读大作，均津津有味。阁下论事评人，冷静公道，逻辑严谨，颇能服人。唐太宗君臣皆是为己，君为天下，臣为功名，但精明如他们者罕见。李世民与宋仁宗近似，其实不"仁"，为了江山，能"忍"而已，为了用人，能"容"而已。不聪不明者则不容"妄议"，剪除"异己"，以至得逞一时，终致众叛亲离。

高平 敬礼 2020 年 10 月 1 日

敬德、魏征、李靖三篇如单列，每篇意旨各异，似还须再酌。现将三篇撮于一文，统诸太宗麾下，意旨毕现，且十分新颖清晰，足征"天可汗"之谓不虚。故曰"大好"！

王允毅 2022 年 2 月 10 日

太好看了！无懈可击。堪称功底深厚，雄风猎猎。学也学不到啊！

刘涵华 2022 年 2 月 15 日

杨先生好！大作仔细读毕，收获良多，十分佩服，由衷点赞。

即以前二节言，过去只是知其然，玄武门之变筑基大唐风貌，魏征敢直谏及太宗善纳谏成就君臣关系楷模，等等。读此文后才详细而清楚地明白了前因后果，个中的纠结交错，人性的明沟暗壑等。

史料了然于胸，写来细腻绵密，议论识见更是鞭辟入里，道他人所不能及。佳文得共赏，疑义从容析，谢谢。谨颂春祺！

彭程　2022 年 2 月 19 日

王维的境界

　　王维早慧，风流蕴藉，经常以座上客的身份出入权贵之门，寻找机会跻身于仕途。难得的是与权贵交往中，王维有自己的立场、原则。

尘　境

　　宁王李宪是唐玄宗的长兄，曾让太子之位于玄宗，依仗自己的亲王身份，也做过令人侧目之事。唐人《本事诗》载："宁王宪贵盛，宠妓数十人，皆绝艺上色。宅左有卖饼者妻，纤白明晰，王一见瞩目，厚遗其夫取之，宠惜逾等。环岁，因问之：'汝复忆饼师否？'默然不对。王召饼师使见之，其妻注视，双泪垂颊，若不胜情。时王座客十余人，皆当时文士，无不凄异。王命赋诗。"王维诗先成，写的是《息夫人》："莫以今时宠，能忘旧日恩。看花满眼泪，不共楚王言。"文士们看到王维之诗，便不敢再拿出自己的了。宁王看罢，当即让饼师领回自己的妻子，"使终其志"。

　　后来有论者认为，宁王见诗里将自己比作千年前那个荒淫的楚王，有些尴尬才这么做。论者这样杜撰，意欲彰显王维敢直言于权门，其实却是误读。宁王强占饼师之妻一年，或许已心生厌倦，否则，为何要当着众多文士的面，"召饼师使见之"呢？王维之诗，委婉地暗示宁王通情达理，高明于楚王，这是轻巧地搔到了宁王的痒处，宁王会尴尬吗？难得的是，王维之诗再现了一个曲折复杂、动人心弦的历史故事，传递着自己同情女性、尊重人格的珍重感情，以典型细节逼真地再现了一个忍辱负重的妇女形象。

开元九年（721），王维中了状元，21 岁的他踏上仕途。当年秋天，他赴济州（今山东茌平东南）任司仓参军，一下待了四年多。作为出身名门的热血青年，王维对前途是充满期冀的，眼下却被置于一个偏僻角落，苦闷与压抑可想而知。无奈之下，他辞去参军一职，离开济州隐居淇上，因内心憧憬强烈，两年后又返回长安。直到 34 岁那年，献诗张九龄成功，王维才被引荐为右拾遗。

为感谢张九龄，王维写下《献始兴公》，并以"侧闻大君子，安问党与雠。所不卖公器，动为苍生谋。贱子跪自陈：可为帐下不？感激有公议，曲私非所求"作为收尾。张九龄不结私党，不徇情卖爵，为老百姓着想。王维谦恭地询问：像我这样的人，可以做您的下属吗？跪问之中，饱含着对贤相张九龄由衷的倾慕及渴求得到信任的强烈愿望，同时又袒露出讲气节重操守的个人品格，与醉心于功名的贪缘幸进者截然不同。不想，张九龄很快就在与李林甫的争斗中败北，开元二十五年被贬为荆州长史。王维的心情又从高峰掉落到谷底，此后在朝为官，只是在一系列闲职之间挪来转去。

不过，王维既然尝尽世间的酸甜苦辣，也就有了那些关于尘世的佳作。

诗　境

开元二十五年，王维受命以监察御史身份慰问戍边将士（实际上是被排挤出了朝廷），出塞途中写下了《使至塞上》："单车欲问边，属国过居延。征蓬出汉塞，归雁入胡天。大漠孤烟直，长河落日圆。萧关逢候骑，都护在燕然。"单车、征蓬、胡天、孤雁，寓有作者内心的激愤、抑郁，也含有性格里劲拔、坚毅的一面。《红楼梦》第48回，黛玉与香菱探讨诗歌，香菱连举三联王维的诗句，来谈自己的体会，首联即"大漠孤烟直，长河落日圆"。

我在中年时进入过大漠，第一次目睹这被王国维誉为"千古壮观"的景象。同行的还有地质队的陈师傅，是经常在沙漠里行走的，她告诉我，"孤烟直"里的烟实际上不是烟，而是龙卷风。此说我在书本上见过，不敢轻信。车行数日，夕阳沉没之时，远际天边不时见到高高旋起的烟柱，笔直插天，凝立不动。至此，我才悟到：古人在大漠热得要死，还要烧什么呢？光溜溜的沙漠上，又有什么可烧的呢？即便是烽燧狼烟，也无法与磅礴的长河落日相般配。王维将开阔、高旷的迷离远景化成绝妙好诗，乍然一看是天大的误会，仔细推敲，却是绝妙的创意。

再看《观猎》一诗："风劲角弓鸣，将军猎渭城。草枯鹰眼疾，雪尽马蹄轻。忽过新丰市，还归细柳营。回看射雕处，千里暮云平。"风驰电掣，蹑景追飞，笔触凌厉刚健，用典浑化无迹，作为盛唐佳作，也应当是这个时期写成的。"渭城""新丰""细柳"，距辋川不远，在长安之东西排成掎角之势。

收拢视域，这就不能不提及他写于辋川的《山居秋暝》了："空山新雨后，天气晚来秋。明月松间照，清泉石上流。竹喧归浣女，莲动下渔舟。随意春芳歇，王孙自可留。"这幅幽雅别致的世外桃源图，通篇比兴，展示出王维"息阴无恶木，饮水必清源"的高洁情怀。如果与《观猎》《使至塞上》联袂阅读，细加品味，可以揣知：慷慨激昂与清静绝尘像上善之水那样，在王维襟怀里是和谐统一的。飞马射雕的将军，细柳营那位周亚夫，配上竹喧归浣女，莲动下渔舟，共同织缀成那个时代云锦天衣式的至美、大美。

朝野乃云泥似的两重天地。长安与辋川，距离切近，在王维的精神生活里属于割剪不断的递补关系，他那敏锐执着的灵性，一直在朝野之间搜罗着最神奇、最灼目的亮点。刚柔融汇，神而明之，其笔底所隐含着的艺术气息，着实微妙。王维就是王维，他无法像陶渊明那样，与官场一刀两断。

王维是才子，李清照是才女。二人相距 400 年。李清照的词是以婉约名世的，可她那首"生当作人杰，死亦为鬼雄"的绝句，则与《使至塞上》《观猎》持同一刚烈气韵。王维自心底尊重女性的那首《息夫人》，李清照当然熟悉；王维 31 岁丧妻之后，没有再娶，也从无绯闻，李清照也了然于胸。举世公认的唐代才子、宋代才女，出生地相隔一山（太行山）一水（黄河），而才女名字里的"清照"二字，为什么偏偏要择取"明月松间照，清泉石上流"的正中二字呢？从艺术认知上忖度、推理，会不会是心有灵犀呢？

佛　境

王维最大的磨难，是安史之乱。

安禄山攻陷长安时，广掠文武朝臣、宫嫔乐工押送到洛阳，王维在列，被拘禁于菩提寺，且又在刀剑威逼之下，被迫任了官。有一天，老友裴迪来看望王维，告诉他：安禄山在凝碧池作乐，大宴群臣，梨园旧人相对泣下，乐工雷海青摔了乐器，西向恸哭，安禄山大怒，将其肢解示众。王维听罢，当即吟下一首《凝碧池》："万户伤心生野烟，百官何日更朝天。秋槐落叶空宫里，凝碧池头奏管弦。"

安史之乱平息后，按律王维当死。幸好，有这首诗证明他谴责叛军，忠于朝廷。朝廷或许也有惜才之意，王维不但无罪，反而当上了太子中允，迁中书舍人，转给事中，60 岁时，晋升尚书右丞，达到了一生的仕途高峰。

王维晚年，官位日益晋升，内心却从容不迫。且看《酬张少府》："晚年唯好静，万事不关心。自顾无长策，空知返旧林。松风吹解带，山月照弹琴。君问穷通理，渔歌入浦深。"以悲观为根基的佛教，也许是王维的人生哲学吧。王维晚年自号"摩诘"，取的就是《维摩诘经》的中间二字。

人生行世，绝俗是不可能的。经年风雨，历尽沧桑，不再被浮华所诱惑，才可能写出超脱凡俗的艺术佳什。晚年的王维内心安宁淡定，这是江河归海的必然收局。检点世间的才子、才女，有哪一位不是经历凄风苦雨的洗礼，才实现人生境界的升华？

王维的人生历程证明：若想参与这个社会，文学是最得手的工具；若想超凡脱俗，文学也是很实在的归宿。文学创作讲究深入生活，但这个"深入"却值得深究。比如，屈原、陶渊明、杜甫、韩愈、苏轼、曹雪芹的作品，该怎么看呢？对于"深入生活"，切不可轻下断语，做简单化理解。

回顾王维的生平轨迹，可不可以这样归纳：天赋才气好像是剑的胚胎雏形，入世激情有似炉中之烈火，社会之朝野上下，仿佛是上天布就的列石、潭水——唯有淬火、磨砺之剑，在人间的艺术宝库里，才可能是一柄出色的青锋宝剑。

因此，不能只将王维看成一开始就不食人间烟火的隐士，那就将他简单化了。

《中国社会科学报》2020年8月14日

点评：

您发来《王维的境界》一文，问我"此文的观点，能成立吗？"我拜读之后，答案是肯定的。您将王维一生的境界分为"尘境""诗境""佛境"，证明了您对他有着独到见解和深刻理解。

在我国帝制时代中的科举时期，知识分子们（与官员的概念基本是一致的）身上往往存在着入世与出世的矛盾，他们终生在官与民、清与浊、名与利、善与恶的冲突中痛苦挣扎，最后能够选择出世的毕竟不多，比较知名的典型是阮籍、陶渊明、王维、林逋等。

您的这篇文章的风格与您的其他作品一样，我一直喜欢，它不是那种板着面孔的说教，也不是干巴巴的理论阐述，而像是一种故事性的散文，读起来轻松愉快，饶有兴味。《王维的境界》不长，却把王维写活了，解剖到位了。

您说"文学创作讲究深入生活，但这个'深入'却值得深究"。其实您很明白，每个人都有着各自的生活，都在一定的环境中生存着，都有着特定的经历，也都会津津乐道自己熟悉的、深有感触的人和事，这是很自然的事情，因此说"生活是创作的源泉"，等于废话。

您晚年写了许多自己愿意写的文章，而且得到了不少赞誉和乐趣。我也一样。我早就说过，我离休以后不但没有失落感，反而有获得感。我们都获得了相对的自由，起码用不着再去"深入生活"了。

高平敬礼！

高平　2020 年 6 月 5 日

又读一遍，确是好文！历史真，角度新，认识深。清照二字之臆甚妙！

高平　2020 年 8 月 25 日

王维三境，连读数遍，很好！古时无专业作家，著文为仕途进身立身之本。传世佳作往往产生于仕途失意、远离庙堂之时，也往往成为检验其人品的试金石，一部《古文观止》便是佐证。

立身庙堂，多公文、应制，只有失意，人品促其有感而文，多佳。王维以田园山水诗掠众，亦由于此罢。

王允毅　2020年6月6日

沉潜于传统文化的深海，时有新发现，提出新见解，你的晚年也出彩，令人佩服。这位前辈作家（高平）令人敬仰，不仅学问深，而且观念新。关于"深入生活"，他以自身经历，证明你言之不虚。

董丁诚　2020年6月11日

粗略一览，敬服！独具慧眼乃心性相近，故能剖密析幽也！浩荡之作，我要静下来细细拜读。

又拜读过了，除了敬佩阁下研考之缜密，还觉得阁下对王摩诘激赏之情溢漾词句，使在下略生敬畏也。文化不仅是文章和文字，重要的是文气。怎么说呢？比之书法，藏锋略欠。然而这是我一己谬识，是阁下逼我说出也。

苏叶　2020年6月26日

王维，研究的人太多，能有新意不容易。兄在文末有所阐

发，只是限于概论，具体到个体生命的微细差别，似还欠开掘。

窃以为，唐代诗人自不同于其他时代，几乎没有决绝于官场的诗人，只是得意者少，失意者众。进入官场路径大都相似，而出乎官场的境遇却大不相同。不是一句"不得志"所能概括的。而离开官场的不同状况，对他们的诗作，文学成就的高低，影响颇大。

官场也是一种生活，只是一入官场，能把握自己，而不受官场把握的，少之又少。这也是兄之所谓"单纯的官场"不能成全大文人的道理所在。以上只是管见。望与兄常有交流。暑热，保重！

谢大光　2020 年 7 月 17 日

大作拜读了，觉得很好！只是有两点需要注意：一是官场等的政治表述上不要敏感，二是对王维的宗教信仰不要强调过多。因此，我在文中有几处做了改动，请对照原文核一下，看可行否？

王兆胜　2020 年 7 月 13 日

翻开你的《王维的境界》一文，连读多日，觉得越品越有味。

进入诗境的王维，将其才华发挥到极致，"大漠孤烟直，长河落日圆"，凡能念几句唐诗的，都会为此壮美景致而倾倒，而"明月松间照，清泉石上流"，清幽静美迷倒了多少人！其优美恬静的物境、恬淡闲适的心境，满足了无数人的美学追求。

进入晚年的王维，弹琴赋诗，进入佛境，人清闲，心很静。

陈巧梅　2020 年 7 月 29 日

拜读完毕，顷刻转发。并题曰：散文大家杨闻宇先生大作，笔锋之遒劲，文字之练达，思维之敏锐，视野之开阔，令人抃掌击节。拜服之至，自惭形秽。

张宗涛　2020 年 8 月 22 日

全文选取诗作 7 首，将王维一生境界划为三种：尘境、诗境、佛境，彰显一代才子，老兄是第一人，如此划分不只是要有胆有识，更要在浩瀚诗海与史海中分经列纬，钦佩且赞同。

程步涛　2021 年 10 月 5 日

此文令人掩卷遐思，心绪难平。王维的诗作耳熟能详，从儿时家长的口口相传，到读书、成年，一生伴随，却从未探究过他的迥然境遇。我姑且将尘境、诗境、佛境称为"王维三境"，触发了我以下三段相应联想：

第一段：16 岁前我生长于党的高等学府，那里集聚了革命战争中成长的大批文化人。对马列主义的理论研究之外，并未湮没他们对诗词歌赋、书法绘画的癖好。去同学家写作业，常常对他们家中张挂的字画感到好奇，有些字不认得，一定请同学或家长宣读讲解一番。于是我记住了王维《竹里馆》的句子"深林人不知，明月来相照"。"文革"开始后，许多成年人被批斗、抄家；在公开焚毁的字画中，记得有一幅抄录王维《九月九日忆山东兄弟》"独在异乡为异客……"被批判为"与党不同心同德"！从 1964 年批判"合二而一"，到"文革"各个阶段，眼见一批批人倒下、谪贬、下放；又一批批调来，再倒下，再流放边陲，直至党校停办，无人再敢张挂古诗字画。

第二段：苏联解体前，我曾全程陪同来访的国防部长亚佐夫元帅访华。在人民大会堂的一次欢迎宴上，情绪所致，各桌纷纷表演献艺。因我年轻，所以派我出个节目。于是我用生疏多年的俄语，朗诵了一首叶赛宁的小诗《一去不再来》，不想苏联将军们面面相觑。我以为自己发音不准，非常尴尬，赶紧弥补，又朗诵了一段奥斯特洛夫斯基的《钢铁是怎样炼成的》片段——"人最宝贵的是生命……"，这下掌声一片。过后，在参观空九师的一个间隙，时任苏联驻华大使的夫人索洛维耶娃，据说是一位汉学专家，向我询问起我军连队的图书馆藏书情况，从《史记》到"三毛"，简直无所不问。突然间，她说："那天你朗诵叶赛宁的诗很准确，可惜在座的将军们不熟悉。"索洛维耶娃，她竟随口拈出王维的诗句"劝君更尽一杯酒，西出阳关无故人"，让我立马对这位大使夫人刮目相看！

第三段：退休后，我时常与在中国科大教授天文学史的儿子探讨科技走向。意外得知，大量天文学家后期或晚年普遍皈依宗教；诺贝尔自然科学获奖者中，几乎全员笃信基督。开始颇为不得其解，随着目光渐渐转向老者人群后发现：壮怀激烈者有之，附庸风雅者有之，怀才不遇者也有之，最不乏的则是遁入空门。父亲和我供职过的院校与机关，在力争待遇的最后几轮搏杀之后，许多老人归于平和；基于本身既得之上的信念，普遍迅速趋于向善。不少人把警言诗《不生气》，抄录于厅堂卧室，也有人张挂起王维的《酬张少府》诗句"晚年唯好静，万事不关心……"以示洒脱。

儿子提醒我说："你知道中国古代天文学信奉的'天人合一'吗？它包含人天同构、人天同类、人天同象、人天同数等等哲理，这是咱们中国老祖先用神秘主义创造的对逻辑的超越。慢慢琢磨，慢慢体验吧！"于是我不禁猜想，暮年王维对佛学的奉崇，很可能使他最终登上了天人合一的太虚幻境。

大概只有具备一定经历，有过一定磨难，到了一定年龄，宠辱皆忘，才能稍稍读懂王维，也才能略略领悟出他的三大境界。但我们对他的艺术辉煌，却只能望洋兴叹！

大卫　2022 年 4 月 18 日

大卫的读后感都是在读懂原作的基础上，联系个人的观察和思考得出的切身体验。比如，没有一定的阅历就理解不好王维的三重境界，具有普适性的意义，读任何经典都是如此。我想把一句话倒过来说，不行万里路，就读不懂万卷书。

宗义　2022 年 4 月 22 日

重读李清照

李清照流传下来的诗文极少，2000 余字的《金石录后序》，可能是最长的一篇了。《金石录》为其夫赵明诚所著，李清照协助整理。丈夫去世后，李清照继续整理、保存，并于绍兴四年（1134）写下了《金石录后序》（下称《后序》）。从嫁给赵明诚开始，直至《后序》写成之日，前后经历了 34 个春秋。李清照的研究者，均奉此文为圭臬。然而，关于此文形成的前因后果及其所隐伏着的创作本旨，仍值得细加探讨。

一

李清照生活的巨大变故，是从"靖康之难"开始的。

在金兵南侵、宋王朝南逃之际，特别是丈夫病故以后，乱世里的歹徒、掮客、兵痞，无不觊觎着那些跟随着李清照四处转移的金石藏物，就连干戈俶扰之中流窜着的宋高宗，也暗暗垂涎这些珍贵藏品，政治谣传里竟杂有李清照家"玉壶颁金"（意为通敌）之嫌疑，这就更让李清照惊恐万状。一个寡妇家要携带这些金石文物接连转移，难度太大了。在不得不追随流窜的宋高宗时，为了表明心迹，李清照在《后序》里自然要详尽地说明所有藏品的集散过程。她非常清楚，若不将这些文物的来龙去脉罗列清楚，后边的麻烦就更大了。

围绕自己的身份，李清照以私人化的笔法将全部过程描述得绵密有致，详细委婉，使得《后序》远远突破了寻常序文既定的藩篱。李清照去世不多久，洪迈就在《容斋随笔》里抄录此文，并附有评论："赵殁后，悯悼旧物之不存，乃作《后序》，极道遭罹变故本末。"此文独辟蹊径，为诸多论家所激赏，流布的范围远远超过了《金石录》本身。这里遗留的问题是，论家一致认为《后序》详尽记载了一个"官二代"的美满家庭在战乱中浮沉、毁灭的悲惨遭遇，在感慨其伉俪情笃、志同道合的同时，无形中却轻忽了在行文之际，李清照对丈夫赵明诚是颇有微词的。

归来堂起书库，大橱簿甲乙，置书册。如要讲读，即请钥上簿，关出卷帙。或少损污，必惩责揩完涂改，不复向时之坦夷也。是欲求适意，而反取憀慄。余性不耐，始谋食去重肉，衣去重采，首无明珠、翠羽之饰，室无涂金、刺绣之具。遇书史百家，字不刓缺，本不讹谬者，辄市之，储作副本。

丈夫是以卷帙至上的严厉家规"惩责"妻子的。李清照服从、隐忍，委曲求全，只能对自己衣食穿戴上刻意减缩，市取"副本"以防备并应对丈夫的严苛责难。谨小慎微、有苦难言，不得不低眉俯首，忍气吞声。至于文中的李清照博闻强识，聪颖巧慧，胜于丈夫，仅仅是李清照个人的良好感觉。问题是，赵明诚曾入太学学习，且因为学识出色而谋得要职，对妻子这个一厢情愿的心理感觉，能认可吗？

就在留京读书时，赵明诚觉察到妻子在诗词方面有可能与己齐肩，心里便不大受用，于是关门谢客，花了三天三夜，填成50首词，将李清照所寄的《醉花阴》也夹带其中，让同窗好友陆德夫进行品评。陆德夫品味再三，最终，还只是实事求是地肯定了"莫道不销魂，帘卷西风，人比黄花瘦"的《醉花阴》。将此事与不慎损污书册而受到惩责的闺房琐事联系起来，也足以说明自作多情的李清照在丈夫心目中的实际位置。男尊女卑，有地位的官僚，妻子在其心目中的位置是固定着的。

因金兵进犯，李清照1128年年初离开青州奔赴建康赵明诚处；9

月，丈夫起知江宁府，半年后，赵被罢免；夫妇二人便沿着长江西行（行程中一直携带着浩繁笨重的藏品），5 月到达池阳，正打算落脚，赵又被重新任职出守湖州，并须先赴建康，接受朝廷敕命。

被旨知湖州，过阙上殿。遂驻家池阳，独赴召。六月十三日，始负担，舍舟坐岸上，葛衣岸巾，精神如虎，目光烂烂射人，望舟中告别。余意甚恶，呼曰："如传闻城中缓急，奈何？"戟手遥应曰："从众。必不得已，先弃辎重，次衣被，次书册卷轴，次古器，独所谓宗器者，可自负抱，与身俱存亡，勿忘之。"遂驰马去。

江边分手时，面对以心血集聚起来的文化瑰宝，夫妻二人在战乱之中共通的责任感确实感人。而行将觐见皇上的赵明诚，却是以官老爷蛮横、武断的姿态指使妻子的，即便是面对恭顺的奴仆，能这样命令他抱着祭器"与身俱存亡"吗？"精神如虎，目光烂烂射人"，算不算是一副凶相？舟中的李清照望着江岸上霸道、凶悍的赵明诚，"余意甚恶"，这个"恶"字，仅仅是"情绪不好"所能解释的吗？

再往后，就是夫妻诀别之际："余悲泣，仓皇不忍问后事。八月十八日，遂不起。取笔作诗，绝笔而终，殊无分香卖履之意。葬毕，余无所之。"悲切、凋零、凄惶，无所依归的一个孤身女性，是怎样痛苦、寒心！这里的殊无分香卖履之意，不仅是对妻子下一步的生活没有安排，而且，让读者更加怀疑赵明诚另有妾室的可能性。俗情诡秘，丽人罕育。李清照多年间未能生养子嗣，丈夫又是个笃信"无后为大"的官僚，心思缜密的李清照倘要触及床笫间的难言之隐，对已经辞世五载的故夫在词句中引用"分香卖履"的著名典故，绝对是反复斟酌而相当慎重的。

夫妻关系是极其微妙的，李清照行文时没有回避纠缠交错的二重性，尤其是微词闪烁、欲说还休的反复暗示，也为她再走一步的重嫁悄悄地埋下了伏线——夫妻情分，纸薄而已，她还有为之守节的必要吗？

二

　　李清照嗣后的抉择，全然是降临的巨大困难造成的。时局动荡，颠沛流离中所携的藏品，更易于成为脆弱可欺的攻击目标；而李清照相机再嫁的心理原因，也不仅仅局限于日常感情上的嫌隙，从北方南下之后进入江宁城里，李清照精神上造成过更为惨痛的伤痕：起知江宁府的赵明诚任职半年，怎么又被罢免呢？原因是在一场暴乱的前夜，他什么也不要了，独自缒城而逃。这起暴乱虽然由一位将军平息下去，可在李清照敏感的心灵深处，这可是夫妻之间在危难关口上的生死抉择啊，她能够无动于衷吗？

　　窝囊的赵明诚既被罢免，便带着妻子离开江宁，乘舟沿长江西行，打算在赣江流域择地而居。1129 年初夏，行经安徽和县时，他们应当是造访了乌江边的项王祠的。因为《金石录》里列有项王祠里的唐代碑铭（藏品或许就放置在江边的船上）。这是李清照生平里仅有一次的行经此地，所以，"生当作人杰"的《夏日绝句》，只能是此时此地的产物。

　　抒发情怀底蕴的这首诗作吟成时，须是藏掖不露，不能让丈夫发现的，因为心仪"木兰横戈好女子"的李清照，诗里的针对性实在露骨。尽管，诗作所嘲讽的对象，也未必就是纯粹针对着赵明诚的，国衰家败，山河破碎，那是个朝野上下窝囊透顶的时代（软骨头的赵明诚，与宋高宗是一路货色）。笔者所留意的是：丈夫为官，一见风吹草动就胆小如鸡，一个人顾自逃命；突闻升官，马上又变得颐指气使，凶相似虎，女人嫁给这样一个男人，心底会是何等滋味呢？如果从夫妻连理的恩爱感情上深入推断，丈夫殁后，襟怀云水的李清照就更有可能萌生改嫁之念头。流离奔波之中，寻寻觅觅，她很有必要去选择自己心目中"人杰"式的伴侣。

　　爱河，在尘世间诱惑最烈也最是叵测。纯真的女性，说到底，是渴望有人爱她的，且比男人更不能忍受孤独，而这般时候，女性最易犯的过失是轻信。孤寂的李清照决意再婚，本是想在残存文物之外弥补些感情上的慰藉，没料想一脚踩空，反而致成终生最大的失误——因为"信彼如簧之舌，惑兹似锦之言"，她所选择的对象是张汝舟。刚入洞房时，干柴烈火，彼此还是热络甜蜜的，否则，张汝舟就不会陶醉于私房娓语，连自己"妄增举数"的作弊行径也告诉新婚妻子了（呜呼！张汝舟假如是个共度艰危的正人君子，后人也就见不到字字珠玑的《后序》了）。

　　武官出身的张汝舟能说会道，满嘴、满脸皆是莲花坠落。其诱婚的真实意图，则是同床共枕于先，再进而占据其金石藏品。当李清照发觉他怀揣鬼胎时，张汝舟则亮出本相，"遂肆侵凌，日加殴击"。国破家亡之恨、丈夫病逝之苦、流言蜚语之忧集于一身的李清照，突然间又面临引狼入室而招致的老拳暴力，一下陷入了极为罕有的两难境地：维系现状吧，会不断遭受虐待，最终失去财产甚至生命；倘决心做个了断，她则会成为公众羞辱、嘲讽的笑柄：寡妇寻人再嫁，旋即又起诉丈夫，这到底是怎样的一个女人啊？如此闹剧，只会让一个声名狼藉的才女秽上添污，将一切搅得更其黑臭。

　　几陷绝境的李清照，果决地选择了断。她不以家庭暴力提起诉讼，而是指控张汝舟"妄增举数入官"的渎职行径。以洞房私语为铁证摊牌于公堂，借助国法来回击嚣张的歹徒，"打蛇打七寸"，勇敢、巧妙地展开交锋，足见李清照是悲伤刻骨却又坚韧不拔，刚烈、胆识是炽燃于柔弱躯体之中的。

　　后世论家认为李清照是词坛婉约派的杰出代表，且冠之为"婉约之宗"，这大约也只能限之于"词坛"范畴罢。倘若作为总体评价，实在也小觑了李清照。

三

这场官司的判决结果是张汝舟被免职，发配到边远的柳州。宋代法律，夫妻间若有一方发起控告，无论结果如何，原告须拘禁两年。如此，李清照也被投入监狱，可在9天之后就重获自由。法律能网开一面，很显然，此案是得到了翰林学士綦崇礼（宋高宗的亲信，赵明诚的亲戚）的疏通与关照。

结案后，李清照给綦崇礼写了一封唯有才女方能完成的雅致的感谢信，简述这场婚变，以羞愧难当的心情写下了"忍以桑榆之晚节，配兹驵侩之下才"的自责、内疚的文字，感戴恩人帮衬之际，她诚挚、痛切地进行忏悔。信里兼责张汝舟之不是个东西，则是弦外有音，立足于折射与反衬：赵明诚才是自己真正的夫君。岁月足以变易人的心态与思维，待到写《后序》之时，李清照则展开叙述她与赵明诚之相爱、相知之深。关于奇耻大辱之对簿公堂，她是三缄其口。写相爱而不讳其隙，避厌憎而不露影痕，《后序》之精细巧慧，于此可窥一斑。

《后序》与写给綦崇礼的书信对接、相衔，两者比照阅读，《后序》"用意隐然"：在险恶风浪之后重新梳理不胜死生的新旧之感时，李清照尽情叙述自己的艰难处境，乍看是以深婉、真挚的回忆来纪念早期的婚恋生活，内里却是要获取广泛的同情和理解，竭力要挽回此前的命妇地位，恢复才女固有的身份，重新返回士大夫的精英阶层。李清照对《后序》惨淡经营，其目的是决心要将此文磨砺成与世俗抗争的最得手的武器。聪慧的一代才女，上天体恤，早早就赋予了化笔为剑的卓越条件。《后序》作为绵里藏针的妙文，空前绝后，仿佛也只能出自李清照的手底。

挽回地位的过程中，《后序》究竟发挥了何种作用，一时难于理清。而1143年李清照在向皇帝进献贺岁帖子时，同时呈上亡夫的《金石录》，则证明是已经恢复了命妇的地位。为此《金石录》，夫妇二人30多年间备尝艰辛，李清照晚年能有这样一个收局，与她苦心孤诣地完成《后序》，并以之为"把手"而紧紧地抓住了《金石录》这个关键性的救生圈，关涉至重。

《后序》临近收尾时，有这样几句蕴意深至的概括：

今手泽如新，而（赵明诚）墓木已拱，悲夫！昔萧绎江陵陷没，不惜国亡，而毁裂书画；杨广江都倾覆，不悲身死，而复取图书。岂人性之所着，死生不能忘之欤？或者天意以余菲薄，不足以享此尤物耶？抑亦死者有知，犹斤斤爱惜，不肯留在人间耶？何得之艰而失之易也。

高屋建瓴式的发问，回肠九曲的叹惋，强调金石之聚散乃天意使然，是在暗示自身所遭遇的重重苦难实为命定之劫数，任何抗御都是徒劳的，其间也氤染着解脱、自嘲的意味。更为机巧而得体之处，则是顺水推舟地宕开一笔，也就淡化了宋高宗当年觊觎过金石文物的心思、意图。

这个世界上的许多人与事，是环境逼出来的：落荒、奔命的一个腐败王朝，窝囊、龌龊的两任丈夫，反而在中国土地上勒逼出一个殊为争气的才女李清照。丽塔·费尔斯基认为："女性写作的真意，需要在其言下之意、晦涩的表达及含蓄的暗示中摸索，此番真意往往离经叛道、不见容于世人，因此，它在文本中埋藏得很深。"《后序》距今，将近900年了，它是李清照在浩劫的巨大波澜里反复淬炼成的精品，思绪如云兮取向宏阔，往昔重理矣含意深长。《后序》其文，实为女性刚柔熔铸成的另一种刀枪剑戟，可遇而不可求，乃天意与天才巧相遇合的文字精品。

关于李清照，有专家考证活过了80岁。如果是这样，其晚年生活，与天真如意的少女时代很有些遥相照应的意味。就算是后人误判的"刚烈"为"婉约"之说有些道理吧，所不同的是，青春季的婉约期属于天赐，而晚年的婉约期则是才女从长风巨浪中拼搏争取得来的。

在中国女性备受歧视、侮辱的大背景之下，出身缙绅之家的李清照终于没有依随旧辙而成为男人的附庸，也没有沦为饱食终日、无所用心的贵妇人，相反，她顽强地跨过了时代的坎坷和严酷现实企图强加于她的一道道枷锁，终于成为中国历史上最伟大的一位女性。20世纪70年代末，世界天文界以"李清照"的姓名来命名水星上的一道环形山脉，宛若女神之归位。这是整个中华民族的骄傲。

李清照的《武陵春》里这样写道："风住尘香花已尽，日晚倦梳头。物是人非事事休，欲语泪先流。""小乔初嫁"时，她何曾想到自己是被插在了一摊牛粪上；嗣后的竭力再嫁，却又被移插在了一摊狗屎里；晚年拼着命进行挣扎，总还算是幸运，可也不得不顺从于苟安残喘的南宋王朝。如此坎壈的遭际也在证实：才女想要从红尘世界里觅得真正的爱情，总体上是不现实的。她们所追求所向往的，只是在梦中，如红楼、牡丹亭、杜十娘，或在坟茔内，如梁祝、罗密欧朱丽叶。

再者，才女不是天生的，而只能是从苦难的旋涡里磨砺出来的，其缜密深邃的内心世界要得到人们的理解，要觅得知音，同样也至为不易。

李清照之前百余年的李煜，也是词作高手，王国维的评价是"词至李后主而眼界始大，感慨遂深"。现代的学者郭沫若先生，在游览李清照的故乡时，曾写下一副这样的对联："大明湖畔趵突泉边，故居在垂杨深处；漱玉集中金石录里，文采有后主遗风。"诗词文章，只能是作者灵魂里的闪光。这样评价李清照，也有些荒唐：李煜其人，与"人杰""鬼雄"是不沾边的；一位能爱敢憎、机智果决、暗香盈袖的腕底写出过"天接云涛连晓雾，星河欲转千帆舞"的卓越女性，能有一个腐败、落魄的倒台"昏君"之遗风吗？

李清照长期被"婉约"所误读，属于偶然现象吗？历史本身，有其病灶存焉，一个软骨病患入骨髓的腐败社会，与阳刚之气是有天然隔膜的，正如《红楼梦》里的贾府看待尤三姐那样，是不可能对"刚烈"二字感兴趣的。

《文汇报》2020年10月12日

点评：
_____

　　大作看得津津有味。笔力于老辣中见出犀利冷峻，层层深入，剔肤见骨，指向了人性的幽深细微之处，言人之所未言。加上前作，你成了李清照专家了。肯下如此气力研读其作品，考证其事迹与探测其内心世界的作家，在你之外，罕有其人！

　　心理学家荣格指出，女性身上也有男性心理因素，它会在特定情境下突显、爆发出来。作家的人格结构，较常人更为复杂——无意识的"情结"是一个潜藏的、暗中驱动的因素。

　　她的赞项羽，她的婚姻悲剧，内涵都极为丰富，被你有力地揭示了！你的文辞之美，尚在其次。挖一井深井，比到处刨地皮强。

　　《金石录后序》文本之分析，别有开掘，眼光独具！

阎庆生　2019 年 5 月 8 日

_____

　　你写的这篇文章有深度，富学术内涵。指出赵李这对"官二代"的婚姻，也并非如一般人说的那样完美，很有道理。

　　你从散文写作实践，到散文史、散文理论研究，已深入堂奥，如身体状况允许，请继续下去，期待你的更多研究成果。

董丁诚　2019 年 5 月 18 日

_____

　　杨老大作，见解甚为独到、精辟，尤能从李清照角度分析赵明诚、张汝舟，观点很新颖。赵明诚知江宁府却临危弃城、弃妻而逃，同宋小朝廷南逃如出一辙。若女词人身处赵明诚甚或宋高宗之位置，绝不会如此窝囊。"生当作人杰，死亦为鬼雄"，居然会脱口而出，所谓愤怒出诗人是也，既在情绪上怒骂了以上所谓的大小官人，也表达了她自己基本的做人尊严！

这也体现在后来处理与张汝舟之关系方面。面对恶人、小人，她能坚决地拿起封建社会的法律武器，维护自身权益，充分显示了女词人在掌控政治、法律、社会、家庭关系方面的能力，实属人中之杰。

于静梅　2019 年 5 月 20 日

在学界已知的部分你做详解，非深厚学养者所能为之。在未被开掘的部分，你头头是道，始有重要的发现：

持疑赵有外遇。

被忽视实实在在以笔为剑——"豪放"的具体化。

巧妙插入，笑郭氏之迂腐。

《后序》者，天才与天意携手的结晶。

宛如女神，我中华最伟大的女性。

阎纲　2019 年 5 月 29 日

评《金石录后序》，文参星斗，意穿金石；品李清照其人，词恳言正，悲心悯怀。好文，学习了，收藏了！真的特别好，得做多少功课才能写得出来呀！

素素 2019 年 9 月 25 日

君为易安拍案，亦为清照泣泪。析剖鸳鸯寒彻骨，奈何侠肝冷眼瞧。天下好情义只在梦中，如红楼、牡丹亭，或在坟茔内，如梁祝、罗密欧朱丽叶。

苏叶 2019 年 10 月 3 日

大作读罢，心潮难平。这是我读过的关于李清照的最深刻的文字——其命运的悲凉、人生的坎坷、夫妻之间的隐情，尽在一波三折、一咏三叹之中了。

陈德宏 2019 年 10 月 7 日

作者没有按传统路数高扬李清照的诗词，也未对他们夫妻的志同道合、恩爱有加大加赞许，反从容易为人忽略的《金石录后序》入手，探寻夫妻间的情感关系，特别是对赵明诚的性格、人品以及他对妻子的忽略与粗暴，提出自己的独特看法。行文细针密线，独发机杼，好！

王兆胜 2019 年 10 月 11 日

这篇历史散文，可以看作是关于李清照的一篇极简的评传。用较短的篇幅叙写了女词人曲折凄美、颠沛流离、境遇孤苦、图存抗争的一生。她留存不多的诗词，达到了文学史上女性作者的高峰水平。《金石录后序》叙事清晰，描写生动，也是散文中的名篇。

李煜倘不亡国，李清照如果一直是个贵妇人，艺术上又会怎么样呢？有生命力的艺术火花是从苦难的生活搓磨里迸溅出来的。

王宗义　2020 年 9 月 19 日

重读李清照一文，我推荐给文学院几位古典文学研究者拜读后，一片喝彩！经院式研究者的制式论文，八股之气充盈，沿袭之风炽烈，让学术距读者渐行渐远，以至自发表之日始便束之高阁，无人问津。

有老师说：先生这类随笔，是基于民国治学气象而有创新，始于文史钻研而富个性化生命体验，让学术有了灵魂，可撼心魄！

张宗涛　2020 年 10 月 13 日

在中国文学史上，李清照历来被公认是婉约派的正宗词人。虽也有论及其慷慨激烈的爱国情怀与豪放道劲的风格者，却限于其为数不多的诗文，且将《金石录后序》仅视作生动优美的散文而已。

《重读李清照》以特有的目光，独辟蹊径，对词人"阳刚之气"的源头进行了仔细审视与梳理，不仅肯定了一篇好散文，且有不菲的学术价值。此文耐看，此为三读。

王允毅　2021 年 3 月 4 日

北南两宋 319 年，真是一个离奇的朝代：国家豢养着庞大低效的官僚阶层与战力衰微的皇家军队；皇帝精于书画古玩收藏，却保国无方沦为俘虏；国土越败越小，歌舞升平却相伴直至亡国……李清照恰逢靖康之难，颠沛大半生，令后人为之叹息！

在游牧民族践踏中原的铁蹄之下，在大宋帝国一溃千里的南逃之中，丢弃、被抢、被盗、散失，痛心疾首的李清照眼见得积攒多年的金石成果遗失殆尽而无力佑护。不仅如此，这位"千古第一才女"的作品《易安居士文集》《易安词》，也都在岁月颠簸之中大量散佚。我们如今看到的李清照词作，仅是后人传录的《漱玉词》中的一部分。仅凭这些残存下来的作品，我们已被李清照超乎常人的才气彻底征服。更不要说，她还是那个时代备受歧视、藐视的一位女性。

李清照是那个时代集聚全力精心雕塑起来的一尊典型，她的人生、婚姻与作品，无论婉约、刚烈，都有着无可弥合的残缺。正是这种残缺之伤、残缺之憾、残缺之美，构成了李清照特殊的美学本色：她更像古希腊阿历山德罗斯的那尊雕塑——断臂维纳斯。

大卫　2022 年 4 月 25 日

江南惠：

文章写得字字珠玑，实为评价李清照及《后序》之别样佳作。才女想要从红尘世界里觅得真正的爱情，总体上是不现实的。古时如此，今亦如此。这是否也可以视为现代精英女性单身如此之多的原因之一？

若橘若梨：

时局动荡，倾巢之下，岂有完卵？夫妻情谊甚笃，日日相处，岂能不生嫌隙？特别是才女李清照，世势板荡，赵明诚不那么坦荡的人生起落，难道对她全无影响，不会左右她对赵明诚的看法？人性啊，经不住探究，远亲近疏吧。

延陵草民：

文章有创意，发现了《金石录》中项王庙碑刻拓片与李清照有关诗的关系。很不容易。对《金石录后序》的解读也有发展。

真水无香：

出身缙绅之家的李清照值得景仰，她有才华有品格有骨气。李清照的词清新婉约，身处在乱世之中，"她顽强地跨过了时代的坎坷和严酷现实企图强加于她的一道道枷锁"，写下流传至今的诗词。

俭：

作者根据《金石录后序》，对'千古第一才女'李清照的坎坷人生及心路历程，进行了于情于理的论述，蛮有看头。

沧海一声笑：

"他什么也不要了，独自缒城而逃。""精神如虎，目光烂烂射人。"叛敌当前胆小窝囊，娇妻面前傲骄如虎。以前，心里一直纳闷：读李词，情深深几许、意浓浓似漆，何夫亡而再嫁速也？读此文有所明白。

坤：

"故居在垂杨深处……文采有后主遗风。"都道李清照与赵明诚夫妻恩爱，读过此文方知此中自有深味。一位弱女子的隐忍、好恶，都在《后序》中埋得很深很深……婉约词宗，原是志超须眉，只可叹命运弄人而已……

沧海一声笑：

受老师本文启发，觉得易安一篇《词论》可见其心性，不遮遮掩掩直抒胸臆，何等自许何等自负！柳屯田晏元献欧阳永叔乃至苏子瞻等男人大家，均遭其指摘臧否！由此，可揣摩她对她的"良人"是何等期许。

伏虎的少女

　　1935 年秋，长征的中央红军与程子华、徐海东率领的红 25 军会师于陕北。毛泽东翻身下马，注视着眼前这个令敌人闻风丧胆的徐海东……

　　徐海东 1900 年生于湖北大悟县，祖上六代都是替老板烧窑的窑工。作为第七代窑工，徐海东参加过北伐战争、黄麻起义，在鄂豫皖游击战争中骁勇善战，将士们给他起了个外号：徐老虎。

　　蒋介石对这个"中国的夏伯阳"恨之入骨，悬赏 10 万大洋欲买其头颅。

　　红 25 军转战于大别山、桐柏山、伏牛山，闪电般切入陕南商洛山区，入陕的第三天，于家河战事激烈、残酷，程子华、徐海东均负重伤。徐海东这是第 9 次负伤了，一颗子弹从右颊穿入，又从左耳朵底部穿出，抬下火线时，头上脸上全是血，喉头被血、痰堵着，呼吸极为困难，情况危急，再耽搁几分钟，人可能就完了。医生们束手无策，急得直打转转。这时，护士周少兰走了过来，对院长钱信忠说："让我来试试！"她伏在徐海东的床前，口对口地吮吸，吸出了堵在喉头的痰和血，险情很快排除了。钱信忠长长地舒了一口气，抹了一把额头上的汗水，望着昏迷不醒的徐海东，又望望高兴得直流眼泪的周少兰，说道："小周，我可把军长交给你了，你一定要好好照顾他。"

　　徐海东昏迷了四天四夜，小周一直守候在他的身边，替他擦洗身子，换掉脏衣，时不时地往他嘴里润点水。其他首长正在为徐海东的生命而担忧时，周少兰突然过来向首长们报告："徐军长醒过来了！"
对红 25 军来说，这简直是注入了一支兴奋剂，吴焕先、郑位三他们一
起拥到了徐海东的床前。外边太冷，郑位三胡须上还挂着冰碴，他一
激动，泪水顺着冰碴滴落下来。

过了一天，病床上的徐海东模糊地看见一个女护士手捧一碗热腾
腾的面条守在自己身边。问道："现在是几点钟了？部队出发了吗？"

"您可会说话了！"周少兰眼里滚动着泪花，"好几天不省人事，把
人都急死了！"

"小周，我好像……睡了……一觉。"徐海东疲惫地说了一句。

听到"小周"二字，周少兰一阵惊喜："首长认识我？"

"嗯！一年前离开……大别山时，那个哭鼻子的小兵……不就是
你吗？"

惊人的记忆力，证明徐海东没伤着大脑。周少兰兴奋极了，一口
一口给他喂面条，那样周到、细心。一年前（1934 年 11 月 16 日）的
那一幕，又浮现在小周的眼前。

秋天的傍晚，部队依依不舍地向大别山告别，向苏区父老告别。
参加这次远征的共有 7 位女兵。队伍将过平汉铁路时，前有阻敌，后
有追兵，形势异常险恶。军政治部担心女同志掉队出危险，派一名干
部动员她们留下打游击，或者回老家隐蔽，而且硬塞给她们 8 块大洋，
算是各位的生活费用。7 位中的周少兰是来自皖西六安县的茶乡姑娘，
16 岁上参加红 25 军，在军医院当护士。她跟着其他 6 位女兵抹了一会
儿泪，觉得光哭不是个办法，她猛地起身，将银圆往地上一摔，跟那
个动员她们离队的干部吵了起来：

"回去，回去，你让我们回哪儿去？我们是从火坑里逃出来参加革
命的，你让我们回去送死吗！"7 位姑娘又哭又闹，围住那个干部七嘴
八舌，不可开交。正闹着哩，一匹战马的蹄声由远而近，大伙看出这
是脾气火暴的徐军长，憋住哭声强忍泪水，全都静下来了。

"哪个单位的？干什么哭哭闹闹！红军战士就这个样儿吗？太不像

话!"徐海东大声训斥,在场的人谁也不敢吭声。只见周少兰上前一步,抽泣着回答:"军长,我们是童养媳出身,这个干部他说队伍不要我们了,发了几个路费让我们离队,这不是强迫我们回去当童养媳吗?!"徐海东看她小小的个子,性儿又这样烈,问道:"你几岁了?叫什么名字?"

"18 岁。周少兰。"

"胡说!我看你最多不过 15 岁。"

"家里穷,吃不上穿不上,怎么长个儿?!"其他 6 姐妹看小周敢辩敢顶,也壮着胆子申述理由。几个女兵居然敢和徐军长顶撞。徐海东听着,心里确有几分怜惜、同情。他不由得又瞄了周少兰几眼,转过头对政治部那名干部说道:"让她们 7 个跟上队伍走吧,一路上打仗,也需要护士嘛!"

见军长点了头,小周她们破涕为笑:"谢谢军长!"

"有什么好谢的。让你们跟上队伍,任务是照顾伤员,懂吗?"

周少兰利索地回答:"是!首长,等将来你负伤了,我一定好好照顾你!"

此言出口,她马上觉得不对劲儿,自知不妥,把个小舌头伸得老长。在众人的笑声里,周少兰满面通红地跑了,徐海东看着她的背影说道:"这么顽皮的一个小丫头!"

真没想到,一年之后,戏言成真。一个多月,周少兰不分昼夜地守护着军长,徐海东不能进食,全靠周少兰用流食喂养。

徐海东多次负伤,这次伤得最重,他心情不好,动不动就发脾气,骂这骂那。每逢这等场合,医生不敢吭声,警卫员也躲得远远的,唯有周少兰走上前去,不慌不忙、轻言细语地劝慰,总能使徐海东消释怒气,平静下来。钱信忠院长叮咛过:头脑外伤患者,要绝对安静,保持休息,防止伤口感染化脓。有一天,徐海东高兴,自己唱了起来,周少兰上来制止:"别唱了。你那老虎一样的嗓门子,让钱院长听见,我又该挨批评了。"

"唱戏这事，他可管不了。我的外号叫徐老虎，他们都知道，厉害着哩。"

"你在战场上是老虎，在医院可就是彩号。彩号就得服从看护员。我管你、劝你，你再老虎，总不能把我也给吃了！"说着说着，小周反而一步步厉害起来，徐海东倒真的唱不成了。在红 25 军里，有句话渐渐地传开了："徐老虎遇见了伏虎女，厉害不起来了。"首长们渐渐都有了个想法：让周少兰最好能长期留在军长身边，麻烦事就少多了。

大年初二这天，伤口刚刚愈合的徐海东听说部队在文公岭抗击敌人的进攻，战况十分危急，他不听医护人员的劝阻（连周少兰也不灵了），命令几名警卫员将他抬到山头阵地，下了担架。周少兰只好和警卫员一左一右搀扶着他。他跟跟跄跄地冲上了指挥所，协助吴焕先指挥作战。听到徐老虎上了阵地，士气大振，激战半日，终于将陕军第 126 旅两个团击垮，歼敌两个多营。因为在雨雪中受了风寒，徐海东伤口发炎，面部又肿了起来，周少兰又受了一番苦累。

两个月后，红 25 军二次进驻秦岭下的葛牌镇（在蓝田县之南百余里），时为 4 月中旬，云横秦岭，桃红柳绿，春色别样动人。有一天早晨，政委吴焕先从旁边拍着徐海东的肩膀说："老徐呀，有人背后骂你哩。"

"骂我什么？"

"骂你长了 4 条腿！"

徐海东一愣："是谁骂的？我怎么是 4 条腿的牲口？"

"别问谁说的。昨天晚上你从小河边回驻地时，披了件大衣进门，门卫岗哨发现你大衣下边是 4 条腿嘛！"

昨晚月上柳梢头，镇子静悄悄的，徐海东与周少兰回驻地时，怕哨卡看见军长领个少女，人们会说长道短，进大门时就采取了个出其不意的动作，随手张开披着的呢子大衣，将小周一下子裹进腋下，小鸟依人，小周搂住他温暖的身子，若无其事地进了大门。军长高大魁梧，周少兰小巧苗条，大衣一裹，本当是万无一失的。如果是老兵站哨，挺起胸膛，致以注目礼，一切也就过去了；偏巧这个晚上站哨的是个新兵，看见军长"徐老虎"，急忙两脚并拢，又有点胆怯地垂下脑袋，这下倒好，却发现大衣底下是 4 条腿儿。

"我们军长是个真老虎，因为老虎 4 条腿。真格的，我昨晚站岗时看得清清楚楚，谁哄你谁不是人！"新兵以为军长是真老虎，这事儿很快就传开了。

面对兄长似的吴焕先，徐海东不以为然地笑了："大惊小怪！ 4 条腿就 4 条腿，我还要娶周少兰做老婆哩！"

1935 年 7 月，部队挺进甘肃，3000 健儿里的 7 个女兵，仿佛一团战云里的 7 位仙女。攻占两当、夜袭天水北关成功之后，部队决定北渡渭水。水涨流急，好不容易才找到一只小木船，人多船小，后有追兵，7 个女同志被让到小船上，背刀挎枪的勇士们下到水里，一手抓着临时用绑腿拧成的长绳，一手推着船舷——这是风云里的战神用巨掌托着"七仙女"涉渭北上……

9 月天秋高气爽，陕北高原上的永坪镇（延安东北方向百余公里处），在一座简陋的窑洞里，炕上铺的是干茅草，盖的是用旧了的军用棉被，徐海东和 18 岁的周少兰举行了婚礼。婚前，周少兰改名"周东屏"。"东"者"海东"，"屏"者"屏障护卫"，很可能取的是周少兰用心血护理徐海东的意思。婚礼前夕，二人相约来到附近一家小店，想买块手绢互相交换以作纪念，二人在小店门口掏来掏去，就是差 5 分钱，连块手绢也没能买到手。

也就是这个 9 月天，中央红军打下了榜罗镇，当时侦察连连长梁兴初他们在邮局找到了一张《大公报》，上面登着阎锡山的讲话："全陕北 23 县几无一县不赤化。共党力量已有不用武力即能扩大区域的威势。"毛泽东同志看到那张报纸时，分明是"柳暗花明又一村"。然而，当红军到了陕北之后，毛泽东同志才发现，红 25 军实际上已经把陕北完全掌控了。

红 25 军是从鄂豫皖直接打到陕北的部队。从战斗序列上来说，属于张国焘领导之下的部队。与毛泽东同志从未谋面的徐海东，是红四方面军的一员战将。张国焘当时已经另立中央了，徐海东到底是听中央的还是听张国焘的？毛泽东同志心里打鼓了。

毛泽东同志试探性地给徐海东写了一封信，向红 25 军借 2500 大洋。当然，一方面是中央红军确实需要帮助，另一方面，更为重要的是试探。徐海东接到毛泽东同志的信后，没有任何犹豫，立即把供给部部长找来，问他，我们还有多少钱。供给部部长说，大概还有 5000 多，将近 6000 大洋。徐海东说，那我们自留 1000，另外 5000 大洋，不是借，而是给中央红军。同时复信说，红 25 军完全服从中央红军的领导。毛泽东同志等中央领导拿到 5000 大洋和徐海东的信后，心里的一块石头落了地。毛泽东同志着实喜爱这个"对中国革命有大功"的徐海东，便向新郎官徐海东仔细询问了新娘周少兰的情况。

解放战争后期，徐海东常常吐血，中央决定送他去大连海滨疗养。一位曾留学美国的医学专家和一位苏军名医给他做详细检查，发现其肺部已大部分失去功能时，非常吃惊地发问："将军，您是吃的什么好药才活到今天的啊？"

徐海东指着周东屏说："问她好了。她让我吃什么，我就吃什么。"

周东屏苦笑着摇头，缄默不语。两位专家感叹："真是奇迹呀，奇迹！"

30 年后，徐海东到贺龙家里坐了十米分钟，"文化大革命"中竟被诬为密谋"二月兵变"，逼其承认"想当国防部长"。徐海东气得虎目圆睁，双手直拍桌子。

夫妻二人被"疏散"到郑州城郊。徐海东此时疾病缠身，周东屏从老乡家中买些白菜萝卜，切片煮汤助其消化。大便下不来时，周东屏便用手指一点一点替他抠取……

1970 年 3 月 25 日，徐海东大将离开人世。他死前昏迷，但口中仍喃喃不已："我想见毛主席！"

"伏虎女子"周东屏当年从战云硝烟中救出了徐海东，可当硝烟散去，后来之事，她却无能为力了。

点评：

　　在共和国十员大将中，徐海东三字如雷贯耳。土地革命战争时期，常有这样的事发生：当敌人听说他们作战的对象是徐海东时，不是惊慌逃窜，便是缴械投降。埃德加·斯诺在他的《西行漫记》中写道："中国共产党的军事领导人中，恐怕没有人能比徐海东更加'大名鼎鼎'的了，也肯定没有人能比他更加神秘的了。"

　　其实，徐海东参加革命前，不过是个苦大仇深的窑工。可也正是这一点，赋予了他坚强、勇敢、无私、诚实的品格。面对敌人，他英勇无畏；在同志面前，他襟怀坦荡，刚直不阿。徐海东作为红四方面军一员战将，"对中国革命有大功"（伟人语），大功尽在其率红25军先于中央红军到达并实际掌控陕北后，决然摒弃张国焘，坚决拥护并迎接中央红军到陕北——仅此一笔足矣。

　　闻宇军旅散文中，其犀利、简洁、雄阔之笔，亦多触及开国将星们之儿女情长。写徐海东与周东屏之恋，笔法之简洁尤见功力。两人相恋，重点撷取"一相识"与"一负伤、一护理"。"一相识"奠定了相恋的政治基础；"一负伤、一护理"的生死情结令徐刻骨铭心。于是，身负重伤的战场"徐老虎"，粘上并决定交身心于战地医院护士"伏虎女"，继而发展到"月上柳梢头"……战地黄花，在这里绽放得别样绚丽，独具风姿。

　　正是缘于题材抉择之简洁，其雄阔之笔方能对徐着墨极简，对周浓墨重彩。3000余字短文，尽括两人恩爱一生，意蕴悠远！

我曾感叹：在闻宇笔下，残酷的战场，爱情园林不闻凄切悲摧，时现幽默豪壮，尤其动人襟怀——此文亦是！

王允毅　2022 年 2 月

渐行渐远的一簇圣火

在乌镇瞻仰茅盾故居时，凝望着张琴秋的照片，伫立良久，我不自禁地陷入了回忆、沉思。在莫斯科中山大学留学的张琴秋，与茅盾之弟沈泽民相爱，不幸的是，1933 年，沈泽民病逝于大别山。

长征路上的张琴秋，因为陈昌浩的热烈追求，又成为陈昌浩的第二个妻子。1937 年陈昌浩兵败祁连山，张琴秋 4 月中旬被马步芳军队所俘（被俘男女数千），嗣后被解送到青海西宁，不久，就有风声从甘肃传出——1937 年 4 月 27 日的《河西日报》上有一条"陈昌浩夫人被擒解青"的新闻：

前防归客谈：徐向前、陈昌浩二匪首在梨园口被我骑 5 师、100 师各部队击溃后，二匪痛哭失声，狼狈逃窜，迄今生死未明……当陈昌浩逃窜时，将其妻子张琴秋遗弃于乱军中，被 100 师生擒，解送青海。按张琴秋，系俄国留学生，在伪第四军司令部任妇女部长兼组织部长，精通五国文字，现年 20 多岁，在倪家营战役中，曾产一小孩子。

得到这个消息，马步芳又惊又喜，当即下令，查找张琴秋，要像过筛子那样进行搜查，说什么也不能让她脱身溜走。张琴秋易名隐匿，在战友们的掩护下帮人煮饭，三个月后，觅得一位同乡，设法带至西安，又被押送到南京，才终于由周恩来保释出来，虎口逃生，回到了延安。

四方面军的主要领导人回到延安后，陈昌浩 1939 年借故要远赴苏联。当他乘坐飞机在延安上空盘旋之际，就为他与张琴秋的夫妻关系画上了一个巨大的问号。许多老战友对张琴秋的经历了如指掌，从心底同情她的磨难与痛苦，想方设法找机会为之分忧解愁。在陕北联防军卫生部工作的苏井观，每逢节假日，都要派警卫员牵一匹骏马，将张琴秋从女大接到柳林店（卫健委所在地），转悠、闲谈，尽量让张琴秋释怀、快乐。

苏井观生于河南潢川，1929 年即进入鄂豫皖苏区担任红军总医院院长。1932 年 5 月，一名医务人员不慎，引起酒精爆炸，伤了好几人。时值肃反扩大化期间，张国焘撤了苏井观院长之职，将他关押了一个半月，险些被砍了脑袋。张琴秋到总医院任职不久，审议此案，认为苏井观无辜，宣布恢复其党籍，并任卫生学校校长。张琴秋第一次带领全体女学员下河游泳那天，轰动了整个驻地，成为偏僻农村里的特大新闻。苏井观对张琴秋的勇敢、坦荡十分赞赏，从心底钦佩。沈泽民病故后，张琴秋寡居，苏井观同情她，爱慕她，但这份感情只是地火一样地涌动于心底……

长征中，张琴秋、苏井观都经历了三过草地、两爬雪山和兵败祁连的苦难和悲剧。祁连山石窝分兵时，苏井观参加了这个收卷残局的会议，他比成为女俘的张琴秋幸运一些，跟随李先念指挥的游击支队从万佛峡突出了祁连山，抵达星星峡，后被陈云接到新疆的迪化。

1937 年，苏井观也回到延安。陈昌浩去了莫斯科不久，从苏联回来的同志就悄悄地带来了陈昌浩在莫斯科已另外"结婚"的消息。苏井观听到这个消息，爱的火焰在心底又暗暗地燃动起来。他经常主动地接近张琴秋。柳林店初次相会的时候，从张琴秋的泣诉中进一步证实，陈昌浩已与一个名叫"格兰娜"的苏联女子同居。这个女子，陈昌浩当年在中山大学时就认识。无论多么痛苦，张琴秋只能冷静地面对这个残酷的现实……她与苏井观协商之后，请求中央解除她与陈昌浩的夫妻关系。中央同意后，张琴秋与苏井观除假日相会之外，两人之间更添了信件往来。张琴秋在一封信里这样写道：

祁连山下若能同行，今日情况恐又不同；当时未能同行，至今想来确是憾事。不过,当时情况很难,死的机会不知有多少次。死于山壑中、河水中、刀枪下,都有可能。并,这些事情只能把它当作故事看,将来有机会讲给我们下一代听,倒也蛮有味道的。

死神一次次地伸出黑手,要夺去张琴秋生存的权利。可面对这个顽强、坚韧的女性,死神不得不掷开朱笔叹气:生的权利抹不掉,爱的火焰也就很难扑灭了。下面是张琴秋写给苏井观的一封情书的摘录:

一日不见,如隔三秋。的确,别后快一星期了,尤其是下雨天,时间感到格外慢些,不知道你是否有同感……我们彼此只有真诚,没有虚伪。我们是10年之交。是深情,是真情,是姻缘。

虽则不是初恋,虽然我们都已半老,然而奇怪,这种热情不知从何处而来。有时我觉得好像这是不应该似的。但是,我不愿意放弃人生的快乐,我应该找我的知音。我相信我们能得到幸福,而且能幸福到底。我翻开破布包,数了数你的信,有四五封,写得又细致,又讲究,满纸涂写着真诚,到处可以感到温暖。它给我的精神帮助太大,使我从孤苦烦恼中找到快乐。啊!可见世界上的情深似海是真的!

不错,我们人生为革命更重要,我们的事业更伟大。可是,除此之外,注意一点私生活,只要不妨碍我们的事业,我想没有什么不好的。有了真诚的爱,有了精神的愉快,可以增强工作效能,相互鼓励,相互帮助。这是好事。

1943年春天,延水如带,四山浅碧,人迹罕至处可以见到嫩黄色的蔷薇花和红艳艳的山丹丹花,经中共中央批准,苏井观和张琴秋的婚礼在柳林店一孔窑洞里举行。新房简朴干净,一张木板床上铺着散发着暖暖的野香味儿的谷草,被、褥全是苏井观常用的,枕头是用灰军衣叠成的,墙壁上是原红四方面军老战友们送来的一副对联:"两位老家伙,一对新夫妻。"

新郎38岁,新娘比他还大些。出生入死,风云雷电,起落浮沉,酸甜苦辣算是尝遍了。徐向前和许多老战友赶来祝贺,美国医生马海德和夫人苏菲前来道喜,卫生部和女子大学的同志们拥拥挤挤讨喜糖吃……暗相爱慕十载，春梦成真的新郎官喝醉了，收不住脚，如幻如仙，新娘满面春风地向客人们表示谢意。张琴秋这是第 3 次当新娘了，也是最热闹的一次。周恩来、邓颖超未能参加婚礼，但 7 月里从重庆回到延安后，在一家饭馆里宴请了他俩。周副主席对这对新婚夫妇，内心感到欣慰。

兵败河西时，刀山剑树里的张琴秋患上了一种妇女病，每次发作起来，疼痛得起不了床。与苏井观成家后，一直没有生育。沈泽民与张琴秋的女儿张玛娅，1926 年 5 月生在莫斯科，他二人奉命回国参加革命斗争时，玛娅才 4 岁，无法将可爱异常的女儿带在身边，只好忍痛割爱，将其留在莫斯科郊外的国际儿童院。1946 年年底，茅盾、孔德沚访问苏联时，玛娅 20 岁了。玛娅让陈祖泽（陈昌浩之子）陪她（陈可任翻译），一块去旅馆看望两位亲人。玛娅的头发、眼睛、肤色与中国人完全一样，却与自己的母语（汉语）格外生疏。德沚一见到玛娅就想起了沈泽民，哽咽哭泣……对于与异国侄女的相会，茅盾满怀深情地写道："玛娅是很可怜的。她刚出世，父母因要回国搞革命，不能带着她，就把她一个留在了苏联，等于是孤儿。现在看到她长得很结实，爱好运动，又上了大学，我们总算放心了。"

1948 年冬，张琴秋作为中国妇女代表团的成员，前往布达佩斯参加国际民主妇联代表大会。途经莫斯科时，见到了阔别 18 载的女儿。

玛娅去见母亲时，担心语言不通，仍然带着可任翻译的陈祖泽。在延安时，陈祖泽在张琴秋的身边生活过 1 年之久。三人见面，张琴秋首先认出了祖泽。祖泽喊一声"妈妈"，就扑了过去。玛娅一时闹不清这是怎么回事，待在边上，莫名其妙。祖泽向"妈妈"介绍玛娅时，才发现这母女二人简直是一个模子铸出来的，相似极了！张琴秋的俄语非常流利，三人用俄语交谈，俨然是一家三口。面对 18 年未见的亲生女儿，张琴秋将沈泽民的一切告诉了玛娅。22 岁的姑娘 18 年后与母亲相会，第一次从母亲口中知道了自己的生身父亲是怎样一个人……当张琴秋与玛娅娓娓而谈时，这回轮到陈祖泽目瞪口呆了。他万万没有想到，自己的第二个母亲——张琴秋，有这样一番不寻常的经历，有如此阔大的胸襟。盯住"妈妈"，他又回到了在延安亲切相处的日子里。事后，张琴秋给茅盾夫妇的信中，描绘了这次可喜的相会："她没有使我失望，总算学习得不错，性格上有许多地方像她父亲，她刚毅，钻研业务……我没有尽到母亲之天职，这是应该承认的。"

1950年，玛娅以优异的成绩完成了学业，怀着激动的心情和对祖国未来的憧憬，回到了她有生以来尚未涉足过的祖国，并与亲爱的妈妈团聚。玛娅在莫斯科生活多年，倔强、活泼，喜欢滑冰、打猎，性格是"俄罗斯式的真诚坦率"。有一天，张琴秋正在自己的办公室里，玛娅从自己刚刚报到的工作单位赶来了。母女俩争执激烈，周围的同志弄不清母女俩为何争吵，因为玛娅汉语不如俄语流利，而张琴秋又精通俄语，母女俩是用俄语争执的。女儿走后，张琴秋才告诉大家："她刚从东北调来北京工作，行李托运在北京火车站。我派人将她的行李取回来，她批评我这个当妈妈的公私不分，利用职权，派公家的小车运自己女儿的东西。非要我检讨不可！"

张琴秋是一面苦笑，一面又从心底里感到欣慰。有其父必有其女，当年的沈泽民，正是这样的真诚、坦率！

1963年清明节，张琴秋和玛娅来到了湖北红安县烈士陵园，祭奠沈泽民同志的遗骨迁葬仪式。沈泽民是1933年11月20日为革命尽瘁献身的。三年战斗在此地，劫后重来故人稀。对张琴秋母女而言，真正是30年来梦一场。沈泽民能从病故的天台山刘家湾子迁葬于此，也算了却张琴秋压抑于怀的一桩心愿。这座苍松翠柏环绕的陵园，建于1958年，当时曾考虑到沈泽民迁墓竖碑之事，因为政坛上对沈的看法有分歧，有的人认为他是"王明路线"上的重要成员，属"二十八个半"之一，立碑之事就搁了下来。这次来到陵园，看到墓碑上由董必武新题的"沈泽民同志之墓"时，张琴秋伏碑痛哭，感慨如潮——"同志"二字，多么珍贵，又何其难得！

返回北京后，她以个人名义写了一份千把字的《沈泽民同志传略》，送交中央组织部存档。"妈妈，你为什么不为父亲写一本书呢？"玛娅不满足于《传略》，曾一再要求母亲将父亲的一生写成书，作为家谱教材。张琴秋语重心长地说："你的爸爸是我的良师益友，他敢作敢为，坚毅果断，对党的事业非常忠诚。他作风民主，乐于助人，生活上艰苦朴素，和蔼可亲，有许多值得后人学习的优点。"沉思片刻，她又补充："等妈妈离休后，把他一生经历的风雨坎坷都给后人留下来……"

言念及此，张琴秋眼前浮现出开国大典的那一天，她作为全国妇女代表之一，登上了天安门城楼。毛泽东、刘少奇、周恩来等各位领导走过来和代表们一一握手问好，毛泽东不等别人介绍，一眼就认出了她："你是张琴秋同志哦！你是浙江人，我记得的……"就是这个声音，下午3时向全世界庄严宣布：中华人民共和国中央人民政府今天成立了！而这般时候，为了中国人民能够站立起来，沈泽民已经倒下去16个春秋了！

苏井观理解张琴秋的感情世界，卧室床头上一直安放着张琴秋与沈泽民的结婚照。那是一张非常和谐而亲昵的合影。张琴秋与女儿临去红安时，苏井观特意叮咛，要以他个人名义为沈泽民献上一个花圈，以志悼念。

北京城这个幸福家庭共有4个女儿，玛娅之外，张克宁是琴秋之妹张兰之女，苏玉雪、苏桂芳则是苏井观之兄的女儿。进入北京后，4个女儿皆由张琴秋夫妻抚养。苏井观每每看到出落得花朵一样的张克宁，张琴秋便与妹妹张兰的影子叠印在一起，难分彼此。

那是1952年春天，张琴秋以全国政协委员的身份在浙江考察工作，苏井观作为卫生部副部长也到杭州出差，夫妻二人一同前往张琴秋的出生地——桐乡石门镇。离开故乡28年了，县委的同志向张琴秋、苏井观介绍了张兰的有关情况：张兰是桐乡县最早的一批党员中唯一的女性。她与一位姓陈的同志一起，建立了桐乡第一个党组织——石门党支部。抗日战争期间，日本军队占领了石门镇，地痞流氓出卖了张兰，日伪军将张兰从乡下抓到了石门镇。张兰牺牲的那一天，身穿阴丹士林旗袍，无色绢裤，被五花大绑押赴刑场。通过东皋桥时，她向齐集运河两岸的群众大声讲演，痛斥日本帝国主义和汉奸卖国贼。上了刑场，她毫无惧色，刽子手发抖，连开两枪，没有打中。张兰大声唾骂："笨蛋！打准一点，把活做得好一点！"当她倒在血泊之中后，雷电交加，大雨倾盆，上天也悲愤至极！就在这次故乡之行后，苏井观做主，他家的户口本上又添了一个女儿：张克宁。

天有不测风云。祭奠沈泽民之后，突然发现苏井观患了癌症。苏井观意识到了这种病的严重性质，他唯一放心不下的就是心爱的妻子，病房里不时地自言自语："琴秋不能没有老苏啊！"夫妻之间，谁也不愿意点破"癌症"的秘密。张克宁回忆说："我每次陪同妈妈去医院里看爸爸，都看到他们两人有说有笑，轻松愉快，使人无法相信，大灾大难即将降到这两位老人身上。但是，当我们离开病房，坐在回家的汽车里，妈妈便再也控制不了自己，一个劲地用手帕擦眼泪。我想到爸爸不久将辞别人世，也禁不住热泪滚滚。"

1964年5月26日，抢救无效，苏井观走了。

陈昌浩呢？曾是张琴秋的第二个丈夫的陈昌浩呢？

经党中央批准，浪迹天涯，滞留苏联13年之久的陈昌浩携妻子格兰娜，于1952年4月回到了祖国。出于战友情谊，徐向前元帅邀请陈昌浩夫妇和在红四方面军工作过的一些老同志，在徐帅的寓所里聚会。陈昌浩一生的是非功过、浮沉荣辱，集中体现在红四方面军这一历史时期，这是他人生鼎盛期的巅峰，皴染着烟火和血色，可也是他难以雪洗的耻辱之柱。在徐帅家里他像一个落魄之人，低着头，弯着腰，与他昔日之部属，今朝之将军、部长们一一拱手，表示歉意；当他和昔日扔在祁连山里的张琴秋紧紧握手时，极度愧疚，连声说道："琴秋，是我使你受苦了！我……我对不起你呀！"

回国之初，由于工作岗位迟迟未定，陈昌浩无事可干，便去苏井观家串门。张琴秋夫妻以礼相待，并将陈昌浩的想法转告党中央负责同志，后陈昌浩被任命为马列学院副教育长，调任马列编译局副局长。

1962 年 5 月，武汉最好的季节，几百名原红四方面军老战士重新聚会。陈昌浩站在讲台上，抱拳到额头，弯腰向小礼堂的每一个角落拱手注目："同志们，我陈昌浩在这儿向你们敬礼！首先向你们做检讨，在红四方面军和西路军工作中，我犯了不少错误，这是由于自己常常处在'一人之下，万人之上'，弄得自己飘飘然而犯了许多错误……我对不起死者，也对不起大家！"

说到这里他声音喑哑，热泪长流。他强忍着悲哀，打起精神继续说："兵败祁连之事，我实在难辞其咎；2 万精英，喋血大漠，党 10 年积蓄的力量，还不曾与日寇一战，就毁于内战战场上。每当我想起那些流散在茫茫戈壁、祁连山下的男女战士，犹如万箭穿心……"

西路军的战士原谅了陈昌浩，那些年里的"红卫兵"却不饶他，妻子格兰娜被关进监狱，造反派问她："你要不是个苏修特务，怎么会嫁给长征路上就企图谋害毛主席的陈昌浩？"陈昌浩被批斗、折磨得疲劳不堪，这位从汉阳踏上革命征途的战士，经历过鄂豫皖苏区的反"围剿"，经历过雪山大漠下的反复拼杀，经历过延安对张国焘分裂罪行的激烈声讨，经历过客居异国的孤独、寂寞，经历过与刘秀珍、张琴秋、格兰娜的爱河之旅，几乎连最后的力气也用尽了。他忍受着极度的痛苦，从床头柜上摸起安眠药片，一仰身吞了下去…… 1967 年 7 月 30 日，他进入了另一个静悄悄的世界。滚滚长江东逝水，生于长江边上的陈昌浩，时年 61 岁。

1980 年 8 月 21 日，党中央为陈昌浩举行了追悼会。历史终究是公正的，正是：半生忧国眉深锁，一诏旌忠骨已寒；棺到盖时方论定，边疆危日见才难（《陈昌浩传》，中共党史出版社，1993 年 8 月第一版）。

陈昌浩 1967 年 7 月 30 日辞世。1968 年 4 月 21 日的夜晚，张琴秋从"监护"她的楼房里失踪了。第二天，看管人员在纺织工业部大楼西侧墙根底下找到她时，她身体僵硬，"尸体头南脚北，侧身下去，右臂先着地，骨折，大骨折已穿到衣外"；"面色苍白，下侧有红斑，两只手背有红斑，口唇青紫，口腔出血……"在场的公安人员、法医、军代表便认定是自杀。死神是迅捷的。陈昌浩、张琴秋之辞世，其间相隔不到9个月。

张琴秋是1924年入党的。党历史上发生的所谓"十次路线斗争"，她几乎全经历过，在工作上先后和陈独秀、瞿秋白、李立三、项英、王明、博古、张国焘、刘少奇等党内代表人物直接打过交道，加上她的性格又不畏险阻，坚贞刚烈，在那个历史可任意篡改的年月里，造反派逼着她承认自己是"间谍、特务"，这怎么能承认呢！是他杀还是自杀，已经不属于症结之所在了。

张琴秋死后，造反派没有将这一噩耗通知其亲属，却与张玛娅所在单位暗中串通，对张玛娅及其爱人刘钟郁实行隔离审查。玛娅被关押将近两年，被折磨得听觉失常，神经错乱。

1976年周恩来逝世，玛娅同情四五运动，在讨论会上公然表态：广大群众到天安门广场送花圈悼念周恩来同志，是革命的行为，无可指责。一夜之间，她又被扣上"现行反革命"的帽子，遭到了所谓的"群众专政"。"四人帮"的某个成员说道："张琴秋生的女儿，绝不会是好人。"1976年5月17日下午，玛娅不甘受辱，吞服安眠药，离开了这个世界。长眠不醒，灵魂就安然地进入了天国。陈昌浩9年前是吞服安眠药离开这个世界的。张玛娅与陈昌浩选择了同一种"安眠"的方式。玛娅去世后，人们发现了她的绝命书：

我感到为难的是我并没有犯什么错误。我也无法用虚伪的检查去保自己的名声和家里的安定。党性不允许我做这样的交易……坚持真理而死比虚伪地活着为好。

我死后我的名声扫地，但如有一天真相大白，希望党组织能恢复我的中国共产党党员的名誉。

我的家，我的孩子无罪，希望加以保护。

1977年8月30日，张玛娅所在单位在首都八宝山举行了隆重的张玛娅追悼大会，82岁高龄的茅盾先生，在亲人的搀扶下，来到了会场，向着亲侄女的遗像，鞠躬致哀！

在徐向前、康克清、黄杰、王定国等人挺身而出、仗义执言下，终于推倒了强加在张琴秋身上的所有的诬陷不实之词。筹备召开追悼大会之时，去哪里寻找张琴秋的骨灰呢？当年遗体火化，至今，十几个年头过去了，骨灰还能保存吗？亲属们只好到火葬场去碰碰运气。

火葬场办公室热情地接待了他们，但得到的答复却让人失望："文革"期间，像张琴秋这样的死者，骨灰是没有资格放上骨灰架的；送到寄存室，就随便放在墙角边；时间久了，一般就视为"无主骨灰"，集中起来，找个地方深埋即了。

在苍松翠柏的掩映之中，亲属们走进一座古香古色的庭院，推开存放骨灰的厅门，里面的一切庄严肃静，正中条案上端放着朱德总司令的骨灰。人们屏住呼吸，驻足凝眸，期待着某种"奇迹"的出现……

一个50多岁的工人师傅出现了，径直走了过来，挨个儿看了看各位亲属，平静地向他们招了招手，带他们拐了几个弯，从厨顶上取下一个盖着一张旧报纸的小木箱，揭去报纸，露出了歪歪扭扭的3个字：张琴秋。揭开箱盖，便是骨灰。亲属们簇拥着骨灰，放声大哭。

这位师傅姓刘。后来，亲属们赶去致谢，刘师傅是这样说的：

动乱的年月里，每天都有老干部们的遗体送来火化，有投河上吊的，跳楼服毒的，也有被活活打死的，但多数都有亲属跟随，把骨灰取走。那不，又有一具尸体送到火化场来，说是纺织工业部的一个副部长。我无意中揭开白布看了一眼，大吃一惊，这不是张部长吗？她怎么也遭了大难？

刘师傅说到这里，看出对方面有疑色：你一个火化工人怎么认识张琴秋呢？刘师傅继续往下说：

张部长的丈夫是苏部长（苏井观），卫生部的，对不对？苏部长病故时，张部长请我为他做了一个骨灰盒，我精雕细刻，张部长相当满意，特地来向我表示感谢，从那以后我就和她认识了。张部长每年清明节都要来给苏部长扫墓，在骨灰盒前放一束芳香四溢的鲜花，流泪不止，深深地鞠躬。她每次都热情地和我们打招呼，问寒问暖，我们对张部长印象非常好。像她这样的人，我敢断定不可能是坏人。单位送尸来的人，草草说了几句话就走了。她没有家属来，证明她惨遭陷害，冤比海深！我暗暗将她的骨灰存放在这里，相信总有一天，会有人来认领的。

你们到火葬场来的前一天晚上，我心里不知为啥非常瞀乱，夜里怎么也不能入睡，早上起来，本不该我值班，又总觉得火葬场里有什么事在等我。走进存放骨灰的厅门，谁也没有事前告诉我。可我一看见你们，就觉得你们是张部长的亲人，今天，是特地寻找她来的……

我总是认为，阳间与阴间的许多事情，我们凡人是说不清楚的。

举行追悼会前夕，陈祖泽、陈祖涛兄弟二人专程从外地赶到北京，走进八宝山革命公墓大礼堂，恳切地要求让他俩站在张琴秋"妈妈"亲属的行列里。办事人员认为他俩算不上亲属，可列入生前好友。他俩动情地说："张妈妈是我们的长辈。她生前待我们甚至比我们的母亲还要亲。她是我们的恩人。请求你们给我们这最后一次机会，让我们站在她的亲属行列里悼念她！永远地怀念她！"天地之间，有过这样的"后娘"吗？

1979年6月23日，张琴秋追悼大会在八宝山隆重举行。骨灰盒上覆盖着鲜红的中国共产党党旗。追悼会由80高龄的徐向前元帅主持。李先念、王震、余秋里、陈锡联、胡耀邦、谷牧、宋任穷、沈雁冰、康克清……共800多人参加追悼会。

"无边落木萧萧下，不尽长江滚滚来"，从张琴秋去世之日算起，又过去了11个春秋……

《解放军文艺》2019年8月787期

点评：

找来八期"文艺"，拜读大作。读罢张琴秋一文，心情无比沉重，我们走过的这条伴随着风云雷电的路，倒在路上的那么多的人……老兄真的是在史海钩沉呀！

殷实编老兄的大作是需要胆魄的，"文艺"现在能发老兄这样的大作，也是有胆魄的。谢谢老兄，给读者这样一组让人心颤的作品！

程步涛　2019 年 8 月 30 日

《渐行渐远的一簇圣火》一文，内容丰富，时间跨度大，故事套故事，许多细节十分曲折动人，很耐读。

从文字看，绝好地运用了白描点睛的手法（自觉地极好地控制了作者的抒情，相信读者的鉴赏力），力透纸背，具有耕堂所说的"质胜于文"的特点。全文不断蓄势，波澜迭起，扣人心弦，感染力极强，余味悠然，确实是此领域一篇难得的力作。

张与苏的爱情，一如他们对革命事业的忠贞一样，是坚韧不拔的，可以惊天地泣鬼神的。这才是红色婚姻的最佳典范。从当年的文史资料看，革命有多么复杂，革命者的婚恋也就有多么复杂。

作为个体，革命者的事迹可能是很真诚的，但是，决定革命航船的航程的，却不是任何个体的主观愿望，而是冥冥之中常人所无法预料的一种力量。你此文可以传世，同时也令人深思。

阎庆生　2019 年 12 月 3 日

含泪诵读《渐行渐远的一簇圣火》，已是第三次了。

本文单选这位老革命的三次婚姻波涛，置于狂飙式的时代背景之下，如实记述，文字洗练，不蔓不枝，但读来伤心动肝，联想不绝。

传主青春盛年即投身革命，在战火云烟里遇到爱情。对事业和爱情，她都是那样投入，表现出那样真诚、纯洁、执着、高尚的道德情操。延安时期，与暗恋于她已十年的同一革命队伍中的苏井观，这已是她的第三次恋情，这般爱情，真称得上神圣！

高思正　2019 年 12 月 4 日

《渐行渐远的一簇圣火》写得很凄美。张是位悲剧人物，其恋苦，人生结局更苦。苦恋中尚能达观大度，人生结局却有点想不开。你把历史史料转化为文学语言，娓娓道来，卒读后沉重、思绪万千。

王允毅　2019 年 12 月 6 日

下载到电脑上又看了一遍，老兄文字功力现在能与之比肩者不多。张琴秋一文再细细看过，心情依然沉重！国庆节这几天，北京一直阴天，时而落下依稀雨点，与读老兄大作时的心境倒是吻合。

昨天和周涛联系，他问我在做什么，我说，乱翻书。但能接连读下去的不多。老兄大作不仅能读下去，还能沉进去。谢啦老兄！

程步涛　2021 年 10 月 3 日

今天下午，重新看了张琴秋篇，我泪眼婆娑……继而痛哭。我被这些真实的革命先烈的故事所感动。又想到作者写这些文字，要读多少史料，要如何剪辑，要如何看天看地才能发表。师友对你的理解也是句句入心入魂。我曾被电影感动哭过，被散文感动的哭是首次。

张健　2021 年 12 月 11 日

晚上好！仔细读完了《小集》全书，深受感染！您多年的积累，实在是太珍贵了！赞叹！欣赏！佩服！我对《渐行渐远的一簇圣火》的读后感，草草记叙于后，确实是有感而发，不吐不快！

刘大卫　2022 年 1 月 15 日

《渐行渐远的一簇圣火》读后感

建党百年。从战云中走来的张琴秋，在红军寨主、革命母亲、光环大姐之外，她，更像"那些年我们追过的女孩"，更有几分小鸟依人，甚至更像一名被辱无助的女知青。与众多毅然投身的女革命者不同，张琴秋当属接受过良好高等教育的知识女性。尽管是东方式的、布尔什维克式的，却依然造就了她自主、独立、善良的人格。她没有过以主官夫人自居，没有过做秘书、方面军主任的傲慢，没有政治攀附的印痕，她甚至自主"下嫁"，很有些另类。

张琴秋对美好情爱的坦然追求，与残酷的战争和政治运动背景，形成巨大的反差。对第一任丈夫沈泽民烈士的深沉怀念，对第二任丈夫陈昌浩从生死陪伴到慷慨支助，与第三任丈夫苏井观相濡以沫，直至其逝后的无尽追念；这个浙江籍女子，一遍又一遍以身演绎着故乡传奇的故事——梁祝。更为惊叹的，是她抚养着的孩子们：与沈泽民的共同生女，陈昌浩前妻的儿子，妹妹张兰烈士的遗孤，苏井观之兄的女儿，亲如一家，内内外外赞叹一片——真是大爱无疆！

中国共产党尚在萌动期，她就接触了马列主义，并于建党早期1924年入党，她历经"十次路线斗争"，堪称一部党史活字典；她是中国工农红军中唯一的女将领，亲历了根据地反"围剿"、长征、红四方面军兵败河西，可称红军第一女强人。而她致命的悲剧，源于"被俘过"。尽管只有几个月，尽管经受住了巨大折磨，尽管宁死不屈，尽管是周恩来点名营救，她还是被"脏了"。

我们从古田就有"不虐待俘虏"的"三大纪律八项注意"，我们曾成功地把上百万俘虏改造成我军主力。然而在那个动乱年代，"被俘过"的我们自己人，即使再坚贞，却也难以再获得优待，甚至再也得不到真心信任。"被俘"就等同"变节"，就成了"阶级异己"，就"脏了"。

"文革"最终打碎了张琴秋一家的短暂宁静。"老革命们"与他们的打倒对象"地富反坏右"，被赶进了同一条坑道。当时，自杀已成常态；死因不明者比比皆是。"文革"留给张琴秋的，只剩绝路一条。也许，她庆幸苏井观的病逝；也许，她赞赏陈昌浩的服毒而去；也许，根本没有任何也许……

生在新社会、长在红旗下的我，从小以为新中国成立前那些人和事，都已远去。然而——1959年，父亲带我到中央党校读附属小学，住在颐和园东墙外党校南院内，常见一位老者，携洋脸媳妇在食堂进餐，我好奇地问父亲："他老婆是新疆人吗？"

父："苏联人。"我："他是谁？"父："陈昌浩。"

我："陈昌奉吧？"（陈昌奉是当时小学课文里毛主席的警卫员）

父："不，陈昌浩。曾经当过我们学校副教育长，现在好像在档案馆还是编译局当副领导。老资格，中央让他还住在这里。"

那位老人与他的媳妇，在党校南院静静生活到中苏论战爆发，媳妇携子移民大洋洲。"文革"一年，就听说他自杀了，火化后被扬灰荒野……

1998年夏，我到长安大厦同某单位谈技术项目。其间，与他们一位工程师到楼角窗边吸烟区抽烟。

他指着窗外对面的楼问我："认识那大楼吗？"

我："轻工业部。苏联帮着盖的。原先好像是纺织部。"

他："行啊你！知道有位女部长吗？"

我："吴文英！"他："副部长？"我："郝建秀！"

他："你还真知道不少人啊！有位女副部长叫张琴秋，听说过吗？"

我："老前辈吧？"

他："对，老极了的一位老红军！你知道吗？对面那窗户就是她办公室。'清理阶级队伍'，她就从那窗户跳下来的！"

沉默。望着窗外，我们点燃一支又一支烟……

1969年，我曾在北京机床附件厂学徒当木工，师傅韩士德告诉我说："过去咱们厂这，是棺材铺，我的师傅都是棺材木匠。1956年公私合营，我年轻，被留下学了文化，改成了机床附件厂的木工。我那些手艺好的棺材师傅，都被转到殡仪馆工作了——八宝山、东郊。后来政府取消了土葬，他们就改做骨灰盒。反正，艺不压身呗！"

——于是，我想到了精心为苏井观制作骨灰盒，并冒险保存了张琴秋骨灰的八宝山殡仪馆刘师傅！每读至此，都禁不住泪流满面！

——或许，那位纯朴善良的老匠人，他说不定就是我师傅的师傅，我的师爷，也未可知……我愿跪拜在他的面前，深深地向他叩首！叩首！再叩首！

一不小心，我已走进古稀之年，竟然超过了《渐行渐远的一簇圣火》文中各位前辈的享年：张琴秋64岁，沈泽民33岁，陈昌浩61岁，苏井观58岁，张玛娅50岁……读着他们的轰轰烈烈、生生死死、悲悲壮壮、屈屈辱辱，深感自己枉此一生。

沈泽民是茅盾先生的弟弟。茅盾先生与鲁迅先生熟悉。他在82岁时参加侄女玛娅的追悼会，84岁时又参加张琴秋的追悼会，真不知道这位革命老人的心是如何颤抖、怎样滴血的……

我们至今也未能实现他们的初心所愿。穿过他们显然被淡化的史学地位，迸发出的，竟是绚烂无比的美学光辉！

刘大卫　2022年1月14日

风云万里兮爱河九曲

　　1943 年秋，一天早饭后，通信员火急火燎地交给太岳二分区司令员（兼三八六旅旅长）王近山一封急件。拆开一看，竟是师长刘伯承的亲笔信："近山，奉党中央命令，派你带十六团赴延安扩编部队，保卫陕甘宁边区。现在日寇正集中重兵在太岳地区扫荡，敌情复杂，形势紧张，路上一定要多加小心……"

　　天高云淡，雁声嘹唳，太行山秋色正好。10 月 20 日，千余人的队伍全部化装成老百姓，准备从敌人的眼皮子底下夜行晓宿，悄然西进。太岳纵队司令员陈赓送行时郑重叮咛："近山哪，此去任重道远，你可千万要小心啊，记住，要尽快赶往延安，半路上尽量不要求战；万一发生战斗，也要力求速战、速决、速离。你还要掩护一批负责干部和家属子女，可一定要保证他们的安全哪！"家属子女里，就有王近山的妻子韩岫岩与他的小女儿。

　　10 月 22 日，王近山一行神出鬼没地到达了洪洞县东南 25 公里处的韩略村。韩略村是敌人的据点。地下党向王近山介绍敌情：冈村宁次正在对太岳地区施行规模最大、极为残暴的"铁滚扫荡"，每天上午都有很多满载货物的汽车由临汾开来，去支援"扫荡"的日本人；下午，又满载从我根据地劫掠的物资返回临汾，气势汹汹，不可一世，疯狂地了不得。近山一听，"疯"劲就上来了："打它个狗东西！"换为别人，是不敢贸然打这一仗的，因为这是敌人的心脏部位，好打难撤；况且，陈赓有言在先。近山却没有那么多顾虑："为什么不打？上级给我们的任务是向延安开进，可是，现在敌人的胸膛就在你的刺刀前面，你们说，我们是把刺刀捅到敌人的胸膛里去呢，还是睁一只眼闭一只眼，假装看不见？"

大家齐声回答："司令员说得好，咱们用刺刀捅敌人！"

24日上午9时，日军3辆小汽车、10辆大卡车浩浩荡荡地开上了韩略村西南公路，公路两侧是两丈多高的陡壁。一个挑着柴火的农民站在公路上，望着远远开来的军车微笑。突然间，农民不见了，柴火着火了，两侧崖上的玉米秸、高粱秆全都变成了愤怒的枪弹、手榴弹、炸药包。日军没想到在自己的心脏里会遭到伏击，更没想到那个挑柴火的农民就是王近山。

彼此拼杀三个多小时，120多个乘着13辆汽车的日本人除3人逃脱外，全部被歼。这群日军大多数佩戴着指挥战刀，由少将旅团长服部直臣带队，内有6名大佐联队长，其余的全是日本"某派遣军步兵学校"第五、第六中队及其他一些军官。日军华北方面军司令官冈村宁次，策划部署了"铁滚式三层阵地新战法"，得到东京参谋总部的赏识，冈村宁次受宠若惊，忙从各地抽调100多名军官组成"战地观战团"赴太岳区前线观战。这一伙在中国土地上杀人放火的魔王，没想到"观"到了王近山的枪口上。得到消息，冈村宁次暴跳如雷，急调10多架飞机追踪王近山，并从数路正在"扫荡"的敌军中抽调3000余众进行合围。冈村宁次呜里哇啦地吼叫："再牺牲两个联队，也要吃掉这股共军！"而王近山的这支队伍，早已消失得无影无踪。

经吕梁，渡黄河，这一支千余众的铁流逶迤辗转地进入了延安。中央军委成立了新四旅，由王近山担任主帅。毛泽东握着王近山的手说："我早就听说有个红四方面军的'王疯子'，现在你可是成了吴下阿蒙了，有勇有谋，了不起呀！这次韩略伏击战就说明你勇敢、果断、有胆略，抓住战机打了个漂亮仗。"王近山感到毛泽东的手有力而温暖。这是一双掀天揭地的巨掌。

新四旅在王近山带领下生产自救。王近山自己也利用难得的空闲，迎着凛冽寒风，从垃圾堆里捡拾尚未烧透的煤核。一个周末，他请好假，挎着一篮子捡来的煤核，翻过一座小山包，回到小砭沟自己的"家"里，正在逗小女儿玩耍，妻子韩岫岩开荒种地回来了。她倚住门框，微笑地望着正在爱抚小女儿的丈夫。王近山惊喜地看见了妻子："岫岩，你又瘦了。手怎么这样凉啊，这是我捡回的煤核，快生火烤烤。"

岫岩笑着说："过去我是个捡煤核的穷丫头。谁能想到，现在你这个大旅长，在延安也捡煤核哩。"

"你过去捡煤核是为了活命，现在我捡煤核是为了把日本强盗赶出去。"

近山与岫岩从相识到相爱，在五年之前。

1937年年底，日军调集骑兵5000余人分成六路，以马蹄形阵势向寿阳东南之一二九师"分进合击"。临危受命的王近山率部在神头岭与2000多日寇从天亮直杀到日落西海，他身负重伤，昏了过去。一颗子弹打穿肺部；另一处伤在左上臂，形成肺动脉血肿，被送进了一二九师卫生部的医院里。这里，老战友陈锡联（七六九团团长）也负伤住院，他的伤是子弹从嘴里穿入，打掉了牙齿，又从颈部钻出，也伤得非常玄乎。伤势严重，短时间痊愈不了，两个老战友就谈笑风生，海吹神聊。野战医院的白衣天使进进出出。陈锡联神秘兮兮地问王近山："呃！伙计，你知道谁是这个野战医院里的'院花'吗？"

"院花"，指的是白衣天使中最迷人的女子。近山心中有数，却故意卖关子："谁呀？我看不出来，也没听说过。"

"你打仗行，看女人不行。小韩就是嘛，她最漂亮了！全院公认的。"小韩就是韩岫岩。她是全家12口一起来参军的，来时，几匹骡子驮了好多药材和医疗用品，简直是为一二九师驮来了半个医院。

"首长，换药了。"一声甜甜的呼唤，一双柔润清亮如晨星的眸子便沉静地对着王近山。岫岩1921年出生于河北保定，娉娉婷婷，端庄清秀，王近山无声地服从了"命令"。一转脸，陈锡联正朝他挤眉示意。显然，这就是刚刚谈论过的那个小韩，近山感到自己的心跳在加剧……

中午，留着两条粗黑长辫的小韩端来个大钵子，香喷喷的。笑着说道："今天改善伙食，清炖母鸡，来，趁热吃吧。"陈锡联看看钵子，咂嘴摇头："近山，便宜你了。这子弹什么地方不好钻，偏偏钻到我嘴里来了。这么大的口福摆在眼前，我可是干瞪眼。"近山笑道："谁让你嘴馋，连子弹也要偷咬一颗?!"

说到咬子弹，陈锡联无声地笑了。早在 1927 年，近山的故乡红安正在董必武、陈潭秋播下的火种里急速变化，近山的姐姐串联了一群穷小子，领着 12 岁的近山涌进一户土财主的家里，姐姐勇敢地对财主发话："我们要革命，你得给我们枪。"

财主对一群毛孩子不在乎："枪! 什么枪? 我连见都没见过。"

"给钱也行。我们拿钱买枪。"

财主不耐烦地摇头挥手："去去去! 活腻歪了!"

近山一手叉腰往前一闯，掌心亮出一粒明锃锃的子弹："这是我放牛时在荒坡上捡到的。"财主定睛一看，是颗真家伙，站住不吭声了。王近山一下子将子弹咬在上下牙之间，弹头对准着财主。

姐姐从旁说道："你不拿钱，我弟就咬响子弹，炸死你!"

财主慌了神，土地爷逮蚂蚱一样，连忙掏出几块光洋，塞给近山姐弟："别咬! 别咬! 千万别咬! 穷不要命的，你们真狠!"

近山小时随姐姐闹革命的事，陈锡联前些天给小韩讲过。王近山说到嘴馋咬子弹，陈锡联点头一笑，岫岩也禁不住笑了，她笑得轻柔、和悦，双眸像清潭里绽开涟漪似的又静又美。

小韩看着吃肉喝汤的两个战将，大大方方地说："知道吗? 你们两个这些天是我们院里的中心议题呢，大伙都敬佩你俩。说你们是红军老大哥，勇敢得不得了。可谁也没有想到，你们还是这么年轻……"后边本来还有"英俊"二字，小韩脸一红咽了下去。

1931 年冬天，大雪弥漫，新成立的第四方面军发起了黄安战役，经43天激战，创下了我军历史上第一次夺取敌一个整师兵力防守的坚固据点的辉煌战绩，敌69师师长赵冠英成了阶下囚。战场上，总指挥徐向前兴奋得朗声大笑。16岁的王近山望着主帅，也咧开嘴笑了。徐向前笑着对硝烟满身的王近山点头："嘿！我还有这么漂亮的小营长！好一个'王疯子'嘛，把敌人都吓得尿裤子啰！"这个"猛似张翼德，勇赛夏侯惇"（刘伯承评语）的王近山，眉开鹰翅，其"英俊"风采可想而知，韩岫岩怎能说出口呢。

"钱部长，我可以做手术了吧？"

卫生部长钱信忠看看伤口，理解王近山归心似箭，只好说："明天吧。王团长，你可是创造了医学上的奇迹，这只保不住的胳膊硬是保住了。不过，手术后，也会留下一定程度的功能障碍，你要有心理准备。"因为是局部麻醉，剧痛超乎寻常。王近山听见钢凿在肱骨上"嗞嗞"凿动的声音，疼出一身冷汗，他紧咬嘴唇，拼着命一声不吭。岫岩用毛巾连连轻拭着王近山头上的汗珠，眼窝里噙满了热泪……泪水实在是忍不住时，她一边揩泪一边轻轻地说："我唱个歌给你听听吧？"近山艰难地点头，小韩轻轻唱了起来：

天涯哟海角，觅呀觅知音，

小妹妹唱歌郎奏琴，郎呀咱们俩是一条心……

手术成功，近山的伤口好得很快。出院之前，院领导示意要他到村外的小河边去一趟："有人在河边等着你哩！"

清漳河细浪清流，悠然如带，小韩候在岸边。二人交换了一个眼神，肩并肩坐在水畔。小韩说道："我父亲是下煤窑的。我呢？是个捡煤渣的丫头，姑姑做人家的童养媳，被活活地打死了。我母亲替大户人家浆洗衣服，每次洗好后让我送去。大户人家门槛高，人横狗恶，放出狗咬我，我被门槛绊倒了，身上被咬得到处流血……我原来叫秀兰，我自己改成'岫岩'。听人说岫是山洞，洞上有岩石，我即使当不了刀和剑，也要当一块石头，去砸日本人。"

近山望着清秀的岫岩，敬佩她坚韧、自立的勇气和性格，同时也表白自己："我原来叫王文善，父亲可能希望我与人为善吧。可在这个世道上，大户人家怎不与我们穷人'为善'呢？！我们只有挺直腰杆，像大山一样不屈不挠地跟反动派斗争，推翻他们，才会有好日子过。你叫岫岩，我叫近山，山与岩相近，想不到我们还是一个心思呢！"

他见岫岩害羞地揉搓着辫梢，便开门见山地说："岫岩，要是你同意，我们往后就是那种关系了，你今天得表个态！"岫岩甩着长长的辫子跑开了……

近山伫立在河边，任凉凉的晚风吹拂着自己烧红的两颊。徐向前曾称王近山是一位"翩翩美少年"，此时此地，美少年心头却泛起这样一个念头：她是个自尊自强、心性刚烈的好女子。怕只怕我俩的性格犟到一块去，时间一长，可就拧了。

暮春，太行之夜，月光皎洁，群峰仿佛沐浴在画图之中，近山一个人在院里踱步，他的心情格外舒畅。在这 385 旅的驻地，他觉得今天与往日大不一样，山色、月辉，格外清净、安谧……

"近山，你看谁来了。"陈锡联从门外推进一个人来，笑着使一个眼色，一转身走了。岫岩站在门边，一双明眸秋水含烟，咬住唇儿，羞涩地望着王近山。

"小韩，你今天怎么有空儿了？！"

岫岩笑着红了脸："院里专门给的假。"

"给假？这叫什么假？"

小韩没吱声，羞嗔地看了他一眼。通信员进来了："报告！王副政委（王近山时任副政委），旅长让我送饭菜来了。"

"嗬！旅长今天可真大方呀，煮了四个红鸡蛋，还有酒。小韩呀，你是稀客，我今天可沾你的光喽！"

小韩羞得抬不起头来，脸更红了："这是组织……安排的，我……"

"小韩呀，今天是咋啦？说话怎么吞吞吐吐的，像是变了一个人？"

陈锡联一脚跨进门来："近山，等等。这第一杯酒让我来敬你们。现在我来揭开哑谜：组织上已经批准你们今天结婚！"

花雨纷披，喜从天降，王近山一时竟傻张着嘴巴，不知所措！

陈锡联举起酒杯："来来来，祝新郎新娘幸福美满，白头到老！现在条件差，只能用这杯薄酒表示恭贺！……喝呀，喝酒！你俩的好日子还在后边哩！"

在延安，从1943年秋天到1945年秋天，王近山一家生活了两年。1945年8月25日，一架破旧的美军DC-9军用飞机从延安机场起飞，将20位著名战将——刘伯承、陈毅、邓小平、林彪、陈赓、杨得志、陈再道、萧劲光、邓华等人送往中国大地上的各个战场，王近山坐在门边上，机舱门因为破旧而弄没了，凉风一股一股没命地往里灌……上飞机前，他托人捎了个口信给岫岩，说是来不及回家告别了。

解放战争时期，一个战役接一个战役，王近山总是带着当军医的岫岩出征，形影不离。岫岩为此也吃了不少苦头，即使怀了孕，也得挺着大肚子跟着东奔西跑，但她从无怨言。有一次，怀孕的岫岩随部队转移爬山，一不留神从山上滚下来，自己受伤，孩子也不幸流产。为此，近山心痛极了，发誓再也不让岫岩受到伤害。他想了个巧妙的方法，设计了"豪华"的交通工具——一辆骡子拉着的平板车。为了遮风避雨，车四周搭起了棉布帘子，乍一看，就像农村娶亲的大花轿哩。岫岩就坐着这辆"山寨"版的大花轿，"招摇"地跟着近山南征北战。有一天，刘伯承在路上碰到了，正要为如此惹眼的"大花轿"发脾气，可一听说里面坐的是"王疯子"的媳妇，叹了一声："哦，原来是王夫人！"就笑着打马走了。

1947年早春，军情似火，王近山坐吉普赶往前线时翻车，右侧大腿粉碎性骨折，岫岩坐在病床前死磨硬缠，给近山一口口喂饭，让这个郁郁寡欢的人重获生机，再度冲上前线。在延安，小女儿病殁，夫妻二人抱头痛哭；痛苦过度，近山病了，高烧40度，熬了几天。他清醒时，睁开一双深凹的眼睛，首先进入眼帘的，是蓬头垢面、强撑在床边的岫岩，手里捧着早就熬好的稀饭……是残酷往复的战云，逼着这对年轻夫妻相濡以沫，共度艰危。

1949 年年底，刘邓大军拿下了重庆，这座山城一下变成了欢腾的海洋。近山应邀到重庆大学讲演，人们奔走相告，将这位 34 岁的兵团副司令的半生经历传扬得神乎其神。近山一表人才，口才又好，讲演生动幽默，磁石一般引人，尤其是那些女大学生，心旌摇荡。每次讲演结束，台下掌声雷动，气质优雅的女学生们从鲜花丛中大胆地挤上前去，涨红着脸庞递上精美的笔记本，请"英雄"签字。近山实在是太迷人了！很快，一件传闻传进了岫岩的耳中，一个女大学生迷住了近山。岫岩托人打听，这个大学生不是别人，竟是自己的妹妹秀荣。岫岩这个妹妹跟姐姐一样，秀逸清纯，俏丽出众，而岫岩自己这时节尚不到 30 岁，她大度地笑笑，对此事并不介意。丈夫，妹妹，感情的根基，她心中有数。

从朝鲜回来后，近山仍然喜欢跳交谊舞，岫岩曾是他最好的舞伴。跳得多了，岫岩有点烦，可她又不甘心别的女人跟近山跳，思量半天，想出一个"妙招"，就是把妹妹秀荣接到家里，由她陪着近山去跳舞。秀荣刚从大学毕业，对姐夫十分崇拜。姐姐这样安排，真是给瞌睡人递枕头哩。可是，当岫岩看到近山和秀荣一到周末，就出双入对去跳舞，平日里也谈笑风生，竟开始怀疑他俩是真的好上了。渐渐地，她越来越感到厌恶。有一天竟然放话："一男一女搂抱在一起，不跳出毛病才怪哩！"

爱情简直就是个猴精。近山负过七次伤，一条腿和一条胳膊都骨折过，穿的皮鞋是特制的，一边要比另一边高 5 厘米，这样才能正常走路。有一次，岫岩竟讽刺近山："别看他腿瘸，一跳舞就不瘸了。"事情逐渐摊开在岫岩面前，岫岩心里是无法言诉的无辜和痛苦：一个是手足情深的妹妹，一个是休戚与共 18 载的丈夫，她无法正视这难堪的一幕。岫岩实在伤心，恨自己好心做了驴肝肺，最爱的两个亲人，居然踩住自己的鼻子上额头。

出于本能，岫岩使用了当时最常用的做法：发动亲友声讨，找组织，去妇联，怂恿全家上下对近山和秀荣群起而攻之。1957 年的一天，秀荣被妇联的同志带走，发落到遥远的呼和浩特的一家医院工作。"上级"有指示：韩秀荣不能再回北京了，也不能在北京、天津等地工作（因为离近山太近）。对于自己的遭遇，秀荣也曾经疑惑过，还给近山写过信，但不知什么原因没有回音。倔强的秀荣没有怨恨，没有哀求，带着一沓有严重"作风问题"的档案去了偏远的边疆，并在那里扎根成家。可想而知，那是一种怎样的磨难。岫岩眼前只留下妹妹的一封信，信里写道："姐，想办法跟姐夫和好吧，千万不要离婚！"

从此以后，秀媚绰约的秀荣像是突然从人间蒸发了。

秀荣的离开，不仅没能缓和这个家庭的矛盾，反而使事态迅速激化。近山见岫岩如此对待自己的妹妹，气愤地提出离婚。岫岩更不服气，她希望引起组织直至中央领导的重视，用最激烈、最强硬的手法解决问题。她天真地以为，利用组织来施加压力，就能使丈夫回心转意。于是，岫岩一级级上访、投诉，本来只是两个人的争执，逐渐延伸到北京军区直至中央，最后惊动了毛主席，毛主席又指定刘少奇出面处理。应该说，如果近山当时能退一步的话，也许能"海阔天空"，起码职务、地位和家庭都能保住。然而，岫岩的极端做法，却将近山给伤惨了。王近山是谁啊？那可是出了名的"疯子"，怎么能够容忍如此伤他的自尊心？于是，一纸"离婚诉讼状"送上了中央。

这一桩离婚案，引起了全军乃至全国的一片哗然。党中央为制止这种不正之风，对很多干部进行了严厉处分，人们称之为"铡美案"。岫岩这样一闹，近山很快竟成了"铡美案"的典型。很多老战友以及中央领导人找近山谈话，希望他不要离婚，有人甚至暗示说，离婚的话会受到严厉的处分，只要不离婚，哪怕是维持现状也行啊。可倔强的王近山，不知"处分"二字为何物："我王近山明人不做暗事，离婚我铁定了，组织爱咋办就咋办。"于是，处分下达：行政降为副军职（相当于由中将降为大校级衔）；开除党籍，调往河南周口地区黄泛区农场任副场长。

1964年年初，二人离婚。这本来只是一件普通的离婚案，最终却搞成了震惊全国的大案、要案。王近山，没有被日本人和国民党的千军万马打倒，却因为一场说不清道不明的离婚事件被搞得身败名裂，煊赫战功不提了，只落下一个"道德败坏"的名声。

近山遭到严厉的处分，岫岩却一点"解恨"的快感也没有。看着近山寂寥地离去，岫岩眼里流露出难以掩饰的苍凉和失落。嘴上无言，可她心里还在希望着有一天与近山重归于好……

近山与岫岩，战云血火里生死相依，功成名就时分道扬镳。"四十而不惑"的王近山呀，性格里早就伏下了个人命运的乖戾因子。

离京前夕，只有一个保姆黄振荣帮着王近山收拾简单的行李。收拾得差不多时，小黄轻轻掩上门扉。这位识字不多的乡下姑娘，站在近山面前，直直地盯住他，沉默片刻，终于勇敢起来，开口说道："首长，我要跟你去农场。"王近山忽地一愣。家里的风风雨雨，激雷闪电，黄振荣全都清楚。她目不转睛，紧紧地盯住王近山。近山想了想，平和地说："小黄，别犯傻！我去的农场偏僻，也很苦。你还是……"

"首长，我要跟你！这辈子跟定了！"

近山再一次摇头："我是犯了错误的人。再说，你刚刚20岁，人样周正，又那么聪明，正是最好的年华。"

"首长，别说了，我知道自己要怎么生活。我从小没念过书，你莫不是嫌弃我吧？可你也看看，打了一辈子死仗，现在又落下这样个身体，到一个苦地方，还有谁能照顾你呢？！"

王近山这才发现，小黄不仅仅是人样好，且又善良之至。战将就是战将，他与黄振荣便"闪电"式地结婚了。

当岫岩听到近山与小黄结婚的消息时，脸色"唰"地一下子白了，喃喃念叨："怎么会这样？怎么会这样？"其实，在岫岩的心底，始终也放不下对近山的爱与恨。而爱与恨，又死死地纠缠为一体。

事过经年，王近山赴京看病，因为10年前的医疗证早过期作废，人家将他"轰"了出去。近山苦笑一下，没有说什么，转身去找驻京联合办公室的一位同志。传达室的人看他土了吧唧，奚落地问："你会填会客单吗？"

"我找的人叫戴宏。你要通电话，我和她说话。"

戴宏对接待室值班员说："你问问是从哪里来的，叫什么名字。"值班员从话筒里回答："来人很倔，不说名字，也不肯填会客单。"

"那你让他接电话。"

电话里传出一个熟悉的声音："是我呀，我是来看看你们。"声音这么熟，可戴宏一时又想不起来是谁。

"听不出来？我是六纵的。"

戴宏突然一下明白了，连忙招呼："啊！王司令，我们马上来！"

戴宏的丈夫蔡捷就坐在边上，一听是老首长王近山，忽地起身，夫妻二人几乎是一口气跑到了大门口的。在六纵时，蔡捷是政治部的秘书，新中国成立后她转业到地方工作，一直在北京。王近山被贬的前因后果，他夫妇是了解的。眼前的六纵主帅，一身"乡巴佬"打扮，风尘仆仆，面容清瘦、疲惫。蔡捷夫妇已是相当一级干部，彼此照面，几乎都不认得了。蔡捷禁不住心里发酸，静了片刻，才问道："王司令，听说那个农场条件很差，只两间半小平房，地又凹凸不平，而且只有一个公共厕所。你这腿……"

"咳！反正我是个瘸子，坑坑洼洼走起来，反而觉得平坦。人哪，削官为民，照样过活。"近山说话不拐弯儿，"我原来看病在北京，离京多年，医院早换了证，所以人家把我给撵出来了。你们能帮我托托人，给重新办个证吗？"

蔡捷夫妻震惊莫名：共和国的一代名将啊，怎么竟落到这步田地！

近山又提出："来趟北京不容易，我想看望一下谢觉哉谢老。他的电话我有，可死活打不通，你们能帮我联系一下吗？"

电话通了，是谢老的夫人王定国接的，电话里传出一个惊喜的声音："近山来了！请他等着，我们马上去车接他！"

从听筒里听到了王定国熟悉、亲切的声音，王近山趑开几步，背过身去，似乎在悄悄揩泪……

有一次，各大军区领导在京开会，许世友瞅了个空儿，对毛泽东说："主席，我想向你报告个情况，这事只有你才能解决。"

主席望着眼前这位爱将，笑了："说吧，什么事呢？别转弯抹角的。"

"战争年代有几个人很能打仗，现在日子不好过。比如说王近山，我建议主席能过问一下。"

"噢！你说的王近山，就是那个'王疯子'吧？！"主席似乎在回忆当年处理王近山的事儿还有没有印象。

许世友忙说："就是他！这个王近山对革命有大功，那个恋爱问题处理太重了，这不公平，应该叫他出来工作。"

沉吟了片刻，毛泽东望了眼边的周总理，说道："这事叫恩来过问一下，还有谁？一并解决……你说的这个王近山，疯得很有水平呢，人也很有个性，下一步放虎归山，谁个敢要他？"

"别人不要我要。就放在我们南京军区。"许世友赶忙回答。

1969年7月的一天，"火炉"南京，午夜1点。从郑州开来的火车到站后，当年王近山的老部下，而今都是军级干部的尤太忠、吴仕宏、肖永银及一大群军人在卧铺车厢到处找人，好不容易才从人流里认出了王近山。王近山与黄振荣是坐硬座来的，大包小包，全是新摘下的地瓜、玉米、南瓜之类，王近山拎着的竹篮里装了三只"咯咯咯"叫的大母鸡，黄振荣紧倚在近山身边。几位将军快步迎上前来，逐个儿向老农似的王近山立正、敬礼……下车的众多旅客好不惊诧：这老头是个什么人？即便是最有贡献的农业专家，也不会有这么多将军毕恭毕敬给他敬礼呀！

"老农"王近山对几位将军说："这鸡是自家养的，全是吃地里的虫虫长大的，杀了舍不得。"

将军们似乎从中听出了一番辛酸，垂下头沉默不语，母鸡们争着抢着"咯咯"不已，黄振荣咋也制止不住；三只母鸡也怪了，仿佛一定要对簇拥的人流诉说些什么……

王近山回到南京军区不久，渐感身体不适。下面，摘录一段王近山的女儿王媛媛2010年写下的回忆：

　　父亲生病的消息传到了母亲那里，母亲心急如焚，毕竟曾是结发夫妻，心中永远抹不去那番惦记。母亲给南京打电话，要求来看望父亲。父亲的秘书接到电话，毫不客气地说："你不能来！首长说了，他就是死也不愿意再见到你！"母亲很伤心，却又费尽心思从北京调到了上海，因为这样她就能离父亲近一点。母亲张罗着为父亲寻医问药，却没有人愿意理会她。母亲始终不甘心，硬是来到了南京，和肖永银（南京军区参谋长）叔叔联系要求见父亲。母亲的执着感动了肖叔叔，肖叔叔也希望他们能摒弃前嫌，于是，好心安排了一次让父亲和母亲见面的机会。

　　那是在南京军区大礼堂观看演出，父亲带着小黄阿姨正准备入座，一位"了解内幕"的叔叔过来悄悄地告诉父亲："韩岫岩也来了！"父亲先是感到震惊，随后掉头而去。父亲回到家，心情久久不能平静。当时我妹妹就在他的身边，父亲说他的心脏病犯了，妹妹赶紧递水送药，等到好了一些，才听他说出了事情的经过。

　　父亲痛苦万分地说："幸亏我今天没见着，否则，当着那么多人的面，我当时就会昏过去的！"其实，在父亲的内心深处，虽然母亲深深地伤害过他，但父亲对母亲那刻骨铭心的爱却一直不曾淡去。父亲单独跟我们聊天时，经常把母亲挂在嘴边，他总是说，你们的母亲如何好。并告诫我们：人的一生有两件事是不能选择的，也是永远不能背叛的，那就是你们的祖国和母亲！

　　有一天，父亲在卧室里跟我们一起聊家常，氛围舒适且温馨。忽然，不记得父亲想起一件什么事情，就冲着在阳台上休息的小黄阿姨大叫一声："韩岫岩……"这一声忘情的呼喊，把我们都惊呆了！当时只觉得空气都凝固了，所有人都呆在了那里，不知所措。

　　父亲意识到自己喊错了名字，就像犯错的小孩子一样，红着脸、低下了头。我从来没见过他眼神那么呆滞，静静地停在那里，半天不再吭声。是啊，这个父亲念叨了几十年的名字，那么熟悉，那么亲切，却又一直封存和深深地埋藏在父亲的心底。猛然听到父亲呼喊它，怎能不令人震惊啊！

邓小平在 1975 年时，专程赴南京看望王近山，本意是想对王近山委以重任。到南京后，才知道王近山去年住进了医院，患的是贲门癌，正在抢救。当南京军区领导准备向邓小平汇报工作时，邓小平发话："我不是来听工作汇报的，我要听你们汇报王近山的病情。"他听后指示：要尽一切办法治疗，不行就送北京。死神在向王近山步步逼近。在北京某医院任副院长的韩岫岩，得知近山得了重病，心如刀绞！她对他的怨恨早已烟消云散。

1978 年 5 月 10 日，近山弥留之际，老战友聂凤智司令员来到了他的病床前，近山说道："战场、情场、官场，场场惊心动魄啊！"说这些话时，脸色出奇地安详、纯洁、静谧。

遗憾的是，这时节的王近山也没有听到另一个人的呼唤：病榻上已是 86 岁高龄的刘伯承元帅听到近山辞世的噩耗，突然瞪大了眼睛，直愣愣地望着天花板，嘴里叨念着："近山！近山呐！"眼角滚下了两行热泪……

王近山辞世，叶剑英、邓小平、刘伯承等送来了花圈，邓小平亲自审定悼词，对其一生给予了充分肯定和高度评价。近山病故，岫岩悲痛欲绝，非常想参加近山的追悼会，却被告知遵照近山的遗愿不许她参加，岫岩因此一度精神恍惚，整日以泪洗面。后来，近山的骨灰被安葬到北京八宝山革命公墓，为了能经常去陪近山"说话"，岫岩又从上海调回北京海军总医院。

2007 年 6 月，韩岫岩的病情恶化。临终前一周，她挣扎着要到近山墓前去祭拜。儿女们怎么劝阻都拦不住，最后只得开车将其送到了八宝山。下了车，她的情绪特别好，竟不让儿女搀扶，自己走到近山墓前。她献上鲜花，轻轻地摩挲着近山的墓碑，深情地喊着"近山"的名字，泪如雨下——"一辈子的辛酸泪"，于此为极。

韩岫岩的妹妹——当年的那位清纯漂亮、像是从人间突然蒸发了的韩秀荣呢？几十年来，韩家的兄弟姐妹甚至都不知道小姨是否还在人世。直到 2007 年韩岫岩去世，她再次回到北京，和丈夫一起向岫岩的遗体告别，大伙才再次见到她。直到这时，后辈们才知道了事情的原委、真相。然而，岫岩、秀荣姊妹那一次的生离死别，竟是整整的半个世纪。

《解放军文艺》 2017 年 6 月

点评：

　　王近山，战火中的大英雄，和平年月"坏典型"。其实虽坏，却能理解，从来美女爱英雄。一篇读罢长唏嘘，纪实反比戏味浓！你对近山与岫岩的爱情描写，生动准确，情节进展有似电影蒙太奇手法，让人目不暇接，回肠荡气。

高思正　2019 年 12 月 7 日

　　军旅人生，须历三大关口。

　　首历战场。自小投身革命，打仗有如"疯子"，出生入死，有勇有谋，脱颖而出为百战将星，领袖赞誉——王近山不虚！

　　解放战争末期即为兵团副司令，官位不低。和平时期因家庭婚变受惩降职，身败名裂，世人皆知。然至逝直面官场沉浮，宠辱不惊，亦颇显铮铮汉子"疯劲儿"！于情场其既是胜利者，亦是失败者。当年能俘获"院花"姑娘芳心，却竟为那么一桩小事不计后果，发狠与深爱的人决绝，未见其真丈夫情怀也！

　　决绝之双方皆有错：一方视错为能无节制而乱攻，致对方身败名裂公开蒙羞；一方气极，"疯"劲大发，不计后果，愤然决绝——其实，心底尚都深爱着对方。大错铸成，一方深悔为时已晚覆水难收，一方明知有错却深埋心底，至死愤愤然不愿回头。近山逝前于病榻叹曰"战场、情场、官场，场场惊心动魄"。豪乎？悲乎？

文章撷取精粹，交错着笔，活脱脱再现了百战将星酣畅淋漓、传奇悲壮的人生，卒读至情动之处，不禁潸然泪落！

王允毅　2021年10月11日

王近山的爱情故事令人扼腕。战争年代，这个最能打仗的"王疯子"，竟敢在敌人鼻子底下演绎携眷随行的浪漫；战争结束了，他却难以控制情感外泄，被当作负面典型降职处理，蹉跎半生。

"文革"时，我父亲曾随校举家迁往河南省周口地区西华县黄泛农场多年。那是曾经的黄河泛滥区，天灾、战争、决口，被无情的黄河荡平的村舍和原野；黄河水退去，留下漫无边际的盐碱沙荒。接受惩治的王近山，就在那里当农场副场长，不难想见，他那风一般的英勇，火一般的情爱，很快被淹没覆盖于漫漫黄沙之下，只剩下满目的白色盐碱滩，一望无际。

其实，在进城后"离婚风"中，王近山并非抢眼者；韩岫岩的不依不饶，组织解决，造成了她自己的始料未及并痛悔终生；王近山则不幸成了时代的牺牲品。

然而，落魄中的王近山，大概无论如何也不会想到，后来"支左"中的作风败坏，蔓及全国、贻害多年。

王近山的故事，不仅仅是夫妻二人的悲剧，而是满盘皆输：终于熬到了重新起用的王近山，却已病入膏肓；前妻韩岫岩最终也未能得到谅解；妻妹韩秀荣戴着"作风问题"的帽子远走他乡；保姆黄振荣也不过仅仅得到个妻子的名分；而伟大的中国人民解放军则痛失一员雄风战将！

　　一个没有赢家的故事，一盘走死了的棋局，一批皆含委屈离别而散去的人……凄楚恓惶之中，给人留下无尽的痛心与哀婉。

大卫　2022 年 4 月 14 日

沉浮于爱河恨海

16岁那年，初中毕业的吕璜为了逃婚，悄悄潜出家门，从乐至县进入成都。倚仗学业优异，考入了美国人办的华美女子中学；年终，考试成绩全校第一，被誉为成都的"小七君子"之一。女友雷定芳经常向她讲述民主自由、抗战救亡的大道理，使吕璜热情地投入了抗战救国活动。1937年11月，学校开除了这个令人瞩目的女学生。

吕璜和几位被开除的同伴，在党组织的秘密安排下，奔赴延安。从延安女子大学毕业后，吕璜成为延安保卫部的一名侦察员。

转眼间，四年过去了。1942年春节前夕，组织上安排吕璜到150公里外的绥德保安处去工作，而且为她配了一匹白马和一名公务员，督促她尽快动身。别人不明就里，吕璜却心里有数：显然，是出差外地的陈泊快要返回延安了，组织上不打算让吕璜与陈泊照面。这对男女之间，"金风玉露一相逢"，麻缠事就更多了。这是组织上对意外的、不合常规的爱恋纠葛惯常采用的手法——调离第三者。让彼此远相回避，或许，能够眼不见心不恋吧。

朔风凛冽，地冻天寒，吕璜北上，孤雁单飞，心绪恓恓惶惶，无可赴诉，竟与王昭君离汉宫而出远塞大有相似之处。蜀地女儿人样俊俏、妩媚，卓文君、薛涛已有先例。绥德的保安处长见这个女子双眉似蹙非蹙，内里却又隐含着掩饰不住的英武之气，还以为是延安方面特地为绥德方面送来了一位美女呢，心里美滋滋的。后来，打听到这个女子是陈泊的情人，这才快快作罢，事情原委是这样的。

　　保卫部侦察科科长陈泊，原名卢茂焕，又名布鲁，1909 年生于海南岛一个渔民之家，17 岁投身革命洪流，长年奔走于南洋，曾任马来西亚总工会纠察队队长。1932 年秋，受中共中央指令，为除掉大叛徒（原新加坡区委书记）李锦标，陈泊自制炸药，不幸炸弹自爆，左手掌被炸断。辗转进入延安之后，1939 年 10 月，陈泊出任侦察科长。一次，保卫部门抓获一名伪装成《中央日报》记者的特务，经审讯，这个特务坦白交代了自己的全部计划：检查边区各县执行方针任务的实施情况。接下来几天，陈泊穿上那个特务的衣服，手持《中央日报》记者证，先后来到延长、延川、清涧等县，对这些地方的内部进行视察；每到一地，当地的潜伏特务纷纷专程前来"谒见"。陈泊返回后，保卫部向各县公安局下达密令，按图索骥，一下抓捕了 40 多个暗藏的特务。陈泊传奇式的经历，直令吕璜暗暗地仰慕不已，敬佩不已。

　　1941 年夏，敌军的部队进犯边区。陈泊奉命带领秘书、警卫员、吕璜和一个班的武装南下，检查、布置敌特工作。十多人的工作组进入敌人占据的洛川地区，只能抄小道行走，山路崎岖，林草纠缠，晚间只能找破庙或破窑安歇。吕璜是唯一的女性，夜幕降临时，无可选择，也只好与十多位男性挤在一起，和衣而卧。

　　一天深夜，睡得正香的吕璜忽然被混乱、激烈的吼叫声惊醒："狼！狼来了！狼来了！"月地里，一群拖着扫帚尾巴的狼影在院子里匆匆乱窜，眼里凶光荧荧。吕璜小时就听到过狼性残忍的故事，一时吓坏了，慌忙朝身边一个身影躲过去，那人一把将她搂进怀里，右手掏出手枪警戒着门外，低声对伙伴们下令："不许开枪！"这地方一旦开枪，就会暴露工作组的目标。狼被赶散了，吕璜才发现自己的脸颊紧紧贴在陈泊的肩窝里，双臂紧紧地搂着他的身子。有生以来，吕璜这是破天荒的一次，羞涩极了，扭过身子低下头去，脸上一阵阵发烧……一个少女情急而躲身，天经地义，众人根本没在乎。

　　陈泊没事人一样，仍然像大哥哥那样细心地照料吕璜。她累了，他托住她的脚扶上马背；逢遇清凌凌的山溪，他示意吕璜去洗洗，他站在远处守候。翻山越岭，跋涉数日，他们到达了陕西省委所在地——照金村。这是黄土高原上只有十几户人家的小村落。为了隐蔽，省委将这个工作组安排在荒无人烟、峰峦重叠、古木参天的一座古庙里。大伙白天四处收集情报，夜里由陈泊汇总。第二天，他与吕璜去照金村，通过设在那里的电台向延安汇报。

古庙与照金村之间荒草萋萋，几乎无路可通，两人便沿着一条逶迤曲折、清澈欢快的小溪赶路。出山之后，吕璜脱下蓝灰色的八路军军服，从皮带上卸下红布包裹的小手枪，将一头乌发绾成髻儿，簪几朵陈泊采来的黄白小花，被扶上马背，乔扮成一个陕西山乡的小媳妇；陈泊牵着马，头上系一条白羊肚子毛巾，便俨然是小媳妇的"丈夫"了。当地老乡偶尔碰到这样的小两口，禁不住让在路边，啧啧称赞，称赞这秀气的小媳妇太标致了，简直是从年画上小心翼翼地揭下来的人儿。有时候返回早些，吕璜与陈泊仍是这身打扮，并排坐在蜿蜒澄澈的小溪边，四只赤脚浸在水里，说说笑笑。

因为工作需要，在照金村一带，吕璜、陈泊就这样形影不离，朝夕相处。一个皓月当空的夜晚，在阔大的、浓浓的树荫下，陈泊俯下身，深深地吻了期待已久的吕璜。树影筛动，月地里的吕璜热泪盈盈，荡漾在爱河之中……月影西斜，二人都有些惶然。吕璜清楚，陈泊是有妻子的，她叫李琦，颇有大姐风度，现在保卫部负责内勤工作，是很有教养的一位大学生。吕璜自己对自己早有告诫，可仍是这样身不由己地掉进爱河，同时也陷入灭顶的痛苦、折磨。因为李琦很爱陈泊，平时对吕璜也视同妹妹。一个当妹妹的，怎能控制不住自己，这样做呢？

爱河从来就是个无底魔洞。吕璜、陈泊在其间陷得太深了，组织上批评、调离，依然无效。二人信来信往，吕璜整天以泪洗面，陈泊与李琦也是貌合神离。李琦是个自尊心很强的女性，知道这一类感情是任何方式也无法挽回的，便主动向组织提出离婚。吕璜是个好姑娘，她愿意成全他俩的婚事。像李琦这样在爱情上能处理得如此冷静、得体的女性，着实罕见。爱火炽燃于胸的吕璜，并不想存心破坏李琦的家庭，可她在这个今天活着、明天就有可能牺牲的战争环境里，却又时时设想：哪怕仅有一时半晌的幸福，这一生也不枉了。倘使在幸福之后遭遇敌人，她愿意拉响手榴弹与敌同归于尽，这人生仍算是无悔的，满足的。吕璜正在痛苦煎熬之际，忽然收到李琦大姐的一封信，平静而宽容地表示自己主动退出这个旋涡的决定，吕璜颤抖着哭了，痛苦、歉疚地哭了一宵。1942年春，陈泊、吕璜在延安结婚，新郎32岁，新娘21岁。李琦带着孩子，由组织上安排到距延安90公里外的地方从事新的工作。

正度蜜月，陈泊接到特情密报：秘密哨所抓获一个行动诡秘的男子，名叫陈兴林。一天深夜，陈泊会见了陈兴林。

陈兴林原来是在西安读书的热血青年，后与同学相约去延安时被特务截住，将他强行送到西安郊外的一个训练基地。经过三个月的强化训练，因成绩优异被派到绝密的特务组织"汉中特训班"当教员。这个特训班是戴笠一手创办的，三个月训练一期，毕业后即伪装成进步青年进入延安潜伏。到1941年10月，特训班已办了九期，陈兴林一直担任教官。面对陈泊，他表示愿意向党投诚，可事关生死，便又提出一个要求：让他自由地回老家三天，探望老母、妻子。对于陈兴林提出的要求，保卫部多数人不同意，认为这是特务耍的花招；陈泊却极力主张给其一个宽松的环境，促进他思想的转化。三天过去了，在保卫处多数人担忧之际，陈兴林风尘仆仆地赶回来了。

五四青年节，延安举行了盛大的庆祝活动。陈泊挑选出十多个便衣武装来到会场，让陈兴林隐蔽在入口处，抓获特务24名。会后进一步突审，潜伏的56名特务被一网打尽。情况上报后，毛泽东由衷赞道："这个布鲁，真是我们延安的'福尔摩斯'。"很快，陈泊被任命为陕甘宁边区政府保卫处处长。

陈泊另一项杰作，是及时洞察了特务企图刺杀毛泽东的险恶阴谋。

1943年接连两起武装特务偷越哨口的事件，引起了陈泊的高度警觉。他向中央军委保卫部部长钱益民汇报了自己的想法，做出了加强防特反特，特别是保卫中央领导人安全的决定。陈泊每天都要仔细阅看从中央办公厅抄来的中央主要领导人日常活动的安排计划。一天，他看到这样一项安排：6月22日上午10时，毛泽东接见新四军第三师八旅旅长田守尧。陈泊找来田守尧的有关材料，详细看完之后，快步来到钱益民的办公室，提出了自己的怀疑之点。钱益民思考之后，觉得陈泊的怀疑有道理，就把审查任务交给陈泊。最后叮嘱："这件事情，关涉重大，你可要特别注意方式方法。"

整整用了两个昼夜，陈泊终于将"田守尧旅长"（其人携带无声手枪，已经在军委招待所住了五天）审查清楚。田守尧报到的材料中，详细记录着他经渤海、冀东、平西，然后由晋西北进入边区的经过，但田本人却在抵达晋西北时，说自己所持介绍信丢失。原来，3月时，第八旅旅长田守尧一行在赴延安途中遭遇日军而全部牺牲。事件发生后，敌人意外获悉战死者的身份，戴笠便亲自策划，由军统高级特工冒充田守尧，欲乘毛泽东接见之机实施刺杀行动。由于延安方面对田守尧遇难一事毫不知情，这个假冒的"田守尧"便顺利地混入了延安。如果不是陈泊心思缜密，及时察觉，两天后接见所致的恶果，简直是难以设想。

广州，是人民解放军攻占大陆的最后一座重要城市。

坐镇华南的叶剑英，料想这座沿海城市旧势力盘根错节，敌情将极为复杂。于是，特别点将要陈泊进广州市出任第一任公安局长。

陈泊与副局长陈坤调集大批干部，雷厉风行，接管了国民党的旧警察局，大刀阔斧，横扫社会各个角落的污浊残渣。仅仅一年，侦破匪特案件300余起，案犯达千余人，缴获20余部电台，300余支短枪，20余挺机枪。破获了国民党特务图谋炸毁军管会案，策反了白崇禧所辖"桂山号"军舰，将李宗仁逃美带去的三万美金收回广州。

天有不测风云。人生最为得意之际，祸与福往往在其红到顶巅的命运枢纽上突然易位。1951年1月24日深夜，一群荷枪实弹的军人从天而降，闯入陈泊与陈坤的住所，逮捕了两位公安局长。整天捕人的人冷不丁被人所捕，实在是做梦也想不到的事情。这就是中华人民共和国成立初震惊全国的公安战线的"二陈案"。

叶剑英对此案大惑不解。他对当时的公安部部长罗瑞卿说："陈泊的历史我是清楚的，他从南洋回国后一直表现很好，是非常优秀、很难得的公安干部。"

罗瑞卿回答："你只知道他回国后的一段，不能证明他在南洋的一段。"此案株连近千人，甚至有人连叶帅也打算烩入其中。

当陈泊听到判刑十年的判决时，抱头呆立良久，忽然发疯一样失声大喊："冤枉啊！"

陈泊被捕后，吕璜通过全国妇联，将丈夫的一份申诉材料交到邓颖超手里。两天后，邓大姐约她到中南海详谈。吕璜那天刚进入西花厅，邓大姐就迎出来了，亲切地握着她的手，泪水一下子盈满了吕璜的双眸。周恩来、邓颖超听她介绍了详细情况后，过问了此案，结果呢？公安部的领导大为震怒，判决无丝毫更动，而且从此以后，再不许吕璜前去探监。

在见到邓大姐之前，吕璜与高华（陈坤之妻）结伴探过一次监。高华见到的是太平间里僵卧的冤魂，她一下就昏死过去。吕璜倒是见到了陈泊，人样枯瘦如干柴，双眼凹陷似黑洞，半天也认不出吕璜了。吕璜抱住他痛哭失声，直到她问出　声："你还记得在照金村的日子吗？"陈泊这才大梦初醒似的发出声音："你是不是在可怜我呀！"说话之际，泪水从眼角滚滚而下，吕璜哭着告诉丈夫，由于邓颖超大姐关照，她的工作转到全国妇联，孩子在附近的小学上学，生活还过得去。至于自己被开除党籍，连同陈坤已经死去的事，她讲不出口，怕丈夫受不了这样残酷的刺激。

寒星残月，岁月漫漫，沉重的高墙铁门的阴影犹如阴阳两界，将吕璜与陈泊的生活一切两半。盼星星，盼月亮，好不容易盼到服刑期满，陈泊仍不得还家，又被押送到湖北一所劳改农场监督劳动。这位为共和国立下汗马功劳的勇将，在牢房和农场度过了 20 年，1972 年 2 月 25 日，在劳改地含冤病逝，终年 63 岁。陈泊的革命历程 46 年，中折为二，前 23 年为革命出生入死，后 23 年，在牢狱中了结残生。1982 年 5 月，陈泊病逝十年了，公安部在八宝山举行了陈泊、陈坤追悼大会，总算是还了个清白。

《解放军文艺》 2018 年 4 月

点评：

令人心碎之文。

战争年月，笑闯龙潭虎穴，出生入死，有勇有谋，铮铮铁骨，尽心尽责于侦保工作——他们是真正的革命者。

特殊时期，特殊环境生出特殊情爱，明知有愧，却深陷其中不能自拔，并终成眷属——他们又是实在的普通人。

陈泊 1926 年入党。1936 年到延安，于边区政府侦保工作中屡建奇功，被毛泽东主席誉为"延安的福尔摩斯"。历尽战争年月到共和国成立，他们是幸存者亦是幸运者。

1951 年，正以雷霆手段全力肃清广州市潜伏敌特力量的公安局首任局长陈泊，却突然入狱，整整 23 载，入狱、出狱、劳改、屈死——他们又沦为绝大的不幸者，惊骇世人！

允毅　2022 年 4 月 25 日

陈赓的婚事

一

百团大战后，第129师趁部队休整，开了个运动会，这一天正好刘伯承师长过生日，运动会总指挥、第386旅旅长陈赓便给抗大政治部主任罗瑞卿挂了个电话，请抗大文工团到师部来助助兴。

台上演的是《孔雀东南飞》。傅涯扮演小姑，她同情新嫂嫂，怨恨母亲不通人情，拆散人间恩爱夫妻，演到伤心处，眼泪滚滚而下，泣不成声。坐在台下看戏的陈赓，望着泪人般的傅涯，触景生情，鼻尖一酸，泪水也下来了，他抬起大巴掌撑住额头，顺便也遮住眼睛。陈赓细微的举动，被坐在近旁的政委邓小平看在眼里。

台上台下同坠泪，伤心仅仅在剧情中吗？

陈赓是湖南湘乡人。14岁那年在东山学堂上高小时，父母做主，为他娶了个比他大两岁的媳妇。陈赓不满意这桩婚姻，新婚夜不入洞房，还一再要求父母把媳妇送回娘家去。父母不让步，且以武力威胁，陈赓便下决心离开这个家庭。临走时，他对女方说："我要走到很远的地方去，也许一辈子都不回来，你还是回娘家去吧。"陈赓到湘军鲁涤平部当兵，参加了讨伐吴佩孚、驱逐张敬尧的战争。1921年退出旧军队，翌年在长沙加入我党。一去多年，陈赓音信全无，父母无奈，只好将儿媳送回娘家。

1923 年，由组织派遣，陈赓到上海平民学校任教，后又投考黄埔军校，成为军校里的"黄埔三杰"之一。1926 年 9 月，去苏联学习，次年 2 月结业，又回到上海。1927 年初夏，由周恩来撮合，与上海女子王根英在武汉成婚。

七七事变后，王根英随周恩来进入西安，随后，又赶到八路军总政治部。这时，陈赓已是八路军 386 旅旅长，与久别的妻子几经磨难而相见，心情自然是激动无比。过了半个月，王根英又接到组织上的通知，要她到延安陕甘宁边区党校学习。"这么快？"王根英有些伤感。身负重任的陈赓倒是平静："也好。我们马上要开赴山西抗日前线，我这个旅长，身边带个老婆也不像话。你早点回来，毕业后争取回到师里，隔三岔五总能见面。"9 月 15 日，陈赓送根英上路之后，返回空屋，心里空落落的，他随手写下这样的日记："离别时，彼此表面上都故作镇静，但根英已背着我抹泪矣。"

1938 年秋，王根英学习结束，调回 129 师工作，被分配到师里的财经干部党校任职。此时，386 旅正朝着这一带集结，王根英想到不久就能见到自己的心上人了，非常高兴。可谁也没有想到，1939 年 3 月 8 日，在一次反"扫荡"中，王根英英勇地倒下了。这一天，陈赓正在给部队讲话，通信员送上一份电报，他低头一看："王根英在掩护战友撤退时壮烈牺牲！"陈赓浑身猛然一震，当时就忍不住痛哭失声，他忽地拔出手枪，冲着天空"砰砰砰"射出愤怒的子弹。

陈赓泪水长流，独自在积雪未化的树林里站立了很久。他在日记里写下了："今天是我不可忘记的一天，也是我最惨痛的一天！"由于思念根英，陈赓病倒了，半个多月里高烧、昏迷，虽有名医马海德精心守护、用药，又何能医得这样的创伤呢？他在昏迷中不断地喊着："根英！根英……"这一天台上在演出，陈赓坐在台下流泪，邓小平心里清楚：是陈赓那个生于"东南"的妻子，三年前就壮烈牺牲了。

二

演出《孔雀东南飞》之前，三位文工团的姑娘跟着王团长去取道具。姑娘们早就听说过陈赓的许多传奇故事，于是就缠着陈赓，要他再讲些战斗故事。"我没啥讲的。"陈赓低头正看着发疼的脚，便冒出了一句，"南昌受伤时，我当时真想开枪自杀。"姑娘们一下愣住了。

待她们拿着道具离开后，王团长却眯着眼睛问陈赓："老首长，刚才这三个，你喜欢哪一个？"陈赓突然一下明白了王智涛的鬼点子，指着他说："好哇，你在当媒婆！"陈赓是个直率人，随口便回答："中间那个。"——中间那个，正是傅涯。

傅涯生于浙江上虞县，大哥傅森在林伯渠的影响下参加了革命，1938年，傅森从西安捎信来，动员妹妹也参加革命；4月，傅涯和弟弟傅桑、妹妹傅英，千里迢迢，从西安奔赴延安。10多个兄弟姐妹中，傅涯是女孩里的老大。家庭生活拮据，到了上学年龄，傅涯却只能在家里带弟妹，帮妈妈做活。她羡慕哥哥上学，又无奈，常在夜里偷偷地流泪。妈妈对孩子们说，谁能完成分内的活计，谁就先去上学。傅涯起早贪黑，加倍努力，终于实现了读书之梦。上小学时，她就和同学一起上街，为东北死难、流亡的同胞募捐；中学毕业后立志革命，从江南投奔到延安，1939年入党。她灵巧、白净，行军途中，只要遇见溪水，就要喝个够，洗去满身的征尘。大家背地里都说傅涯是水仙转世，走到哪儿都是水灵灵的。

那时奔赴延安的姑娘，将革命看作是第一位的。陈赓有文化修养，在白区工作时不为酒色所动，被捕时立场坚定，打仗时不怕牺牲。可当陈赓约傅涯单独见面，提出"你愿不愿与我做朋友时"，傅涯却这样答道："让我再考虑考虑吧。"原因是参加革命之前，她与表哥定过亲；她已经多次去信，希望表哥能和自己在一起，可表哥不肯来延安。傅涯想等她与表哥的关系结束之时，再与陈赓交朋友。

陈赓太喜欢她了。一面等待，一面将自己爱上傅涯的事儿报告到中央组织部。想不到，延安方面的答复是：此人有"特嫌"，不能与之建立恋爱关系。陈赓从抗大调来傅涯的档案，仔细翻阅之后，更加感到了这位女子的纯洁、可爱。这时节，上面又透来另外的消息：不是傅涯本人有问题，据我方情报，她大哥是国民党党员，在家中接待过我党党员，也接待过国民党特务，最近又到延安来了，四处打听傅涯的消息。延安这边追傅涯的人很多，她一概拒绝，现在却对你松口，会不会有别的什么目的？抗大的姑娘多的是，你可以另挑一个。

组织上同时又在那边做傅涯的工作：听说你有个表哥在重庆，你与他是有感情的。如果想念他，组织上可以送你去重庆。

傅涯的这个表哥正义感强烈，关注民族命运，经常给傅涯讲"国家落后，总要受人欺负"的道理。表哥从南京中央大学建筑系改学农业系，决心献身农业。傅涯准备报考化学系。七七事变后，因为不愿当亡国奴，两人一起回到老家。一个夜里，一贯正派的表哥忽然提出要与傅涯同居，因为表妹聪颖、秀媚，他担心别人会夺走了她。傅涯一看表哥想用生儿育女的枷锁套住自己，彼此便起了争吵。之后，傅涯带上弟弟、妹妹去西安寻找大哥，准备赴延安投考抗大。走的时候，也没有给表哥打招呼。

偶然机会，傅涯遇到表哥的一位好友，得知表哥后来考上了中央大学研究生，随学校撤到了重庆。她要来表哥的地址，写了一封长信，劝他速来延安，抗日要紧，救国是第一位的。半年过去，没有回音。

在抗大期间，傅涯经常听到陈赓的传奇故事：危难中背过蒋介石，救了老蒋一命；坐过监牢，宁死不变节；南昌起义时断了腿骨，硬是虎口脱险；长征中拖着伤腿，走过了雪山草地。傅涯在心底将表哥与陈赓两相比较，表哥的形象，也就渐渐地淡了，远了。组织上反复开导她，她不置可否，因为她也想试探陈赓是怎样的人，便默默地等待着。

三

邓小平看完戏，就找来师政治部主任蔡树藩："你看见没有？一个在台上哭，一个在台下哭。我们可不能当《孔雀东南飞》里的那个焦老太呀。给中央发个报，傅涯的哥哥即便是特务，傅涯本人是党员嘛。让延安成全他们吧。"

1943 年 2 月，婚事批准了，傅涯迅速赶到了河北涉县的师部里。

陈赓心花怒放，他眉飞色舞地推开房门，大声报告："司令，政委，傅涯来了！"

"好。"正在看地图的刘伯承应了声，招呼道，"陈赓你来看，刚刚得到情报：敌人正向北调集。"

陈赓未动，又重复一遍："司令员，傅涯来了！"

"我考虑你们旅是不是从这到这，伺机歼敌……哎！你怎么离得这么远，能看到地图吗？"刘伯承这时候才发现，陈赓一直站在门口。陈赓两手一摊，耸耸肩，又小声说道："傅涯来了！"

刘伯承一愣，发现邓小平伸出两根指头在向他示意，一下子明白了，不禁哈哈大笑："你呀！你！快当你的新郎官去吧！"

当夜成婚，翌日部队开拔。行军时山路崎岖，陈赓马在前，傅涯马在后。40 岁的陈赓，快活得像个孩子，松弛马缰，倒骑在马背上，美滋滋地欣赏自己的新娘……傅涯羞得简直抬不起头来！战士们就走在他们身边，傅涯只好轻声提醒："这路不平，你转过身去坐，稳当一些。"东方朝霞弥漫，行军的部队蜿蜒如长龙，新娘像是乘龙下凡的一位仙女，战士们嘻嘻地笑。

新婚之夜，傅涯可是有言在先："你不能干涉我的工作，别把我成你的附属品。"

"那当然。"陈赓满口答应，"我尊重你的意见。"

陈赓是个喜乐人，半年后，傅涯也被磨炼得爱开玩笑了。有一天，她问陈赓："老实说，你多大了？"

"40呀。"

"恋爱的时候，你怎么少说了3岁？"

"缩小差距嘛！"

"你呀，老婆到手，本性暴露！"

"人活在世上，谁不追求最好的目标？这才是本性……"

婚后，傅涯只在司令部里住了几天，便搬到附近双曲村农民家里，从事农会工作。隔上七八天回来一次。有时忙，十多天也回不去。为了控制感情，有时陈赓捎来的信，她也不拆。但有一件事却是忘不了的：每次分手，她都要送陈赓一个日记本；陈赓记完的日记，也由她保管。行军过河，马背上的日记本溅湿了，她一到驻地，第一件事就是将日记本摊开、晾干。而陈赓，只要有时间就去河边等待，有人问他在这儿干什么？他总是直言不讳："接老婆！"

中华人民共和国成立后，陈赓被授予大将军衔，任国防部副部长，傅涯在中组部工作。1961年元旦过后，应上海方面邀请，他们去上海疗养。3月16日晨，陈赓因心肌梗死复发，不幸逝世，享年58岁。

陈赓辞世后，傅涯一边工作，一边抽空整理陈赓的日记和文字材料，借以寄托哀思。更令人敬佩的是，她四处奔走，多方调查，亲笔撰写了翔实生动的王根英烈士传——《报国何计女儿身》，收录在《红旗飘飘》里。

四

现在，我们该回头来看看王根英了。

陈赓在黄埔军校就学期间，廖仲恺遇刺，在周恩来的领导下，陈赓几天几夜未合眼，终于查出了凶手。何香凝看上了陈赓的果断与正直，有意将小女儿许配于他，被陈赓婉言谢绝。谢绝的内在原因，是王根英已经占据了他的心房。

那是 1922 年年底，已是党员的陈赓前往上海开展工作，有时也到平民学校去教课。听课的工人居多，有个 17 岁的纱厂女工王根英，是个小有名气的工人领袖，灵秀、俊俏、好学、直爽，引起陈赓的注意。陈赓来自湘乡，总爱讲点"农民理论"，王根英却相信工人阶级的力量，所以开课不久，她和陈赓就争论起来。学员也分成了两派。两派越争，陈赓越觉得眼前这个姑娘聪慧、可爱。一次争论的间隙，他突发奇想，从笔记本上撕下一页纸，匆匆写下"我爱你"三个字，折好推到了王根英的桌前，然后若无其事地望着前方。王根英摊开纸条一看，一下满脸通红，心里咚咚乱跳：天下竟有这么大胆的"老师"！她把纸条悄悄地藏了起来。

陈赓没有料到的是，第二天的墙报上多了一份稿件，许多人都围上去，边看边笑。陈赓也凑上去，这一看，羞得他恨不得挖个地洞钻到地底下去，原来，墙报上所贴的，正是陈赓昨天所写的三字情书。陈赓是个风趣多智的人，事情已经到了这种地步，他干脆一不做二不休，又给王根英写了几张纸条，王根英接过纸条看也不看，吐口唾沫，啪地贴在板报上。没几天，板报上贴满了"小旗子"。

有一天逢着休息，大伙围拢上来凑热闹。有人开玩笑："王根英，你这样处理情书，到底是同意还是不同意呢？"

王根英尚未开口，陈赓却顽皮地说："我看总不是反对吧！她正在希望更多的人知道我陈赓正在向她求婚，这本身就是个态度。"

王根英"严肃"地问陈赓："你别太自信！我为什么要嫁给你？"

无论何时、何地、有何困难、险恶，陈赓均是乐呵呵的，妙语连珠，四座生风。陈赓这时充分发挥他的幽默才能："你为什么要嫁给我？这还不好回答？因为我爱你嘛！再说，我们郎才女貌兼女才郎貌，志同道合，不但有缘且有感情基础啊！"

一个傍晚，很偶然，两人在黄浦江畔相遇了。王根英大大方方质问陈赓："陈先生，你怎么看上我这个穷纺纱工？"

陈赓如实相告："向大姐你认得吧。那天我去看望生病的蔡和森，他的夫人向警予向我介绍了你，说你人品好，勇敢上进，她要培养你成为优秀的妇女干部。还说你文化不高，要我多帮助你。"

"你呀，就这样来帮助我？"

"这只是第一步。"

"下一步呢？"

"下一步，那就工农结合呗！"

王根英脸红了。她又想了想："也行！你要是诚心，就等我5年，等我学好文化再说。"

这一下轮到陈赓发愣了："啊！5年，太长了！"

1926年秋至1927年间，上海工人举行了三次武装起义，王根英是骨干分子，周恩来佩服她的组织能力和勇敢精神，提议她当妇女执行部长。四一二反革命政变后，王根英遭到追捕，被迫转入地下。中国共产党第五次全国代表大会，王根英是上海代表，赴武汉出席大会，又与陈赓意外相遇了。这时的王根英，益发成熟，出落得更为秀丽、大方。陈赓当时在唐生智部队的特务营当营长。代表们开会的地方，就在特务营驻地附近。

黄昏时分，二人去江边散步，陈赓讲着军中的故事，王根英亲热地挽着他的胳膊，静静听着。陈赓突然话头一转："你怎么不说话呀？"

"你叫我说什么？"

"你说要嫁给我嘛！"

王根英用拳头直捣他的胸口："瞎讲！"

陈赓一本正经道："说真的，咱们结婚吧。"

根英深深叹了口气："我不是不想结婚，可你想想，现在是什么时候？结婚有了孩子，我们还怎么斗争？"

陈赓忽地站起来："斗争都得是光棍？"

"你小声点。"根英把手搁在他的手心里，"再等——四年。"

"什么，你要我等成个老头子？"

"那再等——两年。"

"不行！顶多等两天。"

"啊？"根英也急了，"现在大家正在开会，你让人家笑话嘛。"两个人说不到一起，不欢而散。回到军营，陈赓免不了被兄弟们笑话一顿。陈赓躺在铺上还是开玩笑："谁要能说动王根英，我就给他当众磕三个响头。"大伙说笑，可这话却传到了周恩来耳中。

周恩来一进屋，就被大伙围在中间，他往床上一坐，问："陈赓呢？他怎么不过来？"大家一听有戏，立刻将陈赓架了过来，要他给周恩来磕三个响头。周恩来笑了："这样的好事，你为什么不来找我？"

陈赓脸一红："我欠了你的债呢。你忘了吗？去年我给你当秘书，颖超千里迢迢来广州，你让我拿着她的照片到码头去接，我个大活人就是没有接着，害得颖超摸了半夜才到。"

"这有什么嘛，我们不就是当天结的婚嘛。这次，我一定让你明天就当上新郎。"

经周恩来和邓颖超一说，王根英点了头，同意结婚。但约定，不许陈赓那帮兄弟来"胡闹"。第二天，王根英的被子就和陈赓搬到了一起。

五

结婚没过几天，夏斗寅叛变，很快，汪精卫又密令何键屠杀革命者，白色恐怖笼罩了武汉三镇。何键派兵包围了陈赓的住处，逼他离开特务营。与此同时，陈赓领导的工人纠察队，也被汉口卫戍司令李品仙下令缴械。

王根英奉命回上海从事地下工作。走的那天，周恩来赶来送行。他对陈赓说："你可是找了个好媳妇，心灵手巧，你可别忘了人家。"

"忘不了的，我们相约，每晚彼此相思一刻钟。"陈赓连连说笑，借以掩饰心底的难舍之情。

周恩来动情地说："把你们撮合在一起的是我，现在要拆开你们的还是我，看你们亲亲热热的样子，我真的不忍心。可是，有什么办法呢？我要带陈赓走，出师讨伐蒋介石。根英呀，把陈赓交给我，你尽管放心。"王根英秘密潜回上海，担任上海全国总工会女工部长，工作繁忙而危险。陈赓随周恩来去了九江，不久，爆发了南昌起义。

王根英带着1931年生下的儿子陈知非和一个烧饭的气炉子，经常东躲西藏。1933年12月，由于叛徒出卖，王根英在娘家被捕，关进了上海提篮桥监狱，被判8年徒刑，后被转送"南京第一模范监狱"，当时，这里关押的还有帅孟奇、夏之栩、何宝珍等"女政治犯"共20余人。她们坚定勇敢，组织了数次绝食斗争。

1937年8月，周恩来和朱德、叶剑英到南京参加蒋介石召开的国防会议，得知王根英她们还被关押着。8月19日，他与叶剑英、童小鹏到了监狱，点着王根英等3人的名字："今天我要见见她们！"王根英她们见到周恩来和叶剑英时，惊呆了！她们早已做好了牺牲的准备，没打算活着出去，更没有想到周恩来和叶剑英亲自到监狱来进行营救！周恩来派车将王根英接到八路军驻南京办事处。又带王根英到了西安。8月26日，王根英由西安转云阳八路军原总政治部，和陈赓团聚。8月27日，陈赓在日记中写道：

上午乌云密布，下午微露日意，大家喜形于色。昨日根英由西安到云阳总政治部，小平同志加菜为我们庆贺，并另辟一室使我们做竟夜之谈。是晚彼此互诉离情，直达深夜，尚无疲意，其快乐有胜于1927年武汉新婚之夕。王根英在狱中达4年，艰苦备尝，在敌威逼利诱下，始终坚持党员的立场，不为动摇，使我对她更加敬佩。

不久，王根英去延安边区党校学习。1938年秋，组织批准王根英到一二九师去工作，被分配到供给部办的财经干部学校任政治指导员。1939年3月8日，王根英随供给部驻在南宫县的"前后王家村"。这天，敌人进攻冀南军区驻地，供给部被敌人包围，王根英把组织给自己的骡子给伤员骑，自己徒步随警卫部队突出重围。她冲到村外刚喘了口气，突然发现装有文件和公款的挎包没有带出来，便毅然独自向村中奔去，大伙没有拦住。

她在驻地将挎包取出，出村时不幸与敌遭遇。同志们清楚地看见她在敌人的机枪扫射中倒下了！等大家组织好队伍冲到村边来接应她时，她已壮烈牺牲！身上有弹洞，也有多处敌人的刺刀洞痕！热血染红了身下的泥土……

一个多月里，陈赓中断了日记写作。他说："我要为她守节三年！"说到做到，三年之后，陈赓才重新考虑与傅涯再组家庭。

更出乎人们意料的是，王根英烈士传在几十年后由傅涯主动执笔撰写。傅涯在晚年这样表示："这也算是偿还一点自己对陈赓同志照顾不足的心意吧！"

点评：

陈赓个性鲜明。他的豁达，从救过蒋校长，到对党对革命事业的赤胆忠诚；他的广友，从与谢富治多年搭档，到协助胡志明、金日成救国；他的乐观，从敌后特科的谈笑风生，到战火中与临汾旅文艺宣传队切磋小提琴。本文更揭示出他的婚恋热情与忠贞不渝，从王根英，到傅涯。陈赓对牺牲的前妻王根英刻骨铭心的怀念，深深影响到续弦傅涯与所有子女。

傅涯在陈赓辞世后，殚精竭虑为王根英纪传，在军内有口皆碑。更令人肃然起敬的，是傅涯生前立嘱子女：死后不与陈赓合葬，把同衾留给王根英！2011 年清明节前，经子女们共商，将陈赓与王根英、傅涯移灵，一起迁回故乡湖南湘乡龙洞镇安葬。

陈家家教的严格谦谨是出名的。二儿子陈知建在总参第二编制局任局长时，我曾和他有过短暂的工作交往。他平易和蔼，毫无红二代的优越作势。据说，尽管他得到许多将帅前辈的关心，却踏踏实实、一步一印，丝毫不"拉大旗"唬人，也不计较升迁进阶。加之他对恭维逢迎与请客送礼疾恶如仇，最终，只在重庆警备区副司令员位上退休。为此，引起不少红二代的愤愤不平。

早在陈赓受衔时，他就拒享大将住房标准，主动降低住房面积，不进专配府邸。陈赓辞世后，傅涯办理完丧事，立即向组织申请，要求撤去电话、地毯、公务人员等一干配给大将的待遇。夫妻二人信守结婚时"互不干扰工作、不做附属品"的约法，直至走完生命历程。今天看来，这些还真不是什么小事，因为做到并不容易。

这一对恪守原则、保持独立人格的夫妻，为同行者们，为子女后代们，为无数后来者，建树起了自律、自尊、自强、自爱的崇高人品。

大卫　2022年4月18日

第三辑　天意高难问

黄河吟

从戎之后，我在兰州城里住了 20 多年。黄河自营区北畔流过，夜静水猛时，能隐隐然听到黄河东进的涛声，我也去过秦晋交界处的壶口，惊叹黄河从 10 多丈高的悬崖上飞扑而下时雄浑的、含有鲜冽泥腥味儿的身姿。自兰州至壶口，勇猛的黄河朝着塞北绕了个天地间仅有的大弯，拟将广阔的北国土地紧紧地搂入中原的怀抱；而大漠却凶悍地突进黄河坚强的肘弯，妄图将这片锦绣的土地掳进荒凉。千秋万岁，沙海欲南下，水浪东流去，大河内外就这么抗拒着、对峙着。

1939 年春天，抗日战争最艰难的时候，《黄河大合唱》创作于延安。作者是广东番禺人，1905 年降生在星夜大海里的渔船上，母亲便为之取名"冼星海"。《黄河大合唱》由《黄河船夫曲》等九个乐章组成，以中国存亡为背景，取黄河之精魂为音符，热情礼赞了中华民族不屈不挠的强韧意志和酷爱自由的抗争精神。5 月 10 日，在陕北公学庆祝鲁艺成立一周年，毛泽东、刘少奇、朱德、张闻天、陈云出席了大会，观看了鲁艺音乐系主任冼星海亲自指挥演出的《黄河大合唱》，当演到第七乐章《保卫黄河》时，台上台下的歌声像天河水突然沟通了黄河源那样连成一派，场面委实感人，毛泽东热烈鼓掌，连声称赞。7 月，周恩来回延观看演出，亲笔为冼星海题词："为抗战发出怒吼，为大众谱出呼声！"

"雪落黄河静无声"，本是极肃穆、极洁净的画面；而曲折奔荡在雪幕里的浑茫的黄河，却从来也没有平静过。亘古至今，黄河的声音有缓有急，有高有低。在 20 世纪中期，《黄河大合唱》里蕴藏着中华民族的精气，负载着，也传递着优秀儿女的三魂七魄，是中国人民在艰难岁月、危亡之秋从心底爆发出的怒吼。且翻开地图看看吧，陕北的位置，延安的位置，正处于"黄河龙"的腹心部位。苍龙之吼，不就是这雄浑的《黄河大合唱》吗？

1940 年 3 月，南洋华侨领袖陈嘉庚（福建厦门人）受侨界之重托返回祖国，对国共两党进行考察。陈嘉庚在重庆待了两个多月后，提出要去延安看看，蒋介石的脸上顿露不悦之色，言辞间也有劝阻之意。67 岁高龄的陈嘉庚强调："余以代表华侨职责，回国慰劳考察，凡交通无阻地区，不得不亲往，以尽责任。回洋以后，亦有事实报告侨界。"

蒋介石讪讪地说："到什么地方看看都无妨，但要防止有人做欺骗宣传，以免上当。"

5 月 31 日下午，陈嘉庚一行飞抵延安。在一次欢迎慰劳团的晚会上，冼星海指挥百人合唱团演出了《黄河大合唱》，雷霆万里，激越澎湃。这是对民族历史的一种深层的、真切的回味，是崇高感情、淋漓元气天崩地塌的自然倾泻。歌声一落，陈嘉庚老人便站起来脱下帽子，向合唱团深深地鞠了一躬。陕北黄土高原上习习的凉风，微微拂动着老人如雪的白发，他用几乎哽咽的声音说："你们唱的不是歌，这是我们中华民族的吼声！"也可以说，这是黄河自诞生以来最能掀揭天地、摇撼日月的吼声。

赴延安之前，陈嘉庚基本上是个"拥蒋派"。在延安，老人只待了八天，是黄河的吼声，让这位睿智的老人迅速得出这样一个结论："中国的希望在延安！"老年人的信念是风霜雨雪久久洗蚀过的磐石，风骨凛然，最难移易。而在圣地延安，面对着黄河之吟，陈嘉庚却如聆纶音佛语，真正有良知的中华儿女，怎能不皈依于黄河的膝下。他后来在《南侨回忆录·弁言》中写道："余观感之余，衷心无限兴奋，梦寐神驰，为我大中华民族庆祝也。"

　　黄河的辙印九曲八折，黄河的声音无远弗届。1944 年，美国一个检查团来到延安，冼星海指挥合唱团在杨家岭礼堂为之演出。天上皎月当空，礼堂里人头攒动，当《黄河船夫曲》的前奏一结束，那万众一心的一声"划哟，冲向前"！如雷砸地，石破天惊，美国军人们噌地从座位上射立而起，汗毛齐竖，肝胆悬空，一个个瞠目结舌，惊呆着不知发生了什么……这时节的中国大地上，日本侵略者的败象已经显露端倪了，大江大河很快要将它们席卷而去，扫进东洋。

　　美国总统罗斯福的私人代表赫尔利，担心抗战胜利后，国共之间重开战局，便在 11 月 8 日的夜里，与毛泽东进行会谈。赫尔利说："你们不能打内战，打内战美国人不满意。如果不打内战，我们可以支持飞机和大炮。"打内战的罪魁是蒋介石，赫尔利回避了这一症结。

　　毛泽东不卑不亢地回答："飞机、大炮、机枪是你们的，奶油面包你们自己吃。我们有小米加步枪，我们用我们自己的，吃我们自己的……"一席话，弄得赫尔利满脸通红。

　　黄河在它的进程中有既定的轨迹，有自择走向的权利，无论东方还是西方的外国人，又怎么能轻易地认识黄河，理解黄河？有的外国人认为蒋介石最懂得中国，就连蒋介石，面对黄河时，也显得茫然无措。胡宗南占领延安后，蒋介石来到延安，曾坐在王家坪的小凳子上，愣怔过老半天。

　　我们的歌唱家郭淑珍（中央音乐学院教授），有这样一段自述：我从中学时起，就开始唱《黄河怨》。后来去过西德、苏联，也曾凭它获过国际金质奖章。到了 1975 年，我已经有 10 年没有唱它了。在接到选拔赛通知之后，我一直苦苦思索着，如何唱出新意，如何把《黄河怨》愤懑而悲痛的情绪表现出来。我回忆起抗日战争，人民遭受的苦难，我自己在家乡沦陷后的所见所闻。唱完之后，我全身都麻了，非常激动。下面的听众鸦雀无声，好多人都哭了……

　　郭淑珍重新登台演唱时，35 个春秋已经流逝了，听罢《黄河怨》，人们为什么流泪呢？因为在黄河这古老而沧桑的声音里，既融汇着深重的痛苦与灾难，同时又奔涌着激烈强悍的、无与伦比的韧性与抗争，这是一个伟大民族最基本的旋律。

从《黄河大合唱》诞生之日起，中华民族及中国这块土地发生了天翻地覆的变化。1995年6月，北京举办了万人参加的《黄河大合唱》；10月，花城广州又举行了15000人的《黄河大合唱》。黄河及其儿女以前所未有的吼声，纪念世界反法西斯战争暨中国抗日战争胜利50周年，重温那一段谁也不曾忘记的岁月与历史。

在所有的艺术系列中，音乐是最属于人的心灵的一个门类，唯有它，能够把人们引导到高尚的精神境界里去。《黄河大合唱》这浩茫遥远的声音，是雷鸣，是天籁，是龙在喑鸣，是地火在涌动、在沸腾。老人、洋人、伟人，以及多灾多难的父老儿女，无不为这天地间罕有的声音而感奋，而折服，而自豪。

黄河流经九个省区，含沙量大，水色浑黄，万里行程中，它只是正儿八经地穿过了一座城市——兰州。作为黄河岸边的一户人家，我几乎是日日夜夜聆听着黄河行进的足音。人生是渺小的。我个人作为恒河沙数里的一粒，如此际遇，可算是很走运、很荣幸的了。

《光明日报》 1997年5月3日

点评：

"怒吼""魂魄"，黄河是中华民族的象征。这既是一篇声情激越、豪气万丈的散文，又是一篇《黄河大合唱》的音乐评论。在这里，黄河、《黄河大合唱》、中华魂融为一体，黄河就是中华民族的象征，是中华民族凝聚力向心力的历史源头。

文艺离不开政治，但不能图解政治，曲解政治。倾向性要通过典型形象的塑造自然而然地流淌出来，不露声色地触及灵魂。图解政治的艺术创作把文艺与政治的关系搞砸了，两者如何完美结合，请听《黄河大合唱》。

王宗义　2020 年 5 月 14 日

百岁王老（王火先生）见多识广，著作等身，风烛残年，激赏你的文章，应不属虚情溢美。你的散文确臻佳境，题材涉猎广，信手拈来，铺陈点染议论，举重若轻。每为文，必求佳。雄浑中透倩丽，老辣中寓清新。《黄河吟》，便是如此。

题目看似生活中随意所拈，却铸就了紧搂中原锦绣于怀抱，坚强抵御荒漠凶悍突进的大主题，又借助于名曲《黄河大合唱》，引入日、美、蒋素材点染铺陈，议论阐释，波澜壮阔，感人至深。看来，文艺要完全脱离政治，宣传普世价值观，不是幼稚，便是别有用心。

王允毅　2020 年 5 月 21 日

无一字可改。作为编辑除了感动还有深深的敬意——向杨闻宇作家表达敬意！向推荐好作品的殷实老师表达感谢！这可能是我编辑生涯经手的最温暖而完美无瑕的作品，没有一字可改，仿佛不是在编辑，只是在静静地聆听，屏息且肃穆……

戴墨　2020 年 9 月 2 日

有年我去壶口，为之一振。思索良久……即口占：水平不自流，

人平自不语。家国若有事，当如黄河吼！

刘立波　3 月 18 日

特别喜欢您的散文，厚重，深邃，饱满，忧患，没有多一字亦没有少一字，每一句仿佛都刚刚好。

实话说，《黄河吟》是我排的头题，平常头题稿多是部队题材。如果不是因意外情况撤稿，我能想象《黄河吟》将迎来的好评。存一点遗憾于编者来说，也许是好的，心中反而多了更好的期待。

戴墨　2021 年 5 月 13 日

老同学，早上好。你所发的微信，都看过了。你那个文学朋友，称你散文"厚重，深邃，饱满，忧患，没有多一字亦没有少一字，每一句仿佛都刚刚好"。她抓住了你散文的特点，从内容到形式，特别是对你语言特点的概括，我觉得你的文章很精练，叫她说得巧极了，似乎加一字太多，减一字太少，你用词之推敲的认真是可见的了。

陈巧梅　5 月 15 日

杨老师：在您诸多的散文作品中，这篇堪称是一首激昂的奏鸣曲，一首宏大的狂想诗，一首波澜壮阔的交响乐！从千年奔涌的黄河，到震撼人心的黄河大合唱，再到自立于世界民族之林的不屈英魂，逐层递进，令人热泪盈眶、热血沸腾！

我有幸出差加自驾到过黄河的许多河段，从涓涓细流的青海源头，到和缓流淌的刘家峡、兰州；从九曲回环的青铜峡、河套，到奔涌咆哮的壶口、风陵渡；从水域开阔的三门峡、小浪底，到凌汛的郑州、地上河床的开封；从徐州的枯竭故道，到济南的浩浩荡荡；直到东营壮阔的入海口，黄河静静地汇入蔚蓝色的大海……

每每面对汹涌澎湃、奔流不息的黄河发出赞叹时，耳边必定震响起冼星海的《黄河大合唱》。大河流域衍生了我们的智人，创造了我们的农耕文明，铸造了我们民族的生生不息，凝聚了我们永不屈服的中华自信，鼓舞我们不甘人后、自立自强、奋发向上。

当我们吟诵着"黄河之水天上来，奔流到海不复回"的名句时，却也难以忽略黄河的另一面：天灾带来的次次改道，"泥沙俱下"不断抬高的河床，决口、溃坝、洪水泛滥；人为带来的炸堤阻敌，烂尾的大型水电站，过度开发的引黄取水和旅游娱乐，工业废水排入的污染，还有什么"黄水变清工程"的虚渺投入……

常常内心疑惑：我们是不是对这条母亲河的吸吮太过激越，太过残忍？当我们丧失了对黄河母亲的敬畏，当她被肆无忌惮地任意利用和利益化，难免一改慈母之态，或衰败为一个源流枯竭的老妪，或凶残成一头肆虐戕害的母兽。试问到了那时，我们的黄河精神将何以寄托？

　　近些年，我也曾有幸到过密西西比河、科罗拉多河、哥伦比亚河流域，到过伏尔加河、多瑙河、莱茵河流域。许多大河沿岸都禁止发展现代工业，甚至只允许传统木质船舶航行；大量市镇跨河而居，与河流共享上天之赋。尊重自然流向，保持河流的原生态，印象不是一般地深刻。

　　祈祷我们的母亲河，千万不要把黄河吟诵变成黄河呻吟。

刘大卫　2022 年 4 月 14 日

青山有幸（外一章）

"松排山面千重翠，月点波心一颗珠"的"人间天堂"杭州，游客如云，人们沉迷于湖光山色之际，会与岳王墓失之交臂吗？

岳庙两厢长廊里陈列着 125 块历代的诗文碑刻，墓阙后重门两旁镌刻的是"青山有幸埋忠骨，白铁无辜铸佞臣"。联语之间正对着岳坟的是秦桧、王氏、张俊、万俟卨的跪像，上体赤裸，双手反剪，低着头由人唾骂。青山、白铁，本无所谓"有幸"或是"无辜"，但经此联点化以后，青山因为埋有忠骨而感到有幸，白铁因为铸成佞臣而深为羞耻。如此精妙的联语，作者竟是上海松江一位姓徐的女子。

这里且看看联语之间的四个跪像：

秦桧，建炎元年（1127）为金所虏，三年后与妻子王氏逃归，泛海至临安。由于深得宋高宗宠信，执政 19 年。他是奉行割地、纳贡、称臣的议和派首领，是历史上著名的巨奸之一。

万俟卨，主治岳飞之狱，致使岳飞父子和张宪等遇害。初始审理岳案时，主审是秦桧所器重的何铸，万俟卨是副主审。何铸审来审去，发现岳飞并无反迹，便如实禀报。秦桧说"此上意"也——挑明这是皇上的意思。何铸回曰："铸岂区区为一飞者。无故戮大将，失士卒心，非社稷之长计。"秦桧大怒，撤了何铸，升万俟卨为主审。万俟卨甘为秦桧之爪牙、鹰犬。后来，面对着岳坟，便与何铸互换了跪地的位置。

并排跪着的张俊，本是个有名的武将，南宋初年，与岳飞、韩世忠、刘光世并称"中兴四将"。《历代名臣传》中记载："飞在诸将中年最少，屡立显功，张俊不能平，飞屈己下之。及俊出兵无功，而飞屡捷，俊愈怒。"绍兴十一年（1141）夏，金完颜宗弼致秦桧书曰："汝朝夕以和议请，而岳飞方以河北是图，必杀之，始可和。"从这封书信推测，秦桧当年之逃回临安，很可能是怀有不可告人的阴谋。收到书信，秦桧便诬蔑岳飞父子与张宪在书信里沟通，欲据襄阳叛；而张俊出于嫉妒心理，煽风点火，也诬蔑岳飞谋反。

狱之将上也，韩世忠非常气愤，"诣桧诘实，桧曰：'飞子云与张宪书虽不明，其事莫须有。'世忠曰：'莫须有三字，何以服天下也！'"面对冤狱，满朝文武都成了哑巴，只有韩世忠"触桧尤多"。很快被"罢奉朝请"。此后，韩世忠便"杜门谢客，口不言兵，时跨驴携酒，从一二奚童，纵游西湖以自乐"。当年的韩世忠无论如何也料想不到，就在他骑着驴儿排忧遣愤的地方，300多年后，秦桧、张俊等一伙却是跪在了岳飞的墓前跪地500多年了，遭受过多少唾骂啊。

跪像像四个毒蛇似的纠结为残害忠良的四条绞索。其间，最蹊跷的是王氏。据明人《西湖游览志余》中记载：秦桧想杀害岳飞，但证据不实，恐世人议论而犹豫，就和妻子王氏在东窗下进行商量。王氏说："放虎容易，捉虎就难了！"于是，秦桧下决心除掉岳飞。夫妻之间的私房话，谁能听到呢？又是怎么泄露出来的呢？就算此言非虚，将王氏与煊赫的朝廷大员排在一起，也还是有些牵强。

窗，是家的象征。"窗含西岭千秋雪"，静幽绝妙的画面；"何当共剪西窗烛"，又是何等真挚的情怀。"日出于东，月盛于东，凡人言方，亦复先东"（曹操语），可这"东窗"二字，因了秦桧和王氏，却化成伤天害理的代名词，"东窗事发""东窗事犯"，在《辞海》里具有专门的词条——"东窗"，怎么就这样晦气呢？

安排这个有姓无名的女人以"莫须有"的身份跪在这里，设计者显然是动过一番心思的。妻子，常常被视为幕后操纵者。王者国王，王氏跪在这里，很可能影射的是岳案的真正主谋——赵构。

岳飞抗金，打出的旗号是"直捣黄龙，迎二帝还朝"。迎二帝还朝，这不是要赵构让位吗？这可是关系到赵构的切身利益，却又是摆不到桌面上来理论的弥天大事。在皇位的把持与争夺上，骨肉相残的例证可是太多了。岳飞挑起这样的旗帜，精忠报国的精神昭如天日，但在政治上却是很不成熟的。这旗号与其所倡导的"文官不爱钱，武将不怕死，天下太平矣"如出一辙（此言镌刻在岳庙旁）。这等光明磊落、大气凛然的旗帜，真的要在现实中落实，无异于天方夜谭，所招致起来的反弹之力，倒往往是让人们瞠目结舌的。

赵构希望岳飞站到自己一边，在幕后肯定是恩威并施、对岳飞有过暗示的，可惜，岳飞不买这个账。无奈，赵构才决计除掉岳飞，撕碎"迎二圣还朝"的旗帜。秦桧、张俊、万俟卨正是摸准了赵构的心思，才给岳飞扣上"莫须有"的罪名。"莫须有"就是"也许有"。统治者要给谁罗织罪名，太容易了。

中国的姓氏何止百家，这个女人如果不姓王，或许，也就没有资格与这三位文武重臣跪在一起了吧。王为大姓，姓王，也无可指摘，可谁让她又嫁个狗彘不如的秦桧呢？用白铁铸成的这个女人跪在这里，分明就有替赵构背黑锅的意思了。

游览西湖，未必就是游山玩水、吃喝娱乐，更应当是从岳王墓解读生命、净化灵魂，认识何为永生，什么是光照史册的正气和精神。

坟墓是人们无从选择的最后归宿。帝王们的大陵，寂寥、空落，而岳坟，常年四季游人如织……天下山水美景多了去，而西湖畔有岳王墓，我们的《辞海》里也设有"岳坟"词条，这无疑是很独特、很慎重的一笔——因为正邪忠奸，密切地关乎一个国家民族的前途和命运。

爱憎分明，属于人性里划分善恶的巨大分野。岳坟在中国人民的心目中，无疑是最高巍的。

江山也要伟人扶

杭州西湖，被誉为"天堂"。

几千年前，这里只是个刚与大海分离的潟湖，进化至今，自然环境也未必胜过台湾的日月潭，比起北美国家公园里不太知名的小湖，更是瞠乎其后。现在能成为誉满海宇的风景名胜，除了一代代劳动人民的疏浚、装点之外，其声誉很大程度上得益于文学艺术，历代传留下来的诗、词、文、联、歌、赋、曲、令及掌故传说，无形中发挥着超乎寻常的审美效用。假如没有白居易、苏东坡、林逋、龚自珍、张岱、苏曼殊、武松、苏小小、白素贞……自艺术角度淡化了断桥残雪、苏堤春晓、三潭印月、雷峰夕照之类的景点内涵，西湖充其量也就是人工雕琢的一洼浅水罢了。

身处西北，多次去过杭州。在"好山好水看不足"的西湖四近，我涉足最多的是岳王庙、秋瑾墓。

岳飞的《满江红》写于绍兴六年（1136）。

怒发冲冠，凭栏处，潇潇雨歇。抬望眼，仰天长啸，壮怀激烈。三十功名尘与土，八千里路云和月。莫等闲，白了少年头，空悲切。

靖康耻，犹未雪；臣子恨，何时灭！驾长车踏破，贺兰山缺。壮志饥餐胡虏肉，笑谈渴饮匈奴血。待从头，收拾旧山河，朝天阙。

节节胜利之际，宋高宗却命令立即班师，岳飞痛感坐失良机，百感交集中挥就这首悲壮、激越的词作。岳庙大门旁熠熠生辉的对联是"三十功名尘与土，八千里路云和月"，倒映于碧波的 14 个大字，荡漾着岳飞视功名利禄如尘土的云水襟怀——肝肠九曲却又澎湃超迈的剖白，使此词成为气壮山河的一篇杰作。

岳飞身后 640 年，生于杭州的袁枚拜谒岳王墓时，设身处地，掂量、斟酌之后，写下了"江山也要伟人扶"的名句。"扶"字在这里有两层含义：一是大好河山需要英雄来护持、捍卫；二是伟人本身与江山化为一体，更能够让大好河山焕发风采。袁枚归结出伟人的精神素质可以裨益于天工造化之巧，对于评估西湖山水的价值而言，可真是画龙点睛之论。

岳词成后700多年，鉴湖女侠秋瑾景仰岳飞的爱国热情和英雄气质，步其词韵，也填下一首《满江红》。

小住京华，早又是，中秋佳节。为篱下，黄花开遍，秋容如拭。四面歌残终破楚，八年风味徒思浙。苦将侬，强派作蛾眉，殊未屑！

身不得，男儿列；心却比，男儿烈！算平生肝胆，因人常热。俗子胸襟谁识我？英雄末路当磨折。莽红尘，何处觅知音？青衫湿！

岳飞的《满江红》写于33岁，秋瑾步韵时28岁，俱当风华正茂之年。"靖康耻，犹未雪；臣子恨，何时灭"，体现了岳飞迫切要求报仇雪耻、还我河山的雄心壮志；"身不在，男儿列；心却比，男儿烈"，体现着秋瑾在旧礼教束缚下不被人识、无从报国的苦闷、彷徨与极度悲愤。性别不同，处境迥异，希图冲破封建藩篱的刚烈基调则是一致的。岳词成后六年，岳飞被害于杭州风波亭；秋词问世四年后，秋瑾被害于绍兴轩亭口。英雄儿女的肝胆、气质、义行、文采，用浓墨和着热血，以独有的艺术方式长虹贯日似的绵亘于天地之间。

岳飞《满江红》问世之后，每当内忧外患之时，历代仁人志士步其韵而仿作者不少：张煌言的《怀岳忠武》，郁达夫的《戚继光祠题壁》，邵力子的《挽张自忠将军》……俱属感人肺腑的佳什。倘若要从诸多步韵词作里选出最优的一篇，笔者觉得，秋词紧步岳词，同为绝唱，堪称双璧。让我欣慰的是，商务印书馆新近（2016.8）出版了《新课标教材版古典诗词鉴赏辞典》，自先秦至清代（2500年的跨度），精益求精，从汗牛充栋的诗、词、曲中只选取了340首，其间就有岳飞、秋瑾的《满江红》。

就像天空必须有日、月、星辰一样，大地江山必须伟人来扶持。与岳庙隔湖相望的，还有于谦、张煌言的祠墓，而我瞻仰最多处，是岳坟与秋墓。这倒并非秋墓距岳坟最近，走动方便，另有原因，是在秋瑾被害之后的 80 年里，其尸骨先后迁葬过 10 次，直到 1981 年秋天才"安葬"于西泠桥之西畔。我闹不清楚，这个世界上的入土为安，还有比这更为艰难、周折的吗？

这里写成"安葬"，也仅仅属于心底的良好愿望。原因是：

岳坟之前，以秦桧为首的四个奸佞的铁像跪了 500 多年，可到了 2005 年，新华网上却让网民讨论要秦桧站起来、让岳飞跪下去的问题；当年 10 月 23 日，上海一家艺术馆还真的展出了秦桧夫妇的站像；南京江宁的博物馆里，也出现了正襟危坐的秦桧雕像。

生前死后，岳飞、秋瑾的爱国襟怀是相通的，命运遭遇也是同步的。秋词里是写着"英雄末路当磨折"，可谁能料想到，岳飞身后竟也遭如此之毁誉折磨。经历过 10 度迁徙的秋瑾之墓，日后真的能得"安葬"吗？恐怕也只是个未知数。

中华锦绣河山，不限于杭州西湖；其间英雄儿女，又何止于岳飞、秋瑾呢！民族的文明历史与道德底线最后如果被突破，袁枚老人的"江山也要伟人扶"，自然是分文不值。如果到了那个地步，杭州西湖即就算不是泥塘一洼，其审美价值也很有限了。

点评

后篇《江山也要伟人扶》为旧作，前篇《青山有幸》为新作。

以旧续新，看似不顺，然仔细推究，寓意似正在这"不顺"之中。新世纪初，国家大力倡导创新。于是乎，欲创新者一时蜂拥。有人不甘寂寞喜走"捷径"：大者如科技界，浮躁风盛行，致使丑闻迭出；小者如"雕虫小技"书法圈，也不知有多少欲效"二王"名留后世者，鄙视传统群魔乱舞般竞相以丑"创新"。更有甚者，史学界有学者借"翻案风"貌似"创新"以讨名利,某地方政府疯想发展当地旅游业抢"噱头",有"雕塑家"紧随其后,于是便合伙上演了一出"让秦桧站起来"的丑剧——径直洗白汉奸、抹黑民族英雄。《江山也要伟人扶》敏锐嗅出此类丑剧所潜伏的巨大危害性,犀利鞭挞,并对新华网赫然讨论"要秦桧站起来、让岳飞跪下去"的做法深表忧虑!

自古以来,中华民族英雄辈出。然汉奸种子亦绵绵不绝,其祸害之烈更甚于敌。《江山也要伟人扶》着重讴歌了民族英雄的血性与爱国襟怀,却未来得及对汉奸恶行予以昭示。也许是有感于新近又出一助白宫搏我中华之大汉奸余茂春吧,强烈使命感又呼出《青山有幸》一文,直击汉奸疯狂出卖国家民族利益之凶丑恶行。既补后篇之憾,亦还原历史冤案本末以正本清源。有了前篇新作,更增后篇文末忧心之叹,振聋发聩,不啻醒世长鸣警钟!

前篇格调沉郁,然沉郁中有谐趣,于谐趣中寓深思——王氏妇人一笔是也。

王允毅　2021 年 1 月 16 日

标题好,开头好,重大历史故事以简洁出之,语言序贯紧扣人心。文中对王氏跪像的推理,顺情合辙,可思可信,开启后人深刻的思索,也算是大道低回吧。

张健　2022 年 5 月 7 日

梁山好汉四题

> 毛泽东说过一句话：这个世界上的许多事情是逼出来的。梁山好汉最精彩的活动，俱反弹于一个"逼"字。
>
> 于是，"逼上梁山"便成为生活里的一句经典。
>
> ——提示

过不去的黄泥冈

《水浒传》是古典长篇小说里最成功的作品之一。其中"智取生辰纲"一节曾收入中学教材，以示为义之典范。

文中的主角杨志，精明强干。在押送生辰纲的过程中，先后四次以"不"的方式提出过个人的"正确"意见：第一次被采纳、第二次被调和、第三次、第四次，却是被和了"稀泥"。

当梁中书夫妇选中杨志押送生辰纲时，杨志推辞，由于他知道上年的生辰纲遭劫的底细，若是再依样画葫芦，重蹈覆辙，势必难脱厄运，所以，特意提出改车运为担挑，一行人"只做客人的打扮行货"，连夜送往东京——如此这般，他才愿领受任务（此行关乎杨志的前程，他一心想顺利地押送成功）。梁中书见他胸有成竹，考虑得细致周密，

187

便依了杨志。

第二次是将要启程时，梁中书道："夫人也有一担礼物，另送与府中宝眷，也要你领。怕你不知头路，特地再教谢都管并两个虞候和你一同去。"杨志听罢，再一次推辞不干了。回禀道："叫老都管并虞候和小人去，他是夫人的人，又是太师府门下公，倘或路上与小人别扭起来，杨志如何敢和他争执的？"杨志说得也有道理，却是禁不住梁中书折中调和："这个也容易，我让他三个都听你提调便了。"既然当场敲定由杨志全盘指挥，杨志也只好应允。

上路之后，实际情况比杨志预为设想的要复杂得多。

急于事功的杨志，只想在蔡太师生辰日之前夕抵达京城。上路五七日后，对挑着重担的军健们催逼不已，停慢者轻则痛骂，重则藤条抽打，只背些包裹行李的两个虞候喘得跟不上，也被杨志挖苦、嗔骂了一顿。虞候坐在柳荫下等老都管上来，便诉说杨志的无礼、蛮横。老都管也看着杨志太为张狂，但碍于梁中书的吩咐，便竭力隐忍，只表示"且奈他一奈"。趱行十多日，14人"没一个不怨怅杨志"。一比十四，杨志已变成个孤家寡人了。

六月四日，烈日当空，一行人赶到了黄泥冈。军健们实在是累极了，便去松荫下躺倒，杨志打这个起来，那个又睡倒，杨志举藤条只管去打。任何忍耐都有个限度，老都管出于同情，实在看不下去，终于喝道："杨提辖且住，你听我说。我在东京太师府里做奶公时，门下军官见了无千无万，都向着我诺诺连声。不是我口浅，量你个遭死的军人，相公可怜，抬举你做个提辖，比得芥子大小的官职，直恁地逞能。休说我是相公家都管，便是村庄一个老的，也合依我劝一劝，只顾把他们打，是何看待！"老都管也实在是忍无可忍，足见杨志与其他14人僵持到了何种地步。倘是要继续赶路，显然是不灵了。

这时候，对面松林里现出了七辆江州车儿及躺在地上乘凉的人，杨志赶上前打问，人家自称是贩枣子去东京的，暂且在这里歇脚纳凉。恰在这当儿，远远地一个汉子挑着一担酒，唱上冈子来了：

烈日炎炎似火烧，野田禾稻半枯焦；

农夫心内如汤煮，楼上王孙把扇摇。

军健们渴得要死，便凑钱拟买酒吃，杨志用朴刀杆又一次打着不许买："多少好汉，被蒙汗药麻翻了！"适才是不准歇脚，眼下又不许吃酒，这边正在闹动静说，那伙贩枣子的已买去了一桶，你一瓢我一瓢，吃完之后，又从另一桶里要"饶我们一瓢吃"，卖酒的人夺瓢，贩枣的耍赖，一来二往，叫喊闹腾……老都管又一次对杨志发话，要让大伙吃酒避暑气。事已至此，善于精细观察的杨志便也寻思："俺在远处望，这厮们都买他的酒吃了，那桶里当面也吃了半瓢（杨志没有想到，剩下的半瓢里有鬼），想是好的。打了他们半日，胡乱容他们买碗吃罢。"慎重掂量之后，杨志又一次做出让步。

众人吃酒时，杨志自己也口渴难熬，可心里又难免踌躇，只吃了别人送上来的半瓢，又嚼了几个枣子。就这样，杨提辖却硬是"起不来，挣不动，说不的"了，眼睁睁看着那七个人丢下枣子，"将这十一担金珠宝贝"装在车子内，一直往黄泥冈下推了去。杨志眼前，满地尽是鲜亮亮、明晃晃的枣子……

那七辆江州车儿底下，笔者估摸是藏掖着七般兵器的。倘是智取失效而必须"力争"时，杨志也绝难取胜，因为他所面对的是早就收拾停当、准备强取的七条好汉，自己却是孤身一人，14 个同伙早让他给得罪完了。

七位胜利者，正是以晁盖为首的聚义"七星"。刀枪未动而智取成功，是因为他们占住了"天时、地利、人和"。

天时——乃炎热的六月间，面对的是一伙长途负重、疲惫跋涉的苦不堪言者。地利——为黄泥冈，这是由大名府至东京必经的第五个地旷人稀的"强人出没的去处"；况且，冈之东十里的安乐村早就有个晁盖的内线白胜，此地为伏藏龙虎、巧设酒计的绝佳所在。再者，晁盖为东溪村保正，其家作为通民情、传号令、保治安的窠巢，讯息极为灵通，情报非常准确，不仅摸清了杨志其人的落魄家底、性格心理，

189

甚至也了解到，在这一起生辰纲里杂有蔡夫人的私货、私人及私情。

十万生辰纲，说到底是老百姓血汗的结晶。七条群策群力的好汉，筹划精致，盘马弯弓，以逸待劳。而有谋有勇、武艺超群的杨志，刚愎自用，这一路上，官瘾太重，利令智昏，自己将自己弄成个光杆司令（热衷于仕途者，对上峰巴结愈紧，待下属则愈为苛刻），杨志即纵有天大的本事，被麻醉放倒之后，这生辰纲还能过得了黄泥冈吗？

张恨水对这一节的评语是：始终不过运用七八人，"而恍若有千军万马，奔腾纸上也者"。

仔细检点过不去黄泥冈的诸多原委，实在是耐人寻味。施耐庵在这里无意于塑造什么英雄人物，从其间自然显示的，却是众人的智慧，群体的力量，也是梁山泊未来的雏形。

月地里的较量

水浒108将里，柴进的身份最是特殊，是个逍遥于繁华都城之外的凤子龙孙。因为见惯了三教九流，不满于世道不平，他便仗义疏财，在庄里闲养着三五十个与时势不合的，或是在政坛上惹下了麻烦的江湖好汉。

80万禁军教头林冲，柴进久闻其名。当林冲以在押过路罪犯的身份晋见柴进时，柴进出于"平生渴仰"之情，便在后堂里隆重地设宴款待。

刚刚落座，没料想柴进的师父洪教头闯进来了，能在柴进后堂里歪戴头巾、挺着脯子任意闯荡，显示其颇有身价，柴进也介绍过，洪教头"也到此不多时，此间又无对手"；此地没有对手，点明洪教头还是挺有本事的，他是凭自己的本事在柴府里任意闯荡的。

当柴进介绍林冲时，洪教头大大咧咧，对恭敬施礼的林冲不屑一顾，更不还礼，弄得柴进"好不快意"。这里分明是有所暗示：这个洪教头并非偶然撞进来的，他是听闻柴进又在接待过往的囚犯，便故意闯进后堂。柴进与洪教头心底所隐伏着的嫌隙，就这样和盘托出了。

洪教头见柴进分外器重林冲，便直接顶撞："我不信他，他敢和我使一棒看，我便道他是真教头。"

同为教头，洪教头认为林冲是假的，这等于向柴进摊牌：你贪图虚名，总爱崇拜道听途说的什么偶像。他提出要现场比试，来得突兀，着实让柴进有些难堪。柴进这时候也才突然醒悟，洪教头今日闯堂，这是找个岔口向他这个大官人施教来了。于是，就爽快地大笑道："也好，也好。林武师你心下如何？"柴进之所以随机应变，当即赞成比试，一是想睹一睹林冲的真实风采；二是想借此机会杀杀洪教头的傲气。现场比试的提议，恰巧也正中柴进下怀。牛烘烘的洪教头，目中无人，不在意林冲，分明也小量了柴进机敏的襟怀、度量。

当柴进征询林冲的想法时，林冲说"小人却是不敢"。一个屈沉冤底、死活难保的犯人，刚入柴进庄院，怎么就能与主人的师父比量高低呢？当场示弱，林冲这里是尊重柴进，生怕冒昧、失礼；而洪教头听了此话，却更加认定林冲有名无实，徒有虚名，"心中先怯了"，便"越来越惹林冲使棒"。天下的狂妄者一见对手示弱，总是要现出踩住鼻子上额头的原形，这也是一种人性。

柴进再三劝导，加上洪教头口沫飞溅的"来、来、来"的吆喝声，林冲只好就地拿起一条棒，说一声"师父请教"。洪教头看着林冲，"恨不得一口吞了他"。二人就在月地上交手，"两条海内抢珠龙，一对岩前争食虎"，众人围观，真个是热闹、好看。林冲交手之际还在暗暗寻思、斟酌：我若是打翻了人家的师父，柴进面上"须不好看"。交手四五回合，林冲托地跳出圈子之外，承认"小人输了"。

使枪弄棒，可是瞒不过柴进的。他见林冲虚与委蛇，便道："未见二位较量，怎便是输了？"林冲借口颈上戴着枷，不方便的。柴进让差人董超、薛霸权且为林冲卸枷，又命庄客取一锭25两的大银摆在当面，作为胜者之利物。柴进这样做的用意，只是要林冲打消顾虑，"把出本事来"，教训一下眼前的这个姓洪的狂徒。林冲心里有了底线，真正的比试便开始了：

> 洪教头深怪林冲来，又要争这锭大银子，便用了浑身的功夫，使出个"把火烧天"的招式。林冲把棒一横，还了个"拨草寻蛇"的门道。洪教头跳起来大喊："来！来！来！"举起棒劈头打来，林冲往后一闪。洪教头一棒落空，打一个跟跄，还没站稳脚跟，就又提起了棒。林冲看他气势汹汹，但脚步已乱，便把棒从地下一跳、一扫，那棒直扫到洪教头的小腿骨上。洪教头措手不及，"扑"地跌倒在地上，棒也甩出老远。人们一齐大笑，洪教头满面羞惭，众人扶起他来，灰溜溜地走开了。

比试过程简洁扼要，却又精彩至极。金圣叹在此批了七个字："棒式亦敏慎之至"。乍一看，这是赞誉林冲灵巧的棒术，实际上，更是同时在称许施耐庵绝妙的笔法。见林冲果然厉害，柴进大喜，忙把酒祝贺。这场较量，不单是进一步证实了柴进超乎寻常的眼力；而且暗示出当今的朝廷奸邪，竟然将林冲这样的俊杰坑害成罪犯，那么，柴进招贤纳士的胆识，也就意味深长了。梁山好汉后来排座次时，柴进被列为第十位，当然是有道理的。昂首闯入、赧颜离去的洪教头，功夫有限，见识浅薄。灰溜溜地走开之后，恐怕是再也没脸面踏进这座藏龙卧虎之庄园了。柴进终于是巧妙地辞退了这个深不得浅不得的刺儿头。

这场比试，至为谨慎的是林冲，其心神耳意，一举一动，时刻都在仔细揣摩着柴进的心思、本意。一路上押解林冲的董超、薛霸，在野猪林里曾领教鲁智深的禅杖于先，在这月地里，又见识林武师的棒术于后，应该懂得什么是"好汉"了吧？洪教头"那厮"，骄狂得发昏，可真是有眼不识"梁山好汉"这座泰山了。

人物刻画细腻入微，寓意又丰赡深至的这篇佳作，前后也就1500来字，笔法却是步步深入，委曲周折，尽情尽致，活灵活现地展示出三个各抱地势者的心理活动。

当今的小说，动辄几十万言，笔触还能进入这样出神入化的境界吗？也难怪，300 多年前的金圣叹认为："天下之文章，无有出《水浒》右者。"

爱情与朋友

针对林冲，著名诗人聂绀弩写过两句诗，一句是"家有娇妻匹夫死"，这是大实话。高太尉的义子高衙内为了染指林冲之妻，80 万禁军教头林冲硬是被高太尉一步紧接着一步地逼上了绝境；林娘子倘若姿色平平，我估摸林教头的小康日子起码也是安逸的吧。另一句对仗的是"世无好友百身戕"，这里的好友指的是鲁智深，却是省略了花和尚的重要对立面陆谦。

总体上看，是高太尉将林冲逼上梁山的，可暗施阴谋诡计、直接参与并采取具体措施勒逼林冲的，却是那位"和林冲最好"的朋友——陆谦。陆虞候表面上与林冲"如兄若弟"，亲昵之至，骨子里却是太尉府的心腹，一旦林冲与太尉的利益发生冲突，陆谦可就"顾不得朋友交情"了。

在高衙内首次纠缠林娘子而未能得手时，陆谦凭借自己与林冲交好，调虎离山，将林冲哄到外边去吃酒，却精心地安排高衙内在自己的屋里强行摆布被谎言欺骗过来的林娘子。这步棋失手之后，陆谦知道林冲识破了他的"朋友"画皮，不敢回家，在太尉府里一连躲了三天。躲避之际，他向林冲使出了更毒辣的狠招：托人售林冲以祖传的宝刀，并以太尉要欣赏宝刀为由，将林冲巧妙地诱入白虎节堂，决心定林冲一个"手持利刃，故入节堂，杀害本官"的死罪，彻底除掉林冲，然后再去摆平高衙内朝思暮想的那位林娘子。此招是抓捕了林冲，但因主持公道的开封府据实力争，只好免去死罪，将其刺配沧州牢城。

临动身前，在林冲与爱妻生离死别之际，陆谦又暗地出马，用重金收买押解林冲的两个差人，叫他们于半道上了结林冲的性命，而且"是必揭取林冲脸上金印回来做表证"以领取重赏。这紧随的第二步毒招，被精细、勇猛的鲁智深用一条铁禅杖给打得粉碎。这就出现了戏曲舞台上颇有名气的剧目《野猪林》。第三步绝招，仍是陆谦亲自出马，从开封赶往沧州，张开官场惯用的黑暗罗网，设计拟将林冲烧死在风雪中的草料场里，而且务必要"拾得他一两块骨头回京"，向高太尉报功。当林冲知晓了这千里追杀的一系列黑幕之后，挺着花枪，闪电似的从破庙里（庙里有真神）冲了出来，先戳倒两个帮凶，回头一看，张皇失措的陆谦才跑了三四步：

林冲喝声道："奸贼！你待哪里去！"劈胸只一提，丢翻在雪地上。把枪搠在地里，用脚踏住胸脯，从身边取出那口刀来，便去陆谦脸上搁着，喝道："泼贼！我自来又和你无什么冤仇，你如何这等害我！正是杀人可恕，情理难容。"陆虞候告道："不干小人事，太尉差遣，不敢不来。"林冲骂道："奸贼！我与你自幼相交，今日倒来害我，怎不干你事！且吃我一刀！"把陆谦上身衣服扯开，把尖刀向心窝里只一剜，七窍迸出血来，将心肝提在手里。

读者看到这里，人人解气，谁也不会责备林冲残忍。

我向来认为，梁山泊一百单八将里，林冲的含金量最高，高就高在对"逼上梁山"四个字逼真、剀切的阐释上。人们喜爱《野猪林》，是喜爱鲁智深爽直磊落的友情道义，可在实际生活里，鲁智深这样的人相当稀罕。林冲与鲁智深是刚刚结识的，林冲的朋友里，鲁智深与陆谦为什么新旧错位，一正一邪，正是截然相反的两种人呢？

豹头环眼的林冲，当初闻讯后赶进岳庙，发现有人正在调戏他的妻子，一把"扳将过来，却认得是本官高衙内，先自手软了"，便只好咽下一口唾沫，放走了这个流氓。随后赶来助援的鲁智深听了情况，当即责备林冲："你却怕他本官太尉，洒家怕他甚鸟！"粗话骂人的"鸟"字，重逾千钧，可也在婉转地告诉人们，只有在视名利如粪土、不畏官府、不怕权势的人群里，才可能找到肝胆相照的真朋友。而陆谦是权贵门下的走狗，为了得到几块扔下来的骨头，对于朋友，只能是谬托水乳之契的肘腋之患。

　　吟味聂绀弩的诗句，用意看起来十分浅显：找老婆，别找太秀媚的，知冷知热就行；交朋友，于患难中结交，远离名利场所。实际上，事情并不那么简单。人生途中，大抵是到了死生攸关的极限上，这才可能悟得行世的一些普通常识。娶妻、交友，是人生无从回避的两桩大事，而林冲的厄运，正犯在妻子姣美与交友失慎这两块顽石上。花花世界，云雨翻覆。天下所谓的"朋友"，仅仅是利益二字在人际关系间的投影而已。善良的林冲一直认为陆谦是最好的朋友，而面临利害，陆谦恰恰是个最狰狞的杀手，最险恶的敌人。我推测，当林冲最后骂着"好贼、泼贼、奸贼"，并一刀剜出陆谦血淋淋的心肝提在手里时，大概才真正明白了这样一条似乎并不怎么深奥的生活常识，是所谓"血的教训"。犯这等常识性错误者，岂独一个林冲，古往今来，普天下触目皆是。谁在这等常识性问题上招过祸，跌过跤，谁才理解聂绀弩的诗句的深意。

　　《水浒传》对陆谦的描述，用笔省俭，以鲁智深、林冲左右衬托，反而将陆谦的灵魂、官府的龌龊及林冲的觉悟过程刻画得细致精微，入木三分。施耐庵在人生大局上如此画龙点睛，实不愧为神来之笔。

英雄本色

　　智勇超群者，即为英雄。世无英雄，就像是湖海上不起浪花。

　　梁山泊 108 条好汉，在我心目中倘要排个次序，首席非武松莫属。武松具备鲁达的阔爽，林冲的坚韧，石秀的机警之外，另有几项，也非寻常英雄所能及。

　　英雄尚武，感情上难免于粗疏、莽撞，武松则情深义重。

　　武松思乡心切，是因为要回清河县看望穷苦的哥哥。途中打虎，仅是偶然遇险，属于为下一步行将到来的重头戏的铺垫；在阳谷县杀仇奠兄，才是重头戏：一场重大纠葛，正是由兄弟情分引发的。

武松两个月出差归来，突见兄长亡故，他在灵牌前烧化纸钱，放声痛哭，"哭得那两边邻舍无不凄惶"。这样痛哭，既哭兄长之殁，又因为也已意识到哥哥是"负屈衔冤"的，哭声里裹挟着报复性的因子。此案的介入者，唯有一个依靠卖时新果品养家的乔郓哥。这小厮非常聪明，一看见团头何九叔领着武松来找他，就知道麻缠事来了，立时表态："只是一件，我的老爹六十岁，没人养赡，我却难相伴你们吃官司要。"武松掏出五两银子让他安顿老爹，且进一步表示："兄弟，你虽年纪幼小，倒有养家孝顺之心……事务了毕时，我再与你十四五两银子做本钱。"待到事务了结，武松将被解送东平府时，果真又拿出十多两银子"与了郓哥的老爹"。简单的细节，却真真体现着"君子一言，驷马难追"。"无情未必真豪杰"，鲁迅先生早就在琢磨着英雄的底蕴。世间有的是"兴风狂啸者"，但在情感的深重诚挚方面，鲜有能与武松相提并论的。

武松的另一特质是不恋女色，而且是参透了情爱的底蕴。

一母同胞的弟兄，武松身长八尺，仪貌堂堂，武大却矮短，头脑猥琐可笑。在爱情上备受凌辱、颇有姿色的潘金莲小武松三岁，她怎么能不春心荡漾，迷恋被武大邀进家里的这个小叔呢？步步切近，婉转引诱，她使尽了浑身解数。英雄好色，天下皆然，因为美色之魅惑最易让男子汉失去理智。潘金莲以这一常规尺度忖度武松，却是看走了眼。反复挑逗碰了钉子，她恼羞成怒，便在武大面前恶意挑唆，武松知趣，收拾行李，搬到别处去安身。

武松进而寻思，这样的嫂嫂放在哥哥床上，极有可能是一枚"定时炸弹"。过了些天，武松将赴外地出差，他特意来到紫石街哥嫂家里，进行劝谏："嫂嫂是个精细的人，不必用武松多说。我哥哥为人质朴，全靠嫂嫂做主照看他。常言道：表壮不如里壮。嫂嫂把得家定，我哥哥烦恼做什么？岂不闻古人言：篱牢犬不入。"直白坦然的规劝，直让潘金莲羞得无地自容，转而指骂是武大背后说了她的坏话。防患于未然，弟弟关爱兄长，细致入微。也正因为精细的武松有所预感，出差返回，掀开门一看到兄长灵牌，立时呆了，吃惊是吃惊，却并未感情失控，悲泣失态。前面所说的哭得"凄惶"，那是武松直到晚间才另行安排的一幕——此一时彼一时也，放声痛哭之背后，恨爱交集，潜挟雷电，这是典型的"男儿有泪不轻弹"。

关羽之所以成为被后世神化的英雄形象，有一个细节很重要——他在护卫二位嫂嫂的过程中，不越雷池一步，守定了不染女色的距离。较之于武松之拒绝挑逗，并由此深入忖度，进而预感到兄长的危险处境，武松思虑精细的心理素质是更深一层。

勘破内幕，抓紧时机，挟风雷而有步骤地迅猛复仇，属于事件之高潮，也是武松使出的最为精彩的撒手锏。

对于这一桩密谋多日、精意编织而成的无头案，武松作为外来户，单枪匹马而欲达目的，确实像是老虎吃天。第一步棋，是搜罗证据，他将突破口选在了参与焚尸的何九叔身上。以拔刀威胁的方式由此突破之后，马上带着何九叔、郓哥及哥哥的两块酥黑骨头走正常渠道去告官（告官为第二步棋）。县府与西门庆是"有首尾的"，西门庆暗中再度许了银两，官府便以证据不全（要求尸、伤、病、物、踪俱全）进行推脱，"不准所告"。第二步棋之难以走通，已在武松的意料之中，他深知，寄昭雪之望于贪贿枉法、暗箱操作的官府衙门，无异于画饼充饥（目光如炬，斯为大智）。西门庆再度行贿，且将私下买通官方的讯息迅速传递给王婆、潘金莲，让她俩不必惊慌，稳住阵脚。换言之，武松此时此地所直接面对的，不仅仅是财大气粗、武功在身的恶棍西门庆，更有一尊磐石一样冷酷的国家机器。武松对官场衙门了然于胸，《水浒传》里仿佛以杨花过庭而无影的笔法轻轻掠过，实际上，却是以似抑实扬的手法极度强烈地体现在紧骤如梭的一系列行动里。在冰山亮出严峻峥嵘的本相时，武松没有丝毫犹豫，马上着手酝酿于胸的第三步棋。

他带三两个士兵，以答谢帮办丧事的邻里为名，在亡兄灵位前摆设宴席，王婆、潘金莲之外，他软硬兼施、不由分说地请来了开银铺的姚文卿，纸马铺的赵仲铭，酒店的胡正卿，卖馉饳的张公。请了进来就走不出去，因为有士兵在把门。整个氛围悄然静默，实质上是以景阳冈打虎的威势做总体铺垫的。七杯酒吃过，武松让胡正卿做笔录，他忽地拔出尖刀，放翻嫂嫂，两脚踏定，命她与王婆从实招供。详情招供之后，在场者全都"点指画了字"。接着，一刀宰了潘金莲，提着她的头颅飞奔狮子楼，猛虎下山似的斗杀西门庆，返回家再以两颗人头祭奠了哥哥，这才押了王婆，一干人径投县府自首。

好汉行事，有板有眼，以有理、有利、有节的手段让伤天害理之徒加倍偿还之后，便步调从容地投官自首，愈加展示出武松其人的悲壮、慷慨，这神完气足的淡定身姿，轰动了阳谷县城。

刀锋犀利的武松为何要留下王婆呢？他心里有底：龌龊的官场也需要给脸上贴金，它是饶不了这个"老猪狗"的。武松在设计三步棋路时，需要走哪些过程，需要哪些人到场，真相落实之后，先宰谁，后杀谁，祭奠了兄长之后再将谁扭送衙门，他是详尽地进行过掂量、思虑的。

挥醉拳打杀景阳虎，精彩至极；狮子楼剪灭西门庆，实则更见分量。武松在绝境里所施展开的一系列棋路，一忽儿草蛇灰线、风拂草动，一忽儿又雷鸣电闪、掀天揭地。智慧支撑勇敢，勇敢拓展智慧，棋步环环相扣，严丝密缝，一桩惊天大案干净利落地了结于两三天之内，敲定于腐败透顶的法网之中，这等智勇兼具、敢作为敢担当的英雄本色，直惊得老谋深算的官府衙门也目瞪口呆……

武松之扶善疾恶，然诺重情，对刁徒泼皮毫无畏惧，对小民疾苦铭刻于怀，赢得了阳谷县上下之由衷钦佩，被押解上路时，许多人"资助武松银两，也有送酒食钱米与武松的"。人们由衷爱敬的一位英雄，显然有别于一般的赳赳武夫。这里值得思忖的是，李逵捅死了一窝老虎，其名气为什么反而不如武松呢？"勇也，智也，都不外其生命之伟大高强处，原是一回事而非二。"而李逵是单有其勇，不见其智。

梁山好汉之多无妻室，让我想到了"文革"中风行全国的样板戏。为塑造"高大全"的英雄形象，戏里的主角俱不见其配偶与亲属。天下无论男女，人一旦有了家室拖累，似乎也就干不成"革命"事业了。在这里，武松是深食人间烟火的，他深深地介入了现实中无从回避的儿女情长——不但介入哥嫂姻缘，后来在张都监家里答应与玉兰成婚，说明他也还是有婚爱之心的——尤为难得的是，他在人伦大节上守定了传统道德的底线。如果说，样板戏塑造英雄人物的路数是在学习《水浒传》，显然是没有读懂施耐庵。

围绕此案交织出场的各色人物，生动传神地展示出阳谷县情味浓郁的市井风俗。施耐庵以省俭、精致的笔墨提纲挈领，烘云托月，将人物心理活动聚拢于雷厉风行的一连串行动的背后，自风尘旋涡里矗立起了一尊内涵丰厚、人性光辉几近于中天满月似的英雄形象。

关于此文形成的缘起，是因为我的大学老师董丁诚先生（退休时为西北大学党委书记）发来的一则短信："当年西安尚友社把魏明伦的川剧本《潘金莲》移植为秦腔演出，我比较反感。座谈时有些人盲目吹捧，我就插了一句：你们都跟着魏明伦批判武二爷拒绝潘金莲是不懂爱情，假如你嫂子扑过来要和你亲热，你怎么办？那些人愣了，无言以对。后来，一位朋友告诉我，他们在下面骂我。"老师的短信，言简意赅，意味深长，经得起岁月的检验。

英雄者，目光如电，心细如发，表面上不动声色，却以常人不可思议的霹雳手段，尽展云水襟怀。看来，时代在迅速地发展变化，人们对"英雄"二字的理解，也不是那么径情直遂的。

《解放军文艺》2022 年 2 月

点评：

《爱情与朋友》对题旨的分析，紧紧扣合林冲两个朋友之行为，把一般人不大留意的人生哲理和交友之道，阐述得很是精辟、透彻，可说是对《水浒传》中此一段故事独有慧心，探得了精微之处。经纬交织叠加，古今相互印证。

人的生命到了极处、难处，死生攸关处，才能悟得人生的一些道理（可惜哲学上的认识论，不讲这一点）。友人云：天下至文多血泪。善哉斯言！我觉得你目前的这条创作路子是独辟蹊径，开掘得很深。你的散文创作正在向着"精纯、粹美"的进路发展。

孙犁晚年一再强调散文要写短些，他以身作则，做到了此点（千字文写得不少）。他曾提到认识深刻了，文字才能写得简短。也就是说，"大道至简"，作家的感受逼近了事物的实质与核心，他就不会在行文时拖泥带水，洋洋洒洒。如你所知，苏轼在谈到自己的作文时曾说：常行于所当行，常止于不可不止——看来难得的就是这"止于不可不止"。话不说尽，在文笔摇曳有致、营造出情韵之际，戛然收笔，就显得余味曲包，令人做无限遐想。

文末你说《水浒传》的这一段描写是"画龙点睛""神来之笔"，一切尽在不言中。你文交代情节时，徐徐展开画面，抽丝剥茧；待到蚕蛹化为美丽的蚕蛾之际，你就用几句收束了全文。人性与友道的复杂，"利害"对人包括朋友"道义"的腐蚀，真是惊心动魄的。

老诗人的妻子有外遇，具体的遭遇使他刻骨铭心，遂以诗歌破解了友道的复杂微妙。你文由聂诗引出《水浒传》中有关林冲的故事，是在说林冲、陆谦、鲁智深的关系，还是在诠释聂诗——在你的笔下，已经难分难解，融为一体了。

由于《水浒传》这段故事的尖锐曲折，你文的结穴处，似乎给人一种"罢如江海凝清光"的感觉。看来，笔力千钧不在于剑拔弩张的气势，豪言壮语的文字，而在于作者能否使自己的思想感情得到真切的提炼、文字得到高度的锤炼，境界向崇高处拓展。忽然悟得：散文在思想感情和文字上的功夫，实际上是作者在淘洗自己的灵魂，在锤炼自己的文心！另外，正如孙犁所说：不悟道不能伤心；而伤心才能进一步悟道。

下笔万言，喋喋不休，浅斟低唱，自我标榜，以肉麻当有趣，是当代一些散文的顽疾。

《红楼梦》儿女情长，关中人不大习惯。我亦喜欢《水浒传》。鲁迅说诸葛亮身上有妖气，此气亦弥漫于整个《三国演义》，还有戾气。战争愈是残酷，军政关系愈是复杂，人性愈遭到扭曲。

《水浒传》里主要是官民关系，虽然人物之间的关系也很复杂，但大局是朝野之间的斗争。在读者看来，人物的分际是清楚的，正像河流的大体趋向是朝东流去，观者的心理不别扭。

孙犁说，《三国演义》形似大于神似，《水浒传》形似、神似两相当，《红楼梦》神似大于形似。他是从美学视角谈问题、区分高下的。我们是谈直感，好像并不矛盾。

初夏的清晨，是很凉爽的。海边空气清新，孙犁养病时曾在青岛度过一段时光。我校的环境差强人意。

安好！

阎庆生　2015 年 5 月 11 日

董老师：我记得在讨论川剧《潘金莲》时，你持不同见解，说过"如果被毒死的人不是武大，而是你的亲哥哥，这桩案件该怎么看待呢？"

杨闻宇

是这么回事：当年尚友社把魏明伦的川剧本《潘金莲》移植为秦腔演出，我比较反感。渲染武松矛盾万般，舍不得下手，背过身一不小心，把潘金莲杀了，也觉得不可思议。座谈时有些人盲目吹捧，我就插了一句：你们都跟着魏明伦批判武二爷拒绝潘金莲是不懂爱情，假如你嫂子扑过来要和你亲热，你怎么办？那些人愣了，无言以对。

听费秉勋说，他们在下面骂我。我没有写文章。可能是看了你写的武松，正合我意，写了几句读后感，你记得也差不多。

董丁诚　2021 年 10 月 21 日

昨天读完手机上的《梁山好汉四题》，这些文章，我虽然早已读过，然而经过你深思而缀辑成一组，更看出你对我国古典名著《水浒传》研究之细，理解之深，四题从不同角度阐释了《水浒传》的文学价值和现实教育意义。你确实读懂了《水浒传》。

这让我想起茅盾先生的一篇文章：《谈〈水浒〉的人物和

结构》。他还特意举出杨志、鲁达、林冲三人加以说明：名门之后杨志为升官发财却美梦难成而被逼上梁山；80万禁军教头林冲隐忍退让到无处可退而被逼上梁山；鲁达欲打平天下不平事但平不了而被逼上梁山。我很赞成茅盾先生的看法。同为被逼上梁山，因出身不同，在梁山的地位也不同，宋江上梁山，他的父母被轿子抬上梁山。而李逵上了梁山，却要自己回家背母亲，结果老母被老虎吃了，他虽然打死了一窝老虎，却照样不如武松有名气。

巧梅　2021 年 11 月 20 日

《解放军文艺》有眼光。一部《水浒传》本质上写的就是108条好汉从四面八方啸聚梁山的曲折过程。伟人用"逼上梁山"是为了说明官逼民反的阶级斗争学说，而《英雄本色》侧重描写的是梁山好汉们极具个性的精神特质，这种开阔的艺术视野，使艺术典型更加丰满，更全面生动地凸显了英雄本色。

王宗义　2022 年 2 月 5 日

妙笔宏文一口气读罢，借用八字古评：苍凉悲壮，慷慨生哀！

以"题示"为魂，巧黏四文为一束，精心润修，成《梁山好汉四题》。一部《水浒传》，若单以塑人述文论，精绝拿人者也就武松、林冲等数人及《智取生辰纲》等数章。《四题》击其精要，以解牛之刀，条分缕析，为其妙评。

然最妙而撼人者当属揭示《四题》之魂——"逼"之特异功能：既为人生立业之不竭动力，亦为小人戕人之不二法门！

世人当惊悚！

王允毅　2022 年 2 月 6 日

丈夫襟怀

袁枚、蒋士铨、赵翼并称"乾隆三大家"，蒋、赵推崇袁枚，其诗集皆请袁枚为序。袁枚的散文里《书鲁亮侪》一文，不可轻忽。

鲁亮侪在河南总督田文镜门下供职。田公位高权重，以严厉著称。有一天好事来了，田公命令鲁亮侪去摘取中牟县李令的官印，并代理县令。鲁亮侪去了中牟，却很快又折了回来，起因是深入了解之后，他认定李令是个贤能官员，别人弹劾内容虽非诬告，可内中的情由却值得体恤。鲁亮侪返回复命，决心放弃这次升迁的机会。

提、镇、司、道各级官员，对田公都服帖、敬畏。鲁亮侪回省，先去拜见布政司、按察司，详细禀报了事情的原委。两司皆感叹："鲁亮侪呀，你难道犯丧心病了吗？哪有你这样办事的？这种事在别处尚且行不通，何况田公！"

文章精彩之处，便是鲁亮侪翌日一早面见田公的场面。

眼见田公就要动怒发火，斡旋其间的两司赶忙拜伏请罪，说道："是我们平时教诫不力，才有鲁亮侪这样狂妄悖理的人，这事交给我们，我们严厉审讯他在中牟县拉派作弊的罪行。"此时，鲁亮侪脱下官帽，向前叩头，大声说道："本来就该是这样啊，可我请求把话说完。"

他接着继续讲述："我是个贫寒的读书人，因为想谋求一官半职，所以来到河南；能得到中牟县令之职，我非常高兴，恨不能连夜就摆起仪仗，立即开始办理公务；但我没有想到，一入县境，亲耳听闻了李令在当地的贤行，感受到他在百姓心目中的好形象，士大夫们也对他非常尊重。等见到他本人，知道他挪用钱财是为了尽孝，我便没有取印。"

简要表明自己赴任经过及改变初衷的理由后，紧接着，话锋又直指田公："上述情况，大人如果事前了然于胸，我今天这样复命，那就是我的罪了；如果大人不了解内情，我现在回来申明原委，或许可以不辜负大人的爱才之心，同时，也不违背圣上以孝治理天下的意旨。大人这次差遣，是额外地抬举我、器重我，我心里着实感激。在您的厚爱之下，我如果轻义重利，只顾自己荣耀晋升，怎么能对得起您对我的苦心栽培呢！"

辩词委婉、恳切，细想下去，则是劲气如龙、绵里藏针：其一，田公没有经过深入调查，撤换县令的决策是个失误；其二，如果将李令治罪，既不符合圣意，也只能证实田公的爱才之心是假的，隐喻田公的人品有问题；其三，田公假如要维护自己的尊严而将错就错，那就另派他人去办这事儿吧。鲁亮侪心里清楚，二司昨天已将这件事向田公禀报过了，田公没有表态，显然也没有收回成命的意思——因为摘印相关事宜已经写成奏章，给皇帝送去了。在大庭广众之中，面对怒气满腔、亟欲发作的田公，鲁亮侪这是濒临悬崖的孤注一掷，是鹰击长空的最后一搏。

这里刻画田公的形象，仅用"面铁色、干笑、默然、变色、下阶"之类扼要平实的字眼，却将田公复杂、剧烈的心理活动表现得淋漓尽致。二司的法内含情、恭谨慎微，着意袒护时又暗中示意鲁亮侪"赶快退下"的微妙眼神，更是将田公瞬息间连续变更决策的细微心态烘托至极限。

全文在繁简搭配与细节运用上步入了炉火纯青的境地。围绕鲁亮侪，描述其在中牟县的所见所闻，回省之后，又以两司及辕门上下层层相衬，这些情节都是简而又简，点到即止，却又布置严密，一丝不苟。在千钧一发之际，鲁亮侪掷地有声的辩白则似强弓密镞，迅即将全文推至高潮——文势如海外天风，开合倏忽，充分显示出行文者卓越的文字驾驭能力。

奉命摘印的鲁亮侪"骑驴"进入中牟时，面对陈述内情而潸然泪下的李令，当如何呢？文中这样描述——

鲁曰："吾暍甚，具汤浴我！"径诣别室，且浴且思，意不能无动。良久，击盆水誓曰："依凡而行者，非丈夫也！"具衣冠辞李，李大惊曰："公何之？"曰："之省。"与之印，不受；强之曰："毋累公！"鲁掷印铿然，厉声曰："君非知鲁亮侪者！"竟怒马驰去。

"丈夫"，指成年男子或女子的配偶，可用在这里，立马就跨界升华而成为怀大志、有气节、敢作敢为的巍然形象了。鲁亮侪脱口而出的"丈夫"二字，实为"大丈夫"也；"掷印铿然"，纯然是从大丈夫心底爆发的金石之声。

在这里，假如没有"且浴且思"而"击盆水誓"的细节铺垫，之后的"掷印铿然""怒马驰去"就会显得突兀、生硬。"怒马驰去"，一如云际之闪电，又与全文之收尾遥相呼应，映照着鲁亮侪"武艺尤绝"的峇然身影。最初为了访察情况而骑驴赴任换成收尾定下决心时的"怒马驰去"，简单的行色置换，更有画龙点睛之效，含义是相当丰富的。

读罢全文，不仅鲁亮侪智勇过人的形象须眉毕现，处高位而威严、持重的田文镜，其自尊自警与反思自省相互交织的心理活动也悄然展露于外，令人敬服。简洁的文字在袁枚笔下化作了强弓劲弩，平射则裂石杀虎，仰射则穿喉坠雕，足见其细节之运用是何等巧妙。

读者或许要问，袁枚与鲁亮侪的关系，必定非比寻常吧？袁枚是杭州人，鲁亮侪是麻城人，袁枚23岁那年，只是在保定的一间厢房里，从侧面窥视过向上司禀报工作的年已七旬的鲁亮侪。他动笔写这篇文章是"鲁公卒已久"，20多年以后的事情了。缘起是在南京偶然听到葛闻桥先生提到"摘印"之事，袁枚才决心要写写这位"奇男子"。袁枚善于从瞬息间捕抓题材的机敏笔力，直甚于龙爪，委实难得。

一则记述官场任免的短文，从上到下，要逼真地刻画出一连串三个官员（田文镜、李令、鲁亮侪）心理活动的重要脉息，且又相互间丝丝相扣而出神入化、活灵活现，又谈何容易。如此精短之作，为什么能将仕途波澜描绘得这样生动呢？袁枚曾先后在溧水、江宁、江浦、沭阳诸县当过七年县令，对于官场上下有着超乎寻常的认识。正因为他与鲁亮侪的阅历、精神暗相契合，这才致成天然的灵感源头，使得此文得以成功。

后来，有评论家认为袁枚的作品致力于闲情逸致，缺少社会内容，这算不算是一种误读？

当今社会，像鲁亮侪这样正气入骨的公仆还是有的，可惜在我们的文坛，这样精气湛然的佳作却并不多见。

《中国财经报》 2022 年 8 月 8 日

点评：

两个多月居家度日，闲时较多，照理说阅读量应该上来。可惜精读不过三本，且进度较慢。常说无知者无畏，我很赞同。不想读书的时候，也没觉得有多么孤陋贫瘠；亟待多读书真读书时，方觉认知甚少，见识甚浅，涉猎甚狭。

昨天执读 2019 年散文精选，其中一篇提到乾隆三大家，除了鼎鼎大名的袁枚袁子才之外，我对赵翼的了解不过那句"江山代有才人出，各领风骚数百年"，而蒋士铨，则更加陌生了。在这篇名为《丈夫襟怀》的评述中，作者杨闻宇只选取了仓山居士诗文中的《书鲁亮侪》（又作《书鲁亮侪事》）一处，引据辟理，夹叙夹议，既讲故事，又兼阐释，在博彩精妙颂扬鲁公正直大气、光明磊落的同时，又对袁公明德崇义、激浊扬清的壮怀赞赏有加。

亮侪名裕，供职河南总督田文镜帐下，一日好事降临，·

田公命其摘取中牟县李令官印，并取而代之。裕去后折返，全因深入了解后，知悉李令贤能且得民心，虽弹劾之事不假，但情有可原。遂不惜当面冒犯严苛的田公而慷慨陈情，放弃擢升。袁枚与鲁亮侪惺惺相惜，文中运筹巧妙又简洁利落，回禀抗命的对峙段落殊为精彩，但我与本文作者款曲相通，更欣赏亮侪直面潸然倾吐的李令后的那段应措，袁公的言简意赅更堪妙绝，现断摘一二。

鲁"且浴且思，良久，击盆水誓曰：'依凡而行者，非丈夫也！'具衣冠辞李。与之印，不受。强之，乃掷印铿然，竟怒马弛去"。杨闻宇惊叹袁枚笔底强劲，"平射则裂石杀虎，仰射则穿喉坠雕"。我亦惊奇无语，唯唯诺诺附和。

此文看罢，胸中沛然。冲动之下急欲购入《小仓山房诗文集》以慰拳拳之心，殷殷之情。等到冷静下来，才醒悟"书非借不能读"的道理。一来文集共四册，买下来存放需要整理书架腾出地方，借阅无此空间负担；二来一旦购置入手，极可能因复工后时间碎片或惰而不持，导致束之高阁又牵绊难舍，借阅无此心理负担。绕了这么一大圈，其实想说的就是读书读到痴怨着实痛苦，求知欲越陷越深，空白感越来越大，含恨到无能为力，钟爱到无法自拔。规劝自己要尽量跳出来，却又义无反顾一头扎进去，一会儿欣然情迷，一会儿恍然意乱，大概这就是读书的不安和慌张吧。而资讯浏览和电子阅读绝不至于这种境地，痛并快乐，纠结又安详。

算了，不强求。趁着早上清醒还没翻开书页堕入书渊再奉劝自己一句：就像最简单也最困难的一盘蛋炒饭，也会口味不同，各有所需。

2020 年 3 月 30 日（百度网络，作者不明）

沉吟项王祠

和县东北方向的荒野里耸起小小一座高丘，林木葱郁，朱垣掩映，半露的朱垣与北京紫禁城宫墙是一个色调，里边便是项王祠。

项王祠俯对着长江。祠门南向，大门吐下的几十级宽大石阶上漾动着自树荫间筛下的斑斑光影，光影尽处便是驻马河（旧称乌江）。当年江水浩荡，浪拍高丘，高丘下，正是那位乌江亭长"舣船"处。

霜剑·美人·乌骓马

长江边上，杀气腾腾，在生命的最后当口，紧紧依附在项羽身边的是一马、一剑、一女子。

马是乌骓马。

祠前空地上竖一高高的旗杆，上系一面黄旗，轻轻拂动。野史记录，旗杆下"原有系骓树，甚耸秀，一县令恶其招游客而伐之，今树地独不生草"。这块不生芳草的空地，与长江东岸的"滚马滩"遥相对应。面临最后抉择，项羽拒渡，舣舟以待的那位亭长只好将乌骓马扯上船去，摆渡过江。登上彼岸，乌骓马遥见自己的主人持剑自刎，跳腾嘶鸣，滚地而亡。它滚压过的那一片土地，后人称曰"滚马滩"。系骓树下独不生寸草，江那边的滚马滩上，大概也是寸草不生。

一女子是常相幸从的虞姬。

幼时乡下，祖父月地里给我们讲古：霸王性悍，唇上髭须如一根根钢针。天下绝色的女子，唯有虞姬盛爱其亲，珍惜其刺，别的女子怎么也受不了。这是个低俗的闲话，仔细忖度，是爱到极致的伤害、是痛彻及骨的美丽、也是以善意的民俗化的方式，神化了一桩特殊爱情里的东方意蕴。

幸从之"幸"，是宠爱的意思。虞姬是爱得猛烈、执着、深沉。项羽之外，她不愿意将自己的天生丽质交付给世间任何人，更不愿意像尤物、猎获品那样被政治与战争用肮脏的手掌撕来夺去。江山如画，美女似水，从古到今，有哪一位女子身后能化作大地上艳丽的"虞美人"花呢？这座墓园里随处可见的"虞美人"花，已经大大地超出民俗传说的范畴了——艺苑里的词牌、曲牌，还有唐代的教坊曲，不都取用了"虞美人"吗？虽然这个"虞"字，究竟是虞姬的名儿，还是其姓氏？至今也不甚了了。

虞姬之庙在浙江上虞，传说庙里有这样的联语："今尚祀虞，东汉已无高后庙；斯真霸越，西施差上范家船。"由此推究下去，即便从帝王将相的角度掂量，虞姬与项羽的爱情，气质上也还是独具一格，高出一个档次。虞姬先殁于灵璧，乌骓马后死于江东，一前一后，江右江左，格外有力地托起了一尊光照史册的千古英雄。英雄辞世，尘世上似乎总有一二个非常自觉的陪伴者，女儿有侠骨，坐骑具肝胆，这陪伴者本身也化成了英物。美女骏马，伴随着项羽，共同化作了战云里灿亮的星和月。

剑，乃项羽手中之利剑。

逐鹿天下，胜利者稀有，失败者可是一层一层的。失败了，算什么"人杰"？倘非人杰，又何论"鬼雄"！项羽则不然，一把剑与乌骓马纵横捭阖，四方驰骋，使之成为失败者群落里一桩不寻常的精神支柱，而且是历朝历代的成功帝王所难以撼动的精神支柱。人杰，大小70余战无败绩；鬼雄，垓下一败又败得地动山摇，勇烈无比——项羽所挥动的这柄霜剑，是热血的宣泄，是感情的截流，是理念的冷却与沉淀。天下汹汹，凭此剑告一段落；刀兵丛中的军旅爱情，由此剑落下帷幕；所谓的"故人"交往，此一剑挑破内涵。此剑仿佛是造化所画出的一道"长虹"，使得项羽的形象横跨阴阳两界，对传统舆论、对既定的信条做了个力挽狂澜式的反诘。

艺术长廊上引人注目的是虞姬、项羽一先一后自刎在同一把剑上，让死神从肺腑里发出了永恒的、深沉的叹息。这柄宜舞宜杀之剑，从马背上、从厮杀中、从酒杯前，进一步验证着爱是火烈的，美是染血的，其血与火如落日熔金，以阴柔之霞帔，为一尊顶天立地的阳刚生命垂下了巨大的血衣。在艺术领域，藏掖下一个深奥的美学命题。

本真由地设，大美在天成。楚汉之争中倘没有项王剑所挥就的这最后一页，整个戎马卷册与今古文坛会多么失色，多么平庸，甚至无聊。一柄利剑，一条大江，2000 多年里，前者没有了下落，后者却一直发出着雄浑的呜咽声，深远的浩叹声……

远年风尘一知己

李清照的绝句"生当作人杰，死亦为鬼雄。至今思项羽，不肯过江东"，简洁上口，浅明易懂。此诗作于风雨飘摇的 1129 年，即宋高宗南逃后的第二年。当时的李清照和丈夫赵明诚也离开建康，向长江上游流亡，以寻觅安居之所，途经和县，夫妻二人应当是造访过项王祠的（《金石录》中列有祠里的唐代碑铭，并纳入其收藏）。"国家、国家"，国破如败絮，家已无着落，抱负高远的李清照在这项王祠吟诗抒怀，字面上的驾轻就熟，只能进一步证实她是襟怀激烈而无从自抑。

蹊跷的是此等沟通阴阳两界而含有巨大创意的诗句，本应出自大丈夫之口，却由一个漂泊中的弱女子脱口吟成，后人更可以想见那是个多么窝囊、多么令人沮丧的时代。绝句深处，显然是隐含着对男性极度失望的抱怨情绪。因为在数月之前，建康发生叛乱，身为建康知府的赵明诚得到消息，是趁着夜色缒城先逃的（他与软骨病的宋高宗是一路货色）。绝句传诵900年了，为什么仍然格外引人注目呢？笔者以为，此诗不仅能启迪人们对宁死不屈的阳刚气质的深沉思索，假若结合当时的具体环境深入地探究其隐性含义，也折射出人间情爱那默潜蛰伏着的非同寻常的生命力。

乌江亭长欲摆渡项羽过江，项羽无颜见江东父老的原因有三：始皇帝游会稽渡浙江，他挤在人群里看热闹，对季父说是"彼可取而代也"。秦王朝是被项羽击垮了，而他所期待的那顶皇冠却要落在政敌刘邦的头上，衣锦还乡化为泡影，一愧。"力拔山兮气盖世"，身经大小70余战，所挡者破，所击者服，然而垓下一战却一败涂地，蹉跌惨重，铸成奇耻大辱，二愧。八千江东子弟是项羽纵横天下的钢铁羽翼，而眼下枕藉荒野，血染蒿莱，卷土重来的希望彻底破灭，三愧。三愧之外，背后另有一条更为直接却易于被人们轻忽的因素：楚军被围困数重，夜闻汉军之外也尽皆楚歌，这是什么样的歌声呢？当然是欢呼汉军获胜而楚军行将全线崩溃的歌声，这歌声对项羽的精神打击太沉重了，在军帐中惊悸不安，借酒浇愁，而且忍不住慷慨悲歌，"歌数阕，美人和之，项王泣数行下，左右皆泣，莫能仰视"。众人莫能仰视的这个美人，就是虞姬。虞姬和歌于先而突然自裁于后，这一激雷闪电式的举动，一下子将项羽趋于绝望的心态猛烈地推上极限，精神上再也没有了任何徘徊、犹豫的余地。

刀兵战阵里，剽悍勇猛的项羽奔走厮杀、呼啸冲突，每当夜幕降临之际，更是需要一顶温馨的、安谧的帐篷，而形影不离的虞姬，自然是这顶帐篷里唯一的精灵。这一座帐篷是飘浮在战云里的精致的花房，也是项羽恢复元气的窝巢。虞姬猛然间展袖自刎，勇敢、决绝，没能合上的眸子清澈而美丽、无奈又凄凉。她清楚自己这最后一剑将斩断项羽那一脉缱绻、缠绵的征尘之恋，会急遽升华其灭裂心态、毁灭情绪，能从异性独有的温柔角度将其推上悬崖，使其桀骜性格白热化、绝对化。果断地毁秀色于战尘，正如项羽在巨鹿之战中以破釜沉舟激励麾下士卒那样，面对着灯下的酒杯、霜剑，虞姬也将置之死地而后生，这一手段果断地移用于"泣数行下"的项羽身上。她期待自己青春的生命能够在项羽躯体里化作突击性、撕裂性的火炬，燃起所有的血性、豪气做最后一搏，即使血溅大江，也是好的。

东方战神以生冷沉重的足音，成全了虞姬残酷到极限的这一心愿。自刎于同一把剑上的虞姬、项羽，身后所矗立而起的，又岂止是忠贞不渝、生死与共的爱情之碑呢？尘世间刚毅魂魄之合璧在激荡风云里是怎样铸成的？如何淬火的？在这里有了最为剀切的、更深一层的注脚。

人说真正的爱情是美人鱼在刀尖上赤足舞蹈的情景，惨痛然而美丽。垓下之夜，项羽面对着乌骓坐骑与怀中美人，可奈何，奈若何，缠绵呜咽，慷慨悲歌。可长期以来，令人感到遗憾的是"美人和之"，那一刻的虞姬，究竟"和"的是什么？《史记》对此无载，于最关键处留下了千古之谜。掩卷沉思的读者常常生疑：司马迁留此空白，到底是为了什么？

金兵南下，不得不随着狼狈的宋王朝过江南渡，这样的遭际使李清照对流离失所、疲于奔命有切肤之痛。乱世烽火里的一个女人，本能地渴望现实土壤里焕发出郁勃的血性，希图以此抖落那个衰颓腐败的阴霾氛围。然而，丈夫赵明诚是那样窝囊，君主宋高宗是如此软蛋，素以"木兰横戈好女子"窃许的李清照，置身于这等不可言表、无从赴诉的情境，便极其自然地联想到楚汉对决时的"不肯过江东"，无形之中，便与虞姬那等绝望的心态自然接通，构成一种景仰人杰与鬼雄的共识——苟活于世，"凄凄惨惨戚戚"，远不如长剑一挥，脱屣红尘，去追随那一尊痛快淋漓的鬼中之雄！

这首绝句里对虞姬只字未提，对项羽则呈示高山仰止、敬其伟烈的神态。同属女身，虞姬是喋血军帐，献身于项羽，李清照则是含泪唏嘘，深切地思念着烈魂英魄的项羽，时距拉开1300年，现实风云与四围环境做如此安排，恰好能够让我们将李清照视之为虞姬的一位风尘知己、远年知音："生当作人杰，死亦为鬼雄。妾身归大王，岂能过江东！"笔者将此绝句略动几字，视之为虞姬自刭时的"美人和之"，如何？

如果上述设想可以成立，无妨也合理移植，那么，自汉迄宋，诗手如林，《史记》中所潜伏着的这一命题，竟然在千余年后由一个"人比黄花瘦"的弱女子点石成金，吟成绝句——尽管也属于历史先行、文学后随的范畴，可这随进的脚步实在太艰难、太蹊跷了些。更遗憾的是，虞姬的霜剑、李清照的绝句，千载难遇的风尘知己，在后人已衍化为茶余饭后消遣的谈资了。

刚烈、贞柔之气，且又能在极限上、绝境里顽强闪光的，为真美，亦为大美。"不肯过江东"作为阳刚之气所凝成的剑光，使得整个楚汉之争都显得有声有色，在历史长河的上空致成一道灼目的闪电，在美学范畴里则属至境。

项羽距夺得天下仅一步之遥，如果取胜，中国大地上会不会能保留下更多的刚毅、强悍之气呢？背景过于辽阔，闪光实在逼人，也就决定着李清照的"绝句"必然要像雨后彩虹那样现形于长空，昭示大地与人生，应当怎样地步步前行。

文武之道别裁

倘若没有司马迁的《项羽本纪》，文学长廊里就不可能存在空前绝后的项羽形象。司马迁是文人，"司马祠"在黄河西岸的韩城市境内；项羽为武夫，"项王祠"在长江西岸的和县境内。黄河南下，长江北上，殊途同归而东注于海，项羽及司马迁的一生，主要就鏖战、奔波在这大河与长江之间的中原地域。项羽学书不成去学剑，司马迁则终身以文字为生涯，一文一武，同属于悲剧型的人物，气质相辅而成奇文吧，

《项羽本纪》便成为史册上、文学里特别辉煌的一页——在漫长的历史进程中，由于历史是在悲剧中朝前迈进的，所以，悲剧里也便寓有崇高。东方艺苑里此等人文双盛的现象，大巧天成，仿佛属于造化之安排，非单纯之人力所能为之。

历代精英围绕项羽，发生过一系列的感慨：一种人认为他迷信武力，过于"横暴"，只能是这样的下场；一种人认为他应当开阔胸襟，经得起挫折和失败，卷土重来，东山再起；更多的则认为项羽襟怀坦率，光明磊落，人品道德足以垂范千秋。项王祠大殿里到处是名人的书法、联语。毛泽东书写的杜牧的《题乌江亭》刻嵌于右壁首席地位："胜败兵家事不期，包羞忍耻是男儿。江东子弟多才俊，卷土重来未可知。"认可的是前代评论中的第二种观点。"包羞忍耻"只是浅层感受，毛泽东更深层的体认，则是"不可沽名学霸王"。鸿门忍手，鸿沟划界，提出单枪匹马与刘邦决一雌雄，不都是为了沽一个"仁者"之名吗？不懂得心计权术，无视于政治手腕，终究被对手捺进了泥坑，这可是项羽用生命换来的沉痛教训。

"力拔山兮气盖世"，天下公认这七个字为项羽所专享。力有度而气难量。俗气教人烦，傲气讨人嫌，而项羽之霸气却是自树高标，江东八千子弟以此气为战魂而纵横天下，直至为之殉身。这等霸气延及后世，人们非但不以野心视之，无形中反以豪雄为誉。

美女留下小阁楼，猛将多遗衣冠冢。大殿后边的花园里，便是"西楚霸王衣冠冢"。冢围红墙上白粉衬底的黑墨大字"力拔山兮气盖世"，一字一壁，大于碾盘，非常抢眼，竟是沈醉1993年的手笔（沈醉时年81岁）。沈醉者，何许人也？曾经是杀人如麻的军统特务头子，中华人民共和国成立后成为战犯，被关在功德林监狱里。监狱里成立了犯人自治机构学习委员会。有一天，组长宋希濂召集大家开会，说是我们第一次靠我们的双手养了猪，马上过年了，要杀年猪，现在的问题是：由谁来杀？有人提议，要请军统的人干，因为他们杀人都没有眨过眼，何况猪乎！沈醉杀过人，却没有杀过猪，他按照杀人的方式，用刀狠劲去抹猪脖子，因为猪脖子部位是全身最厚实、最富弹性的所在，这一刀下去很不成功，肥猪一跃而起，淌着血、带着刀一路狂奔。幸亏这不是个野猪，最后由"各大兵团司令"围追堵截，总算才把这头猪制服下来。

与沈醉的题字相映成趣的是，原国防部长张爱萍题的"霸王祠"三字，印刷在三寸长的窄窄的门票上，虽小，印量却大，不胫而走，能流布五湖四海。

祠外正西方向建一钟亭，内悬巨型铜钟，名曰"三十一享钟"。项羽24岁起兵，奋战8年，31岁自刭，此钟纪念他享年31载。人说雁过留声，项羽那驱动风云的叱咤声，全部铸进了洪钟里。佛门代表赵朴初的题联，镌刻于大殿双柱上，肃穆、庄严。步出祠门，凝望铜钟，觉得身后的题刻是个意味深长的安排。题字煊赫而铜钟有声，互相照拂，形成无远弗届的天籁式的提示。文盲懒进项王祠，洪钟轻易不作声。亭里那钟这时节突然响起来了，一声接一声，轰轰烈烈地延续了31响。这是陪我同来的几位艺术家在合伙撞钟，钟声苍茫、宏壮，回荡在万里长江的上空……

仔细思量，野外的祠庙与都城里的宫阙是无法进行比较的。皇室殿阁巍峨辉煌，笙歌彻夜，却无法避免周期性的焚毁、更迭；而屹立于荒野，千年不倒又让人感慨的，却是这极度落寞的项王祠。

《史记》记录着胜利者刘邦向其父炫富的本相，同时也写下了项羽落荒时问道于田父的误局——胜者既可成为窃国之巨盗，败者又如何算不上失路之英雄呢？"文武之道，相辅相成"的深远寓意，分明是熔血火于一炉，精妙、神秘，谁也勘不透谜底。

步出祠门，检点祠园内外的诸多安排，似乎无序而凌乱，可是，这一切似乎又暗暗契合着社会进程中的具体步骤。历史的步伐，从来也不以人的意志为转移，无论先哲们怎样费尽心机地推算、预测，历史在重要关头所迈出的每一步，总是出乎人们的猜想、意料——是为"天意从来高难问"。

　　天意归于天意，在社会道德的天平上，人们的怜悯、同情之心则是倾向于失败者的，如此倾斜，生存逻辑上也还是顺情合理的，处于集权统治之下的人们，备受剥削压迫，愤懑、怨恨，长期陷于无可赴诉的境地，心底同情专制者当初的对立面，也就不足为奇了。

　　帝王冢大，龙体藏焉；武夫余蜕，坟草荒寒。入主于宫阙的帝王冢大而无祠，项羽未能称帝（连沐猴而冠也十分短暂），则有其祠。项王祠始建于唐，遭逢乱世，时有破坏。金废帝完颜亮1161年大举攻宋，兵行此地，"欲火其祠，有大蟒绕梁，声如雷，亮惧乃止"。祠门上的金粉大字为"西楚霸王灵祠"，一个"灵"字，似乎含有"灵应"之意。这座项王祠，历代均有扩修，延至清代，殿屋堂庑达99间半。项羽之墓在谷城，此祠之后院也仅存衣冠冢。祠的扩建者是什么人呢？这小冢里真的埋有项羽的衣冠吗？时远年深，风流云散，不好说了。

　　强韧勇毅的精神气质，深至地关乎到一个民族的盛衰沉浮。如果说，项羽精神堪为精神界之柱石，天赋的阳刚之气不褪色也不消沉，历史悠久的中华民族，何至于积弱至此而亟待复兴呢？

　　项王祠距南京不远，交通也还便捷，却算不上一个热络的景点。战败于斯世，建祠于荒野，来此瞻仰者终究有限，人们熟知莫愁湖、秦淮河、鸡鸣寺，也知道大屠杀纪念馆，而不晓得什么项王祠。

　　2000多年往矣，项羽那魁梧的身影渐行渐远，很朦胧了。

《新中国70年文学丛书·散文卷》作家出版社 2019年8月

点评：

大作拜读。的确是大气之历史散文，气势磅礴，引经据典，说理透彻，文采斐然，能让人信服。我就是觉得好，非常好。

许锋　2018 年 1 月 16 日

《沉吟项王祠》一文仔细品读，感慨如下：

1. 30 年前，我在总参曾参加过一个课题研讨——中国兵文化的衰落。不少观点认为衰落转折点就在项羽兵败乌江，自此刘汉独尊儒术，汉家军队再无秦以前、战国、春秋乃至黄帝战蚩尤的雄风；及至唐、宋、明，冗官、冗兵、冗费，国家军队甚至不如私家兵勇。因此，项羽兵败，几成中国军事史的断代。

2. 项羽作为落败英豪，前无古人，后无来者。有人以石达开比拟过，显然远远不及。项羽距离夺取天下真的只有一步之遥。假如项建天下，可能保留更多武化强悍，省去许多繁文缛节……可惜，历史不能假设。

3. 早年，我有幸看过梅兰芳主演的《霸王别姬》，对垓下之战项羽的无奈与悲壮印象深刻。间隔 1300 多年，李清照又在感同身受中赞叹出千古名句，是为心灵之隔空呼应。您的文章探索了风尘知已间的感应！

4. 您以司马迁对项羽本纪的记载，分析了千百年来文武之道对这段历史事件的别裁，得出了这样的结论——败寇未必不英雄！是否也可以反过来理解——成王未必真豪杰？皇家宫殿笙歌曼舞，却无法避免周期性的焚毁更迭；千年不倒的却是未能夺冠的文武巨匠的祠院，以及他们留给人类的历史性文化遗产……这种历史的循环是否至今仍在重复？

以上为我对您此文的理解。我的想法：第一、二段叙述清晰简洁，李清照的呼应令人震撼；第三段结尾处似乎过于委婉。

"霸王祠"虽离南京很近，却并不是一个大景点，其历史意义却又很重大。您选了一个并不为大众熟知的历史景点，讲述了更不为大众一目了然的史学真谛！

刘大卫　2018 年 1 月 25 日

细心读了两遍，记得你写过李清照，佩服你渊博的史论和史识。

一笔激活三个千年人物，刚柔相济，好文采。

项羽力拔山兮气盖世，人杰，败在军事上，赢在情爱上。

虞姬生死与共，岂能过江东。

李清照浩叹鬼雄，视通千载，填补了太史公有意无意的留白。

最后升华到"本纪"精神，至今思项羽，惊醒今人！

长了，稍嫌啰唆和重复。这样领会，然否？

闻宇晚安！

阎纲拜上　2018 年 4 月 19 日晚

闻宇兄：《沉吟项王祠》，我读了两遍，可以说是近年的力作。这样的文章，有了些年纪才写得出，同样的题目，阅历的介入，会有所不同。我还是希望兄多写一些个人的经历，

终归触笔的机会越来越少了，多留一些给身边人，于心情也有益。

谢大光　2019 年 5 月 13 日

《新中国 70 年文学丛书·散文卷》收入《沉吟项王祠》一文，我认为基于以下考虑：

一是题材重要。项羽是推翻秦朝的主力，但成果被别人取走。这一段历史不应被遗忘，这里面的教训恩怨被历代有识之士和封建帝王重视；二是项羽勇武阳刚的英雄气概和百战不殆的斗争精神，是民族振兴必不可少的精神动力，能提供这种动力的作品，包括茅奖、鲁奖作品，不多；三是文风浑厚朴实，清新健康，堪称范文。

王宗义　2019 年 9 月 20 日

《新中国 70 年文学丛书·散文卷》应属新中国文坛一座里程碑，文入其中，彰显文的价值地位。

你之前的《历史散文选》中有《至今思项羽》一文，较之《沉吟项王祠》，两文题材相同，甚至大段叙述文字相同。但两文立意、风格迥异。前文纯属游记，不同感慨随不同景物而发，活泼随意而琳琅满目；后文聚焦"沉吟"，思深而简洁集中，忧虑社会普遍存在的奢靡风气，痛心疾首"强韧勇毅"精神的长期缺失，大声疾呼"阳刚之气"回归，并将其与民族兴衰相联，发人深省。

构思精巧，一马、一剑、时空千年的一文一武、两女两男，皆深掘"强韧勇毅"精神，与衰颓腐败、窝囊、软蛋强烈对比，惊悚世人。文字风格沉郁老辣，人文俱老。

王允毅　2019年9月21日

《沉吟项王祠》，"沉吟"一词教人静思。沉吟的是什么呢？

沉吟的是英雄论：自古"成者王，败者寇"，可为什么落败而亡、失了天下的项羽会时不时为人所称道呢？此文以此"沉吟"，从一马、一剑、一女子刚烈柔情、侠肝义胆到"远年风尘一知己"的绝句吟诵来正视项羽的选择，可谓独辟蹊径。

沉吟的是真性情："无情未必真豪杰"，世间真情永远值得人怀念、纪念、留恋。这也许是项羽不能被忘怀的原因之一。项羽的真性情在看重权势的人面前，是一派天真的幼稚病，而在重情重义的人面前，则是珍贵无比的人性美。

沉吟的是人生知己：杨老的文章常能跳出战云，走近人性，在一个"情"字上深掘，这不是卿卿我我的儿女私情，而是披肝沥胆的贞烈与豪情，无情无义之人怎能爱人？不能爱人者又如何爱国？由此引发人们对"情义"二字的认真思索。

沉吟的是人海里气节傲骨，沉吟的是历史长河的大浪淘沙……

杨老把"文武之道别裁"在各路英雄的对比中最终归之于"天意从来高难问"。把"沉吟"推至高峰，留下广阔的思考空间。

陈馨　2019年9月22日

诸位评点甚好！情理之中、高屋建瓴、切中要义，尤其对成败、深情的判识，是让人沉思的。历史文化散文难写，难就难在史识、史胆、史趣，一种穿透历史沧桑的精神光照！

王兆胜　2019 年 9 月 22 日

醉里怀远

我醉了　美人
把我的马牵来
我要带你去向那浪涛滚滚的江上

楚歌凄凉　我轻拥你的微颤
这一路兰花正为你盛开
我们打马归去的身影
将被千古的月光永远照亮
数万年后还有人看见你鬓角的花瓣

我的美人
你知道重瞳的我
在今夜将闭上那层
闪烁血雨腥风刀光剑影的眼眸
从此　我只看你
看你的舞姿留下兰花的幽香

223

滔滔江水已在马蹄下奔涌

不过江东了

原来帝王将相的伟业

只是一次豪迈的酩酊大醉

我拔山盖世的一生最终只停留在

你香消玉殒的兰花塘畔

拿去吧　这是我的头颅

让它去祭奠最后一场折戟沉沙的厮杀

楚已不复　汉亦终将消亡

美人　还有我的乌骓

让我们一起从这个荣耀的传说中

抽身离开

　　2018 年 4 月某日，我随郭枫受邀赴一个银行界的诗会。万料不到，从和县来的一个女局长（姓侯），念了她写的这首诗。我当场如遭雷击，并请她转发给我。

　　下午路过江东北路，自然想起李清照，"生当作人杰，死亦为鬼雄。至今思项羽，不肯过江东"。仗剑豪雄，哪里像是"寻寻觅觅，冷冷清清，凄凄惨惨戚戚"之人？既飞云汉又筑花冢，易安易不安之本色也。世人多厌刘邦而敬崇霸王，古今皆然。

　　早年曾与文友、画师去安徽和县拜谒霸王祠，秋阳里，墓丘上下的虞美人花开得血红一片，我忘情其间，且被友人多次写在文章中。

苏叶　2019 年 10 月 2 日

　　《新中国70年文学丛书·散文卷》选你此篇，恐怕着眼于历史反思的深度与情感的浓度。每家一篇，自有局限性。因时间跨度大，能入选极为不易！

　　这是变相的传世的文本，历经大时段淘洗的名家珍品！

　　姚鼐语：文之雄伟而劲直者，必贵于温深而徐婉。你的老年之作，达于此境。

阎庆生　2019 年 10 月 25 日

从宇文士及谈起

宇文士及是隋朝左卫大将军宇文述之子；风流，帅气，依仗父亲的功勋，被封为新城县公。文帝杨坚曾把他带进卧室，交谈之后，认为这是个出众的优秀人才。随后，按照诏令，迎娶杨广之女南阳公主为妻，拜驸马都尉。

大业十四年（618），李渊在长安称帝，为唐高祖。当时，宇文士及的妹妹为高祖的昭仪。高祖便派人到黎阳（河南浚县）去见宇文士及。士及暗中派家童前往长安，并捎去一个金环。高祖大喜："我曾与士及同朝为官。如今他献上金环，是表示要来投奔我的。"宇文士及投奔高祖后，进授仪同三司。

武德三年（620），士及随李世民平定宋金刚，迁秦王府骠骑将军。翌年，随秦王平定王世充，擒杀窦建德，进爵郢国公。武德八年，深受李渊父子器重，授检校侍中，成为宰相，兼任天策府司马。接着，李渊又把唐朝宗室的女儿作为王室公主嫁给了宇文士及。这样，宇文士及又成为新王朝的驸马——这可是历史上了不得的双朝驸马。

李世民继位，为唐太宗。由于宇文述镇守西北有功，李世民有意让士及继续管理西北。贞观元年（627），突厥数次入侵，宇文士及盛陈兵卫，威惠并施。因为朝廷上下对宇文士及多有称誉，太宗便召其回朝，任命为右卫大将军。经常召入内宫，有时交谈到半夜方才回家。即使逢休息日，太宗也会派人驰马来召。

隋唐是紧密相衔且沾些亲故关系的两个王朝，文帝杨坚，炀帝杨广，高祖李渊，太宗李世民，都是杀伐历练、久历风云的雄主；而宫廷里的斗争是极其复杂的，就连隋唐父子之间，紧要时刻的博弈都是刺刀见红的。宇文士及作为随身近臣，要在几十年间相继获得四个帝王家的连续宠爱，他该与这些帝王家如何相处呢？

《新唐书》卷100载，宇文士及"又尝割肉，以饼拭手，帝屡目，佯若不省，徐啖之"。这里的君臣二人可能是交谈到深夜，感到饿了，太宗让士及切开一块肉，欲吃长安有名的肉夹馍。士及切肉时，油腻染手，顺手就用饼子擦拭手掌、手指，李世民就一个劲地看着他，看他将怎么处理手中这染了油的饼子。宇文士及却假装着不知道皇上在盯着他，擦净手后，便将擦过手的饼子放进自己嘴里咀嚼……从这个琐碎细节可以窥知，宇文士及是多么谨慎小心、精明细致啊！皇上想吃肉夹馍，这擦手而染了油的饼子，随便乱搁是很失礼的；放在一边，待后收拾，也不是个良法；递给圣上吃吧，那就更不成体统了……宇文士及也只有对李世民的密切注视"佯若不省"，将沾油的饼子随意搁进自己嘴里吃掉，一直在瞅着他的唐太宗这才遂心如意。《新唐书》里这十多个字，挑明的难道仅仅是尊卑礼仪吗？其间内涵，恐怕是很值得玩味的了。宇文士及担任右卫大将军七年后，再次担任殿中监，加金紫光禄大夫，难道会是偶然的吗？当他病重时，太宗亲自前去探视，流涕不止。贞观十六年十月丙申（642年11月11日），士及病逝，追赠左卫大将军，陪葬昭陵。

排有24位开国功臣的凌烟阁，是文武重臣跟随李世民创建大业的最高徽记。宇文士及鞍前马后，建功立业，非同一般，与圣上相处，又那样一丝不苟，可为什么就没有步入这标志功勋的凌烟阁呢？《唐语林》里，有这样一则记载：

太宗尝止一树下，颇嘉之，宇文士及从而颂美之，不容于口。帝正色曰："魏征常劝我远佞人，我不悟佞人为谁，意疑汝而未明也，今乃果然。"士及叩头谢曰："南衙群官面折廷争，陛下常不能举首。今臣幸在左右，若不少顺从，陛下虽贵为天子，亦何聊乎？"意复解。

一代天骄唐太宗，深明自己的历史位置，故能接受南衙群官的面折廷争。然而，李世民终究是人而不是神，人性深处必然有着常人的本能与素质。面对动辄逆鳞的魏征，就有过发自内心的烦恼，扬言要杀掉他。宇文士及的战功是煊赫的，至于人宫守成，他深明自己缺少魏征那样的胆识气量，故多择照顾帝王人性本能之所需的"顺情"之策——换言之，对于从骏马之背上夺得天下的李世民，作为英主，其个人"马屁"是可以轻易拍得的吗？这个并不高深的道理，宇文士及何尝不晓！殊异之处是他的深思熟虑，胸有成竹，即便受到意外斥责，也能够巧为化解，抹平"灾星"。能从另一个角度瞅准李世民潜伏于人性深处的弱项，这可就不是一般能臣所能做到的了。

不论是罕见的明君，还是精明的权臣，伴君如伴虎，却是一句至理名言。这里最引人思忖的，还是李世民的云水襟怀：宇文士及确实不简单，可从全局忖度，终究有别于以功业为重的"南衙群官"，所以，也就很难进入唐太宗开创基业的嫡系行列，于是，便也对之关上了通往凌烟阁的大门。良臣与能臣，本质上是有差异的，这样处理，益发显示出唐太宗的英明果决，心中有数。

"唯有人心相对时，咫尺之间不能料"，天下最高深的一门学问，恐怕就是历经千余年的宫廷斗争了。其间遗留下来的斑斑血迹，触目惊心。"艺术所重，为真实。真实所存，在细节。"（孙犁语）可在唐太宗与宇文士及之间流传下来的相处的细节，则能够让我们看清楚君臣互相交往时的音容笑貌，感受到各自心态体温的微妙变化。

君臣关系对于我们俗常百姓，仿佛是天上的事情，说到这里，也还是苏轼的话有味：

明月几时有？把酒问青天。不知天上宫阙，今夕是何年。我欲乘风归去，又恐琼楼玉宇，高处不胜寒。起舞弄清影，何似在人间。

点评：

复杂人性，孕育出复杂人事与世事。

李世民一代天骄，深明自己的皇帝身份，深知皇帝宗旨，故能鼓励并接受南衙群官面折廷争。但复杂人性亦致其流露出常人的一面：对南衙群官面折廷争有时发自内心地烦恼，甚至扬言欲"杀人"。

宇文士及谨慎小心，大事绝不糊涂。长于军事，对李唐王朝屡有战功。于守成文治，深明自己缺少南衙群官们之学识与胆识，故多选择"顺情"——不损伤皇帝宗旨又照顾其常人人性之所需，虽难入凌烟阁却也仕途坦通。面对复杂的人性、人事，在于精准拿捏。凡事皆有"度"。对"度"无过无不及，即其难处。

陕西肉夹馍来历，网查无准确信息。夹辣子、夹菜，恐自古即为日常吃法，方便简捷，有滋有味；夹肉当然更为高级。

千余年前，臣子为唐太宗随手烹制肉夹馍，为你一重要发现。

允毅　2022 年 9 月 27 日

《从宇文士及谈起》，着眼于特定政治形势下，君臣关系中人物的心理分析，论述了宇文士及所操之术，够得上"能臣"之称。

见地公允，有分寸，于细微之处见出高深莫测的人性。孙犁言：君臣遇合难；是一种洞见。

庆生　2022 年 9 月 28 日

相位上的博弈

一

宰相是协助帝王掌管国事的最高官职。到了这个位置，自然就处于一人之下、万人之上。寇准、丁谓是北宋王朝的两个宰相。二人在相位上的博弈，微妙、深至，耐人寻味。

寇准，华州下邽（陕西渭南）人。19岁时，为巴东（四川奉节）县令。因其夫人是宋太祖开宝皇后的幼妹，便与宋太祖连襟。宋太宗赵光义（太祖之弟）对寇准刚直、机敏的性格是了然于胸的。"帝久欲相准，患其刚直难独任"，太宗想用寇准，可又担心他不听招呼、不好指挥。直到992年，也算知人善任的太宗才让寇准担任了参知政事。太宗的担心并非过虑。寇准"尝奏事殿中，语不合，帝怒起，准辄引帝衣，令帝复坐，事决乃退"。君臣意见相左，皇帝盛怒而起，欲入内宫，寇准竟然扯住龙袍，让其重新坐下，再行辨析、分解，这种逆鳞犯险的做法，极为罕见。事过之后，实践证实寇准的意见是合理的，太宗高兴了，又说道："朕得寇准，犹唐文皇之得魏征也。"奖掖寇准时，顺势又将自个儿比作李世民，显然是抬高自身了。

参知政事为最高政务长官之一，负责各级官员的考核、奖惩及罢免。寇准对皇帝尚且如此，对其他官员的操行与品德，其严格要求可想而知。"寇某上殿，百僚股栗。"一个相当于副宰相的文官，为什么会使群僚百官浑身筛糠呢？封建王朝，暮气如晦，这简洁的一笔，正好对寇准刚直的精神气质是个逼真的写照。

当时的宰相是"小事糊涂，大事不糊涂"的吕端。997 年，在太宗为某事又一次与寇准相争不已时，太宗非常恼火，辱骂寇准"麻雀和老鼠尚且懂得人意，你怎么不懂呢？"吕端便乘机向太宗进言，说寇准"性刚自任"，太过分了。听得此言，太宗终于将寇准逐出中央，贬到邓州当知州去了。寇准一走，朝中百官额手相庆……

二

1004 年，辽国大举南侵，战火迫在眉睫，大宋江山急需支撑危局的刚正之臣，宋真宗急召寇准进京，任命为宰相。

当辽国的耶律隆绪与其能征惯战的母亲萧太后兵抵澶州，铁骑如水、合围三面时，大宋上下一片惊慌。参知政事王钦若劝真宗逃往金陵，枢密院事陈尧叟劝真宗逃往成都，寇准驳斥了王、陈的迁都主张，主张御驾亲征，他力排众议，硬是让惶恐不安的真宗驾临澶州，"帝遂渡河，御北门城楼"，真宗此举，极大地振奋了士气，展示了国威。契丹见宋国强硬，便提出罢兵议和，而这，正是真宗所巴不得的局面。《历代名臣传》记载："准欲邀使称臣，且献幽州地。而帝厌兵。有谮准幸兵以自取重者，准不得已，许之。帝遣曹利用如军中议岁币，曰：'百万以下皆可许也。'准召利用语曰：'虽有敕旨，汝所许过三十万，吾斩汝矣。'（寇准算是真宗的长辈，敢于这样说话）利用果以三十万成约而还。河北罢兵，准之力也。"

此后，契丹与中国 114 年间无争战。多年后，范仲淹还这样称赞："寇莱公澶渊之役，而能左右天子，不动如山，天下谓之大忠。"

三

"宰相的职责主要是进贤退不肖"，这是寇准的话。可在人才的辨识举荐方面，寇准也难免失误。

帝在澶渊时，问准曰："魏州危急，何人可守？"寇准推荐的是"福将"王钦若，就是那个在战前劝真宗逃往南京的王钦若。

是时契丹未退，钦若惊惧不敢辞，乃驰入魏。及事毕，谮准曰："陛下知博乎？钱输将尽，取其余尽出之，谓之孤注。陛下，寇准之孤注也。"帝顾准遂衰。明年，罢知陕州。

寇准忠诚果敢，王钦若却认为他在那种形势下是个输急了的赌徒，是在拿真宗的生命去孤注一掷。就这样，寇准被一时糊涂的真宗撵出了朝廷。寇准所荐的这个王钦若，是个从背后向他捅刀子的高手。

寇准推荐的另一人是丁谓。丁谓是苏州府长洲县（苏州市）人，读书过目不忘，处事机敏而多智。真宗打算去泰山封禅，因经费问题，与大臣们讨论了多次未有定论，丁谓却认为"封禅的经费，财政上是绰绰有余的"，于是，真宗决定去封禅。

真宗打算在京城营建玉清昭应宫，左右近臣上疏劝谏，丁谓却说道："陛下有天下之富，建一宫奉上帝，用来祈皇嗣。群臣如有阻挠，我愿意与他辩论。"大中祥符二年（1009）四月，丁谓负责修建。工程规制宏丽，分为2610区，共计有3600余楹。建筑需要大量的砖瓦，汴京城是黄河淤泥积淀而成的，丁谓就指令在所划定的区域位置取土烧制，街道很快被开挖成宽大深直的壕沟；建筑需用大木、檩材、石料，丁谓下令将壕沟与城外的黄河沟通，引水于壕，用木排及船只运送装卸，让木石径直抵达施工现场；皇宫建成之后，丁谓又下令将沟中的水排掉，把附近工地上的破砖、烂瓦及垃圾统统填入沟内，夯筑结实，恢复昔日的平坦大道。整个建筑过程"一举三得"，仅用7个春秋，就蠹起了一批豪华辉煌的宫殿。宋真宗对丁谓非常赏识。

丁谓曾有一句名言："居帝王左右，奏复公事，慎不可触机。系于宸断，所贵行事归功恩于主上耳。"转言之，在皇帝身边，要特别谨慎，凡是功劳、恩典，一定要设法记在皇上的账本上。有一天，真宗与大臣一块钓鱼，众臣多有所获，真宗半天也钓不着，丁谓见真宗不悦，忙作诗奉承，说是"莺惊凤辇穿花去，鱼畏龙颜不上钩"云云，真宗听罢，喜不自胜。聪明能干，又善于奉承，天禧三年，丁谓以吏部尚书参知政事。

有一天，中书省聚餐，羹汤洒在了寇准雪白的长须上，新晋的丁谓看到了，殷勤上前，忙不迭地为寇准擦拭。寇准却笑着发话："你年过半百，官也够大了，算是国家重臣，一言一行，还是顾惜一下自个儿的身份为好。"大庭广众之中，弄得丁谓实在难堪。寇准此言，可不是随意说出来的，因为他从丁谓的一系列作为里，看出丁谓是个只图上攀而不顾生民疾苦的"佞人"。

四

《宋史》记载："准为相，守正嫉恶，小人日思所以倾之。"朝廷危难之际，急需寇准这样的清正刚直之臣，一旦安享太平，皇帝身边需要的却是善谀的"佞人"。天禧四年（1020），丁谓终于将寇公挤下相位，自己当上了宰相。乾兴元年，真宗长病不起，临死之际，虽也意识到这个国家只有寇准才可以托付，但是，大权旁落，奏章已由刘皇后在内宫批定。丁谓擅权，"矫诏罢准政事"，相继贬寇准于相州、雷州。1023 年闰九月七日，寇准病故。

寇准病故，其夫人入宫启奏，请求朝廷拨款运其灵柩，结果，拨的款项仅够运到洛阳。其妻只好就地安葬，回不了陕西故里。

寇准清廉吗？也有人持有异议。在政坛上活动 50 余年，寇准是个罕见的"三起三落"式的人物。退下相位时，他便饮酒作乐，消遣度日。有一天，他依照惯例在宴会上赏给一位歌姬一束绫，散席之后，侍妾茜桃写诗呈上，内云："一曲清歌一束绫，美人犹自意嫌轻。不知织女萤窗下，几度抛梭织得成。"茜桃能将劳动者的艰辛与官家的挥霍公然比较，着实难得。寇公阅后，和诗如下："将相功名终若何，不堪急景似奔梭。人间万事何须问，且向樽前听艳歌。"在蹉跌、失意之后，寇准分明是看透了世事，他取的是得乐且乐。然而，细读他的和诗，也是别具艺术性的牢骚与发泄。《历代名臣传》记载：准"生平不蓄财产，外奢内俭，无声色之娱。寝处一青帏，20余年，破坏，命补葺。"

正与邪在相位上的博弈，是大忠与巨奸的较量，文化人的灵魂底线，在这里呈现为短兵相接式的交锋与拼搏。这一切，乍看是围绕着皇权进行的，实质上，密切关联着普通民众的痛痒与祸福。

丁谓仕太宗、真宗、仁宗三朝，从小吏攀上了相位，尤得宋真宗的宠幸和倚重。"正邪自古同冰炭。"丁谓因为作恶太多，被罢相后，贬为崖州（三亚市）司户参军，他的四个儿子、三个弟弟全部被降黜。抄没家产时，从他家中搜得各地的贿赂物品，不可胜记。原本多才能干的丁谓，渐渐变得邪佞狡诈，最后被人们斥为"奸邪之臣"，与王钦若、林特、陈彭年、刘承珪合称为"五鬼"。

官方厌弃寇准，老百姓却爱戴至深。汴京百姓怀念寇准，歌里唱道："欲得天下好，莫如召寇老。"寇公"卒于雷（雷州半岛），还葬洛阳，过公安，民皆迎祭，斩竹插地以挂纸钱，寻复生笋成林。邦人神之，因号曰相公竹，立庙其旁"（《历代名臣传》）。挂纸钱祭奠的竹竿能生笋成林，简直是奇迹；百姓为寇准立庙于竹林之旁，高风亮节，永年长春，显示的是天地之正气。

景祐元年，仁宗为寇准昭雪，其灵柩才归葬于渭南故乡。雷州人民"悼其屈，而哀其忠"，将寇准的住所改为寇公祠。

点评：

寇准戏剧颇多，流传甚广，人们仅于戏剧粗识其人。散文功能之于历史题材，传播知识准确缜密，激浊扬清鞭辟入里，以史为鉴切中时弊。《相位上的博弈》三者皆备。

允毅　2021年12月30日

历史散文《相位上的博弈》，是一篇佳作。主题的深刻性和现实针对性在于，判断博弈胜败的根本标准是人心向背，是老百姓心中的那一杆秤，其他都是过眼烟云。本文也写出了历史人物的复杂性，既充分写出了寇准的正面品质，也不回避其用人失察，重蹈劣币驱逐良币的覆辙。写出了一个真实、丰满，更令人信服的寇莱公。注重细节的故事化叙述和论从史出的夹叙夹议，是你一以贯之的特色。

宗义　2021年12月31日

忠与奸的拼搏

《红楼梦》第 36 回，宝玉与袭人闲扯，谈至浓快时，见袭人不说了，他便笑着说："人谁不死，只要死得好。那些个须眉浊物，只知道文死谏，武死战，这二死是大丈夫死名死节，竟何如不死的好！"宝玉认为死谏、死战虽是换来了"身前生后名"，却使被谏的君王颜面尽失，家中的妻儿难以生存，这是非常愚蠢的行径。这段横插进来的闲话，有点突兀，乍然一听是"混账话"，可细想下去，却是见仁见智，别有寓意，或许还不次于许多庙堂宏论。

宝玉此话，距秦桧害死岳飞 600 多年了，口头上没有提说，内容是包含着这桩历史要案的。今天看来，我们感觉岳飞是精忠报国的典型，秦桧是卖国奸臣的样板，可在南宋时，情况则相当复杂。秦桧前后执政 19 年，深得高宗宠信。1141 年杀害了岳飞，1155 年秦桧病逝，追赠为申王，谥（死后追加的称号）忠献；开禧二年（1206），主战的宁宗赵扩，追夺秦桧王爵，改谥"谬丑"（伤良蔽贤曰谬，怙威肆行曰丑），下诏追究秦桧的误国之罪；宝祐二年（1254），理宗赵昀才定谥"谬狠"。百余年里几经反复，才算是厘清了谁忠谁奸的界限。

鸦片，在道光年间已致成严重灾害。清政府内部，分为主禁、弛禁两派，主禁派以王鼎、林则徐为首，弛禁派以穆彰阿、琦善为首。后者势力强大，道光帝在其间举棋不定。王鼎曾向道光帝"廷诤"，且用陕西话厉声诟骂穆彰阿为当朝的严嵩、秦桧。道光看不过眼，便以"卿醉矣"为词，命太监扶出大殿。嗣后，道光不再召见王鼎。可怜一个白发苍苍的军机大臣，天天跪在宫门之外，连"谏诤"的机会也被剥夺。1842 年 6 月 8 日夜里，月凉似水，王鼎五内俱焚，含泪向道光帝写下遗书："和约不可轻许，恶端不可轻开，穆不可任，林不可弃也。"写罢，置夹衣中，自缢于圆明园寓邸。

从武将岳飞被害到文臣王鼎自缢，间隔 700 个春秋。

国逢大劫，御侮之事纠缠最烈。为抵御日本侵略者，张学良、杨虎城发动了西安事变（王鼎、杨虎城俱为陕西蒲城人）。鸦片战争在先，王鼎尸谏，针对着暮气萎靡的晚清王朝；西安事变之后，杨虎城遇害，是难以治愈的内耗痼疾造成的。王鼎"尸谏"是万般无奈而含恨自裁；而西安"兵谏"，杨虎城付出了一家四口惨遭杀害的代价。王鼎、杨虎城所要撞击的，同是那一座冰山一样冷峻的封建阴魂。武死战，史上常有；文死谏，实在是寥寥。这两个蒲城籍的民族脊梁，显示着中华民族前行的步伐是多么沉重，又何等坚韧。

报效国家，武将应当在战场上拼死御敌，文臣应当冒着杀头的危险向皇帝直言进谏。历史上最成功的谏诤者，当属唐时的魏征，魏征其人，将"犯颜直谏"推向了历史的最高峰。其屡次进谏都十分有利于唐帝国的长足发展，长孙皇后盛赞他为"引礼义抑人主之情"的忠直之士。后继的狄仁杰、韩愈、海瑞、赵普等都受到魏征的巨大影响。

检点现实中盘根错节、严丝密缝的谏诤条件，孙犁感叹，"君臣遇合难"，太难了。君主为了江山，能以山海气量克己容人，是为明君；臣子能不拘于功名，不计身家祸福，直言谏诤，便是良臣。明君的求谏、纳谏，良臣的敢谏、善谏是造化所设定的极其精微的人事格局。人们多知唐太宗善于纳谏，而忽略其主动求谏之殷；知道魏征之敢谏，而未知其善谏之工。若是没有这一对天造地设的君臣绝配，贞观盛世的历史佳话是不可能出现的。

魏征能从一个政敌变为谋臣，归功于李世民的胸襟、眼光，没有李世民的云水襟怀，用人智慧，历史就成就不了魏征。臣下的谏言再正确，皇上若是昏庸无能，弃而不纳，除了嫁祸于臣僚之外，还有什么用呢?《资治通鉴》用"君明臣直"来描述李世民与魏征的关系,一语破的,恰如其分。

谁忠谁奸,是历史上长期纠缠的大是大非问题。这在后人眼里,是明白不过的事情,而实际上,每个王朝对忠奸的辨析与界定,并不那么径情直遂。翻开史册看看吧,黑白颠倒,指鹿为马,忠奸的含义,常见倒挂的现象。原因是时势推移,对忠奸定性的枢纽,往往决定于当时执政者的素质(秦桧下世后的谥号变迁,即为显证)。

武战文谏,固然含有封建、落后的一面,却一直属于爱国主义的主流意识,而且更多的是表现了中华民族面对绝对权威、面临强敌时所表现出来的以天下为己任的社会责任感,是古代精英抒发爱国主义情怀的一种途径。

时至今日,为了民族的伟大复兴,我们对"文死谏,武死战"中"咬定青山不放松"的气节与操守,还是应当有所继承的。

战云里的叹息声

一

发生于199年夏至200年秋的官渡之战，是东汉末年的"三大战役"之一，也是中国历史上以弱胜强的著名战例。

建安四年，袁绍挑选精兵10万，战马万匹，企图南下进攻许都，官渡之战拉开了序幕。袁军过于强大，泰山压顶，气势逼人，决战之初，曹操是很犹豫的，是郭嘉、荀彧坚定了他的信心；决战的关键时刻，曹操胆怯，又想退缩许昌，是荀彧坚决地劝阻了他；接着，曹操用从袁绍处投奔过来的荀攸之计，分兵佯动，突袭白马，拦击袁军车队，焚烧其乌巢粮仓，这才彻底击溃了袁军的主力。

官渡之战是曹操政治生涯中的一个转折点，从此，有了稳固的根据地，这才奠定了统一北方的雄厚基础。208年，曹操用荀彧之计袭占荆州之后，骄傲起来，野心更大了，便想顺长江东下，攻灭孙吴。谋士贾诩从大局出发，竭力劝阻，曹操听不进去。

曹操率军20万众顺江而下。孙权命周瑜、程普为左右都督，鲁肃为赞军校尉，周瑜率精兵3万沿长江上至夏口，联合屯驻樊口的刘备军队，一起溯江西进，与曹军相遇于赤壁。赤壁之战是继阖闾破楚之后的又一次在长江流域进行的大规模江河作战。孙权、刘备在强敌进逼的险要关头，扬水战之优长，加上巧用火攻，又一次创造了军事史上以少胜多、以弱胜强的著名战例。

曹军舟船被烧，火趁风势，蔓延上岸，伤亡惨重，大败而逃。败退途中，曹操沉重地叹息了一声："郭奉孝在，不使孤至此！"话是这样说，郭嘉如果真的仍在，能劝得住已经傲气十足、鼻孔朝天的曹操吗？这是要打个问号的。

二

在 4 世纪大动乱的年月里，西部氐族的首领苻坚创建前秦，370 年灭前燕，376 年灭前凉、灭代，统一了中国北方，383 年，前秦王朝达到了鼎盛期。苻坚志得意满："自吾承业，垂三十载，四方略定。"上述情景反映在诸多论家眼里，苻坚便成为有作为的英主。

胜而骄矜，得陇望蜀，于是，苻坚又打算消灭地处东南的东晋，创建统一中国的"万古伟业"。当他自认为可以将东晋"以气吞之"时，朝廷内部却出现了一片反对声浪，面对诸多劝谏，恃才傲物的苻坚当即反驳，致使忠言谠论沮屈而退。

这里且看他与弟弟苻融的意见分歧：

群臣皆出，独留阳平公融，谓之曰："自古定大事者，不过一二臣而已。今众言纷纷，徒乱人意，吾当与汝决之。"

对曰："今伐晋有三难：天道不顺，一也；晋国无衅，二也；我数战兵疲，民有畏敌之心，三也。群臣言晋不可伐者，皆忠臣也，愿陛下听之。"

坚作色曰："汝亦如此，吾复何望！"……

融泣曰："晋未可灭，昭然甚明。今劳师大举，恐无万全之功。且臣之所忧，不止于此。陛下宠育鲜卑、羌、羯，布满畿甸，此属皆我之深仇。太子独与弱卒数万留守京师，臣惧有不虞之变生于腹心肘腋，不可悔也。臣之顽愚，诚不足采；王景略一时英杰，陛下常比之诸葛武侯，独不记其临没之言乎！"坚不听。

丞相王猛过世 7 年了，他在临终时便提醒苻坚：实力强大之后，不可伐晋；投降过来的慕容垂父子形同虎狼，应当早些除掉。王猛辞世，苻坚为显示自己豁达，将一些本族官员派成外地，却把投降过来的一些将领安排为朝廷要员。例如，鲜卑族的慕容垂被封为冠军将军，羌族首领姚苌（其兄被苻坚斩杀）被封为扬武将军。当苻坚决意伐晋时，这些人恰恰是他的最大支持者。慕容垂大肆恭维，苻坚"大悦"，赐帛500 匹，认为"与吾共定天下者，独卿而已！"

苻坚宠幸的张夫人劝阻伐晋，坚曰："军旅之事，非妇人所当预也。"其爱子诜进行劝阻，坚曰："天下大事，孺子安知！"明君礼贤下士，择贤任能，苻坚则刚愎自用，弄得众叛亲离。

383 年，苻坚南征，命苻融率步骑 25 万为先锋，亲率步骑 87 万的主力续进，放在今天来看，这也是一个雷霆万钧的阵势。而东晋方面，御敌的是大将谢石和先锋谢玄，兵力 5 万，凭此抵御前秦，明显是以卵击石。

针对战场上的态势，柏杨说过："一种不能预见、不可想象的冲击介入，产生的连锁反应，能使历史的巨轮停顿或转向。"淝水之战正是"转向"的一个样板：苻坚大败，身中流矢，狼狈地奔还长安。开年，他所信任的慕容垂叛变，自称燕王（史称后燕）；姚苌奔渭北牧马地而叛，建立后秦。又过去一年，姚苌抓住苻坚，缢死于彬县的新佛寺，后来又掘出苻坚的尸体，鞭之，裸其体，裹以荆棘埋葬。苻坚的失败来得紧骤而惨烈，他连一声叹息的机会也没有捞到。

死后，留下了别样生动的三个成语：投鞭断流，草木皆兵，风声鹤唳，倒是活灵活现地概括了淝水之战的全部过程。

三

　　范文澜认为："能否知人和能否用人，是判断人君贤愚的一个重要标准。"唐太宗李世民其所以成为中国历史上伟大的成功者，关键就是知人善任，集思广益，凭仗群策群力，推动历史车轮向前行进。然而，这里遗留下来的、无从回避的一个问题是，天下第一流的明君，因为形势不断的发展、变化，其明智也不可能是一以贯之的——李世民也有陷入懵懂的时候。

　　贞观十七年，经过多年的"贞观之治"，国力强盛，兵精马壮，于是，唐太宗决定攻打高丽，彻底解决这个由来已久的"顽症"。贞观十九年，他以高丽"残虐其民""侵暴邻国""违我诏令"为由，以"辽东本中国之地，隋氏四出师而不能得，今朕东征，欲为中国报子弟之仇，雪君父之耻"的理由说服众人，命刑部尚书张亮为平壤道行军大总管，率军从洛阳出发，御驾亲征。这次亲征，李世民认为是大国的正义之师讨伐叛逆之贼，是久经战阵、精力充沛的部队攻打另一个疲惫羸弱的敌手，因此，认定自己是胜券在握的。

　　中国东北方冀辽之间，其雨季在旧历六七月间，七八月至二三月为寒冻期。故以关中辽远距离之武力而欲制服高丽，必在冻期已过雨季未临之短时间获得全胜而后可。否则，雨潦泥泞、冰雪寒冻皆于军队士马之进攻、糇粮之运输造成困难。唐太宗只能采取速战速决的方针。辽多沼泽地，车马不能通行，太宗命凌烟阁上的首席人物长孙无忌率万余人割柴草填道，太宗亲自捆柴草于马鞍头，以身示范，鼓励填道。兵至营州，诏令将征辽阵亡士卒的骸骨集于柳城东南，太宗亲自作文祭奠，泣下致哀……

　　然而，战况的进展却与太宗的设想大相径庭：攻打辽东城，唐军围之数百重，杀声鼓声震天地，却是数月攻不下来……天气渐寒，草枯水冻，粮草供给也开始匮乏。眼见得取胜无望，太宗无可奈何，只好在645年10月13日下令撤退，为了好听，谓之"班师"。班师途中，又遇到暴风雪，士卒冻死很多，李世民这才非常扫兴地叹息了一声："魏征若在，不使我有是行也。"魏征643年早春病故，对于这次由李世民酝酿既久的东征，难道就再也没有别的大臣进行劝阻吗？

房玄龄佐太宗定天下，及终相位，凡32年，民间号为贤相，太宗对他是相当器重的。魏征病故后，房玄龄对东征之事怎么看呢？他已71岁，病情日益沉重，便对儿子说道："当今天下清谧，咸得其宜，唯欲再征高丽，方为国害。主人含怒意决，臣下莫敢犯颜。吾乃知而不言，可谓衔恨入地！"于是，他扶病挣扎于床，用最后一口气写下了长逾千言的谏表。这里且摘录一段于下：

> 陛下每决死囚，必令三覆五奏，进素食、停音乐者，盖以人命所重，感动圣兹也。况今兵士之徒，无一罪戾，无故驱之于战阵之间，委之于锋刃之下，使肝脑涂地，魂魄无归，令其老父孤儿，寡妻慈母，望槥车而掩泣，抱枯骨以摧心，足以变动阴阳，感伤和气，实天下之冤痛也！……臣老病三公，朝夕入地，所恨竟无尘露，微增海岳。谨罄残魂余息，预代结草之诚。倘蒙录此哀鸣，即臣死且不朽。

诸葛亮写过《出师表》，房玄龄这里写的，便是感人肺腑的《谏出师表》了，天地阅罢，也会为之动容下泪。可《贞观政要》里却这样记载："太宗见表，叹曰：'此人危笃如此，尚能忧我国家。'虽谏不从，终为善策。"既然承认这是老臣忧国忧民的善策，为什么又拒不采纳呢？当年南征北战、明断果敢的一代英主，只因为登上龙椅，背上了"至尊"的包袱，为什么就变得这样固执呢？

因为成功而地位变得高贵，傲气油然而生，无形之中，自知之明也就没有立锥之地了。问题是，这等现象又着实顽固——人性是很奇特的一个东西，于是，现实中又有了"人贵有自知之明"的说法。

四

李世民班师路上的叹息，与 400 多年前曹操赤壁败退时的叹息一脉相承，口吻也相近。二人同声一叹，会是发自内心的由衷之叹吗？且不说曹操，这里只说李世民。

贞观十三年，魏征的《十渐不克终疏》里就有这样的话："率土乂安，四夷款服，仍远劳士马，问罪遐裔，此志将满也。"这等隐远见卓识于背后的奏疏，对李世民震撼极大，"深觉词强理直"，不可轻忽，索性就写在屏风上，朝夕瞻仰。事过六年，因败北而回师的途中，李世民却发出"魏征若在，不使我有是行也"的叹息，作为英主，这样的记性，大概是说不过去的吧。笔者觉得，太宗之叹，只能算是政治家在失意途中表示悔意的一种委婉的方式罢了，其感情深处的纠葛，与曹操的推卸责任是一样的心思。

将曹操、苻坚、李世民 400 多年间的几场重大战役串联在一起进行考察，笔者感觉：人间精英，取得显著的成就后，一旦被社会尊为人杰，便当即异化，也就蜕变成不同于既往的人物了。这样的变异，史上多有，算不得什么秘密，但不知何故，在认识领域里却是讳莫如深。

胜则骄，骄必败，能真正勘破这个奥秘所在的，该是谁呢？唐太宗之后 400 多年，司马光在《资治通鉴》里写到了隋唐时期的一位政治家、战略家：裴矩。

裴矩（548—627），勤奋好学，文武兼具。北周时投靠随国公杨坚，隋朝建立后参加灭陈之战，平定岭南叛乱，安抚突厥启民可汗，历任民部侍郎、内史侍郎、尚书左丞、吏部侍郎。隋炀帝时期，仍受重用。江都宫变后，委身于宇文化及、窦建德。武德四年，归降高祖李渊。玄武门政变后，奉命劝谕东宫兵马，深受李世民推崇。贞观元年病逝，享年 80 岁，获赠吏部尚书。

裴矩聪慧，极善于见微知著，玄武门政变，他从魏征死而复生的际遇里，马上憬悟到李世民的治国方针与前朝的杨广是背道而驰的，于是，他就坚决地一改故辙，以诤臣良相的全新面目，出现在李世民的面前。他不但以自己出众的智慧、谋略，尽显经营国家的才华，而且先在隋而后在唐，因其所侍主子性情的不同而自己也变异得判若两人：既迎合昏庸之君加速了隋朝的覆灭，在唐王朝又转身180度而成为与魏征齐名的良臣。

司马光对他的评价，着实是耐人寻味："裴矩，佞于隋而诤于唐，非其性之有变也。君恶闻其过，则忠化为佞；君乐闻直言，则佞化为忠。是知君者表也，臣者景也，表动则景随矣。"表者，计时之标杆；景者，影子也。隋唐帝王家是造化所设置的标杆，裴矩、魏征作为臣僚，便属于标杆下的影子。"表动则景随"——在这里的含义是君明臣直，君明在先而臣直随后，起决定性作用的是君主。这个简明扼要的结论，深重、透彻，对君臣关系是一个历史性的总结。

漫长的历史血脉是谁也割不断的。单以几场重大战役的起伏变衍来跟踪推理，从官渡之战到司马光这一结论的形成，竟有800多年的历史了。

点评：

　　现在流行快餐文化，钻研历史、潜心学问的太少了。以史为鉴，忧国忧民的就更少了。您的观历感悟，我真是佩服得紧。此文非常好。史实丰富，论证严谨，立意高远。

莫庸　2023年3月30日

　　君明臣直是放之四海而皆准的真理，是古今中外治国之要。在这里，君明是前提，是关键，君不明臣再直也是枉然。这几个小故事反复告诫人们的正是君明臣直的道理。

宗义　2023 年 3 月 31 日

夜色深邃

乡村早先没有电，每到天黑，为省油，母亲就催着早早睡觉。娃儿家眼皮重，一觉睡到大天亮，都七八岁了，我还以为黑夜就是睡觉，睡觉也就是黑夜。后来从戎，穿上军装，生活环境变了，晚点名、紧急集合、夜间射击、换哨、强行军，与夜频繁地打交道，对夜才渐渐熟悉起来。

认真回想，夜色与水域切近，水域分浅深，夜色有浓淡，深浅浓淡会构成层次不同的意境——黄昏薄暮，村童挥动鞭儿，四野上牛羊归舍；月上柳梢头，荷池静谧，鱼儿唼喋；时交子夜，月晕风紧，大树枝丫间咔咔有声；黎明前的黑暗，清凉于水，比云还浓重……

浩茫、静默的夜，怀有爱憎吗？

善恶美丑之间进行长期复杂的较量，双方都要竭力利用幽玄冥邃的黑暗。渺渺夜色像是茫茫无垠的汪洋，那么，所有起伏运动着的湍流、波谷、漩涡，便统统披着暗青色的夜衣，于无声之中澎湃、激荡……暗夜当前，面临崩溃的腐朽势力会撕下伪饰，露出恶毒的嘴脸，要利用黎明前最沉重的黑暗，扑灭、扼杀一切追求光明、向往曙光的新生力量。在夜色掩蔽下狰狞行凶，自以为借着黑暗之水就可以抹去掌上的血迹与血腥，事实却恰恰相反。

秋瑾黎明时分蒙难于绍兴轩亭口，亭口的柱上很快就贴出"悲哉秋之为气，惨矣瑾其可怀"的挽联，两排大字仿佛是熊熊燃烧的 12 把火炬，炎炎腾腾，气势磅礴。秋瑾殒身于夜暗，那鲜血像是爆出的即将焚尽暗夜的一粒粒烈性火种——钱塘江潮怒吼着向远方奔腾，倾注着波澜起伏的爱国情愫。

向警予被残杀后，反动派朝天鸣枪，严禁收尸。可就在那个没有星月、烈风怒号的晚上，有人躲过匪哨，摸上刑场，将烈士遗体用划子送至汉阳龟山之上，安葬于古琴台对面的六角亭旁，亭角悬挂的铁马在风中嘚嘚作响——暗夜如磐，阴冷如铁，黑云深处，却迸发出撕扯阴霾的强烈闪电。

统治者冷峻的刀锋砍不倒烈焰，凉凉的夜色更不会随那刀锋去封冻人们的灵魂，相反，却让那寒刀砍斫石头似的迸溅出灼亮的火星，这火星裹挟着爱憎的执着，信念的坚卓，将这一切裹纳在柔默的天衣里，赠予"铁肩担道义"的正直、勇敢的人们。

如磐暗夜，了无声息、貌似不露形色，却总是要从熹微中亮出踏向光明的第一道台阶。白日里所参不透的伪真，此时此际则会显出极其幽微的真实的刻度，这是日间混沌事的确切注解，精妙的诠释。

军旅之事，慎重于秘。秘与暗相因，暗与夜连襟。潜师袭远，衔枚疾进，千里杀将，乘着夜色而决定胜负的诸多战例，不绝于史册。

霸王退败垓下，被团团围困。"夜闻汉军四面皆楚歌，项羽乃大惊曰：'汉皆已得楚乎？是何楚人之多也！'"是浩茫无际的夜色深化、强化了箫管楚音的凄凉韵致、悲怆旋律，浇灭了西楚霸王"力拔山兮气盖世"的熏天气焰。

李广戍边，率百骑追逐敌方几个猎手，与匈奴数千骑突然遭遇，敌骑不明就里，疑为诱兵，不敢妄动。李广盘马弯弓以射杀敌将，又令士卒纵骑长卧以迷惑敌人。夜幕垂落时，敌骑惧怯益甚，竟惶惶然撤离。"虚者虚之，疑中生疑"，倘没有广漠温柔的夜幕悄然降临，飞将军将何以收场？

官渡之战中，曹操遣一支劲旅去乌巢劫粮，不也是趁着夜暗下视度不良，才夺得以弱取胜的主动权吗？三国时代的火烧新野，火烧赤壁，火烧彝陵，是火的气质逢着暗夜，才如虎添翼，吞灭千军万马。

无量无垠的夜色，对于世间的贤愚贵贱，不分性善还是性恶，是注定要占取整个生命的三分之一的。白昼与暗夜，像苍鹰有两扇巨翅，正是历史赖以奋勇前行的双翼。

1927 年诞生的人民军队，总是审慎地、主动地利用暗夜，出其不意、攻其不备，仿佛对暗夜理解得更为深刻。在革命军队里，暗夜更易于化为优秀儿女手底神奇的武器。

1936 年一个夜间，山城堡战役打响了。天黑得伸手不见掌，枪不能打，手榴弹不能投。红军战士猛虎似的扑进敌群，上去就摸帽子，摸着是"国军"那种帽子，挥起手榴弹就砸。激战一宵，将敌两个团全歼。智者强，勇者胜，暗夜为果敢和顽强舞动着胜利的旗帜。

志愿军入朝参战之后，美军在一份文件中写道："1950 年 11 月 26 日夜间，天气寒冷而晴朗，月亮既圆又亮……寒光照满战场，近距离之能见度甚为清晰。像这样的月亮，联军早就起了一个外号叫作'中国人的月亮'，因为'中共'军队习惯上喜欢利用这样的月亮发动其凶猛的夜间攻击。"装备精良又如何，暗夜不尿这一套。

"春宵苦短日高起，从此君王不早朝"；"永夜角声悲自语，中天月色好谁看"；"月黑杀人夜，风高放火天"……夜海无涯无际，人生千差万别，不管怎样，像人民军队这样以宏大气魄与苍茫夜色相默契而推动历史巨轮前行的，斯世还能找出第二例吗？

荒淫无耻者，靡昼靡夜。在剧烈而严酷的民族与阶级的战争中，暗夜却仿佛是一匹扬鬃奋蹄的黑色骏马，要驮着在艰难险阻面前不惮于前进的革命者，夺取胜利，去迎接曙光。

人们所推重的军人气质，其间许多因子正是从深邃的夜色中提炼而凝成的。其实，在我们古老的土地上，苦苦攀登的有识之士，埋头苦干的民族脊梁，正是具备了"夜以继日""焚膏继晷"的奋斗精神，才推动着历史的巨轮走向今天，走向辉煌。

《解放军报》 2021 年 11 月 5 日

点评：

《夜色深邃》看似信手拈来，实为大半人生积淀感悟。

"乡村"开篇，"精神"收结，如黄河之出山入海，完数千里于一泻间。读后遐思不绝。老辣，深邃，厚重，激越。好文！

国人知道"夜生活"一词很晚，漫长农耕文明时期，"日出而作，日落而息"者岂止是幼童。

千百年来利用深邃夜色成事皆为"有心人"：夜色中有恋人、苦读者、战士、创业者；亦有盗贼、镇压者及一切污行者。夜幕掩护下有诗意与苦斗，亦有恶行与血腥。

然而，一切假、丑、恶者多行不义必自毙；所有真、善、美者必将"从熹微中亮出踏向光明的第一道台阶"！

真正的夜生活，绝不仅是浅薄的娱乐至死高消费！

潜心阅读该文，不唯见夜色深邃，更见思维深邃！天下多少大事，都是在暗夜里完成的。人生于世，应当有一双看夜的眼睛，是为"天眼"。

允毅　2021 年 11 月 5 日

看了上文，较深地理解了你写该文的深邃思考。作家首先是"创作家"，他要观察生活现象，然后要提炼出人生哲理，又要用大众易接纳的语言，喜闻乐见的故事，灌输于他们的灵魂，使人们惊醒，使人们奋进！如果把人的生活分两个世界——精神及物质世界，作家无疑在精神链的最高端，他们思维深邃，才有高台教化的资格，才能促进社会进步。

张健　2021 年 11 月 6 日

所有的自然风物折射的都是人文思索。

写的是黑夜，洞穿的是白昼和社会，是人的精神世界。作家观察的夜的深邃和思考的深邃成正比。《夜色深邃》本质是思考深邃，我赞成这个观点。《夜色深邃》正是深思熟虑之作。

王宗义　2021 年 11 月 6 日

风刀霜剑逼严蕊

　　对于有才气的妓女而言，性与爱根本上是无法统一的，她们从职业上提供声色服务时，纯粹是一种财色交易，虽说是"夜夜入洞房，宵宵留新客"，却与"爱"字很难沾边。

　　这种情况无形中又决定了青楼中之佼佼者，虽广交异性，为之献艺献身，而自己心底炽热的爱情火星并未因低贱的职分而彻底泯灭。相反，一旦遇上个自己认为值得真心相爱、以身相许的男子，"金风玉露一相逢，便胜却人间无数"，这位妓女会超乎寻常地显示出勇敢与坚贞的一面，于她所钟情的这位男性，其痴情与专一，比封建礼教严格制约下的贞女节妇有过之而无不及。唐代徐州名妓关盼盼，明代河南名妓刘盼春，金陵妓女杨玉香，清初扬州名妓沈素琼，俱是令人注目的例证。

　　南宋的严蕊，字幼芳，16 岁时被其姑父卖入娼门，《齐东野语》称其"色艺冠一时"。稍长，结识了天台驻军里的一位武官，原指望靠这位武官跳出火坑，想不到却被他送进了另一座火坑，成为"以侍军士之无妻者"（《万物原始》）的营妓。（中国娼妓制度始于公元前 7 世纪中期战国时的管仲，汉武帝时又出现营妓，到了宋代，私娼、官妓与营妓兼而有之。）

　　台州知府唐仲友有一天赏月宴客，派人用一顶轿子将"善琴弈、歌舞、丝竹、书画"的严蕊抬进了府第，让她为客人们弹琴助兴。酒酣耳热时，座客中一位文人谢元卿想试试这个秀媚女子的文采，让她以"谢"字为韵，填一首《七夕词》。严蕊稍事沉吟，即刻填了首《鹊桥仙》：

碧梧初出，桂花才吐，池上水花微谢。穿针人在合欢楼，正月露、玉盘高泻。

蛛忙鹊懒，耕庸织倦，空做古今佳话。人间刚道隔年期，指天上、方才隔夜。

将天上人间情景化而为一，用56个字将时空感受糅合得高雅清新，合府宾客无不点头称妙……

日月易过，时值阳春，唐仲友见厅前桃花盛开，有一株红白相间，别样逗人喜爱，便又打发人将严蕊抬进了府里，厅前设酒款待时，命其以"红白桃花"为题填词，严蕊立时又吟成《如梦令》一首："道是梨花不是，道是杏花不是。白白与红红，别是东风情味。曾记，人在武陵微醉。"严蕊才思之敏捷，词作情味之真醇，令唐仲友不禁又一次击节叹赏……北国丽人，南地佳姝，唐仲友见得多了，却从未见过严蕊这样才情殊异的女子。

女子有才，在爱字上又暗暗地有所追求，从客观上看，她则无异于是在一步一步地攀登爱情之石所垒起的悬崖。

淳熙九年（1182），朱熹以使节行部至台州。

他从前与唐仲友有隙，到了台州便弹劾唐，且认定他与严蕊有私情。按宋时规定，"帅、郡守等官虽得以官妓歌舞佐酒，然不得私侍枕席"。如若查实，官吏予以严处。朱熹是一心想收拾唐仲友的，为坐实其罪名，便将严蕊这个"妓中翘秀"抓到狱中，审了打，打了再审，对这个身材纤弱、皮肤白嫩的女子遍施酷刑，要她攀扯唐仲友下水，据此以定其私通妓女，淫词唱和，诽谤朝廷的叛逆之罪。

死去活来，严蕊被折腾了一个多月，狱吏见她血迹斑斑，苦不堪言，有些怜悯地规劝她："你还是招认了吧。身为妓女，你认了也判不上什么罪的，何苦让人家将你往死地送呢。"严蕊答道："身为贱妓，纵合与太守有滥，科也不至死，然而，是非真伪，岂可妄言！虽死，不能诬也。"她宁肯被活活地打死，也不愿说假话去陷害他人。

唐仲友其人真的喜爱严蕊吗？外人不好妄断；而严蕊的自尊自爱、坚持做人的根本与底线，却是不争的事实。

在这个世界上，美，是需要镜子的，可也更离不开善良、正直而又明智的鉴赏者、观察者。不久，朱熹改官，岳霖继任，怜悯严蕊病瘁，便趁贺节之际将她从牢中提了出来，命其作词自陈，严蕊"略一构思"，即吟成一首《卜算子》：

不是爱风尘，似被前缘误。花开花落自有时，总赖东君主。

去也终须去，住也如何住？若得山花插满头，莫问奴归处。

好一个坚强的女子，真乃天赋的才情，天生的惊人的血性与骨气。岳霖被深深感动，当即释放了严蕊。

官衙数易其人，严蕊则是无缘无故地受尽折磨。一个弱女子为什么能这样刚强呢？因为美的天性是追求光明，严蕊心底存贮着尊严与希望的火种，为了追求从爱坛上所投射过来的一线光明，她宁肯粉身碎骨。这属于典型的飞蛾扑火，烧毁了须与翅，幸未成灰而已。

大地上最卑微的小花，也能给人以深沉的难以用泪水表达的情绪。严蕊这样地位卑微而又卓异优秀的女性，好像是专门为了"爱"才出现在这个世界上的。"若得山花插满头，莫问奴归处"，她所追求的那一种真爱与大爱，在官场衙门里实在没有什么立锥之地，或许，只能到山乡、荒野、人迹罕至之处去寻觅。

天地间最优秀的女性，温柔与刚烈在其躯体上是统一的。"严"者神之卫，"蕊"乃花之精——严蕊其人，至少有以下超越凡俗的气质：令人销魂的姿色，教人惊叹的才气，魅力出众的美德，坚卓、神秘的意志和节操。面对染血的棍棒和皮鞭，她是不惜一死的一位女神。

朱熹是南宋著名的哲学家、教育家，从教 50 余年，以博览和精密分析的学风影响着后继的学者。但在对待严蕊的这件事情上，尽管老先生动用了无情的权力和棍棒，最后也未能征服一个地位低贱的妓女。在人的尊严面前，朱熹是败给了一位勇敢贞烈的女儿家。

诚挚的人格与姣好的女性往往天生是统一的，恶浊势力可以从生

河山重晚晴

理肉体上去摧毁她们，折磨她们，想要征服其灵魂，却不可能。因为美丽的躯体是高贵精神唯一而真实的神庙，在严蕊的躯体里，那种刚柔互济所形成的微妙的力量，朱熹这样的人是不可能看到的。

点评：

————————————————————————————————

　　尊严从来不是以身份来分高低的。不食嗟来之食，古有齐人不食黔敖侮辱尊严之食。同样，朱自清宁愿挨饿也不领取美国的救济粮。彰显了中国人的骨气与气节，更是维护了尊严！平民百姓能有尊严而活，也有高官厚禄者抛弃尊严，卖国求荣，民国汪精卫将叛国投敌诡称为曲线救国，最近也有厦大博士生周运中辱华，他们都没有做人的底线和尊严。

雨（选自公众号）

————————————————————————————————

　　风尘女子以红颜薄命、命运多舛居多。这些饱尝人间冷暖，历尽红尘坎坷的风尘女子，她们比世人更早知道，更早明白，更早明确并且坚持自己的信仰与追求，那些比常人多出的磨难与挫折，让她们异常懂得珍惜生命中的每一丝温暖。

沧海（选自公众号）

————————————————————————————————

　　杨老师的大作，细腻唯美的语言中饱含着大爱，让人动容。里面对女性的理解、欣赏、接纳、同情等，都是对女性的最大尊重！

青山依旧（选自公众号）

————————————————————————————————

"是非真伪，岂可妄言！虽死，不能诬也。"掷地有声，如此刚烈善良美好的女子，只能在书里找寻了。

黛墨

精卫鸟乃女儿魂

陇西人李公佐，大历年间在庐州，贞元末自吴入洛阳，元和中历任江淮从事、江西从事。元和八年（813）春，李公佐从洪州判官的位置上解任，扁舟东泛，停泊于建业（今南京），便去瓦官寺闲游。

寺僧齐公一向与公佐相厚，陪着他登阁眺远，谈古说今。二人说得热了，齐公忽然说道："檀越博闻阔览，聪敏过人，今有一谜语，想请檀越一猜。"

公佐笑道："吾师好学，怎么忽然搞起儿童游戏来了？"

齐公说："并非游戏。此间有个年轻孀妇，示我 12 字谜语，说是中间藏伏着仇人名姓，常来寺中求解。老僧不能辨析，遍示游客，无人能解，已经好几年了，今日相会，只好向你求教。"

公佐道："哪 12 个字？且写出来，我且试试。"齐公取笔把 12 个字写了出来，公佐念了又念，把头点了又点，靠在窗棂上，手指在空中画了几下，凝思片刻，忽而拍手道："我猜到了，且万无一失。"

齐公正要请教，公佐伸手止住他："我且未可说破，快招那个孀妇来，我给她分解。"齐公即让行童从妙果寺里找了孀妇过来，拜见公佐。小孀妇破衣旧衫，却收拾得齐整可体，公佐见她骨骼清奇，相貌不俗，便说道："齐公说你叫谢小娥。你先告诉我这 12 字谜的根由，如何？"小娥哽哽咽咽哭了好一会儿，才渐渐说出话来。

"我父姓谢，旧居豫章（今南昌），家有巨产，隐名商贾间，往来经商。历阳侠士段居贞，交游豪俊，也在江湖上做大贾。我父慕其声名，遂将我许配于他。谢段两姓为一家，同舟载货，辎重充盈，往来经济于吴楚之间。八年前，舟行至鄱阳湖中，遇到几只江洋大盗的船，为首的二人跳将过来，一刀一个，先结果了我父与我夫的性命，众盗蜂拥而上，将船上老小尽数杀去，我趁他们胡剁乱砍之际，撞在舵上，一失脚跌到湖里去了。我在水中浮沉漂流，眼见众盗将舟中财宝金帛席卷一空，将死尸尽抛湖中，弃船而去……昏迷中，我漂到一只破旧的小渔船边，渔人夫妇搭救了我。原来谢段之舟仗义疏财，名闻江湖，这渔人夫妇也曾受过些小惠，他们同情我的遭遇，让我调理了几日，送我上岸，由我自行谋生。我流落到建业（今南京），在妙果寺里暂且安身，日间在外乞化，晨昏稽首佛前，心里只是默祷祈求为父、为夫报仇。一天夜里，梦见父亲告诉我：'杀我者，车中猴，门东草。'丈夫说道：'杀我者，禾中走，一日夫。'我怎么也分解不出，我师父说这里的齐公极有学问，是个高师，让我将这 12 字求他辨析。历年已久，仍不识仇家姓名，我是报冤无门，衔恨无穷。"说罢，又哭了起来。

公佐苦笑道："小娥诚动金石，我这里已将仇家姓名审详在此了。"小娥忙忙揩泪，止住哭声。

"杀汝父者是申兰：车字上下各去一画，是'申'字，申属猴；草下有门，门中怀东，乃'兰'字也。杀汝夫者申春：禾中走乃穿田而过，田出两头，也是个'申'字；夫上加'一'，下临一'日'，当是'春'字无疑。"

齐公在旁听罢，抚手称快："李公鉴聪盖世，我等数年之疑，今日豁然。"小娥向齐公借了笔，把"申兰、申春"四字写在内襟一条带上，拆开里面，翻转缝妥，深深地向公佐拜谢之后，向齐公道："愿问此位尊官姓氏，以识不忘。"

齐公道："此人是江西洪州判官李公佐也。"

小娥顶礼念诵，流涕而去。望着她的背影，公佐闭目摇头，自言自语："如此报仇，谈何容易。"

齐公却道："谋事在人，成事在天。此妇坚忍之性，数年之内，老僧颇识之，她是不肯作浪语的。"

捻指间五年过去了，元和十三年（818）六月，公佐在南京家里被召，将上长安，道经泗州，顺便去拜访多曾会过的善义寺尼师大德。大德师将公佐接入客座，只见数十弟子威仪雍容地侍列于师之左右。内中一尼，仔细看了公佐片刻，问大德师："此官人莫非是洪州判官李公佐吗？"

师点头道："正是。你怎么认得？"

此尼当即泪如泉涌，走到李公佐前稽首伏拜。公佐忙离座答拜："素非相识，为何谢我？"

小尼道："我叫谢小娥。当年在瓦官寺乞食的小妇人就是我。尊官为我解出了'申兰、申春'二贼的名姓，还记得吗？"公佐沉思片刻，方才依稀记起，便问道："后来，找出这两个强盗了吗？"

小娥详细叙述了事情经过：她女扮男装，重到鄱阳湖边，下水磨工夫，从渔民口中终于探知了二位仇人；又经历了一番艰苦经营，以仆人身份取得了申兰的高度信任，抓住了他们行凶劫财的重要证据；待时机成熟时，果断地手刃了醉卧中的申兰；申春并其余党也全部在小娥的告发下落网伏法。复仇既毕，于两个月之前剪发被褐，始受戒于善义寺。大德师细细听罢，最后对着公佐说道："小娥今天在寺里又得遇恩人，岂非天意！"

雨果在《九三年》里写道："只要有了仇恨，一个女人就抵得上十个男人。"谢小娥复仇之艰难，有似于填海之精卫鸟，动用一百个男人，也未必能够奏效。李公佐听到整个复仇过程天衣无缝，大为震惊，后来写下了脍炙人口的千余字的《谢小娥传》。此传是典型的传记文学，相继被后人载入《新唐书·列女传》《太平广记》《唐人小说》《拍案惊奇》，鲁迅先生在《中国小说史略》中也做了肯定。正是因为这个故事盛传不衰，《辞海》里也有了"李公佐"的词条，李公佐是以文学家的身份进入中国文学史的。

倘是有人问我，你一个退休老人，看书消遣，何必写这样不伦不类的文字呢？我以为，《谢小娥传》属于名不虚传的纪实文字，不同于胡乱编造的小说，加之题旨重大，揭示了东方女性灵魂里极其强悍、刚劲、柔韧的一个闪光点，于是，也就不由自主，信笔由之：

> 从来天地重赤忱，
> 如晦风尘现女神。
> 公佐笔端含造化，
> 精卫鸟乃女儿魂。

2019 年 11 月 13 日

点评：

故事很完整，也很感人，真女中豪杰，令多少男子汗颜矣。

李公佐拆字犹如神示，分析丝丝入扣，胜江湖术士千倍，令人信服。

宗义　2019 年 12 月 11 日

闲话百宝箱

百宝箱是贮存心爱之物的小箱子，习见、平常，《辞海》里也就略去了百宝箱的词条。世间最有名的百宝箱，早在 400 年前，已经被杜媺（杜十娘）抱沉到长江里去了。

挹翠院是燕京名气最大的妓院，知书达理、能歌善舞的杜媺是院中挑大梁的人物。八年之间，她为"妈妈"所致金帛"不下数千金矣"。杜媺自己存有一个密封绝严的描金画箱，深藏不露，连妈妈也不晓得。入院寻欢者，该出之资妈妈收过了，杜媺箱里所藏是额外所得，属于"五陵年少"主动馈赠。箱里的收藏越是珍奇贵重，越可以证明杜媺之美的超乎寻常。

媚丽过人却又地位低下，这箱子里也就隐伏着杜媺心底的重大秘密，这秘密就是摆脱受人蹂躏的妓女生涯，步入正常合理的爱情生活。八载为妓，世途艰辛，在这样一个特殊环境里经历了诸色人等，杜媺深知知己难遇。所以，对于好不容易选中的这个李甲，进一步考察的过程中就异样地谨慎、缜密。由于箱里所藏与左右世情人心的"经济"二字密切相连，这箱子自然就成为考察李甲的一块特定的"试金石"，即使在最困难的当口动用箱中之物以应急，李甲也无从窥知内中底细。为什么呢？因为李甲代表着一个阶层与群体，他背后是父亲李布政，而李布政正是政治与经济的巨大化身。杜媺所要追求的爱情，如鲤鱼之跃龙门，终究要穿越这一道严峻的壁垒。

杜媺是一个纯洁化、理想化了的"纯情"妓女的形象，被她相中的李甲，是个没有定见的角色。与同类项的柳遇春比照，够不上好人；与盐商孙富比照，也算不得坏种。李甲在贪恋杜媺的美色时，也还是有爱情的，但爱情处于摇摆状态，时而倾向于杜媺，时而又惧慑于威严的父亲。杜媺耐心地、一步步地等待与考察，正是想将爱情最终定准于自己的这一边。

由于众姊妹及柳遇春对纯洁爱情的合力扶持，杜媺与李甲得以脱离燕京妓院而向李布政所代表的家庭进发；距家门愈近，李甲就越是要考虑到政治与经济这两重生存因素的威逼。行至瓜洲，因为"毒化剂"孙富的介入，李甲终于向家庭的强大阴影屈膝下跪，背叛杜媺：答应收纳孙富的一千两白银，将杜媺卖给孙富。

骤然闻变，石破天惊，杜媺心里翻腾的是三重悔恨：一悔自己八年择人而失误，二憎李甲之驴粪蛋子外面光，三恨以李布政为代表的狰狞现实。极为难得的是，万箭穿心的杜媺"泪如雨下"，却没有像通常女性那样对负心汉戟指痛骂，只是"冷笑一声"，之后的一系列安排——镇静、从容、果决、坚定而毫不乞怜……

杜媺投江之前，将一屉比一屉珍贵的宝物掷投于江，"李甲不觉大悔，抱持十娘恸哭"，此时恸哭的李甲，或许已不限于对价值连城的珠宝之痛惜；而杜媺之悔断肝肠，难道会仅仅是因为爱情之破灭吗？

屈原怀石而投汨罗，杜媺是抱着百宝箱而投长江。在小说里，百宝箱原本是杜媺爱情艰难进程中隐伏着的一条轴线，最后由杜媺抱着投江，分明是变成了投向阴霾的激雷闪电，嗣后又静影沉璧，化作了永远的水底皎月。

优秀的小说是无法面壁虚构的，我相信，"杜媺"在生活中实有其人。问题是，到了如今，面对金钱与爱情，会不会有人认为杜媺是个十足的傻瓜，而李甲、孙富，反倒是明白人呢？

《文汇报》 2018 年 9 月 21 日

点评：

　　十娘的理想很丰满，现实很骨感。她想和李甲共同构筑理想的乐土，过上美满的生活。但是青楼出身的她注定是会被套在道德节操的钢铸的长枷上，无关你有容，无关你有才，也无关你有财。十娘所追求的爱情正如达摩克利斯之剑始终高悬在头上，随时可能落下，而她手里的百宝箱最后也变成了潘多拉魔盒，打开它时，魔光四射。

　　十娘的悲哀是中国传统社会的一个缩影，所谓坚固美好的爱情会被政治、金钱、阶级等因素迅速击垮，亦如纳兰容若和沈宛，沈宛乃一代才女，也因妓女身份，不但不能进纳兰府，甚至连个妾的名分也给不了。因此，十娘面对的是一张无形的天网，压得她喘不过气来，最后只有"冷笑一声"，抱着百宝箱投江自尽……时至今日，芸芸众生都在悲悯她的可怜，可又有谁肯拯救她的苦难？——对于爱情，她的追求没有错，对于人性，她的预判没有对。

　　金钱买不来爱情，而爱情却能被金钱毁灭。我好想十娘当初找的是一个爱她的盖世大侠，能挥舞利剑刺破世俗的江湖，任风霜雨雪只为她折腰，只为她旋舞……

尚鹏　2018 年 9 月 22 日

《三滴血》探源

　　天水籍学者董丁诚是我大学时的老师。在我心目中，他对秦腔剧目及其演出的熟悉程度，非一般研究者所能及。他说过："在陕西，如若推选观众最熟悉的剧目，《三滴血》定然居于榜首。"风靡于西北的《三滴血》，大致情节如下：

　　山西的周仁瑞在陕西韩城县经商，生意折本，妻子又于产后死去，留下一对孪生儿子，他迫不得已卖了一个、自己抚养一个。十多年后还家山西，想不到弟弟周仁祥企图独吞祖产，硬说兄长带回的儿子是"野种"；官司打到县衙，县太爷晋信书用书本上记载的"滴血认亲"来判案（剧里的第一次滴血），断定周仁瑞之子周天佑不是亲生，逐出县境。

　　周仁瑞的次子卖于陕西韩城李三娘做义子，取名李遇春，并与三娘的女儿李晚春定亲。行将成婚时，李三娘不幸病故，恶霸阮自用欲强娶晚春为妾，控告遇春、晚春是"姐弟成亲，有伤风化"。韩城县官断不清这二人是否同胞，请求"上宪"将晋信书从山西调来判这一案官司。晋信书又一次"滴血认亲"，活活地拆散了一对夫妻，遇春逃亡，晚春也在新婚之夜趁着阮自用大醉，逃出虎穴。后来，周天佑、李遇春路途邂逅，情投意合，患难中结为金兰；再后来，彼此立下战功归来，喜烛双烧，阖家团聚。那个胡乱滴血的晋信书被削职为民。

　　上述晋信书两度滴血，为什么剧名称作《三滴血》呢？因为第一次滴血以后，周仁瑞硬是不服，认为晋信书这是胡闹，晋信书为了证明"亲骨肉的血，没有不黏合的"，又把周仁祥父子调上堂来进行"滴血"实验。前后滴血三次，剧名就成为《三滴血》了。

大堂上铜盆里的反复滴血，特别是晋信书用周仁祥父子进行实验，务必要证明真理握在他的手里，便揭示出此剧的源头是纪昀的《阅微草堂笔记》。原文不长，抄录如下：

从孙树森言：晋人有以资产托其弟而行商于外者，客中纳妇，生一子，越十余年，妇病卒，乃携子归。弟恐其索还资产也，诬其子抱养异姓，不得承父业。纠纷不决，竟鸣于官。官故愦，不牒其商所问真赝，而以古法滴血试；幸血相合，乃笞逐其弟。弟殊不信滴血事，自有一子，刺血验之，果不合。遂执以上诉，谓县令所断不足据。乡人恶其贪婪无人理，佥曰："其妇夙与某私昵，子非其子，血宜不合。"众口分明，俱有征验，卒证实奸状。拘妇所欢鞫之，亦俯首引伏。弟愧不自容，竟出妇逐子，蹿身逃去，资产反尽归其兄。闻者快之。

陕西的范紫东依据这200来字，在纪昀逝世百年之后，改编为《三滴血》。将这节文字与剧情认真进行比较，可以肯定的是，《阅微草堂笔记》里的记载仅仅是引线，而《三滴血》则是炉灶全新的创作。

黄河两岸"二司马"（司马迁、司马光），是史学界对峙的两座文化高峰。在这个地区，却出现了一个泥古不化的晋信书。周仁瑞一家，隔一条滔滔黄河，为生计奔波于秦晋两地，却又被这个隔山渡水的晋信书异地判案，硬是将夫妻拆散，父子分离，一家四口人在两个省经历数次生离死别，波澜迭生，情节曲折而不离奇，头绪纷纭又不杂乱，先后多次以六人之血滴之于铜盆之水，最后形成的归结点是揭露晋信书的"死读书，读死书"，眼睁睁制造一连串的冤假错案。

"尽信书，则不如无书"，这是孟子2400年前所说的话。晋信书三字正是"尽信书"的谐音。迷信书本，死心塌地做书本的奴隶，实在是贻害无穷。1959年，田汉认为此剧妙趣横生，寓意深至，可以"追步莎氏"。《三滴血》其所以能风靡于西北（后拍摄为戏曲影片），正是它深深地扎根于中国历史、来源于现实生活的佐证。中华民族的文化源远流长，由此剧的成功改编，可窥知一斑。

天水，是个人杰地灵的好地方；《三滴血》是个文化寓意深重的好剧目；另外，我的老师董丁诚是天水人。更巧合的是，在《三滴血》里扮演周仁瑞的老演员刘毓中，关键处非常动情，令观众唏嘘、下泪；可这个刘毓中，虽是陕西临潼人，新中国成立前却在天水唱过七年戏。天水的老辈人，对刘毓中是很熟悉的。上述情景，促使我写下了这篇短文。

点评：

董老师正直、质朴、平易，与你文缘颇深，偶有心动，即可成文。

《三滴血》确居秦腔诸剧之首，我老家对门大娘说："我啥戏都看不懂，就能看懂《三滴血》。"该剧人们很熟悉，但知其源者鲜。范老先生的老百姓生活底蕴深厚，编剧针线极密，口语与戏剧文学语言结合得天衣无缝，风趣幽默，雅俗共赏，不愧编剧大家！

"百宝箱"是因杜十娘而闻名。杜十娘怒抱百宝箱纵身一跃，确为投向阴霾的激雷闪电，却又化作了永远的水底皎月。而你文末的轻轻一问，则变成了投向当今社会阴霾的激雷闪电！

《〈三滴血〉探源》《闲话百宝箱》，为文精短，其艺术上的成功耐人寻味。

王允毅　2021 年 4 月 12 日

秦腔奔放、热烈，是为阳刚之美。但因亢奋过甚，刺激神经，外地人很难接受。人们不喜欢原始粗俗、离吵架切近的艺术。京剧《秦香莲》，显然就胜于秦剧《铡美案》。所以，秦腔局限于空旷的西北地域，横竖走不出潼关，远不如京剧、越剧、豫剧、黄梅戏为大多数国人所接受。华阴老腔也大体如此。

秦剧《三滴血》之所以高出一筹，可能好在各位演员（陈妙华、肖若兰、樊新民、刘毓中、全巧民）的唱腔刚柔相济，将感情控制得恰到好处。秦剧的阳刚之美，脱胎于秦地民风。然而，民风里粗俗的另一面，易沦为脏臭，真正的艺术家是不屑于此的。

闻宇　2022 年 6 月 20 日

你对秦腔的议论击中要害，我想引用。

阎纲　2022 年 6 月 24 日

女性与名联

对联作为特定的文学样式，与古典诗文相互渗透，在文苑里属于独具一格的奇葩。千多年来，见诸书刊的对联已逾20万副，从胜迹祠宇、市井行业、天地虫芥到节庆祝贺、哀挽伤悼，包括讥讽嘲评、谐趣妙对，所涉及的内容相当广泛。

对联起步时，书法艺术就是对联的主要表现手段，二者华辇骏骑似的配套而行。意境广远、内容深刻的对联，逐渐升格为名联。女性里佼佼者稀罕，与女性关涉的名联，更是有限。

一

个别女性，借助于名联，便留下了姓名。咸丰年间的京师名伶翠琴病故，众多挽联里有这样一副：

生在百花先，万紫千红齐俯首

春归三月暮，人间天上总销魂

夏历二月十二日为百花生日，翠琴生于二月十一日，病逝于三月晦日，这里将其生卒年月与其妍丽风姿、高超技艺融为一体，誉其演技，亦悼其早逝，切题切景，别成韵味。

袁枚的女弟子金逸，有奇才，喜作诗，不幸新婚一载即病卒，年仅25岁。闺友汪玉轸写下这样的挽联：

入梦想从君，鹤背恐嫌凡骨重

遗真添画我，飞仙可要侍儿扶

上联说我在梦中也想随从你，可又担心你所乘坐的鹤背负载不起我这个凡俗女子；下联说你的遗像应当将我也画上去，你已升为瑶池仙姬，需要我做侍儿来服侍你。此联构思灵巧，感情深挚、细腻。汪玉轸也是袁枚的女弟子，这副挽联笔涉仙凡两界，显示了姐妹二人的青春才华、珍贵情谊。

二

有的女性与名人交集应对，也使她们流传于世。

汤显祖年轻时才名远播，张居正数次召见，汤显祖耻与权贵为伍，坚辞不去。大才子不屑为宦，却是避不过婚姻。新婚之夜，进入洞房，新娘是个才貌出群的闺秀，对新郎仅是耳闻，从未实见，便于同床共枕之前，微笑着说："苏小妹三难新郎，眼下烛明如昼，我想一难于你。"说罢，指着眼前的熠熠红烛，吟道：

红烛蟠龙，水里龙由火里去

烛体上刻的蟠龙，在蜡烛燃烧时渐渐消融而逝，是为"由火里去"。出题太突兀了，匆促之间，汤显祖难以为对，低头伫立时，猛见新娘足穿红绣鞋，忽得下联：

花鞋绣凤，天边凤从地边飞

飞天的彩凤被新娘穿在脚上，下一步行将进入新郎的怀抱。才子佳人人洞房，这无疑是风趣横生的一副"绝对"。汤显祖著名的剧作是《牡丹亭》，杜丽娘形象的形成，自这里也可窥得几分消息。

沈葆桢的夫人，是林则徐的女儿林普晴。妻子病逝，丈夫写下这样一副泣语连珠、感情凄恻的挽联：

念此身何以酬君，幸死而有知，奉泉下翁姑，依然称意

论全福自应先我，顾事犹未了，看床前儿女，怎不伤心

沈葆桢咸丰五年（1855）擢九江知府，后随曾国藩佐理军务，林普晴亦随夫参赞军机。林氏辞世，曾国藩的挽联为：

为名臣女，为名臣妻，江左佐元戎，锦缎夫人分伟绩

中秋日生，中秋日卒，天边圆皓魄，霓裳仙子证前身

周瑜在九江的甘棠湖操练过准备抗曹的水军，夫人小乔似曾参赞过军机；沈葆桢任职九江知府时，林普晴参赞过军机吗？而沈葆桢、曾国藩分别在挽联里所表述的内容与情怀，却是透露了此中消息。历史名人仿佛是卓越女性进入名联的中介。传世之名联，不少是出自历史人物里的艺术高手。足见名联之传世，根底深沉，不是炒作、捧抬所能够奏效的。

三

有的女性，原本就是历史进程中的一个重要节点，她们是水到渠成地步入名联之林的。

传说韩信之墓在霍山，"生死一知己，存亡两妇人"的墓联，从历史紧要处触及朝野多人，简洁扼要地提炼总括了韩信的一生。一知己指萧何：萧何月下追回韩信，使韩信获得新生；10年后，吕后也是用萧何计，由萧何骗至长乐宫，斩之。两妇人一指吕后，一指漂母。韩信少时穷困，"有一母见信饥，饭信，竟漂数十日"。韩信当初没有变作饿殍，全仗漂母。

岳阳楼东北隅的小乔墓，墓不大，墓联却不少。其间有这样一副：

铜雀锁春风，可怜歌舞楼台，千古不传奸相冢

杜鹃啼夜月，也为英雄夫婿，三更犹吊美人魂

奸相是曹操，美人指小乔。浅显平易的文字背后，掩遮着奠定三国鼎峙前至为关键的赤壁大战。据郭沫若先生考证："在赤壁之战时有

小乔参加。"英雄割据终归于一枕黄粱,抔土埋香能熏染名士胸襟——名联与文史诗词互为渗透的效用,这里体现得尤其圆融、到位,自铜雀台始,以美人魂收,史册里着墨不多的小乔,在这里似有"提纲挈领"式的艺术功能。

杭州西湖的岳墓之前,有铁铸秦桧夫妇及万俟卨、张俊跪像。此处名联最盛:

青山有幸埋忠骨

白铁无辜铸佞臣

拜谒岳坟者,谁能不读此联呢?此联看似随意,实则是意境辽阔,寓意深邃得超乎寻常。言简意赅是伟大精神的重要特征。可有谁能够设想,该联的作者竟然是清代一位姓徐的女子(上海松江人)。撰联者没有留名,在这里留下名字又有何用?能有这样一副墓联,满可以了,因为这是能够引起一代代的有良知者驻足品味、反复沉思的墓联。

地表江河纵横,天上雁过长空。中国大地上的诸多名联,莫非早就是当今"微信"的雏形吗?对联步调徐缓、沉稳,不像雁翔、流水,却在人们的精神领域里走得分外长远。

四

对于出类拔萃的杰出女性,名联又岂能放过她们生命里闪耀着的绚丽光彩呢?武则天是中国历史上唯一的女皇,执政期间,废除门阀制度、促使生产发展,可又滥杀文武臣僚,私生活不加检束,其功过是非实在难以评说。有人就选中乾陵墓园的无字碑,吟下这样的联语:"大功俱在史,小节不须书",简洁、干净,以少少许胜多多许。

关于虞姬,安徽灵璧县城东有"虞姬墓",墓联为:

虞兮奈何!自古红颜多薄命

姬耶安在？独留青冢向黄昏

上联用高明"红颜自古多薄命"句，下联取杜甫"独留青冢向黄昏"句，上下联之首字缀成"虞姬"，设问作答，不着痕迹地蝉递成联，又极其自然地隐喻着东方女性难以破解的命运机密。

虞姬庙在浙江上虞。庙联是：

今尚祀虞，东汉已无高后庙

斯真霸越，西施羞上范家船

此联用典浑切，褒贬分明，开合淋漓，弦外有音。高后就是斩杀韩信的吕后，至东汉光武帝时，即以薄太后配祀高祖刘邦，吕后已没有资格享受祭祀了，可虞姬的庙宇，至今犹存。下联又将虞姬与西施相比，进一步衬托出虞姬展袖自刎的贞烈气节。

从这里也可以看出，所谓名联，名人效应是极其强烈的——项羽是虞姬的生命背景、精神底衬，当年的项羽如果是觍着脸过了江东，虞姬的身份就会非常掉价。

浙东女性之刚烈体现在名联里，还有近代女侠秋瑾。秋瑾1906年从日本归国从事反清斗争。有一天，她同几个革命党人来到天姥山，登上动石夫人庙。当地人为之介绍此庙的传说：金兵侵宋，赵构仓皇南渡，刚逃到天姥山，风雨大作，山石滚滚而下，金兵遭到猝然打击，狼狈遁去。赵构一伙得救，人们遂说是庙里的娘娘显灵了。嗣后，便称娘娘为"动石夫人"。秋瑾听到这里，想到清廷的腐败、列强的欺凌、山河的破碎、国民性的怯懦、心潮难抑，随即口述一联：

如斯巾帼女儿，有志复仇能动石

多少须眉男子，无人倡议敢排金

破庙里没有僧尼，秋瑾便从地上拣一尖锋石块，将自吟的联语刻画于庙墙。刚刚写罢，忽地泼下一阵滂沱大雨，"浙东飞雨过江来"，瞬息间又雨过天晴，奇怪的是，秋瑾方才刻写的字迹没有被雨水冲刷模糊，反而像填润了墨汁，益发清新。在场的人深以为意，竞相传告，使此联得以流传。秋瑾著名的词句是"身不在，男儿列；心却比，男儿烈"，天姥山联语正是三年前的《满江红》一词的赓续。又过去一年，秋瑾被害于绍兴古轩亭口，被难之处的亭柱上，当即就出现了这样的联语：

悲哉秋之为气

惨矣瑾其可怀

"悲惨秋瑾"，这是历史老人深长的一声叹息。

五

蔡锷是近代军事家。当年，究竟是谁帮助蔡锷潜出北京城的？至今论说不一，有人说是时在交通部任职的曾鲲化，有人说是澳大利亚驻北京的记者端纳，也有人说是云吉班的小凤仙。

名联里挽联甚多，因为挽联是将文化长河里的一波波巨澜化作了历史陵园里的一峰峰碑刻，挟有盖棺论定的意味。蔡锷病故，众多挽联中，人们一致认为小凤仙的挽联是难得的妙品：

万里南天鹏翼，直上扶摇，那堪忧患余生，萍水姻缘成一梦

十年北地胭脂，自悲沦落，赢得英雄知己，桃花颜色亦千秋

蔡锷被袁世凯软禁于北京时认识了小凤仙，爱憎分明的小凤仙敢作敢为，帮助蔡锷潜逃回云南，起兵讨袁，赢得了中国近代史上著名的护国战争的胜利。孙中山的挽联是"平生慷慨班都护，万里间关马伏波"，以班超、马援隐喻蔡锷之忠勇殉国。蔡锷积劳成疾，客死于日本。小凤仙的上联说：你是生长于南国的英雄，大鹏展翅，前程万里，但出于忧国忧民、心力交瘁而辞世，我与你萍水相逢的姻缘，终究是化作一梦；下联说：我南来北地十个春秋，沦落风尘，无限悲戚，想不到赢得了你这位英雄的认可，并结为知己，像我这样地位低下的一介女流，也将附骥尾而流芳千秋了。

这副挽联典雅悠永，挚情入骨。有人考证，这副挽联是易顺鼎代

笔而成。易为光绪举人，擅长联语，代笔之时，已年近花甲了。1916年11月8日的北京，为蔡锷举行隆重的追悼大会。挽联如雪海，雪海里，跪着一身缟素、垂泪饮泣的小凤仙，这历史性的一幕，本身就是难于移易的一桩铁证。

34岁的蔡锷与17岁的小凤仙往来时，蔡有两副对联赠予小凤仙，其一为"此地之凤毛麟角，其人如仙露明珠"，嵌"凤仙"二字于其间。其二是"自古佳人多颖悟，从来侠女出风尘"。当年蔡锷的手底，拟将一位妓女冠之为"侠女"，可不是轻易能下笔的了。琢磨先后联语，忖度世情人心，笔者认为，当年掩护蔡锷者，小凤仙是功不可没。

面对天地日月，风云变幻，名联是言简意深，要么含有比格言、警语更深邃的哲理，要么概括着历史中寓意深刻、最为隐秘的人事情节，其美学含义的坦诚性、磊落性是独具一格的。行至20世纪之末，作为文苑里别致的一座山峦，是否算是抵达了艺术之峰巅呢？

点评：

视角独特，选材精当，文采斐然，少见的佳作。

王宗义　2018年7月12日

对蔡将军与小凤仙之情谊见解独到——大胆设想，小心求证，让我这个学历史者对这段佳话信以为真。

田溪　2018年7月5日

楹联是古诗词里最精彩的部分。楹联太多，你选了一个与女人有关的角度，引出那么多故事，真是独具匠心。

素素　2018 年 7 月 28 日

早上好。我的床头柜上，摆着你的几本散文集。白天杂务缠身，不能静下心来读书。只能在万籁俱寂的凌晨，才能翻看，偏偏你的文章很耐读，所以品味起来很费劲，年轻时读书只看热闹，老来时读书是辨其真味，是享受读书，所以难免思来想去，我是个没有文字功底的人，羞于班门弄斧，说得不合适处请多包涵。

《女性与名联》是你散文中的精品，读来很长知识。我曾说你是个女权主义者。从你的散文中对古今女性名人的赞誉就可看出。

陈巧梅　2019 年 12 月 20 日

这个题目新鲜，选材独特。写对联的女诗人少，写得好的更少。只在文艺作品或影视剧中见过个别女性显露诗情的片段，系统集中写这个题目者少之又少，几乎可以说是拓荒之作。

读罢此文，不仅领略了巾帼才女们的绝世风华，也欣赏了独一无二丰富多彩的对联艺术的魅力。《文汇报》三八前后再发此文，眼光独到，彰显了节日宣传的艺术性、知识性和文以载道的趣味性。

王宗义　2021 年 3 月 12 日

作者文化底蕴深厚，取材角度独特，通过对联纵论古今，展示了古典女性的魅力和品位，有滋有味，意蕴浓郁。

邢秀玲　2021 年 3 月 2 日

第四辑　有暗香盈袖

山河二题

结同心于天都

风雨里攀登天都峰，我的思绪怎么也静不下来：人间的都城是一蓬蓬热烈的火焰，极尽熙攘繁华之能事；天都峰作为天庭的一座都城，会是怎样的景象呢？

仰脸上视，灰乌乌的云絮里似乎有一匹冲离天厩的青黑色的神奇骏马，出没隐显，骎骎而驰，那是披着阴霾的巍峨山体。风太野，推得我晃摇不定，我深深觉出了自个儿的卑微，渺小。裹着轻薄如纸片的塑料雨披，腋下夹紧了收定的雨伞（生怕张开后反而招风），扪壁抠崖，屏住呼吸，一步步上移。天都峰哟，人说你是群真出没、神仙聚会的秘密府邸，对于凡夫俗子，不嫌弃吗？

团团浓云依住山岩，有的自下而上叠起翻腾，有的掉头捽尾横行掀卷，越是峻峭幽绝处，蒸沸涌动得越是激烈。冷冷雨丝是从斜刺里一把接一把摔过来的，沙子似的打得脸颊生疼。玄暗阴森的谷壑里仿佛蹲伏着隐形的庞然怪兽，血盆巨口有一下没一下地吹嘘着。这怪兽是神仙府第的守护者，它不亮相，却是活的；人间宫殿前的石狮子龇牙咧嘴，则是死的。上下远近无一星尘屑，无一声鸟鸣，每逢转弯，侧谷来风便袭得水湿的襟袖"啪啪"直抖，我连忙裹紧衣衫，峰头啸动的风里似乎有什么声音："俗子求仙兮先蜕尔皮，尔皮不舍兮胎骨何移！"言词隐约，意思又很清晰……

天风悍烈，云雾浩荡，宛若汪洋江河在漫天鼓沸。刚刚抛在身后的矮松似青鸾垂翅于巨石之上，石棱则如苍龙屈脊于云雾间隙，一切都似乎扶扶摇摇、颠颠倾倾地耸动着，是神仙对它们有所移植呢？还是它们身不自主地追逐着什么、迎逅着什么？下界什么也看不真切，蓦然四顾，四外无极、无底，我一下子冷然、愕然！万里长天云开云合，雨星儿乍至乍灭，云雨托起松石冉冉浮游，大幅度推移，万象奇诡，变幻雄阔，仿佛是神仙府第着意在掩饰着什么——俗世的都会红尘万丈，嚣声聒耳，有那么多隐私，天都峰上的仙家，自然也有不肯示人的机密。

看到"登峰造极"的石刻了。哦！那是什么？崖沿石栏杆粗粝粝的锁链上挂满沉甸甸的锁，铜铁不一，形制各异，双双对对地辫成长串，绾扎着的各色小手绢夹杂其间，像沾雨的鸟翅一样抖动扑扇。我脑际闪过不知载于何处的文字来了，忽而明白这就是伉俪们共同缔造的"同心结"。中年夫妻拖累繁重，出门不易，登山更难，新婚小两口轻捷如燕，心性自由，于是这锁与帕尽都是"蜜月"里的信物，一一印留着珍重的温馨的青春指印。

我心底一阵潮热，久久地凝视着同心结。

惊心动魄的天都峰令人战栗，战栗着穿越云雾，战栗着摆脱尘寰，"发不同青心同热"，是共同生活的衷心盟誓；"生不同时死同穴"是黄泉结友的极终设想。在天都峰上用汗涔涔的两双手铸成个一旦锁合则永不离异、宁可毁弃而绝不两分的新婚信物，这是何等郑重、何等圣洁的"礼仪"哟！此时此刻，两双微湿的明眸里只需交流一往情深的纯净眼神，别的任何只言片语、任何琐细的举止尽都是浮泛的多余的了。将奇峰之险峻与爱情的忠贞融为一体，也是在天地之交显示着对造化母亲的最后的皈依。为夫妻生活的第一页赋予如此深重的含义，这念头起自何人？兴自何年？是应当在神仙府第里记一笔的。

我独自思思念念，不绝如缕，唯有匆匆往复的云团吞我吐我，擦拭我的躯体和灵魂。又一朵挟雨湿云掀卷过去，眼前倏尔一亮，我发现栏杆侧面斜斜漫铺的青松下，火一样闪灼着一片红——那是水色鲜嫩的杜鹃花！

壁崖削立，花枝仄盘于石上，我是只能仰观，无可企及！繁花朵朵相并，沾雨带露，微微漾动，这是风雨点燃了的一派娇艳，娇而不媚，远看像是一蓬抖抖的焰火，更像是天仙冷不防递向巨崖的一个飞吻……雨里天都，景象不俗，最难得的是花与松格调迥异，却紧紧相依，结合成巨大鲜明的一簇。青松有如众仙子铺展在险崖上的一袭罗衣，杜鹃花便是云里的闪电有意衬之于罗衣底下的一幅裙裾，嫣红翠绿相衬，清雨白云回护，揽日月以作明镜，偎依于悬崖之上，摘星辰以为钿饰，啸傲于风雨之中。自红尘里攀上天都的小两口面对天地间这桩高雅、磊落而坦荡的暗示，会颖悟人世间"绝色易逢佳偶少"的大秘密，会步入昊天罔极的真境界。青松鲜花，万古长春，这是由天地之手绾成的另一类"同心结"。

风雨下天都，暮归玉屏楼。

这哪儿是登山，简直是下海，浑身透湿，尝尽了海天倾覆的云水滋味。站在楼前的平石台上，午间那山风蓬蓬、声扣岩谷的仙味险味全被云雾勾留在了天都峰上。透过迎客松回眺来路，雨初霁，云半退，落日的余晖尚不能突破层阴，首尾衔进的云絮疾疾掠过锷立的山峰，像是硕大无朋的黄山香炉里飘逸着冉冉烟云，笼山堙谷，遮抹得嶙峋的陡崖匆匆忽忽，一瞬百变，时见奇险相轧，螺旋蚓折，半山腰垒石如卧牛，时见健骨峻嶒，藤莎络瀑，尖笋一样的孤峰秀出天表……

面对这神奇万状的山景，我忽然对自己有点儿莫名其妙起来；年轻的情侣携手登山，以同心结为方式将一个"爱"字勇敢地写在了天上。而我呢？年逾不惑了，还这样孤身风雨而上下求索，在这名山大川的底版上，是想留下什么呢，还是想取得什么？

八千里河东入海

　　滔滔黄河，自巴颜喀拉山北麓起始时，细流小溪若缕缕琴弦穿山越岭；渐渐雄壮之后，则似万马奔腾，九曲百折；越过黄土高原历经坎坷风雨后，则从滨州直奔垦利区的渤海湾……

　　秋天的黄河口，高可没人的芦荻漫无际涯，白色花絮在微风里此起彼伏。滔滔白浪之上，剪影似的散布着麦垛形的柳树之冠，绿冠上不时游弋出丹顶鹤悠然飘逸的姿影。无意间俯瞰，人们会发现芦荻根部是清浅明净的秋水，伴和芦荻而生的是齐刷刷的荆条样的绵柳。退水之湿处，柳荻间杂有稀疏的野菊，它尽量地翘足仰首。天蓝、云白、柳绿，轻柔的风声、悦耳的鸟鸣和优雅的翔鹤融为一体，构成神奇、美妙而罕见的风景。

　　溯河口西行，渐渐有了人烟，芦荻也悄悄然换成了秋稼：绵柳消失，柽柳则于田畔显形，仔细去看，这柽柳正是西部沙漠上常见的，也已高巍成树的红柳。柽柳围护着的青色玉米棒太壮实了，一如微弯的老牛犄角。棉田里的棉株半人高，白生生的棉花自下半腰直绽开到顶梢，仿佛将东畔的芦荻花絮进行了特殊加工，凝结成比雪还白的拳头。稻穗与向日葵子盘饱满过甚，沉甸甸地俯首下垂，虔诚地向大地鞠躬施礼。友人告诉我，这里出产的大米比宁夏河套产的还要香美。河套被誉为"塞上江南"，我故意指指身后："这地方浩茫接天的芦荻，可是比不得水稻的，仅仅点缀的是自然景观吧？"友人当即摇头："这芦荻是造纸厂的头等原料，收割季节，一斤的收购价在一元以上。一根芦荻就一二斤重哩。"

　　足下这沉静的土地，为什么这样肥美厚实、丰饶富丽呢？苍茫四顾，还是得从就近的黄河入海口说起。

　　"黄河之水天上来，奔流到海不复回。"入海口的黄河水已不再湍急澎湃，似乎变得沉稳、舒缓。然而，大海自成体系，自昆仑闯下来的黄河注定要冲进蓝幽幽的大海，河海相汇处便有了昼夜不息的碰撞与交汇、对阵与抗衡。千军万马短兵相接，在口外海滨澎湃起黄蓝分明的巨浪；旭日浴海，碧蓝方明彻辉煌，夕阳坠地，浑黄方则染透红晕，清波与浊流戈矛并举，蓝军与黄军鏖战不息，"日月之行，若出其中；星汉灿烂，若出其里"，在靡昼靡夜的激雷吼荡之中，日月星汉统统被击得粉碎，幻化成与水合一的金屑银沫。长年累月地纠缠搏斗之中，大河裹挟的泥沙渐渐下沉，口外海滨便呈现出一个平展、洁净的金黄色琵琶造型，这造型之四周，倒是个风浪憩息、如诗如画的独特所在，因为这黄河巨龙实在威猛，似乎将碧黄色的战阵一步步地推向了海域，"琵琶"形的新陆地渐渐扩展，如能自高空俯视，你会惊讶整个黄河流域仿佛似巨型的琵琶，万里流水为金黄丝弦，渤海在专注地进行弹奏，千秋万岁，咆哮兮沉吟。

黄河口是中华民族的母亲河汇入大海的所在。黄河倘若是自天而降的一条金色巨龙，在这里，她正以年均万余亩的速度向东扩展，孕育着一方圣洁的新湿地，这是中华人民共和国最年轻的土地！1961年，国家在东营村打成第一口勘探井——华八井，发现了渤海湾油区，即"胜利油田"。20年后，设立东营市，油区、禾稻、草树、鸟类在这方人迹寥落的土地上和谐生长，日渐繁荣……新生的土地，等待着人们来勘测、垦殖，进而展开更加瑰丽、新奇的风景。

这方土地，是在从上到下降落数千米、自西而东奔腾万余里的雄浑长河与浩荡大海的巨掌搓揉之中诞生的，显示着天地造化倔强、壮美、生生不息的生命循环。

《财经文学》 2022 年 1 月 7 日

点评：

你的文章耐读。36年前的文章，已写得这么好。

山中风雨，风雨中的锁、帕绾结成的同心结，风雨中的杜鹃花，为情人与天地设置的爱情圣地，让读者身临其境。美哉！

别人的文章，读了，就读了，过眼云烟。但每一次读你的文章，不仅仅是欣赏文章，总要想到这个作者，他风雨里手脚并用，攀爬着险峻的大山。如果是夏季，下着雨，吹着风……如果是秋季，应该有不同的发挥。孤身一人去上山，少了点理由和情趣。如果和友人一起去，再有点儿别样的对话，也许更有味道。

张健　2022年1月4日

1987年初夏，我是与朱光亚先生一起登黄山天都峰的。行至峰下，雨不大，我们已经看到一个摔死的小伙子平躺于草丛里，塑料布遮掩着，只露出脚上的军用鞋。我二人直攀到峰顶。下山时，简直就是在疾奔的小河里顺流而下，幸亏流水清凌，水底尽为石阶。途中除了一阵阵的疾风骤雨，一个人也没有遇到。

杨闻宇　2022年1月6日

这是观察细微，表述精当，广度、深度，天文、地理，人文、情怀融为一体的美文。

许锋　2022 年 1 月 7 日

置山河二题于姊妹，别有韵味。

先说山。

天都峰有多副面孔：和风丽日，金风乍起，骤风冷雨，朔风雪舞。对于游客，前两副面孔无疑十分美好，后两副就神秘莫测了。

偶然邂逅，于骤风冷雨中独自登临，便果然领略了奇诡雄阔但又引人入胜的天都境界。风雨中，那如骏马隐显奔驰的巍巍山体、那天风悍烈漫天鼓沸的浩荡云雾、那蓦然四顾无极无底的绝壑峡谷。仰、平、俯视间，其森然颇如东坡先生夜探石钟山——一叶小舟独入彭蠡口，然较之更添了几分恐怖与惊悚。

于森然、惊悚间，突然，双双对对辫成长串的连心锁同心结映入眼帘。夫妻是家庭的核心。夫妻固则家庭固，家庭稳则社会稳。更何况，永结同心是夫妻恩爱千百年来亘古不变的精神追求。

啊！森然恐怖惊悚瞬间变为暖心美好坚毅，骤风冷雨的峰顶仿佛顿时热闹起来：双双对对有情人在风和日丽、金风乍起、朔风雪舞、骤风冷雨中海誓山盟，翩翩起舞！蓦然间，风雨中的小小连心锁，亦似与绝岩峭壁上的大片青松山花相互映照，同样坚如磐石！

夫妻情，深似海，坚如磐。作者时虽年逾不惑，然较之翩翩少年，对此情当有更深的领悟！

再说河。

黄河是中华的母亲河。其一泻万里沉淀拥堆的原野沃土广袤无垠，哺育了世世代代的民族子孙。故而自古以来歌咏黄河的辞章佳作如云，以至于到后来，人们面对黄河题材，往往无从下笔。

作者几度赋写黄河。最早可能是写于 20 世纪末的《黄河臆象》，中间有《黄河吟》等，当前便是刚刚付梓的《八千里河东入海》。

在被作家出版社收入《中华人民共和国五十年文学名作文库·散文杂文卷》的《黄河臆象》中，黄河被喻为"是大海以它倔强的手指深深地抠进陆地里的大问号"和"又是天际一霎闪电掣开的鞭影"，浪漫而精准深邃。《八千里河东入海》中，黄河又被喻为一柄硕大无朋的琵琶，其弦轴末端西枕于巴颜喀拉山脉，东泻万里，渐渐扩大的新陆地如巨型琵琶之身，被浩瀚的渤海弹奏于入海口，"千秋万岁，咆哮兮沉吟"！

既者往矣，共和国成立后沉淀拥堆的新陆地，即由芦荻绵柳丛生之处转为肥美可耕的良田：老牛犄角般的玉米棒，半人高的棉株，子盘饱满的向日葵，沉甸甸俯首下垂的稻穗……进而又蝶变为可歌可泣的大油田、大都市。

自古以来，山河乃国土的代名词。山美河美，福泽于民，风调雨顺，国泰民安，幸莫大焉！

王允毅　2022 年 1 月 11 日

祁连雪色

两千里河西走廊，"走廊"名儿谁起的，起于何代？谁也弄不清。走廊的地面太空旷、太阔野了，西上的列车，速度显得缓慢，气势也不雄壮，旅人静坐窗前，常常凝望南面的祁连雪峰，沉思、默想。

千里素白，横亘长天，不同于中原的青翠山峦，不同于岭南的雾峰云岭。伏天，雪水融汇成万千条无名小溪向下奔流，山中雪线便徐徐地往上方推移，下奔的溪流是那么湍急、紧迫；上移的雪线又那样的迟缓、冷静。雪花飘落人间，纯洁是纯洁，从来是短暂的。祁连山，却将纯洁素练似的摊开得这样长远，贮存得这么永久，旅人留恋它，它又总是与旅人保持着相当的距离、高度。

掠过绿洲，走廊地带没有多少草，茇茇、沙蒿、骆驼刺，呈灰黄色，紧紧地贴住地皮，仿佛是几个黄干蜡瘦的老人的剪影贴在戈壁上似的。这辽阔而贫瘠的画面上，动物里最肥的是宽角绵羊，最高的是褐色的骆驼，羊与驼是靠细致地、耐心地、一遍一遍地啃啮稀寥、带刺的草，一枝一叶，一撮一股，才成就了自身的肥巍。没有祁连雪山抛下的流苏一样的无数细流，漫漫戈壁会连这可怜的小草也没有。小草是雪山乳汁滋养着的绿色的琴键，驼、羊是键盘上缓缓弹出的流动的音符，丰满的音符。

走廊里常走风沙，风沙用粗糙的巨掌，用野性的脚板，踢踏得千里长廊光秃秃的，外表上简直存不住什么有价值的物什。因为有了祁连雪，很古的珍宝，反倒给保护住了。酒泉西南50里的文殊沟里，有创建于南北朝及北魏、隋、唐的庵观寺庙 300 余座，石室、洞窟 30 余处；安西县城南 70 公里处是万佛峡，在踏实河切割成的两旁崖岸上，还存有 40 多个洞窟，窟里有座唐代的佛爷坐像，22 米高，头还没有顶出踏实河岸；敦煌莫高窟，在大泉河西岸的鸣沙山下，存住了 492 个洞窟，数千身塑像，最高的 33 米。东千佛洞、西千佛洞我闹不清楚，单是这文殊沟、踏实河沟、大泉河沟，不都是祁连雪水千秋万代地奔流、切割、刻画，才形成的吗？

祁连山上倘若没有雪，在这暴戾、残酷的大漠上，永远微笑的佛爷群、非男非女的菩萨们，哪儿去栖身呢？平川洼地聚湖泊，高原沟壑藏墟落，沙漠里深深的河谷，是神仙们的安乐窝，人们世世代代给佛爷、菩萨进香、礼拜，佛爷、菩萨也应当向祁连山叩头作揖的。

走廊北侧，断续的马鬃山、合黎山、龙首山，比祁连山矮多了，祁连山是屏风，它们就只是屏风下的茶几、小凳。这里燥寒交袭，剥蚀严重，砾石裸露，分布着地质队的钻塔。钢质钻杆，金刚石钻头，呼隆隆向地心钻探。下面不见土，尽是一层层大理石岩、灰岩、花灰岩，钻机日夜高速运转，钢石研磨，钻杆里不断地进水，降温。这水，是一辆辆卡车从疏勒河运来的，是祁连山的雪水。刚柔相济，冷热并进，工人们才从千米深的岩芯里探出了闪光的钼、银、铅、锌之类的矿藏。一旦断了水，要不上几秒钟，价值昂贵的钻头就会烧毁。在人手里，要用空际的雪，浇灭地下的火，地底才肯奉献出宝藏。

祁连雪从高处所输送下来的是生命，是珍宝，是力量，另外也养育过一系列顶风而进的人物。除精骑轻行的张骞、虔诚合掌的玄奘、"我与山灵相对笑，满头晴雪共难消"的林则徐之外，"卤簿山河暗，琵琶道路长"，还有那和亲远嫁的细君公主、金城公主、文成公主……他们含辛茹苦，仰对祁连，也深深地吮吸着祁连清气，领略空际琼瑶的高洁情愫了。"燕颔虎项，飞而食肉"的西域都护班超，居塞上 31 载，晚岁上疏乞归："臣不敢望到酒泉郡，但愿生入玉门关。"年轻时从高洁的雪山底走出去，暮年里也乞求归骨于始终高洁的雪山之下，磊落襟怀存得住冰雪，所以也就是名垂青史的"英雄"。肃州酒泉里涌流的雪山水，真不愧是天地间最纯洁、最清醇的酒。俗世的酒瓮酒缸十年二十年封埋于地底，走廊的酒，却永远贮存在寒素彻冷的云天里，拂晓昏暮，祁连山巅云海苍茫，唯见雪峰一道，银龙似的，蜿蜒浮游在白云里——它是在白云里酿酒哩，龙体透亮，比白云亮多了。

河西走廊不能没有祁连山，祁连山又绝对不能没有雪。

遗憾的是，当代的走廊仍嫌太空旷了。矮树零散，泥屋小小，乘车穿行，不像关中、中原、幽燕、江南那样，村树簇簇，城垣似的隔断视野，望不出多远。这儿静物中最显眼的，一是被长风切断剥蚀着的汉代长城，二是牛腿粗的杨树。汉长城乃打垒夯筑而成，原本结实，对当地居民已毫无用场，就像报废的列车车厢，历史的负载太重，一节一节被甩脱于走廊，再不能动了。有的被风沙揉搓成马、羊、狮、驼的模样，孤零的石相生似的，罗列成一行，是造物遗下的另一类文物。

杨树生长在一片片一坨坨的绿洲上，它们能苟活于渠畔，与长城相反，恰恰是因为对人们有用（且是速生材，很快就有用）。松槐生长慢，周期长，急用的人们就不大种植，在内地，松槐多高擎于寺刹梵宇，大山野陵，在这儿，松树就只好长到人烟稀少的祁连山里了。取用过急，走廊上这杨树也就长不大，把掐手卡，够材料了，明晃晃的斧锯就上来了。用这等木料做栋梁盖房造屋，又怎能高大、怎能宽敞呢？树矮，风就厉害，风疾，小泥房只好学那枯黄的刺草的样儿，匍匐于地。从生态来讲，这就是恶性循环。

这缺陷，有负于祁连雪山的深情厚谊了！人间尚高洁，大地要春色，雪水乳汁哺育着的河西走廊，人事理应是坚韧的、顽强的，草木也应是华滋、繁茂的。

《中华百年游记精华》 人民文学出版社　2001 年 6 月

点评：

西北这片土地在长久的时间里是被世人忽略与遗忘的。也许是它光辉的历史已过于久远，也许是西北风带来的尘土积埋得太为深厚，也许是西北精神的内敛以致显得木讷……但当我们用心靠近它，我们一定会被它打动与震撼——它的纯粹，它的壮美，它的独特，它粗犷的外表包裹着的细腻内核——种种情绪扭结纠缠在一起，想开口却又无言……

祁连山，它宽厚的肩膀抵挡着风沙的肆虐，它坚实的脊梁支撑着生命的巨大空间，它清冽的雪水滋养着文明、希望……大山无语，却是默默地庇护着其下生生不息的子子孙孙。

《中华活页文选》十年精华本　2008年6月

争议之作不可轻忽

人生苦短，最大的好事是读书，可读书带来的不一定全是快感，一个人若是想要赢得明晰的视野、深刻的见解，往往倒是从伤感、痛感中来进行体味，才能探求得人性最深处的消息。

中国文学里的诸多作品及其作者，发生过一系列的疑案：屈原生于哪年？司马迁卒于何时？《答苏武书》是李陵写的吗？诸葛亮写过《后出师表》吗？陶渊明笔下的桃花源究竟在哪里？李白的故乡何处是？杜甫魂归何处？《敕勒歌》的作者是谁？《长恨歌》的主题是什么？《满江红》是岳飞写的吗？李清照改嫁的公案何时了？《水浒传》《金瓶梅》《红楼梦》的作者为什么扑朔迷离？……如果详细罗列下去，列出300条是没问题的。

认真梳理有争议的诗文，上乘之作居多。作家是靠作品立身的。好作品一传十，十传百，代代相传，有思考才会有质疑，有探索才能有发现，作品反复经受检验，集思广益，这才有可能引发争议。生命力薄弱的作品，读者有限，就像过江之鲫游不远也掀不起浪花似的，引发争议是不可能的。

美的诱惑力是微妙而惊人的。美文与美女，际遇有某些切近之处。这里借用人所共知的王昭君，试为比拟和引申。

王安石认为："意态由来画不成，当时枉杀毛延寿。"前一句是实情，后一句里的"枉杀"则未必。汉元帝是因未能享用美色而动怒，毛延寿是因贪财而挨宰，王昭君呢？因为凄凉而周折的遭际，有人做过统计，历来咏叹昭君的诗作竟有 600 多首，李白、杜甫、白居易、欧阳修、苏东坡他们，都留下了脍炙人口的诗作。诗文与美女这样连襟，可推知人们面对着真美与大美，爱之弥深，仰之弥坚，产生崇拜之意就是很自然的了（换言之，托名伪作的现象是完全可能的）。但其结果，也只能是"效颦"罢了，想要超越美的本意，则难于上青天。

无妨这样设想，如果有人托李陵之名而写成《答苏武书》，假诸葛亮之名而写就《后出师表》，借岳飞之名而写出《满江红》，其伪作足以与这些杰出人物争锋高低，能具备如此手段者，难道会是个舞文弄墨的文化人吗？文人群里的高手，有这等鱼目混珠的本领吗？

面对美文佳作，着意模仿之外，偶尔也出现对作者之作品移花接木的现象。这里且以《辞海》里生卒年月失考的朱淑真为例。

清代评论家陈廷焯说：朱淑真词，风致之佳，词情之妙，真不亚于易安（李清照）。她有一首《元夜》诗："火树银花触目红，揭天鼓吹闹春风。新欢入手愁忙里，旧事惊心忆梦中。但愿暂成人缱绻，不妨常任月朦胧。赏灯那得工夫醉，未必明年此会同。"时隔一年，又填了一首词《生查子·元夕》："去年元夜时，花市灯如昼。月上柳梢头，人约黄昏后。今年元夜时，月与灯依旧。不见去年人，泪湿春衫袖。"从元夜到下一个元夕，朱淑真灵光独运，使悲与欢互相交织，巧妙地抒写了情怀纠结、不堪回首之感。词与诗连襟，这是明摆着的，可是，却被有的评家将词作移植于欧阳修的名下，理由是"出于保全淑真的名节"。将朱淑真的词作移植到天资刚劲而又不讳风月的欧阳修名下，对欧阳修有益吗？他 38 岁那年遭到的"盗甥案"与 60 岁时遭到的"盗媳案"，让他险些送命，这难道与"月上柳梢头，人约黄昏后"的绸缪词句无涉吗？评家的"卫道"仅是个幌子，其骨子里是嫉妒女性的才气，不服李清照，更不相信与李齐肩的朱淑真。他们这样移花接木，只能是将一泓清水越搅越混。

至于古典小说所引发的争议，则是时代进程中自然形成的。当时的统治者不允许人们说真话，文字狱之外，甚至株连九族。作者写成小说之后，为了避祸，不愿披露真名，如此隐身，是一种与黑暗抗争的手法。时代前行了，其作品日渐耀眼，众多的读者为了更深刻地探索作者及其作品的本意，便追索作者当初所隐去的真迹。这等阅读现象，就像黄河、长江流经自己的三峡时，必然地要发出奔腾澎湃之音。

如果由上述史实追溯本源，话题可就有些沉重了。

在我们几千年卷帙浩繁的著述中，不知有多少精英的卓异的思想被淹没，艺术禀赋被扼杀；个别勇迈的离经叛道者，才华横溢者，在当时必须巧妙装饰，潜身隐名，后来的读者，也不能不费尽心思，百般猜度，付出被误导的沉重代价，最后才能在岁月的长河里，让那些"假语存言、真事隐"之作占领文学之巅峰，及至被誉为世界上最伟大的作品——这算不算是中国文学的一大特色呢？

正像黄河、长江之不可阻遏一样，见解卓异而创意显豁的文字，于社会前行有益，其传世之力是谁也难以阻拦的。笔者久读而致成偏爱，似也渐渐形成习惯：爱重文学史上那些引起过争议的作品。

而今为文著书，与过去不同了，作者的姓名似乎比什么都紧要，然而，添足者、续貂者、剽窃者、依旧难绝。眼下有的作品，问世不久即争议汹汹。美女与美文有个怪现象，距离越近，越容易看走眼，而时代拉开了距离，人们对之看得越真切，越清晰。所以，我对那些刚一问世就齐声叫好的诗文，也只好敬而远之。

作为文学赏鉴者，要彻底剔除偏爱是不现实的。阅读里的偏爱属于审美范畴，就个人而言，有很大的自由度，你可以爱李白，我可以爱杜甫，他也可以爱李清照，这是很正常的。

需要留意的是，偏见不同于偏爱。偏爱属于习见的心理活动，偏见则属于扭曲的、畸形的理性，显得蛮横，有时也会仗势欺人。倘是有人因为某种外在因素强扭天然感情而致成偏见，且用之于文学批评，强加于人（例如，众所周知的扬李白而抑杜甫），在审美上是背离客观规律的，在岁月足下，也就只能贻成笑柄了。

偏爱是起自内心的，而偏见的形成可就不尽然了。如果话再说得重些，在文学史上，偏见对偏爱是有强奸之嫌的；对于俯拾皆是偏爱，怎样谨防其异化而成为偏见？这可是个大题目，内中的分寸把握，涉及诸多客观因素，其间更显得意味深长。

点评：

好的作品，内涵丰富，有多义性，常读常新。经时间淘洗，能留下来，必有原因。脍炙人口的经典，是靠一代一代的读者的口碑，接力传下来的。

罗少强　6月5日

读书体验的精华之谈。许多传世之作都经过长期争议，最终由历史长河做出独断。读有争议的书，体现了读书的一种胆识、有眼光、有见识、有自己独立的思考。

宗义　6月5日

1. 在卷帙浩繁的文字著述中，不乏"假语村言、真事隐"之作，堪称中国特色。自焚书坑儒之后，这种"存疑"作品，绵延未绝。

2. 不知多少文人墨客的伟大思想、艺术禀赋被淹没。大量的离经叛道、才华横溢，却还要巧妙装修，供后人百般猜度。中国精英们，付出了远远超越其他民族的心血创造和灵魂智慧；后来的读者，则付出了辨析、品悟，甚至被误读、误导的更曲折、更沉重的代价。

3. 附庸风雅者、东施效颦者、沽名伪造者、抄袭剽窃者、狗尾续貂者，历来不乏其人，却无法达到，更休想超越原创及原版。

4. 把中国书读到这个份上，才算是真正读懂了中华文化的底蕴；这是一种悲哀，却又难掩穿越之后的喜悦；这是为数不多之人所能到达的境界；我不禁迸出那句：从迷茫处读经典，于无声处听惊雷。

大卫　2022 年 6 月 6 日

水何澹澹

在老子眼里，水性有三：柔和、处下、变动。

水，是柔顺温和的代名词。天上月光似水，人间柔情似水。它滋润山原，灌溉田畴，养鱼鱼肥，育花花俏，仿佛是布满大地的血脉，哺育着一切生命。有些干旱地区，水很金贵。人们集体劳作之后，七八个人同用一盆水洗手、洗脸，或者几十个人煮饺子一样在浴池里洗澡，你搓我擦，乐不可支。大伙都知道"脏水不脏人"的道理：水再脏，只会化污退垢，洗浴而出的人，都是白白净净的。

莲自水而出，挺立于水面，媚丽非凡，香氛清幽远播，"可远观而不可亵玩焉"，圣洁清雅。千年前的周敦颐写成《爱莲说》，题为"爱莲"，也无妨说是在礼赞水之柔性。

与柔和联袂的，是善"处众人之所恶"。人生于世，都厌恶卑湿低下，而水，却一贯追求低洼之所。五千言的《道德经》里，反复出现"溪""谷""渊"的字样，"为天下溪""为天下谷""犹川谷之于江海""渊兮，似万物之宗"，其用意集中于一点——阐明水之追求与人性是背道而驰的。溪、谷、渊，广阔清旷，虚静幽深，水之趋下、善处，展现出来的正是不自大、不居功、谦和低调的博大襟怀。

处处竞争、时相侵夺，在这个崇尚丛林法则的世界，水之处下，本质上是"善利万物而不争"。这里的"不争"，绝非得过且过、图安乐逸、什么事情也不干，而是在溪、谷、渊里以静默状态涵养自己的能量。蓄势如雷霆，藏锋似闪电，又怎么能什么也"不为"呢？

对于"不争之德",第 68 章里有进一步的解释:"善为士者不武,善战者不怒,善胜敌者不与,善用人者为之下。"善为武士者不逞勇武,不容易激怒,不轻易做正面冲突,却擅长利用外在的力量。这里所讲的仿佛是一个军事家用兵时的战略战术原则了。老子其人,指挥过千军万马吗?史书无载,难说。

"不争"的最终结果是:"以其不争,故天下莫能与之争。"不争而莫能与之争与无为而无不为是对应着的。不争之水所完成的,是天下万类谁也无法企及的巨业、伟业。比如,长江三峡、秦晋峡谷,数百里奇险惊绝,不都是水所开辟、创造的吗?有人说秦晋峡谷是大禹劈开的,夏朝的第一个王者大禹,终归是传说里的人物。长江、黄河,从同一源地分手,嗣后取同一流向归海,长江三峡也是大禹劈开的吗?"持而盈之,不如其已","功成身退,天之道"。忌盈戒满之水,创建的功勋太大了,自己也太谦虚了,这样的巨大、谦虚,在天地间无可比拟,后人便只好将其归附于传说。久传归真,在人们的心目中,大禹其人超凡入圣,更像是神的化身了。

柔和、平静、处下、浩茫,为水的变化、运动埋下了伏笔。大千世界,水的变动是最神奇的。水化为汽,汽结为云雾雨露,悄悄然铺天盖地,夏雨滂沱,冬雪飘拂。因机而动之水,让这个世界呈现出多少迷人的景观哟:逶迤九曲的江河、韬光养晦的清潭、虎啸龙吟的飞瀑……倘若没有水,天下的自然美景,大多就没有了灵魂。

水性繁复,最卓异的是"天下之至柔,驰骋天下之至坚"。滴水穿石,水能以柔性、韧性磨穿、磨断当路之顽石,为自己开辟出新的前程;继而为江为河,聚成湖海;接着,才有了负重远行的舰船、航母。是水的变动不居、行迹无限,在人间完成了"天地相合,以降甘露"的祥瑞景象。《道德经》里的"甘露"二字,寓意深矣,不限于雨雪霏霏,也不只是滂沱大雨。

我们最常见的词语,一是美人似水,指的是冰雪聪明的女性,一是良将如云,说的是襟怀云水的男儿。云是由水升腾而化成的,水是由云集结而凝聚的。如果将"似水""如云"仅仅理解为"众多"，简单、肤浅了吧？水性柔和，柔和的底蕴是"守柔曰强""不争而善胜"，依照通俗的说法，应当是刚柔相济。

以水喻道，透视人生，这是自始至终贯穿于《道德经》里的一条红线，红线紧紧地围绕着宏浩、深邃的人文思索。全文是静水深流，体大思精，开创了我国古代哲学思想的先河。其中有这样一段话，似可作结：

天下莫柔弱于水，而攻坚强者莫之能胜，以其无以易之。弱之胜强，柔之胜刚，天下莫不知，莫能行。

地球是人类的家园。整个地球是"三山六水一分田"，水量居首。其微也，似尘若露；其盈也，翻江倒海。历代英杰，谁敢轻忽"上善若水"这条颠扑不破的真理呢？"日月之行，若出其中；星汉灿烂，若出其里"，是曹操《观沧海》里的诗句；嗣后，唐太宗李世民又悟出了"水能载舟，亦能覆舟"的道理，终于成就了贞观盛世。

"会当水击三千里"，是伟人对自己词中"击水"二字的批注。在民族复兴的伟大进程中，中国人民正是以这样的身姿向前迈进的。

《光明日报》 2022 年 1 月 21 日

点评：

　　美文常看常新。水的价值不仅在于它是生命之源，这是自然属性，还在于生发出来的社会属性——执政之基。"上善若水""载舟覆舟"讲的都是社会人文属性，是本文达到的思想高峰，是真理也富含哲理。

宗义　2022 年 1 月 28 日

云水襟怀，收放自如。自由自在，已入化境。

"天下莫不知，莫能行。"此意甚合佛陀所说，佛法虽善虽易，然佛法难信难行。

刘立波　2022年2月2日

珍惜平淡

农村人家每遇到纠结难缠的糟心事，劝解者挂在嘴上的话往往是"看淡些"，也就是顺水随缘、不必过于在意的意思。

日常生活里使用"淡"字，人们常常将达不到期望的"不"字隐匿于背后：味道不浓烈，为"寡淡"；颜色不鲜艳，为"浅淡"；生意不旺火，为"淡季"；彼此不热情，为"冷淡"。对这些不遂意的事情，忍一忍也就过去了……以"不"字为底衬，也说明了"淡"字过于平庸而不甚讨人喜爱。就连孔尚任的《桃花扇》里，也有"无事消闲扯淡"的话。

"淡"字也太那个了，难怪人们都有点瞧不起它。在这个急功近利的世界上，仿佛人人都在执着地追求味道浓郁的幸福。

何为幸福？居有华宅，行有宝车，顿顿山珍海味，出门时前呼后拥，当真就是幸福吗？笔者以为，好胜者必争，贪荣者常斗，这些幸福倘是从邪路上攫得的，也就不能不与祸殃为邻——福祸倚伏，这是前途上埋有"定时炸弹"的幸福。

实实在在的幸福，融化在平淡的日子里。家庭和顺，老小个个健康，收入不高，却粗茶淡饭管饱，四季衣装可体，夫妻相亲相爱，孩子学习认真，这等不显山水的寻常人家，与那些大富大贵者相比，到底是谁获得了真正的幸福呢？

人类生活的基调就是平凡、和乐、安静。在常人眼里，因为习惯成自然，平淡确实很难引得起人们的留意。然而，处身其间，只要能以平常之心处事，诚意待人，顺应常识，自然是所求皆如意，所行俱坦途，也用不着瞻前顾后、患得患失地过日子。用明朝洪应明的话说："风恬浪静中，见人生之真境；味淡声稀处，识心体之本然。"如果能将自己的人生与所谓的命运协调起来，皈依于平和清正，戒除了"吃五谷生六事"的欲念，就能渐渐体味到"淡"字悠长隽永的意味——人生的最高境界，本来就是不惹眼的、返璞归真的质朴的岁月。

可憾的是，人一旦进入名利奔竞之途，波涛汹涌，大浪淘沙，总体趋势是相与裹足，随流俱进，真的要甘于平淡，就很难了。

幸福悄悄地潜伏在平淡里，人们无所感觉，也很少在意，唯有在意外的灾祸突然降临之时，那些已然过往的清淡日子，才突然亮出幸福的真谛。作家史铁生留下了不少警策的文字，我最难忘的一段是：

当我受伤坐在轮椅上时，我开始怀念我站着的时光；当我得了褥疮，我开始怀念先前安安稳稳坐轮椅的时光；当我后来得了尿毒症，我又开始怀念我的褥疮时光。

许多人所朝思暮想、孜孜以求的那一等幸福，在史铁生推动轮椅的手掌里，仿佛用一个很随便的"淡"字，就统统打得粉碎。奔竞型的生活进程，无形中是拂逆着人们的欲望与追求的：大红大紫的繁盛生涯，其前景的安全系数向来都是很低微的。史铁生不动声色，却是深刻地道出了"淡"字的珍贵与神奇。

淡远——为人接物要淡远，亲昵、密切，须讲究分寸。

淡定——紧急事务要淡定，狷躁、张皇，是不可取的。

淡泊——面对名利诱惑要淡泊，取还是舍？三思而后行。

淡雅——品德操行，应当是高尚、磊落的。雅字在这里以淡字开道，寓意深长。无淡则失雅，仿佛是无花则无果。

上述以"淡"字领衔的词语，远非流行着的"看淡"二字所能比拟。这里与淡字连襟的"远、定、泊、雅"，日常生活里很少使用，只是在重修养、讲造诣的文化界时时亮相，原因其实简单："淡"字左边是水不断线，右边是火上加火，人生若是不经历风风雨雨、水深火热，平淡可就是很难进入的境界了。道理其实也并不深奥，因为"淡"字源于人的心境，一个人能否将世事"看淡"，修成正果，归根结底是属于能否全面勘破得失的心理活动，决定于精神素质。

这个世界上，获取幸福的歧途，莫过于追求花天酒地，企图接连不断的快感、欢乐和享受。实际上，人人都拥有着自己满不在乎的平淡，可有谁敢说自己是已经拥有着那近在咫尺的幸福呢？

简单的生活才是最醇美的。云淡风轻，细水长流，不动声色地淹没了浮躁与不安，焦虑与屈辱，而真实与真挚，真味和真情，又全都深深地渗透于其中。就连哲学家所推崇的"大道至简""真水无香"，不都神守其舍，蕴藏在平淡的襟怀里吗？"淡"字，能小觑吗？

——"淡"字滋养着人们的品位与灵魂，与人的本性结缘至深；

——能参透俗世万物的"看淡"，含有高深的哲学意味；

——平淡人生，实为人生真境界，最值得爱重、珍惜。

点评：

平淡的境界意义深邃。用平淡的语言让人悟透人生的规范与哲理。文章读起来顺畅淡雅，一字不多，一字不少。

文中对"淡"字的解读，也是发掘了汉字的绝妙，人不经过三水两火的水深火热磨炼，怎么能进入平淡的境界？！哲理至深啊。

张健 2022 年 4 月 11 日

记忆里的铜铡

20多年前，一位小时爱读书的伙伴来信说道："我去博物馆参观后，觉得那些文物都是与上层社会有牵扯的物品。你是从农村出去的，原野天地虽然广阔，但因为文化程度浅，我们小时候使用过的农具，会与时消亡，似乎没有一件可能会成为文物的。"村友的话，不无道理，而我在回忆当年的生产用具时，却是想起了铜铡。

铜铡是装着枢纽、可以上下扳转的一种大型刀具，乡村随处可见，用于切碎麦草、苜蓿、苞谷秆之类来喂养牲口，人说是"一寸草，铡三刀，不喂料，也上膘"。

合作化期间，我们一伙孩童黄昏时将割下的青草背进饲养室，两个饲养员立即开铡，年长的老伯蹲在地上入草，双手将青草卡成巨束一寸寸地递进铡床，那位壮年汉子双手握定刀把，"嚓、嚓、嚓"，一起一伏，敏捷利洒，那青草味随着飞花四溅的草屑弥散开来，香芬醉人。边上槽头的牛马，一齐甩动缰绳，馋得直刨四蹄，它们仿佛步入了田野，望见了旭日朝霞里带露的碧草，"哞哞咴咴"，不能自已。

入草的大伯歇下抽烟时，见我们不肯回家，在待铡的草堆里取闹打滚，便招招手，伙伴们聚到大伯身边，他喷一口白烟，喜眉带笑地发话："我说个带荤味的谜语：'铡床身上一条缝，一个压住一个弄'，看你们谁能猜得出来：这是在干什么活路？"

谜语太简单了，我说："不就是你俩在铡草嘛。"

那个蹲在铡墩上的壮汉笑了，拍拍铡床："老伯压住青草往进裹塞，我不是在一上一下地日弄吗？"

大爷笑着解释道："这就叫过日子。你妈你爸如果不这样过日子，你们这伙碎娃娃，就别想到这个人世上来。"伙伴们瞪着眼儿思索，突然想通了，"呜哇"一声尖叫，一窝蜂似的跑散了……

搁置于地的铜铡，以切草为本职，一旦抽出当轴用的尺把长的铁栓，卸下铡刀，擎于壮汉手上，则变成兵器乃至凶器。

燕赵乃慷慨悲歌之地。小说《红旗谱》里有个朱老忠，拼着命护钟时，手里就提了一扇铡刀。农民动武，就地取材，这铡刀也就是最缠手、最威风的家伙。动乱年月，发生武斗，我们村的造反派成立了一个"铡刀队"，个个臂套红袖箍，手擎一扇铡刀，让人想起旧社会的"敢死队"。铡刀宽大盈尺，通体寒光灼灼，旷野里未见人影，那明锃锃的刀光率先就从地表上远远地闪射过来，威慑力无可比拟。

铜铡，使我忽然想起新中国成立之前。1947 年 1 月 21 日，天地寒彻，山西文水县的姑娘刘胡兰，她是在六条汉子相继被铡之后，勇敢地躺进滴血的铡刀之下的！"长城内外，惟余莽莽"，文水这地方距离万里长城并不甚远，为了民族利益，刘胡兰是怎样的一个女性哟！"生的伟大，死的光荣"，女儿如斯，这是中国共产党人的骄傲。

后来，我离开乡村而迁居城市，重睹旧物，是在戏台上演出《铡美案》时，才看到作为道具的铜铡的。包拯铁面无私，执法如山，对罪大恶极者一律用铜铡进行处置，铡一儆百，他可能是欣赏铜铡的威慑之效吧。爷爷曾给我讲过，开封府的铜铡分为三等，铡龙子龙孙用龙头铡，铡贪官污吏用虎头铡，铡三教九流中的歹徒用狗头铡。《铡美案》演到高潮时抬上来的，铡把上是个虎头，显然，这驸马爷陈世美是个货真价实的大老虎也。

在开封府大堂上行将"铡美"时，龙国太为了保住自家的女婿，将自己一只手也塞进了铜铡里，"我看你包黑子怎么开铡"！包拯纵有泼天之胆，怎敢铡国太的手呢？他万般无奈，顿足叹息，只好转回身去，拿出银子，含着泪水安慰边上的受害者——秦香莲：

这是纹银三百两，

拿回乡去把家安。

教儿南学把书念，

只读书来莫做官。

你丈夫他把高官做，

害得你一家不团圆……

包拯唱到这里，声气哽咽，台下则响起一片唏嘘声！我禁不住纳闷：从古到今的南学念书，耕读传家，这是多么美好的景象啊，可繁华富贵、灯红酒绿的官场，又是怎么回事呢？求学念书，"学而优则仕"，许多人就是为了当官；这书本，究竟是好东西呢还是坏东西？为什么有些读书人一当上官，欺世盗名、吃喝嫖赌、贪污受贿、灭绝人性、目空法纪、出尔反尔，那么多为人伦所不齿的坏毛病，怎么那么快就染上身了呢？还有，祸国殃民的大老虎，历朝历代，前仆后继，为什么如此凌厉、揽地甚宽的铡刀也斩杀不绝呢？

时代变了，当今科技兴农，即便牲畜仍要饲草，也有电动粉碎机进行绞轧。铜铡之淘汰，显然是势所难免。所谓文物，就是遗留下来的含有历史意义或艺术价值的东西。铜铡体长五尺，与人体相当，扁形大木上包有精致的铜皮，刀刃下落处留有半指宽的空隙长缝，缝隙两边嵌有对称的长城女墙状的铜牙，用以滞阻草束的左右滑动。这家伙如此精巧，是何人发明于何时？无人过问，也无从稽考。

铜铡日后能否成为文物？这是文物专家也无法判定的事儿，可从铡草喂牲畜以养育人类，自底层民间用具进入戏剧舞台，且延伸到封建王朝的最高层，又涉及人性深处的微妙变衍，若是用文物的标尺来进行衡量，还有什么可挑剔的呢？

点评：

首段作用在点题，语意过于严肃，回答过于肯定，反有弊端；诙谐调侃，既可点题，又不十分肯定，留回旋余地，后语意转严，渐显主体议论，可使情感前后更显波澜。

允毅　2023 年 4 月 25 日

金钱二喻

　　生命的尊严及其内心的挣扎，不能不受到金钱的制约，于是，"没有金钱是万万不能的"这句话颇为流行。有人意怀"策反"，则认为"金钱不是万能的"。因为两句话间距甚大，各占形势，人们便很难识辨金钱的本真面目。"天下熙熙，皆为利来，天下攘攘，皆为利往"，有人说金钱是骏马（世路难行钱做马），有人说是兄长（孔方兄），有人索性认为是命根子。金钱使用广泛，无孔不入，数千年往矣，很多人并未能认清其本相。

　　对金钱认识得比较深刻的，一是700多年前英国的培根，一是1300年前的唐代名臣张说。

　　培根认为金钱对于人生，近似于辎重之于行军作战。没有辎重，军队是寸步难行；辎重倘是过剩，不仅致成拖累，贻误战机，而且会反过来招殃取祸，一败涂地。人生处处是战场，培根提示人们对金钱要取用有度，马虎不得，比喻得确切精当。

　　早于培根500余年的张说，针对金钱写过一篇187字的《钱本草》。本草，为中药之统称。张说以中药喻金钱，寄寓着诊疗人性之旨意，其目光之深沉，远非普通郎中所能及。《钱本草》认为，金钱"偏能驻颜，采泽流润"。运用金钱可以摄取人世间第一流的脂膏雨露，滋养本体，补益自身，吃得好，穿得好，玩得好，愉悦的心情洋溢于面颜，气色红润，容光焕发。正因为这样，张说在一开篇就指出："钱，味甘，大热。"财主们心里满足而泛起愉悦的甜蜜感，而且是钱越多越甜蜜，甜蜜感渐渐生热，热气旺盛而气粗，气粗则胆壮，红得发紫，炙手可热也。"味甘，大热"之际，张说则一声断喝："有毒！"

毒在何处？"其药采无时，采之非理则伤神。"

"药采"即敛财。世间敛财的方式多种多样，技术、方术、武术、巫术、魔术、马术，几乎都可以拓展成敛财的门径。培根也认为致富的途径千条万条，其正道则只有一条——依靠诚实与汗水致富。正道上勤劳致富，效果虽是迟缓，却也是稳妥可靠的。要成为暴发户，唯有步入贪污、受贿、盗窃、讹诈的歪门邪道，所致成的必然症结便是"伤神"。何谓"伤神"？张说认为是"能召神灵，通鬼气"。

人性面对金钱时，着实险恶。两个贼夜间盗墓，墓里的将宝珠递出穴口，穴口上的接到宝珠，便用铁锤猛一下击毙同伙，封闭穴口，悄然遁去。美女有钱，绝不嫁于老翁；而老翁腰缠万贯，必能娶得美丽的少女。金钱能不动声色地毁人生命，破人贞操，不就是"召神灵，通鬼气"的绝妙注解吗？

俗谓"金钱万能"。财主们手里大量的金钱，依然具备着诸种用途。问题是，财主有财主的愿望，其愿望因为皈依于难填的欲望，这愿望便只能是失衡的、失度的，在政坛上铸造成野心，在经济上掘成为欲壑。依照培根所言，面对巨额金钱，上天只赋予财主们暂且的、虚荣的保管权力——饱饱眼福罢了，他们心里所预为安排的，俱属幻影，无一成真。这是"召神灵，通鬼气"的又一条注释。

有史以来的贪官污吏，在金钱上俱是"终日只恨聚无多"的典范。针对这亘古难移的财主本性，张说进一步点明："如积而不散，则有水火盗贼之灾生。"积而不散，悭吝成性，被盗被劫，或遭"水火"，尚属于小灾。现代社会，保安防范措施日益完备，盗贼、"水火"之类，都不在话下了，笔者所理解的潜在"之灾"，应是"药采"时来路鬼祟，终究要受到现实生活的认真清算，严厉审判。

恰如其分的比喻，有益于拓展人们对金钱的认知。西方的培根从宏观上俯视，喻金钱为辎重；东方的张说自微观处切脉，喻金钱为本草。中外思想家的光芒与魅力，互为表里，无远弗届，至今对世道人心有导航之效。

点评：

花钱的最高境界

最近，品读了杨闻宇先生的《金钱二喻》一文之后，总觉得钱这东西又甘又苦，耐人寻味。

"金钱"是个中性词，"金钱"就其本身而言没有好坏之分，人们之所以会对金钱产生一系列是是非非的认识，形成褒贬不一的看法，主要是人们对金钱的认识不同。有人谈"金钱是万能的，有钱是甜的，是幸福的"，也有人说"金钱是魔鬼，是苦的，是万恶的深渊"。我想这两种看法都有些极端。如何"视财，取财，用财"？《金钱二喻》是作者对"金钱"从辩证认识的角度来谈人生取舍得当、取用有度的问题，文章折射出两个大道理：

其一，"视钱财重者，味甘、大热"，"大热，则有毒"；其二，"视金钱重者，如战场辎重，致成拖累，遭殃取祸"。二喻确切精准，一剂猛药，醍醐灌顶。我想：人们对钱财大致有两种认识，其一，"钱就是命"；其二，"钱就是狗屎"。

谈钱谈财，不能离开一个人乃至一个国家所处的现实环境来认识，如果一个人生活极其困难，生命垂危，在社会保障和社会救助制度不完善的情况下，那么钱显得确实很重要，没钱就无法治病，从这种意义上来说，"钱就是命"。马克思主义政治经济学也曾说过，经济基础决定上层建筑，也就是说，经济能决定人们的思想行为，有什么样的金钱观，就有什么样的思想行动，离开经济基础来谈文明进步，谈社会发展，谈提高人的素质，那简直是一句空话。

有钱、爱钱并没有错，关键是你的钱财是不是来自正道，孔子说过："富贵，是人之所欲也，不以其道得之，不处也。贫与贱，是人之所恶也，不以其道得之，不去也。君子去仁，恶乎成名，君子无终食之间违仁，造次必于是，颠沛必于是。"这句话意思就是："君子爱财，取之有道。"只要是勤劳辛苦，合法取得的财富，国家都给予保护，个人都有支配钱财的权利，不管你多么吝啬，多么大方，别人都是无可厚非的；但如果是通过贪污受贿、巧取豪夺、拐卖哄骗取得的钱财，始终是不能保全的。取之正道的钱财，人们才知道珍惜，才知道用之有度；相反，偏道取财的人往往也会把财用偏。

一个人有了钱，关键是看你怎么用。有了钱，有的人吃喝嫖赌，花天酒地；有的人抠门小气，视钱如命；有的人则献爱心、做善事；有的人则重在花钱提高自身文化修养，追求生活的质量和品质。钱用得恰当，往往能促进社会进步；用得不当，惹火上身，走向邪恶，甚至走上犯罪的道路。其实钱并不坏，是人坏。

故，有钱行善积德，此乃花钱的最高境界。

温圣喻 《散文选刊》

细节的推敲

社会上下到处是微不足道的生活细节，有个别细节，一旦被艺术家择入手底，则活力焕发，熠熠生辉，格外引人注目。

廉颇为赵国良将，晚年时，赵襄王上台，不信任他，廉颇就"奔魏之大梁"，魏国也不能信用。赵国因为数困于秦兵，襄王思复得廉颇，廉颇也很想复用于赵：

赵王使使者视廉颇尚可用否。廉颇之仇郭开多与使者金，令毁之。赵使者既见廉颇，廉颇为之一饭斗米，肉十斤，被甲上马，以示尚可用。赵使还报王曰："廉将军虽老，尚善饭；然与臣坐，顷之，三遗矢矣！"赵王以为老，遂不召。

老人吃饭时上茅厕的情况可能会有，可你上一次，我可以说成三次；你小便，我可以改成拉稀。廉将军老成这样，襄王还敢用吗？问题的症结，是郭开在背后下了蛆。这样一个说不清道不明的细节，既毁了廉颇，也葬送了赵国的前途。写作的人都知道，情节可以虚构，细节是无法虚构的，然而，细节却是可以加工改造的。小人没有谋国的心思，但谋己的门道却精通得了不得。有钱能使鬼推磨，赵国的这个使者，很可能就是个擅长于"使坏"的老手。

范仲淹在《严先生祠堂记》里称赞严光：

先生，汉光武之故人也。相尚以道。及帝握《赤符》，乘六龙，得圣人之时，臣妾亿兆，天下孰加焉？惟先生以节高之。既而动星象，归江湖，得圣人之清。泥涂轩冕，天下孰加焉？惟光武以礼下之。

　　这里的"动星象"，来自《后汉书》："严光与光武帝共偃卧，光以足加帝腹上。明日，太史奏：'客星犯御座甚急。'帝笑曰：'朕故人严子陵共卧耳'。"光武帝与老友同床共眠，这是真的，然而，这里又添加了"光以足加帝腹上"，这才在天空中也出现了客星犯御座的星象。

　　这个酣睡于被窝里的细节，实在无聊，光武帝没有说；即便有过其事，严光自己也不可能说的；只因《后汉书》里这样记载，后来的各种解释里便都非常看重"光以足加帝腹上"的细节。不然，这"犯星象"的说法就缺乏分量了。"客星犯御座"，本来就是天人感应的附会之词，有了这样一个添枝加叶的细节，连范仲淹也相信"犯星象"是确有其事。这个闹不清怎么形成的细节，大幅度强化了光武帝与严光的形象塑造。对细节进行顺乎情理的移植、改易、润饰，人们心照不宣，仿佛也都是默许、认同的。

　　孙觌是两宋之际屈体求金的大汉奸，比他年轻的朱熹不齿其人格，写了篇精要、凝练的《记孙觌事》，说的是建炎元年汴京沦陷，钦宗被掳，金人欲从钦宗手里得一降表，以便促使正在抗金的中原军民及早归顺。钦宗不得已，便命身边近臣孙觌撰稿。昏君糊涂，内心却暗自希望孙觌能秉持气节而不奉诏。没有想到的是：孙觌二话不说，不假思索，提笔一挥立就。其文过为贬损，似乎早就有腹稿在心。金人大喜，便将所俘获的妇女赏赐给孙觌，孙觌欣然领赏。

　　其后，每语人曰："人不胜天久矣；古今祸乱，莫非天之所为。而一时之士，欲以人力胜之；是以多败事而少成功，而身以不免焉。孟子所谓'顺天者存，逆天者亡'者，盖谓此也。"或戏之曰："然则子之在虏营也，顺天为已甚矣。其寿而康也宜哉！"觌惭无以应。闻者快之。

　　此文简练、严谨，这里只谈收尾处的细节。

　　有人听到孙觌经常得意地以降表之"精丽"来炫耀自己倚马可待的文采，就不冷不热地刺了他一下："你在虎狼窝里代皇帝写降表，正因为是顺天顺到了极致，所以上天犒劳你，让你现在才这样安康、长寿啊！"孙觌听后，"惭无以应"。"惭无以应"的这个细节，显然是作者的杜撰了。

孙觌的专附和议、媚敌求荣，是一以贯之的。李纲抗金，他率加污蔑；作《韩忠武墓志》时，极诋岳飞之抗金；写《万俟卨墓志》时，又极表其残害岳飞的劣迹。这样一个长寿到将近90岁的铁杆汉奸，恬不知耻，脸厚于城墙，听到人家说他"其寿而康也宜哉"的话时，很可能是正中下怀、乐不可支的。朱熹在这里说他"惭无以应"，是不符合孙觌性格的内在逻辑的。细节如此杜撰，朱熹的目的在于鞭笞汉奸之无耻，伸张民族气节，读者掩卷沉思，当是会心一笑的。可憾的是，这样杜撰，反而会让人觉得这个孙觌还存有一丝人性。

普通的细节，生活里俯拾即是，作为个例，其本身是不含有什么特殊意味的。然而，化寻常细节为神奇，却是艺术家独具的卓异之处：赤壁的东南风，是诸葛亮装神弄鬼从七星台上祭来的吗？武松的酒喝得越多，拳法就越能出神入化吗？秦桧的夫人王氏，真的在东窗下设过谋害岳飞的毒计吗？长期的艺术实践正如鲁迅先生所言："艺术的真实非即历史上的真实……因为后者须有其事，而创作则可以缀合，抒写，只要逼真，不必实有其事也。"

对于生动、鲜活的生活细节，人们是喜闻乐见的，但是，这些细节零散、琐碎，决定不了文学作品的成败方向。高明的艺术家，明察秋毫，胆大心细，对生活细节的摘取、处理，是以典型环境和典型人物的塑造为前提的。有些不起眼的细节一旦被艺术家以独有的方式移植于文学作品，往往有点石成金之效，能够进一步完善人物的形象，深入开掘人性之底蕴，大幅度增强作品的感染力。

脍炙人口的创造性的艺术细节是艺术家灵感降临、匠心独运的优秀成果，绝非日常的雕虫小技可以比拟。

经常阅读古典文学，对于那些真正的艺术家，笔者的敬慕之情油然而生：前辈艺术家从宏观处着眼、自细微处用笔的社会责任感，是我们文学传统里一笔珍贵的遗产。

文汇笔会　2023年3月5日

点评：

　　成功的细节描写体现作家的社会责任感，是本文的点睛之笔，也是报纸看中之处。生活中到处都有潜藏价值的细节，但一般人没有感觉，视同无物，只有功力深厚的作家观察通透细微，能从生活矿藏中淘洗出金子；除了过人的洞察能力之外，还有大局意识、主题需要、刻画人物的妙笔等综合要素，看似简单，实非易事。

宗义　2023 年 4 月 4 日

　　兄着眼于细节的改造与运用，确是个中人语。于短文中把一个大课题说透是不容易的。兄的用心有微言大义之效。君不见今日之文坛，空洞浮华风气日盛，不要说细节，即便大略都可随意拎来换去。所求唯数字耳，所谓数字时代，即此。

大光　2023 年 4 月 7 日

积累于无形

万石谷，粒粒积累；千丈布，根根织成。人一辈子为了生计，总是在忙忙碌碌地积累着什么……"积累"不息不止、琐碎频繁，习惯成自然，便成为下意识的了。非常不幸的是，芸芸众生的随波逐流、随俗裹足的盲目积累，又致使许多人一辈子一事无成。

天地有阴也有阳，积累也分为正与反两个方面。值得留意的是，所有的伟业盛事，无一不是在辛勤积累的前提下完成的，实现的。积土成山，积水成渊，集腋成裘，积微成著，科学上许多重大发明、重大突破，都是从点点滴滴的细微劳动中积累起来的；倘若是没有岁月的积累，能写出《本草纲目》《水浒传》这样的巨著吗？这属于正面的积累；至于积羽沉舟、群轻折轴、聚蚊成雷、积怨成祸，则是反面的积累了。

一正一反的能量积累，在本质上是存有难易之别的。"从善如登，从恶如崩"：从善如登山，一步一步上到高处境界是很艰难的；而从恶必崩溃，崩溃则是全面垮塌，来得极为迅猛。司马光所说的"顾人之常情，由俭入奢易，由奢入俭难"，也就是"由廉入贪很轻易，由贪入廉没希望"的意思。至于常酗酒而失德，久吸烟而上瘾，瘾之易于上身而难于了断，就更为常见了。关中乡下有一句话叫"人皮难披"，其深层意思是十年树木，百年树人，"不受磨，不成佛"，要正面积累而磨炼成一个大写的人，逆水行舟，是很不容易的。正面的积累艰难，反面则轻易、迅捷，致使许多人一生的最大遗憾，就是避难就易，稀里糊涂地日积月累，到底也没有写好一个"人"字。

积累的过程常常是隐晦的，它属于不易觉察的能量积累。积攒到一定的尺度，可就"积重难返"了。积久成习，习不易改，酒鬼、烟鬼、赌徒、吸毒者，就是明证。水滴石穿，也是一种积累。一滴水虽然渺小、轻微，但千万滴乃至几亿滴凝聚成的力量却是万万不可小觑的；绳锯木断也是；这些看似平庸、渺小得微不足道的积累，最终会导致石穿、木断的巨大变异。

人常说怀之专一，鬼神助之。华罗庚的名言是"天才在于积累"，可他又强调，"不断积累，飞跃必来，突破随之"。积累是因，久积生变则是果。积累是微妙的，隐晦的，一旦引发质变，却是显著的，剧烈的，甚至是石破天惊的，这是积聚的规律所注定了的必然结局。

积善成德，德可载物，积贪成恶，恶能亡身。晋代的杨泉在《物理论》里写道："积薪若山，纵火其下，火未及燃，一杯之水尚可灭也；及至火猛风起，虽倾河海，不能救也。"换言之，逐渐地积累由浅入深，自轻而重，到达一定程度时，于"华罗庚们"是创造灵感的降临、个人智慧的爆发，对于奢侈享受者而言，则是火山之起爆，堤坝之毁跌。

万事万物的发展，永远遵循着相辅相成且又环环相套的运行规律。

积土成山，山不可移，我们就有了"愚公移山"的传说；积水成海，海是无法填满的，我们又有了"精卫填海"的故事。这传说与故事尽管为虚构，为杜撰，人们却津津乐道，盛传不衰。原因是人生于世，心里都有一种力量，这种力量形成于实实在在的生活积累；这样的传说故事既肯定着人类前仆后继、坚韧不拔的奋斗、抗争精神，也展示着人们始终在向往着"积累"式的努力终究会结出理想性的丰硕果实。它符合民众的价值观和心理期待，是民族精神的一大特色，是坚定的中国梦，外国人觉得是难于理解的。

积累的过程无声无息，相当隐蔽；而积久生变，属于铁律；其发生变异之前的临界点，隐藏得更深。久积而行将致变的临界点出现之前，许多当事者本人也是毫无觉察的。如扁鹊每隔十日见一次蔡桓公，每次见到都当面进行提示，第四次见到时，"鹊望桓侯"而一言不发，转身就走，因为他知道不断积累已导致病入膏肓，没法挽回了。过了几天，桓侯遂一命哀哉。

一切质变都有个缓慢积累的过程，按理说，这个过程最应当引起人们的警觉，可是，在现实生活中，却偏偏是最易于麻痹、轻忽的，这等顽疾，是习惯成自然致成的吗？尤其那些大型天灾人祸的背后，其积久生变的因素更其隐晦。世界上发生过多少不可思议的巨大灾难，天崩地裂，连这些行当的科学家也目瞪口呆……

要看见事物转换的奥秘，是必须下功夫的，否则，积累的遮蔽及生存的板结，会让悲剧层出不穷。积善、积德，是人类最为珍贵的积累。当今，人类的安乐已抵达极限了；后代的享受，还会升级吗？瞻前顾后，居安思危，还是取《格言联璧》里的一段话作结吧：

祖宗之泽，吾享者是，当念积累之难。问子孙之福，吾贻者是，要思倾覆之易。

露珠与珍珠

倘说朋友像是露珠，那么，"知己"就是珍珠了。露珠与珍珠一样光鲜，如果想要在露珠里觅得珍珠，很难。

朋友的原初本义，指彼此友好、互为照应的熟人。因为"在家靠父母，出门靠朋友"沿袭成习，许多人初次照面，一开口就称对方为朋友。随意拉扯，随处使用，"朋友"二字也就泛滥了。更糟糕的是，有些朋比为奸者也以朋友相许，酒肉场合吹吹拍拍，信誓旦旦，摆一副要为对方两肋插刀的架势，实际上尽都是唾沫乱溅的谎言浪语，当利益冲突白热化时，能不背后捅刀子，就算"够朋友"了。层次不同的朋友是个开放性的名词，维持着友谊层面最大限度的平衡，真正的朋友非常难得，是因为真朋友贴近于"知己"的范畴了。

年轻人热衷于交友，仿佛满眼都是朋友，不在乎什么"知己"。世途翻覆，好事稀寥，直到在朋友圈里喝水多了，被呛得够了，这才明白多数朋友仅仅是"过客"，也才开始留意"知己"二字的含义。"彼此了解而情谊深厚的人"就是知己，词典这样解释，似乎模棱两可。大相径庭的朋友与知己，是在一个人成长的进程中渐渐划开界限的：朋友，像是临岸水浅处的许多人在扑腾不已，而知己，则像是岸远水深处难得一见的稳步跋涉的独行者。能在大浪淘沙中留到最后的朋友，往往才是真朋友，真朋友，才有化为知己的可能性。

一个人成长途中，朋友会剥笋一样减少，也只有在失意、寂寞、孤独的环境里，这才有可能遇到知己的种子所冒出的萌芽。知己的萌芽是在友情的基地上逐渐生长而形成的。换个比喻：知己如果是一株珍贵的花卉，艰难境遇里的友情便是培育它的肥沃土壤；那些见风使舵、隐伏着功利算计的"朋友"，只是垃圾凑合成的瘠薄泥沙，在泥沙里，结缘知己也就没有形成的根基。

聚首的朋友们红火热闹，动辄大呼小叫，而知己之萌芽，是内敛的、静默的。朋友的热闹与泛滥，暗暗衬托着知己的冷静和珍惜。现在时兴手机，"朋友圈"那么多，为什么就见不到一个"知己圈"呢？可见连环交织的朋友圈与"知己"二字的缘分是多么淡薄。风雨同舟、患难与共、肝胆相照、生死相依，这些知己范畴的令人神往的词句其所以，一再降临于笔端、落实于字面，可能正是因为现实中太稀罕、太难逢了吧。

有人或许要问：结为连理而白头偕老的夫妻，难道算不上知己吗？

年轻人初恋时，称对象为"朋友"；发展进步而同入洞房，升格为夫妻；生儿育女，银婚，金婚，情意深笃，相依到老，这是岁月碾下的深深的辙印，誉之为"知己"，倒也无妨。至于能否晋升为真正意义上的"知己"，可是要斟酌具体情况了。旧时的富翁妻妾成群，当今的贪官情妇联袂，"文革"中出现过夫妻翻脸要划清界限，眼下时或出现的一夜情、性伴侣，尽可以证明，性爱与情爱并非一回事。就是合理合法的夫妻，由情爱层面要步入纯正的知己层面，也绕不过一个逐渐成熟的磨合进程。夫妻之间，锅碗瓢盆，撞磕难免，虽然朝朝暮暮，耳鬓厮磨，也还要是互相体谅，彼此关照，紧紧携手，努力不懈地步入知己的境界。

异性之间的感情，神秘、微妙，易于切入"善解人意"的爱情层面，一旦喜结连理，晋升为知己的指数毕竟会高出一筹。例如，陆游与唐琬、鲁迅与许广平、高君宇与石评梅、傅雷与朱梅馥……相濡以沫，人神共睹。当然，这等超拔于尘俗的知己境界，风波起伏兮爱河九曲，毕竟是曲折磨合形成的，其间都有一个互动深入、熔铸淬砺的时序与过程。

友情、爱情和亲情，是这个世界上产生温暖的源泉。朋友圈历来是分层次的，虚与委蛇者有之，锦上添花者有之，雪中送炭者也有之，如果知己也可以归入感情的宝塔，它分明是这座宝塔上的金顶了。真正的知己境界，别有洞天。"人生得一知己足矣"，此言含义深矣，挑明人生之知己，只能是凤毛麟角。

人情如云似水，周折繁复。露珠常见，珍珠稀罕；朋友易得，知己难逢。朋友与知己，质地大异，彼此却又是藕断丝连。朋友满天下，天下没有不散的筵席；知己难寻觅，却也是避免了宴席散伙之后的寥落。人生本质上是孤独的，缘浅缘深，缘起缘灭，很难估量，人生所持的正常心态应当是"莫愁前路无知己"。要留意的是，"莫愁"不等于大而化之，倘是巧遇机缘，切莫掉以轻心，否则，"知己"之大幸，也只能是稍纵即逝的电光石火。

朋友与知己，是一道不易分解的难题。倘有人问我："你而今 80 岁了，有知己吗？"我会哑然失笑，不知如何回答……

《文汇报》 2023 年 1 月 8 日

月升与月沉

日月经天，昼夜不息。人生于世，谁没有见过月亮呢？

儿时，月地里行走，身影紧随，跟着"戴月荷锄归"的父兄从田野回到家中，月色接踵入户，依旧澄明如水，自个儿投在地上的身影更为清晰……现在不同了，多处市声鼎沸，霓虹烁动，待到灭灯之后，仰望天际，才能寻找到面容憔悴、黯然独行的月亮。

万物生长靠太阳，那么，月亮的升沉，与人生是什么关系呢？

我这书房的落地窗面临黄海，看书倦怠时，靠在椅上遥望海天。夜静关灯，月儿便皎洁地呈现于清旷辽远的空际。静静地看着月亮推移，我不自禁地想到了"希望"二字。

春天解冻时，枯秃的树枝，土里的草根，冬眠的细虫……无不怀有萌动、复苏的强烈愿望。愿望就是希望。而一切美好的希望，又总是与春天连襟的。在这个世界上，凡是抱着热切希望、生气蓬勃的创业者，哪一个不是风华正茂的年轻人呢？从朔日起始，月亮一天比一天皎洁，上升的途中，不断地充实着、弥补着自身的不足与缺陷。鲁迅先生认为"不满是向上的车轮"，这话很形象，有可能就是他在望月时的感触。希望是生命的源泉，是茁壮成长的内在活力。人在青春期，正像东方升起的月亮，希望的逐步实现，隐含在蒸蒸日上的途中。

人的感情、理念成长的轨迹，是希望在先、欲望后随的，两者是流水一样连绵递进的；递进途中，希望潜移默化，会悄悄然变成为欲望。而希望与欲望的含义，却是两码事。

　　人的生命随着年龄的增长，随着切身利益的一再磨蚀，反复取舍，会变得越来越实际。最初形成的希望，会在不知不觉中渐渐演变成欲望（健全的欲望，属于正常的精神素质）。起初的希望是纯洁的、崇高的，而欲望不断地与切身利益沟通、接轨，日趋实惠，无形之中也就变得很现实了。当衣食住行之类的欲望彻底取代了如月初升的希望之时，所谓的初心、初衷，就很难有立足之地了。

　　在欲望变得强劲之日，人也就不知不觉地跨上了很难驾驭的烈马：经商者，盼着赚个盆盈钵满；爱河里的弄潮儿，花好月圆之后，仍感到饥渴难耐；仕途上的热衷者，连连攀升，脚底总也踩不住个知足的台阶……欲望不断地升级、膨胀，必然转化为欲壑。"欲壑"，意味着一个人会将全副精力投注于切身利益的追索与攫取，"世上无如人欲险"，那股强横的力量有似于长蛇之入巨壑，是无可比拟的。

　　希望是什么时候转化为欲望进而扩展成欲壑的呢？

　　月有阴晴圆缺，每当皎月圆满时，人间十分仰慕，"桂子月中落，天香云外飘"，隆重的中秋节，显示着诚挚的景仰之情。实际上呢？完美与缺憾从来是紧相依偎的，盛极必衰，满盈则亏，月亮一旦圆满，清辉当即消退，同时开始下沉。月亮这时所显示的，不限于皎月自身，而是这个世界上所有的圆满境界……

　　众所仰慕着的"圆满"境界，稍纵即逝，本来是最应当引起警惕的，可人们习惯成自然，仰慕圆满、乞求完美者数不胜数，对之警惕者实在是寥寥，已经很少有人去留意：圆满的潜台词就是"转机"。

　　洪应明有句话颇耐人寻味："老来疾病，都是壮时招得；衰时罪孽，都是盛时作得。故持盈履满，君子尤兢兢焉。"壮时、盛时，不就是人们所迫切期望着的圆满境界吗？有鉴于圆满的短暂，朱光潜先生认为："在现实世界绝没有所谓极乐美满的东西存在"，"这个世界之所以美满，就在有缺陷，就在有希望的机会……"先生在这里只是挑明：欲望一旦变为欲壑，局外人也会意识到"欲壑难填"，但要进一步认识"转机"二字，难度就大了。

天上人间，圆满与完美是一回事。月之光晕变化不息，盈满之际，正是微妙转折之紧要当口：山登绝顶，必然下折；花红得泛紫，自当萎谢；弓扯到极限，就可能断弦——社会上的一切完美状态，比如，大富大贵、炙手可热、安枕无忧、红得发紫、首屈一指、空前绝后之类的现象，尽都与转机连襟。社会实践反复在证明，希望之转化成欲望，致成欲壑，正如月升月沉一样，属于不可抗御的发展规律。日中则昃，月盈则亏，事到圆满时，转机一概是神速的、迅捷的。这是永远不可通融、不可移易的现实主义。

人有悲欢离合，月有阴晴圆缺，无论天上人间，一切事物的圆满境界、美好氛围都是有既定限度的。我们常说的心中有数、适可而止、见好就收、知足常乐，尽都与对圆满分寸的把握有涉。人的一生，也唯有弄明白"转机"二字的真切含义，才会对自己所孜孜追求的目标如履薄冰，步调稳健，这才有望进入真正完美的境界。

点评：

《水何澹澹》以散文笔法意韵入杂文，《月升与月沉》此种意韵更浓更醇。以月为题多矣，入诗入词入文，有咏有叹有喻，但入杂文却不多见。由月之盈亏迪及圆满转折，又引申希望、欲望、欲壑，十分新奇。进而昭示若踩不住知足的台阶，不识敬畏圆满，不识转折进退，则必一失足成千古恨，悔之晚矣！当今社会，无论官场商场，此类人和事多多。箴言醒世妙文！

王允毅　2022 年 1 月 21 日

　　《月升与月沉》越读越有味，越品越长见识。你讲月升月沉的天象所引出对人生的思考，辩证而新颖，此所谓言人之所未言吧。

　　"圆满的潜台词就是'转机'。""盛极必衰，满盈则亏，月亮一旦圆满，清辉当即消退，同时开始下沉。""这个世界上所有圆满的境界，全都是电光石火，稍纵即逝"的。当此之时，要善于把控这"转机"关键。讲得深透，使企盼圆满者顿悟。

　　人世间，凡人希望"圆满"，孜孜不倦；庸人追求"圆满"，欲壑难填；高人敬畏"圆满"，"如履薄冰"。看来，我们凡人要进入人生最美的境界，必须高度警惕，不断充实弥补自身的不足与缺陷，把握好人生途中的"转机"，才能轻松、幸福。

　　　　　　　　　　　　　　　　巧梅　2022 年 3 月

　　月升月沉，哲人之思，亦含有九成宫"居高思坠，持满戒溢"之意。

　　　　　　　　　　　　　　　　董老师　2023 年 3 月 5 日

　　知足常乐的对立面是贪得无厌。从人生修养层面看，后者是所有贪官的一个道德陷阱。法律、规章、道德，是行为约束的三重规范，道德是基础。知足常乐这样的人生修养，说起来容易做起来难，所以要常说；道德层面的问题也受制度和环境的影响，如制度和环境不好，黑白不分，是非颠倒，有时也会把好人逼成坏人。

宗义　　2023 年 3 月 6 日

明月兮诗魂

　　云雨雪岚，山水星辰，为诗画里常见的自然物象，其间出现率最高而尤为出彩者，非月莫属。

　　日月照拂天地。在人们眼里，日有旭日、夕阳，明显的感觉是寒暑冷热；月有阴晴圆缺，其变化主要是亮度。月亮在君临大地时，总喜欢与花事连襟：花朝月夕，花好月圆，云破月来花弄影，编织出一连串美好的境界。

　　月亮密切于人事。男的面如朗月，女儿眉弯似月，这是青春期英俊外形的标志。传说，月亮里有飘香的金桂，洁白的玉兔，轻舒广袖的嫦娥，这是一个悄悄然的暗示：尘世间的尤物，才有进入月殿的资格，一般物事是上不了天庭的，月宫里没有俗者的位置。

　　月亮的亮度总在变化。七夕是月亮最美的时刻，月色浓淡相宜，所展现出来的境界，自然是最宜于男女相会的色调。这一天，女儿家要向上天乞巧，不然，就可能不开窍而终身蠢笨。牛郎和织女，也要在这般时候鹊桥相会。鹊指喜鹊，世上鸟类多了，名为喜鹊者，就因为它成全的是一年只有一次的大喜之事。小时候听奶奶讲故事，说农历七月七日这天，从早到晚，田野村庄里几乎看不到喳喳叫的喜鹊，因为全都飞到银河的上方架设鹊桥去了，让牛郎、织女相会去了。牛郎、织女踩着集群成阵的花喜鹊相会，是远胜于踩着红氍毹的，洪福齐天，幸福得不得了。

　　月亮的色调与爱情的际遇所组合成的特殊境界，只可意会而难于言传。

"待月西厢下，迎风户半开。"月亮炸亮，固然大煞风景，可倘是无月，整个寺院黑灯瞎火，约会又成何体统？月亮在这个时候如果不作美，《西厢记》是演不下去的。"月上柳梢头"和"人约黄昏后"，若分开来看，是乏味的大白话，但将前后两句连为一体，融入诗作，形成的却是妙不可言的意境。

杜甫的"露从今夜白，月是故乡明"；"遥怜小儿女，未解忆长安"。拆开来看，句句也都是味同嚼蜡。但将其融入完整的诗作，却教人浮想连绵，足以压倒"绣帘开，一点明月窥人"的名句。

在许多脍炙人口的诗文里，月亮动辄是不露形迹的。

"林暗草惊风，将军夜引弓。平明寻白羽，没在石棱中。"李广夜间情急而射虎，林暗、草惊，应当是以若明若暗的月色为底衬的，如果黑咕隆咚，伸手不见五指，他能"会挽雕弓如满月"吗？还有林冲，雪夜里肩一杆长矛踏着"碎琼乱玉"似的雪花奔赴梁山时，月色也应当是朦胧、隐约的。月亮在一些关键场合之含蓄不露，较之于"今宵酒醒何处，杨柳岸，晓风残月"，仿佛是更有意味。

月亮进入诗文，不仅让人们的感情迅速发酵，也让人们心目中艺术家的形象更具有立体感。

陶潜的"晨兴理荒秽，戴月荷锄归"，自然地照应着"采菊东篱下，悠然见南山"。倘无辛勤耕耘的前联，后联的蕴意就可能大打折扣。试想：一个四肢不勤、五谷不分的懒虫，爬起来后，有东篱采菊而"悠然见南山"的情致吗？

苏轼在湖北黄冈的承天寺夜游时写道："庭下如积水空明，水中藻荇交横，盖竹柏影也。"若干年前，他在山东密州写过《水调歌头》："明月几时有？把酒问青天。不知天上宫阙，今夕是何年。我欲乘风归去，又恐琼楼玉宇，高处不胜寒。起舞弄清影，何似在人间。"词吟皎月凌空，文记月光掠地，从意蕴、襟气方面细为忖度，苏轼精神活动的脉络进一步明晰。

月亮自上而下渗透于诗文，创造了种种审美的意象，是乡愁的催化剂，是爱情的摇篮，也可以是诸多情愫的调色盘、多棱镜。它频频进入诗文，不仅缘于它是天地大美的一尊化身，创造了泓浩静美的景致，还因为，月在朔望之间，晦、明，圆、缺，上弦、下弦，如眉、如钩、如玉盘，晕绕月而风将动，月临海而共潮生——变化没有穷已，与人间万象的繁复变衍是天然吻合的。

一首歌词里写道："天上的月亮在水里，水里的月亮在天上。"月亮经天为皎魄之不息运行，落地入水则为贞静幽魂之恒久沉璧——月华似水，水印皎月，明净澄澈，这不就是"明月松间照，清泉石上流"的翻版吗？倘若没有月亮，能有这咫尺千里、泓浩静美的景致吗？

平民关注太阳，文人情系月亮，是中国文化的一大特色。每当月亮显形时，"日出而作，日落而息"的体力劳作者便进入了梦乡，在这个万籁俱寂的时候，能够赏月者，大概就只有我们的艺术家了。天地静寂，正是艺术家的心思、情愫默默然与月沟通的大好时机——造化将四海兄弟巧为安排，也算是"天作之合"吧。

中国文人，若是与月无缘，似乎也就很难进入艺术的高雅境界。

正因为月亮美好得无与伦比，连吠日之蜀犬也不敢对月轻吠，偶尔吠之，其声清远如豹。诗仙李白，可能是酒喝大了而失足落水，有人便说他是爱月，扑进江里捞月去了。天下美好之物，谁都想得到，猴子捞月尚有其事，爱美若狂的李白，人们就更相信他是打捞月亮去了……

《光明日报》 2022 年 10 月 28 日

点评：

中国文人写天上的月亮，落脚点大都是人间的乡情、友情、亲情、爱情。《明月兮诗魂》是颂月诗的一次集中的梳理和价值的提升，三条原因的概括自成一说，是理解此类诗歌的人文意义的一把钥匙。

此文在中秋节前后出手，应是副刊最爱。

宗义　9月22日

《明月兮诗魂》读过几遍了。细品，觉得并非你自谦的"胡乱拉扯"之文，我倒觉得文章立意、命题都很好，一一新奇。文章从月亮入古典诗文，经高手点染，创造出一种洁净隽美的艺术形象，从而影响着诗界文坛，进而得出"明月兮诗魂"的慨叹。

从行文看来，你引用古诗文、传说、神话故事等手法娴熟，精妙而简洁，这倒是你一贯的文风。文章如再修改，肯定会更耐读。

另外，文中"优物"（尤物），"炸亮"（乍亮），是我错了吗？

巧梅　2022年9月24日

清气长留天地间

　　草木繁盛，种类繁多，其间，哪个最能形象、逼真地体现"清静"二字呢？北宋的周敦颐相中了"香远益清""出淤泥而不染"的莲。一位理学家，推崇高风亮节的美学眼光是很别致的了。

　　擎立于湖塘中的莲，轻风可为抚摸、摇曳之外，也就是轻捷工巧的蜻蜓偶或问津，众多的蛾儿、蝴蝶们，只能是敬而远之了。"清香传得天心在"，个中原因，恐怕不仅仅是水陆阻隔所致吧。

　　欧阳修说"柳外轻雷池上雨，雨声滴碎荷声"，这是高明的宫廷乐师也敲不出来的美妙之音，所谓的"天籁"，就是这样吧。荷花滋润美艳，却从来是"不上美人头"的，美人满头珠翠，没听说有谁簪过荷花。可是，那位曾经"误入藕花深处"的才女李清照，出现在丹青里，又常常是被荷花簇拥着的；再者，十方诸佛，盘坐于莲台之上，莲台，正是荷花编织的……

　　喜荷的画家，常也画鱼。一群体态匀称、优美的鱼，不问东西南北中，在荷叶下悠然自恣，无忧无虑地游动着。荷倘若是"清静"的象征物，鱼，便是"清闲自由"的代表角色了。

　　与荷、鱼之"清静""清闲"相较，人生最可珍贵的是"清气"。清气，并没有一个抽象而绝对的概念，可在日常生活中，却是一个切实、分明的存在。人类社会的殊为难得之处，就是世世代代从心底推崇"清"字，锲而不舍地追求"清气"，抵御污浊。

　　尘世不同于水域。清受尘，白取垢，若论清浊，两者却大有相似之处。《论语》提出君子有三戒:"少之时,血气未定,戒之在色;及其壮也,血气方刚,戒之在斗;及其老也,血气既衰,戒之在得。"这里反复强调"血气",而血气的主要成分是水。也就是说,无论水域还是尘世,清与浊永远是纠缠为一体的,不可分的。作为个人,想要在这个世界上摆脱污浊,保有"清气",关键之点是要保持清醒。

面对污浊无微不至的浸淫、渗透,全人类仿佛只形成了一个真正的姓名:"欲望"。欲望是社会发展的原动力,如果取消了欲望,人类还能算是万物之灵吗?"食色,性也",而欲望,说到底也就是财、色二字。"财迷永无止境","邪心诱于可欲","人只一念贪私,便销刚为柔,塞智为昏,变恩为惨,染洁为污"……这类广泛流行的警示语,无非是教人要认识自身的局限和缺陷,适当控制欲望,保持"清醒"。

至于如何控制欲望,保持清醒,这可是一道费解的难题。

天下动物,都有本能性的"欲望"。有人或许觉得,与生俱来的人的惰性,与鱼的清闲自由有相似之处,这显然是个误会。在这个世界上,没有智慧,一切本能性的欲望就经不起诱惑。鱼儿吞饵成性,动辄将自身化为餐桌上的一道美味。黄河上游的刘家峡水电厂,水库多鱼,钓客云集。曾有一条大鱼吞饵之后,不肯上岸就擒,便在水里死拽硬拉,最后,终于将那位健壮的钓者拽进了库里,钓者落水,在大鱼仅如扯一轻细的浮标而已,钓者只好放弃精美的钓竿,急惶惶泅上岸去,狼狈奔逃回家。鱼大成精,雄力过人,因为了无智慧,也唯有以力死拼,力若不济,可就跟那个西楚霸王是同一个命运了。

"劳则思,思则善心生;逸则淫,淫则忘善,忘善则恶心生。"(《国语》)自由自在的鱼儿,无所谓劳逸善恶。雷锋曾说"力量从团结来,智慧从劳动来",众多的鱼儿,无所谓团结,更无智慧。不劳动、不思考,头大而无智慧,可就是先天的缺陷了。

俗话所说的一清二白,那是"小葱拌豆腐"的歇后语,属于小菜一碟,生活里实际起作用的,却一直是"水至清则无鱼"。一个人倘若太清,没有含垢纳污的雅量,可以说是寸步难行的;边上近处,还有

330

一顶"清高"的帽子，也不是什么褒义词。

为官清廉，两袖清风，历史上可能是有过的，可在我们当今的现实生活里，你去官场找一找看……南朝的颜延之在《祭屈原文》中写道："兰薰而摧，玉缜则折；物忌坚芳，人讳明洁。"就是从屈原身上总结出来的一条教训。过于明洁，是为太清，太清者不合时宜，为俗所厌，后来便化作"清时有味是无能"的诗句了。

水之浑、世之浊如果连连加剧，清气无法抬头，安宁、幸福在这个世界就无从立足了。追究下去，因为世事扰攘，终于也还是"人皮难披"：像莲那样单靠生理形象立足，不甚牢靠，享时也短暂；像鱼那样凭仗气力行世，能否自由自在，可就要看运气如何了。人类若是能保持"清醒""欲望越小，人生就越幸福"（托尔斯泰语），换言之，人类也唯有依靠智慧，才可能与清气、与幸福长期结缘。

莲的清静、鱼的清闲，属于天然气质，如果天地间清气充盈，这等气质也能大幅度地体现在芸芸众生的身上，国泰民安，也就是太平盛世了吧。

点评：

三千年读史，不外功名利禄；八万里悟道，终归诗酒田园。看懂世态人情，看透名利沉浮，看破生老病死，就能洞明世事，从容应对；就能心理强大，宠辱不惊。以出世之心，做入世之事，随心所欲，顺其自然。如此则非仙即道，所谓仁者寿。你我共勉！

春安如意！

陆平中　2023 年 1 月 4 日

有暗香浮动

一

西施之美，世无异议，苏轼便以西施来比拟西湖："水光潋滟晴方好，山色空蒙雨亦奇。欲把西湖比西子，淡妆浓抹总相宜。"西湖位于杭州城西部，本来和西施没有任何关系，唐朝之前，还有过西陵湖、钱塘湖等十多个名称，西子湖作为隐喻型的雅称，倒是从苏轼那首诗广为流传后才出现的。于谦生于杭州，对西湖的描绘是"涌金门外柳如烟，西子湖头水拍天。玉腕罗裙双荡桨，鸳鸯飞近采莲船"，以诗作再现了人们对于西子湖的通感。

风光绮丽的西湖，是个连仙佛也向往的地方。古典传奇《白蛇传》中，白蛇娘娘与许宣相识于西湖，后又在这里邂逅重逢，演绎成多个剧种的保留剧目《断桥相会》。白娘子是冯梦龙《白娘子永镇雷峰塔》中的主角，戏曲里已演化为善良痴情、机警果敢的市井女子，以柔为用，以刚为美，身上飘逸着崇尚个性、不拘礼法的浪漫精神。可悲的是，无缘无故地屡遭忌恨，终于被法海和尚镇压于雷峰塔下。

西湖有十大著名景点，白娘子的故事涉及"断桥残雪""雷峰夕照"两个地方，每到这里，我脑海中就浮现出对爱情执着不渝而又勇敢抗争的白娘子的形象……

二

来到西泠桥，难忘苏小小。相传，苏小小是南齐歌伎。《钱塘苏小歌》里写道："妾乘油壁车，郎骑青骢马。何处结同心？西陵松柏下。"此后，她的名字就频繁地出现在诗文、词曲之中。唐代，吟咏者就有白居易、刘禹锡、权德舆、张祜、李商隐、罗隐、温庭筠等，诗作对苏小小倾注了丰富的情感。频繁地寻访、祭拜苏小小墓，在西泠桥很快就成为一种不成文的表示敬慕之情的"仪式"记忆。李贺的《苏小小墓》，最为驰名："幽兰露，如啼眼。无物结同心，烟花不堪剪。草如茵，松如盖，风为裳，水为佩。油壁车，久相待，冷翠烛，劳光彩。西陵下，风吹雨。"清新脱俗，冷艳凄清，在传说中植入了"分离、守候"的悲剧因素，将小小的风流蕴藉拓展到死后的幽魂常驻，深情里又注入了"坚贞"的一面。可是，苏小小旖旎超群的艺术形象，与达官显贵是隔膜的。

袁枚将唐朝韩翃"钱塘苏小是乡亲"的诗句刻成印章。某日，有位尚书大人慕名找到袁枚求诗，袁枚便拿出自己的诗集相赠，一时疏忽，诗集上盖有这枚印章。尚书一看，立时气恼，脸色大变，对袁枚大加指责，认为诗集上有这枚印章极不严肃，也是对"尚书"自己极不尊重。袁枚开始是一再赔礼道歉，可尚书大人不依不饶。于是，袁枚就肃穆起来，不再致歉，不卑不亢，正色说道："大人以为这方私印不伦不类吗？在今天看来，自然您官高一品，小小地位卑贱。怕只怕百年以后，人们只知道有个苏小小，却不知道有你这位尚书大人了。"绵里藏针一席话，气得尚书脸色发紫，满座的人却大笑起来。

1780年，乾隆皇帝"南巡"杭州，曾询及苏小小墓；4年后再次"南巡"，亲谒苏小墓。"涛声夜入伍员庙，柳色春藏苏小家"的特殊意味儿，让苏小小墓在集体记忆中益发庄重，使得文化人的拜谒晋升为具有典范意义的一种"仪式"。

三

正对着苏小小墓的，是秋瑾之墓。

秋瑾的诗文奇丽雄健，在清末三大才女（另两位为吴芝瑛、徐自华）中尤为突出。安徽桐城人吴芝瑛，是极负盛誉的书法家。徐自华年长秋瑾两岁，嗜古文，工诗词，与吴芝瑛齐名。这里包括自华之妹蕴华在内，是时代风雨使四位女性心心相印，聚到了一起。

1907年春天，自华陪秋瑾同游西湖，从岳王庙行到西泠桥时，秋瑾感慨地说道："我此去万一殉国，请埋骨西泠，与岳武穆相邻。"过了百余天，秋瑾在绍兴英勇就义。徐氏姐妹打听得秋瑾亲属慑于清廷淫威，不敢领取秋瑾遗体，只好柩上覆以草帘，停放在偏门头大校场近旁。得此消息，徐氏姐妹泪湿满面，决心要实现秋瑾"埋骨西泠"的生前之约。绍兴知府、浙江巡抚杀害秋瑾后，四处捕杀革命党人。徐自华压下幼女夭折之悲痛，冒着危险又去沪上找到吴芝瑛（吴在病中，闻此大恸），密商再三，吴芝瑛出资助葬，由徐氏姊妹在西泠桥一带购地建墓。

翌年2月，自华悄悄打通几个关节，请秋瑾的胞兄秋誉章协助；蕴华赶赴绍兴，扮成送葬的亲人；昏夜秉烛入文种山，偷出灵柩。运往江边时，忽遇清警，蕴华哭诉是亲姐之棺木，方才将灵柩送到船上。日止夜行，船离鉴湖后再渡钱塘江，几经波折，才下葬于西泠桥畔。下葬不到两年，被清廷巡察御史常徽发觉，上奏平墓。秋誉章获悉，即刻雇人将秋瑾灵柩取出，运往湖南湘潭，在秋瑾夫家之墓地暂放。辛亥革命成功后，自华力主将秋瑾灵柩"还葬西湖"。于是，呈请国民政府批准，复将秋瑾灵柩从湖南运回西泠桥畔，重新建墓。真正的才女，个人命运与国家命运是交织为一体的。1935年，自华病故，归葬于秋瑾墓侧。目前的秋瑾墓倚山面湖，松柏环列，下砌骨穴，埋葬遗骨，墓碑正面刻孙中山手书："鉴湖女侠千古、巾帼英雄"。背面嵌徐自华撰、吴芝瑛书的"秋瑾墓表"原石。

每到秋瑾之墓，笔者的心情纷纭、沉重。有一次，竟然记起1907年夏天的山阴县县令李钟岳了。上峰命令李钟岳处决秋瑾，他未去刑场。事后天天沉默，捧着秋瑾的遗墨"秋风秋雨愁煞人"，默默注视，每至涕泪双流……看来看去，三个月后，悬梁自尽。李钟岳这样结束自己的生命，让我对他也肃然起敬……

四

秋瑾、岳飞，间隔700多年，墓葬为什么就不谋而合，同归于西子湖呢？秋瑾决心殉国之前，向女伴提出日后要葬身西泠桥畔，"与岳武穆相邻"，这是她酝酿既久的一个心愿——岳飞是伟大的英雄，秋瑾与岳飞的报国之心是脉脉相通的。

岳飞的《满江红》，气壮山河，"千载下读之，凛凛有生气焉"。

怒发冲冠，凭栏处，潇潇雨歇。抬望眼，仰天长啸，壮怀激烈。三十功名尘与土，八千里路云和月。莫等闲，白了少年头，空悲切。

靖康耻，犹未雪；臣子恨，何时灭！驾长车踏破，贺兰山缺。壮志饥餐胡虏肉，笑谈渴饮匈奴血。待从头，收拾旧山河，朝天阙。

每当中华民族内忧外患之际，仁人志士步其韵而仿作者很是不少：张煌言、郁达夫、邵力子，都有过感人肺腑的佳作。若要从步韵之作里遴选出最优的一篇，无疑是秋瑾的步韵之作：

小住京华，早又是，中秋佳节。为篱下，黄花开遍，秋容如拭。四面歌残终破楚，八年风味徒思浙。苦将侬，强派作蛾眉，殊未屑。

身不得，男儿列；心却比，男儿烈。算平生肝胆，因人常热。俗子胸襟谁识我？英雄末路当磨折。莽红尘，何处觅知音？青衫湿。

岳词写于岳飞 33 岁，《满江红》成后六年，岳飞被害于杭州风波亭；秋瑾步韵时 28 岁，其《满江红》问世四年后，秋瑾被害于绍兴轩亭口。岳飞、秋瑾，出生地远涉南北，希图冲破封建藩篱的刚烈基调则是一致的，英雄儿女的肝胆、气质、义行、文采，用浓墨和着热血，以造化罕有的方式绵亘于天地之间。

秋瑾遇难，被她的女伴以精卫填海的精神祭献于其所挚爱的西泠桥畔，形成民族文化长河里一颗璀璨的明珠。由于雨骤风狂，秋瑾被害之后 80 年里，尸骨先后迁葬过 10 次。然而，让人欣慰的是，商务印书馆 2016 年出版的《新课标教材版古典诗词鉴赏辞典》，2500 年的跨度，从汗牛充栋的诗、词、曲中选取了 340 首，其中就有岳飞、秋瑾的《满江红》。艺术精品与它所立足的山河是水乳相融的，岳飞与秋瑾，与哺育他们的山河大地原本就是个统一体。

心有千千结，爱憎最分明。岳庙两厢长廊里陈列着 125 块历代的诗文石碑，墓阙后重门旁镌刻着"青山有幸埋忠骨，白铁无辜铸佞臣"的对联，正对着岳墓的是秦桧、王氏、张俊、万俟卨的跪像。青山、白铁，无所谓"有幸"或是"无辜"，但经此联点化以后，青山因为埋有忠骨而感到荣幸，白铁由于铸成佞憎臣而深为羞耻。

1954 年春天，毛泽东在杭州，同陪他散步的公安厅厅长谈到岳坟前的跪像时，说道："'青山有幸埋忠骨，白铁无辜铸佞臣'，真是写得入木三分。"青年毛泽东在离开韶山时，就写下了"埋骨何须桑梓地，人间处处是青山"的诗句，会不会是对此联有所借鉴呢？岳庙里联语如林，此联为诸多联语之冠，可谁能想到，这联语竟然是清代上海松江一位姓徐的女子写成的呢！

乾隆皇帝亲谒过苏小小墓，事过 170 年，仍在西湖边上，经天纬地的伟人对上海的徐姓女子所写的墓联刻骨铭心，试问，这冠绝众联的 14 个字，为什么就偏偏出于一位未留其名的女子之手呢？

五

我们的艺术家，常用梅花来隐喻中华儿女的本色与气质。在西湖，脍炙人口的咏梅之作是林逋的诗作《山园小梅》，"疏影横斜水清浅，暗香浮动月黄昏"，骨骼清秀，幽独超逸，雅洁端庄，将梅花冰清玉洁的气质刻画到极致——在我们浩如烟海的诗词文章中，岳飞、秋瑾，不就是"冰清玉洁"的最高化身吗？

以梅花来礼赞中华儿女时，艺术家时时偏重于女性。在这里，除白娘子是虚构的之外，秋瑾是举世公认的女侠，苏小小距今1500年，西施距今2500年了……若是推究女性与西湖的关系，还真是源远流长。笔者觉得，如果从精神气质上来概括西湖，还是"日月双悬"几个字甚为得体（这四字来自岳庙隔湖相望的张煌言的墓联）：以岳飞为首的男儿如果为"日"，那么，以秋瑾为首的巾帼便是"月"，誉西湖为"日月双悬"之地，仿佛更为恰切。普天之下，西子湖是独具一格的，此湖如果是柔媚过甚而缺钙，或者因阳刚过烈而失衡，还能谈得上"淡妆浓抹总相宜"吗？

中国社会，长期重男轻女，而勇于高抬苏小小的袁枚则是个例外。袁枚留在西湖的著名诗句是"江山也要伟人扶，神化丹青即画图"。西湖山水，正像天空要有日月星辰一样，是必须"伟人"来扶持的。袁枚如果是生于秋瑾之后，在他所推重的"伟人"行列里，无疑是包含有秋瑾她们的。

50多年前，笔者在关中的五陵原上待过，那里的帝王陵巍然触目，所遗留下来的，则是怎么也拂不去的封建阴魂的压抑感。来到西子湖，眼界是焕然一新：男儿如山，青山连绵，女儿似水，水波潋滟——东风拂煦着寓有忠烈气质的几座古墓，西湖山水暗香浮动……

点评：
<hr>

允毅也建议我考虑删去李贺写苏小小的一节，我觉得有些难度，便向董老师回复短信：

此文如果删去李贺一节，袁枚的印章、乾隆的造访，似乎就有点自作多情；接着，伟人的出现及袁枚的"也要伟人扶"之说的移植，也显得缺少照应，行文突兀；还有，秋瑾墓与小小墓连襟，内在情愫的分量，彼此似也失衡。

我感觉此文像一件老和尚的百衲衣，没有什么新鲜感，添补一块或者撕去一块，还都有点为难。

2023 年 2 月 23 日

<hr>

书剑钩沉

作为文明古国，我们的宝贝真是不少，宝剑，就是一件超越实用价值的罕有的宝物。最早的剑属西周初期，青铜或铁所制，长条形，开双刃，身直，头尖，击刺能透甲，横竖俱伤人，生而为杀，凶险异常。短柄，配鞘，可佩带于身。传说，欧冶子和干将为铸此剑，凿开茨山，将溪水引至铸剑炉旁成北斗七星环列状的池中，剑成，俯视之，如同登高而下望深渊，缥缈，深邃，似有巨龙盘卧，便名之为龙渊剑。唐时避高祖李渊讳，更名龙泉剑。

刘向《列士传》载：楚王夫人夏纳凉而抱铁柱，心有所感，怀孕，后产一铁。王命干将、镆铘铸此精铁为剑。双剑分雌雄，三年乃成，干将留雄而以雌进楚王。剑在匣中时有悲鸣，楚王问群臣，一臣对曰："雌雄二剑，鸣者雌，忆其雄也。"冯梦龙的《东周列国志》别出心裁，将剑之离合情节融汇叙述：干将匿其阳，只以雌剑献于吴王。王试之石，应手而开，今虎丘试剑石是也。嗣后，吴王知干将匿剑，使人往取，如不得剑，即当杀之。干将自匣中取剑出视，雄剑跃出，化为青龙，干将乘之，升天而去。《列士传》所述与此有异，说是楚王杀了干将，干将之妻所藏的雄剑，最终传到了她的遗腹子手里，埋下了为父报仇之伏线。

红粉留佳人，宝剑赠英雄，这里的英雄特指侠客。挥剑的侠客，瞧得起捏笔杆的文人吗？书与剑之结交、联姻，显然是文人多情，主动向宝剑靠近的。文人钟情于剑，让"书剑"二字合为一体，这里且不提屈原行吟腰带长剑，陶潜感叹荆轲的"惜哉剑术疏"，也不说宋代的欧阳修、陆游、辛弃疾与宝剑的交集，且摘录唐代的诗句看看吧：

"君负鸿鹄志，蹉跎书剑年。"（孟浩然）"试拂铁衣如雪色，聊持宝剑动星文。"（王维）李白涉剑的诗句40处，这里摘2处："边月随弓影，胡霜拂剑花"；"停杯投箸不能食，拔剑四顾心茫然"。杜甫有52处，也摘2处："风尘三尺剑，社稷一戎衣"；"虎气必腾踔，龙身宁久藏。风尘苦未息，持汝奉明王。"尤其是贾岛的《剑客》："十年磨一剑，霜刃未曾试。今日把示君，谁有不平事？"剑是侠客最得手的武器，贾岛十年寒窗，学就满腹才华，也可驰骋疆场，却一直无人赏识。诗里以剑客自诩，正是自我形象的隐喻。诗里所把示之"君"，也只是虚拟的"伯乐"式的一个幻影。

侠义精神是下层民众所推重的道德品质。墨子提倡的"为身之所恶，以成人之所急"的任侠品性，司马迁称许的"其言必信，其行必果，己诺必诚，不爱其躯"的游侠准则，揭示出侠义精神扶危济困的本质特征。贾岛的追求，正是文人们所赖以立身行世的共同情怀。

书剑能渐渐衍化为文化的一个标志，与诸多文人、雅士练与不练，愿佩一把剑，或者家里挂一把剑，以显示自己与剑相许并存是分不开的。别成意蕴的"书剑"精神，源远流长，我们的《辞海》里也设有"书剑"的词条："书、剑为古代文人随身携带之物，因以指文人生涯。"书剑一体而誉为"生涯"，是历代文人的共识，是长期的执着追求、不懈努力所结下的硕果。

时序发展，宝剑不再作为冷兵器现身在格斗里，更多的是成为士大夫及贵族阶层身份与品德的象征。随着侠义精神的逐渐淡化，剑的演化进程也多元化了：《鸿门宴》里的项庄舞剑，化为玩弄权术的一个成语。帝王案头的尚方宝剑，是最高权力的象征，赐予钦差大臣，可以先斩后奏。至于《西厢记》里的张生自我表白："小生书剑飘零，功名未遂，游于四方。"又指的是读书人为了做官而背井离乡，漂流不定。流传到今天，又向唐朝的公孙大娘大幅度靠拢，成为女性群体婉转多姿的健体活动……

金庸在大陆印行的第一部武侠小说是《书剑恩仇录》，其间侠客高手的剑术出神入化，太极剑、独孤九剑、玉女素心剑、鸳鸯剑……各式剑术将琴棋书画、渔樵耕读全都融进了武功技击，并且和展开故事刻画人物融为一体，竭力实现着文武之道的完美结合。

书和剑，为文又习武，以成文武兼具。剑与侠客精神，可以追溯至"道教"文化，仗剑天涯，替天行道的古风，在"独尊儒术"的驯化中日渐式微，阉人、犬儒大行其道，这是"国学"热的悲哀。我们的"书剑"文化，东渐于扶桑，或许是演绎成了"菊与刀"吧。"菊"代指日本皇族文化，"刀"则是武士浪人的象征；而"菊与刀"的精神，明显是充盈着来自中国的古代传承。同为绍兴人的秋瑾与鲁迅，年岁接近，皆去过日本。秋瑾的"夜夜龙泉壁上鸣"，会不会与鲁迅的历史小说《铸剑》有涉呢？

鲁迅依据《列士传》的记载，将干将、镆铘的传说进行改写，题名《眉间尺》，在《莽原》期刊上发表，后收入文集时更名《铸剑》。其间写道：干将的遗腹子"眉间尺"在黑衣人的帮助下，用雄剑砍杀楚王以复仇。最为精彩处，是黑衣人让楚王将眉间尺的头以"镬煮之，头三日三夜跳，不烂。王往观之，客（黑衣人）以雄剑倚拟王，王头堕镬中；客又自刎。三头悉烂，不可分别。"在鲁迅的诸多小说里，像这样三颗人头惨烈厮咬的场景，惊心动魄，绝无仅有。

来路不明的黑衣人，名为"宴之敖者"。他是期望眉间尺、楚王连同自己同归于尽的一个神秘的角色。当三颗人头在鼎镬中厮咬搏斗之后，呈现同一骨相，于是也就没有了任何身份地位的差异。如此结局，显示着黑衣人是对那个时代彻底"绝望"了的角色。

《铸剑》写于1926年10月，两年之前，鲁迅辑成《俟堂专文杂集》，题记后即用"宴之敖者"为笔名。"吃人的宴席"，这是鲁迅的话，宴之所熬者，鱼肉而已。人为刀俎兮我为鱼肉。将《铸剑》与荆轲秦庭之失败比照阅读，黑衣人分明是个成功者。

1926年3月18日，北京段祺瑞执政府的门前，几个女学生身中枪弹，倒在了血泊中。开追悼会那天，鲁迅"独在礼堂外徘徊"，脑子里满是鲜血，"沉默啊沉默，不在沉默中爆发，就在沉默中灭亡"。而这篇小说，是在半年后完成的，鲁迅是借改写传说以表达推翻暴政的愿望，为伦理复仇注入了昂扬的时代精神。全文以《铸剑》为题，化笔为剑，将凝重的复仇精神演绎到极致。

祖父科场案导致家庭地位急遽衰落，使鲁迅产生过强烈的屈辱感，少年鲁迅即怀有复仇意识。在北京时，许广平曾从其床铺发现过一把刀子。而《铸剑》里的复仇精神，已从个人家庭上升到了社会人道的层面，饱含着生命意识的觉醒。在小说里，"我以我血荐轩辕"的黑衣人，显然是鲁迅的精神写照。在这里，同时又表达了鲁迅对人性的思考以及对国民劣根性的深刻嘲讽。群臣"辨头"的闹剧，百姓瞻仰"大出丧"的滑稽，木然的跪拜及几个"义民"的忠恨洒泪，再现了民众的愚昧和荒谬，体现出鲁迅忧愤相兼的内心痛苦。

从人文价值和思想格局上着眼，《铸剑》，对中华民族的书剑文化是寓意深长的归纳，也是一个别有意味的升华。眼目下汗牛充栋的娱乐性小说，追踪金庸尚且难及，至于鲁迅，就只能仰望了。

点评：

《书剑钩沉》一文，从中国剑的产生到文人崇尚剑客侠义精神，落脚于鲁迅先生的《铸剑》，体现了文人气度与激烈壮怀，已有足够清晰的脉络与寓意。可惜，如今书剑情怀几乎丧失殆尽，书者、剑者俱为钱，既缺侠义肝胆，也无奋起疾书，更罕见书剑一体如鲁大爷者！

大卫　2023年4月11日

跋 语

作为农村子弟，我们家族里没出过读书人，可我在从学校毕业后从军，侍弄散文，几十年间竟然发表了不少篇目。发表了的都是好文章吗？这倒未必。

近日将退休后断断续续收到师友点评的散文选录了49篇，将那些一直舍不得放弃的点评，依序整理，置于拙文之后，编成一册《河山重晚晴》，以便于经常翻阅。编讫之后，自己也觉得坐井观天，有点王婆卖瓜之嫌，但仔细想想，多少也还是有些意思：一篇文章写成后，如果能意外得到师友的评说，那是很幸运的，这些无求之获，有别于正经八百的评论文字，随感而发，想到哪儿说到哪儿，首肯是诚挚的，指疵是恳切的，琢磨起来格外有味儿。

师友的点评有如春风，过去了也就过去了。然而，倘是将这些点评留存纸上，每翻阅一次，春风就重新拂过一次，给予我的享受，可就是更深情的春风之抚了……

深挚的情谊，往往貌似遗忘；自己写的文章，总是期待分享。这里有一个不言而喻的前提，自己须交得情怀切近的师友，坚持有年，积累有素，这才有可能让自己的园地日益添彩。"问渠那得清如许？为有源头活水来。"指出为文之得失，斧正笔底的讹误，形同活水之入畦，这才会有"润物细无声"的温存与养护。而这些襟气相投的师友，便是活水的真正源头。人之相交，讥人之短易，取人之长难。我清楚自己先天不足，须得广引活水，才可能从多方面弥补营养。一个人如果将自己看高了，是不会有什么活水入畦的。平素若是交些不三不四的朋友，莫说"活水"，被狐朋狗友拉下浑水的倒是常见。细心敏锐的读者浏览此书，会发觉其间的点评，尽都是滋养正文的"活水"。这些身手不凡的师友，天赐于我，这里有哪一个是平地上卧的呢？

当今信息便捷，交友貌似容易，实际上，讯息繁杂，人心势利，要交得上档次的师友，难度反而加大了。本书里所罗列的师友，都是交往有年、知根知底的挚友。除比我年高的几位师长之外，多是学校同窗及文学同行的知己。人生致力于笔耕，都想得到他人的认同。读者其实是分档次的，若单纯以读者之众寡来评估作品之高下，难免有些片面。我这里辑录的点评，不能说堪比金圣叹、脂砚斋，却也远不是金钱所能买得来的。师友之爱，可以致人于完善，点评之殷切，会让我的写作更上层楼吧。

我是笨人，即便短小之作，也没本事一挥而就，所以，笃信好文章是修改出来的。反复修改，是文字磨炼的最佳途径，也是个人润身、养性的紧要环节。所谓的指点迷津，金针度人，只有在活水浇注、春风拂抚的过程中，才会有最贴心的体味。

我年已八旬，该收笔了。人生的努力，未必俱有外在的收获，可以促使自身变得更加完善，这却是真的。耕读致远，时不我待，夕阳晚霞里，唯有借重师友，锲而不舍，才会有可喜的收获。

杨闻宇　2022 年 8 月 1 日

附录：选本辑要（存目）

沙坡鸣钟

《中国新文艺大系》 / 中国文联出版公司 / 1984 年 10 月

河西走笔

《当代中年作家散文选》 / 人民日报出版社 / 1986 年 10 月

清凉解谛

《今文观止》 / 陕西人民教育出版社 / 1989 年 5 月

兰州采遗

《中国风景散文 300 篇》 / 华夏出版社 / 1992 年 10 月

登陵忆

《中国散文鉴赏文库》 / 百花文艺出版社 / 1993 年 7 月

日月行色

《散文家喜爱的散文》 / 北京十月文艺出版社 / 1997 年 1 月

父亲与种子

《名人笔下的父母》 / 北京出版社 / 1997 年 8 月

野旷天低树

《名家评点当代美文百篇》 / 湖南少儿出版社 / 1998 年 8 月

六骏踪迹

《中国散文百年精华》 / 人民文学出版社 / 1999 年 3 月

黄河臆象

《中华人民共和国五十年文学名作文库·散文杂文卷》/ 作家出版社 / 1999 年 9 月

乡村琐忆

《建国 50 年散文卷》/ 北京十月文艺出版社 / 1999 年 9 月

祁连雪色

《中华百年游记精华》/ 人民文学出版社 / 2001 年 6 月

今日贺兰山

《百年百篇经典散文》/ 长江文艺出版社 / 2002 年 9 月

静影沉璧

《新时期中国散文精选》/ 花城出版社 / 2003 年 12 月

南北二墓

《中国当代散文 逝者如斯》/ 华夏出版社 / 2004 年 1 月

薯 忆

《百年中国散文精选》/ 浙江文艺出版社 / 2004 年 6 月

悟 佛

《百年中国经典散文》/ 内蒙古文化出版社 / 2006 年 6 月

生命里的山峦

《睿智美文》/ 江苏人民出版社 / 2007 年 7 月

走进西部二篇

《百年美文》/ 百花文艺出版社 / 2008 年 4 月

兵与酒

《中国最好的美文》/ 崇文书局 / 2011 年 10 月

沉吟项王祠

《新中国 70 年文学丛书·散文卷》 / 作家出版社 / 2019 年 8 月

沙海蜃景

《天津日报 70 年精品选》 / 天津社会科学院出版社 / 2019 年 11 月

说不尽的西安兵谏

《中国军事文学 2012 年年选》 / 人民网，中共新闻网 / 2019 年 12 月

烈火烙印

《千秋伟业　百年风华》 / 中国言实出版社 / 2021 年 8 月

沙坡鸣钟　结同心于天都

《新时期优秀散文精选》 / 四川文艺出版社 / 1991 年 6 月

六骏踪迹　日月行色

《散文家喜爱的散文》 / 北京十月文艺出版社 / 1997 年 1 月

沙坡鸣钟　走亲纪实

《中国当代散文精粹类编》 / 上海文艺出版社 / 1999 年 1 月

清凉解谛　登陵忆　野旷天低树　结同心于天都　须眉与娥眉

《中国当代散文大系》 / 江苏教育出版社 / 1999 年 3 月

日月行色　六骏踪迹

《跨世纪的美丽》 / 山东教育出版社 / 2003 年 6 月

黄河远上白云间　淡泊中的真味　静影沉璧

《21 世纪中国经典散文》 / 内蒙古文化出版社 / 2007 年 10 月

双莲叙旧　天意高难问　漫议林冲

《中国作家别解古典小说》 / 京华出版社 / 2008 年 6 月

静影沉璧　沉吟大风歌　六骏踪迹　重读纪晓岚

《文化名家读史录》/ 京华出版社 / 2010 年 7 月

淡泊中的真味　悟　佛　白云深处留侯祠

《中国最美的散文》/ 湖南人民出版社 / 2013 年 7 月

白云深处留侯祠　不肯过江东　寂寞南郭寺　旷达　六骏踪迹

《新中国散文典藏》/ 山东友谊出版社 / 2015 年 4 月

今日贺兰山　静影沉璧　六骏踪迹

《文化名家谈历史》/ 广陵书社 / 2018 年 1 月